SI VOUS RECEVEZ CETTE LETTRE

Originaire de New York, Sarah Blake a publié des poèmes puis un premier roman, *Grange House*. Elle a enseigné l'anglais et la littérature dans des lycées et des universités. Elle vit aujourd'hui à Washington, avec son mari, le poète Joshua Weiner, et leurs deux fils. *Si vous recevez cette lettre*, best-seller international, a reçu en 2010 le prix Boeke des lecteurs en Afrique du Sud et a été traduit dans une quinzaine de langues.

SARAH BLAKE

Si vous recevez cette lettre

ROMAN TRADUIT DE L'ANGLAIS (ÉTATS-UNIS)
PAR VALÉRIE BOURGEOIS

CALMANN-LÉVY

Titre original :

THE POSTMISTRESS

Publié avec l'accord de Amy Einhorn Books (G.P. Putnam's Sons/Penguin Group Inc.), New York.

ISBN : 978-2-253-17925-2 – 1re publication LGF

Pour Josh, à jamais

« La guerre arrive aux gens, les uns après les autres. C'est vraiment tout ce que j'ai à dire, et il me semble que je le répète depuis toujours. »

Martha GELLHORN, *The Face of War*

Des années après tous ces événements, après mon retour à l'anonymat et à l'agitation de cette ville, il arrivait parfois que quelqu'un fasse une remarque sur la Seconde Guerre mondiale et son déroulement – une remarque idiote où il était question de lucidité et de détermination. Je réprimais alors une envie d'écraser ma cigarette et de mettre fin au dîner. Mais, ces jours-ci, tant de guerres sont livrées sous nos yeux, et on parle tant de « schémas » et d'« objectifs » (à croire que les guerres sont réglées comme du papier à musique) que, hier soir, je n'ai pas pu me contenir.

— Que penseriez-vous d'une receveuse des postes qui déciderait de ne pas remettre un courrier à son destinataire ? demandai-je.

— N'en dites pas plus ! s'écria avec ravissement une femme qui m'apparaissait riante et rayonnante entre les bougies à l'autre bout de la table. Je suis déjà tout ouïe !

J'observai le petit effet produit par ma question. Détourner du courrier, de vraies lettres écrites à la main ? La bonne blague ! Toutes sortes de conséquences étaient envisageables. Des mariages pouvaient chavirer. Ou même ne pas avoir lieu ! La lumière des bougies se refléta sur l'argenterie et rebondit jusque dans les yeux qui s'écarquillaient à cette idée. Autour de la table, les possibilités fleurissaient : un homme échappait à la mise en demeure d'un agent de recouvrement. La lettre annonçant à un jeune homme qu'il avait décroché son premier emploi n'arrivait jamais, l'obligeant à chercher ailleurs.

— Ce qui ne l'a peut-être pas empêché d'être heureux, suggéra l'un des convives les plus âgés en savourant l'ironie de la chose.

— Dans l'histoire, la receveuse avoue-t-elle son geste à quelqu'un ?

— Oh non, décréta vivement la femme en face de moi. Cela gâcherait tout le plaisir.

— Elle aurait donc agi pour s'amuser ? dit son compagnon en donnant une petite tape sur ses épaules nues.

— Non, le plaisir est un mobile trop insignifiant, déclara notre hôte. Elle devait obéir à une conviction quelconque. C'était peut-être une scientifique. Quelqu'un qui voulait regarder une mécanique s'enrayer. Une saboteuse.

Il sourit à sa femme.

— C'est une histoire formidable, ajouta-t-il.

— La receveuse n'était rien de tout ça, dis-je sèchement.

Le silence se fit.

— Attendez…, intervint un invité. C'est vraiment arrivé ?

— Absolument.

— Alors c'est monstrueux ! s'exclama la première femme. Et horrible ! Et…

— Illégal, compléta notre hôte en lui remplissant son verre. Quand cela s'est-il produit ?

— En 1941.

— *À l'époque ?*

Notre hôte était choqué cette fois. Je hochai la tête. D'une certaine manière, cette précision avait rendu la question plus grave. Aujourd'hui, les erreurs ne passent pas longtemps inaperçues. On décroche son téléphone. Il y a les e-mails et les fax. Mais *à l'époque*. Quand une lettre était souvent le seul moyen de donner des nouvelles. La pensée d'une receveuse des postes s'appropriant des courriers adressés à des proches au pays, ou bien aux gars sur le front, cela ne collait pas avec l'image que nous avions de ce temps-là.

— C'est l'histoire que je n'ai jamais racontée concernant cette guerre.

— Parce qu'elle aurait été trop éprouvante pour nous ? demanda notre hôte d'un ton qu'il voulut léger.

— Elle l'était pour moi.

La plaisanterie était terminée. Il se leva brusquement pour déboucher une nouvelle bouteille tandis que la femme assise à l'autre bout de la table me dévisageait, l'air sceptique. Les écrivains. Il ne faut pas se confier à eux.

Peu importe, me dis-je. *Je suis vieille, et fatiguée de la terrible lucidité des jeunes. Vous êtes tous jeunes aujourd'hui.*

Il y a longtemps, je pensais que, s'ils avaient le choix, les gens se tourneraient vers le Bien comme vers la lumière. Je pensais qu'un reportage brossant un tableau honnête et stoïque des faits était en mesure de nous éclairer, de nous pousser à exiger que les torts soient réparés, les injustices punies, les faibles et les innocents protégés. À mes débuts, j'ai dû aussi penser que l'opinion publique pouvait enfoncer la porte de l'indifférence générale et que, à condition d'être bien dirigée, elle l'ouvrirait toute grande avec la force donnée par la volonté d'être du côté des anges.

Mais j'ai couvert bien trop de conflits et vu comment ils étaient semés, nourris, et comment ils germaient, pour croire encore aux anges, ou même à un rayon de vérité qui brillerait dans l'obscurité. Chaque récit, qu'il parle d'amour ou de guerre, raconte que nous avons regardé à gauche au moment où nous aurions dû regarder à droite.

Du moins il me semble.

Voici l'histoire que je n'ai jamais révélée. Je l'ai commencée à la fin des années quarante, quand elle était encore fraîche dans ma mémoire, et durant tout ce temps je me suis donné pour mission de bien la reconstituer, de bien l'affûter. J'ai complété ce que je savais avec des éléments dont je n'ai jamais eu vent, mais que j'imagine vrais.

Et celle que j'étais alors – Frankie Bard, la fille de la radio – vit dans ces pages comme une personne que j'aurais connue autrefois.

Frances Bard, Washington, DC

Automne 1940

1

Comme souvent, l'histoire débuta avec une femme qui voulait que tout soit en ordre.

Il était venu à l'esprit d'Iris quelques semaines plus tôt – au plus fort de l'été, alors que les touristes encombraient le bureau de poste de leurs corps huilés et de leur joie diffuse et enfantine de vacanciers – que si la chose qu'elle croyait susceptible de se produire avait bel et bien lieu, elle avait intérêt à être préparée. Il fallait, n'est-ce pas, qu'elle puisse montrer à Harry que, bien qu'elle eût quarante ans, l'âge de ce siècle, il serait le premier. Le tout premier. Et elle accordait plus d'importance aux mots couchés sur une feuille qu'à tous les discours. Les discours étaient…

— Bien, dit le médecin en s'écartant pour se laver les mains.

Iris supposa qu'elle était censée se rhabiller pendant qu'il avait le dos tourné, mais elle n'avait pas été assez prévoyante pour mettre une jupe. Sa robe bleue serait parfaite pour ce rendez-vous, avait-elle pensé. Seulement, si minutieux fût-il, le docteur Broad lui ferait de nouveau face avant qu'elle l'ait enfilée, et dans quel embarras cela les plongerait ! L'odeur du divan en cuir ferme et confortable sur lequel elle était allongée lui rappelait les chaises dans la salle de lecture de la bibliothèque publique. Non, elle ne bougerait pas. Son regard glissa du plafond au petit lavabo où le médecin se frottait les mains. Il était vraiment minutieux. Ma foi, il devait y avoir toutes sortes de saletés là, en bas. Et parce que la prochaine étape était le certificat, elle tenait absolument à ce que rien n'atterrisse sur la page par accident.

Le médecin ferma les robinets et secoua les doigts avant de prendre la serviette à côté de lui.

— Êtes-vous présentable, mademoiselle James ? dit-il en s'adressant au mur devant lui.

— Pas du tout.

— Bon, rejoignez-moi dans mon bureau.

— Pour le certificat.

Presque arrivé à la porte, il s'arrêta, la main tendue, et baissa les yeux sur elle. Elle le gratifia de son sourire professionnel, celui qu'elle utilisait derrière son guichet à la poste et qui invitait à la coopération.

— Oui, acquiesça-t-il avant d'ouvrir la porte.

Elle attendit d'avoir perçu le léger clic du loquet pour se redresser, une main retenant les épingles qui avaient glissé dans ses cheveux et l'autre posée sur sa nudité. Elle se sentait un peu comme le matin, quand son soutien-gorge et sa gaine ne la comprimaient pas encore, quand elle était libérée de tout. Cela ne posait pas de problème dans l'intimité de sa chambre, mais là, elle était au beau milieu de Boston, dans l'un de ces discrets bâtiments qui bordaient les jardins publics, après l'heure du déjeuner, un jeudi du mois de septembre. Derrière la porte, le cliquetis régulier d'une machine à écrire perçait le silence. Le carrelage était frais sous ses pieds. Elle attrapa d'abord ses sous-vêtements, s'appuya contre la banquette pour enfiler un bas, puis le suivant, et fixa fermement les clips du porte-jarretelles. Pendu au dos de la chaise, son soutien-gorge pointait ses bonnets en avant, tels des phares. Elle sourit en le mettant et, pour la troisième fois cet après-midi-là, elle songea à Harry Vale.

Un simple coup à la porte.

— Quand vous voulez, mademoiselle James.

— J'arrive !

Tout s'était passé dans une atmosphère parfaitement agréable et cordiale. Le cabinet du médecin était de ceux dont on se glorifiait. Il y avait les épais rideaux verts encadrant de hautes fenêtres et effleurant une épaisse moquette grise. La secrétaire, dans son coin, qui tapait avec constance à la machine. Le sentiment d'ordre feutré quand elle avait pris le manteau d'Iris pour l'accrocher à un cintre en bois. Et le médecin, bien sous tous rapports, lui aussi. La manière dont il avait ouvert la porte et lui avait tendu sa main chaude, à la fois pour la saluer et pour l'aider à se lever de son siège. Il l'avait guidée dans son cabinet en lui montrant la chaise devant son grand bureau en chêne pendant qu'il allait s'installer à sa place. Il avait même appuyé le bout de ses doigts sous son menton, son regard sérieux fixé sur elle tandis qu'elle posait son livre de poche sur ses genoux. Ils avaient évoqué brièvement Mme Alsop, la femme qui avait recommandé le docteur Broad à Iris, et échangé des plaisanteries à son sujet comme si tous avaient été des connaissances qui s'étaient croisées dans le hall d'entrée d'un hôtel. Le médecin avait écouté, souri et demandé à Iris si elle venait souvent à Boston.

Tout s'était légèrement fissuré quand elle avait formulé sa requête. Pas de façon audible, mais tout de même, Iris avait bien senti que le médecin allait avoir besoin d'être aiguillé. Malgré les dimensions de la pièce, il manquait d'imagination. Il serait ravi de l'examiner, avait-il dit en s'adossant à son fauteuil. Mais pourquoi un certificat ?

— J'aurais tendance à penser que tout homme aimerait avoir ce genre de document, non ?

Il s'était éclairci la gorge.

— Peut-être est-ce un peu osé de ma part, avait-elle conclu à voix haute tandis qu'il avançait les mains sur ses accoudoirs, comme pour s'arracher à son fauteuil.

— Si nous y allions ? avait-il dit.

Et, avec un sourire, il s'était levé, abrégeant ainsi la conversation.

Elle n'avait donc pas eu l'occasion de répondre vraiment à la question. Et lorsqu'elle ouvrit la porte séparant la salle d'examen du bureau, elle vit à la manière étudiée dont il redressait la tête qu'elle n'aurait pas de seconde chance. Il avait beaucoup à faire, et de nombreuses patientes.

— Je vous en prie, dit-il. Asseyez-vous.

— Tout est en ordre ?

— Oui.

— Tant mieux.

Il prit la feuille devant lui et, les yeux toujours rivés dessus, il la lui tendit.

— Cela fera-t-il l'affaire ?

Iris lut le certificat.

J'atteste par la présente avoir examiné
Mlle Iris James
le 21 septembre 1940
et que je l'ai trouvée intacte.

Elle ne s'était pas trompée. Le médecin ne lésinait pas sur la qualité de son papier à lettres : celui-ci était d'une belle couleur crème et faisait presque penser à du coton. Et bien que le docteur Broad eût montré peu d'enthousiasme pour son projet, il avait rédigé ce document avec un soin admirable. Sans doute avait-il reçu le prix de la plus belle écriture à l'école.

— C'est parfait, dit-elle avec un sourire. Merci.

— Ravi d'avoir pu vous être utile, répondit-il en se levant et en restant poliment debout derrière son bureau le temps qu'elle sorte.

Il demeura là un moment, à l'écouter dans la pièce à côté demander son manteau à Mlle Prentiss, puis s'enquérir du trajet en bus le plus rapide pour regagner South Station. Les voix des deux femmes étaient légères et plaisantes, marquées par un rythme et des inflexions qu'il parvenait en général à ignorer lorsqu'il travaillait. Puis la porte extérieure s'ouvrit et se referma. Un instant plus tard, Mlle Prentiss recommença à taper à la machine. Il s'approcha de l'une des deux fenêtres donnant sur les jardins publics.

Il faillit ne pas la voir. Elle avait émergé si vite du bâtiment qu'elle avait déjà traversé la rue et contourné les piliers à l'angle des jardins. Elle avançait d'un pas rapide, avec le maintien d'une personne soumise à une inspection, les épaules en arrière, la tête haute. *Quel drôle de personnage*, songea-t-il. Il la suivit du regard sur les quinze mètres environ qu'elle resta en vue, jusqu'à ce que, pour finir, elle soit avalée au loin par la ville. Il retourna à son bureau. « J'aurais tendance à penser que tout homme aimerait avoir ce genre de document », avait-elle déclaré à cet endroit même.

Les bombes pleuvaient sur Coventry, Londres et le Kent. Des billes de plomb lisses en forme de pointes de crayon émoussées tombaient sur les haies et les chaumes. Qu'était-ce qu'une haie ? Où se trouvait Coventry ? Dans les cours d'histoire et de géographie, l'armée de Hitler marchait au pas sur les cartes scolaires de l'Europe, tandis que, dans la salle à côté, des voix récitaient de mémoire des vers chantants : « Que je me lève et je parte, que je parte pour Innisfree, Que je me bâtisse là une hutte, faite d'argile et de joncs[1]. » Les bombardiers volaient au-dessus des joncs, au-dessus d'une Angleterre qui résonnait de chansons sur les linottes et les grives. Des choses étaient détruites pour lesquelles nous n'avions pas de terme américain. Il y avait la guerre. Qu'est-ce que cela signifiait, la guerre ? Dans les pages du magazine *Life*, les enfants de Coventry fixaient l'objectif indiscret d'un photographe. On les voyait. Ils ne paraissaient pas avoir peur dans le fossé creusé par mesure

1. W. B. YEATS, *Quarante-cinq poèmes*, « *The Lake Isle of Innisfree* », trad. Yves Bonnefoy, Paris, Gallimard, 1993. *(Toutes les notes sont de la traductrice.)*

de sécurité. Les mains appuyées contre les parois de terre pour garder l'équilibre, les deux filles étaient encore en jupe. Un garçon à la mine inexpressive nous regardait bien en face, le col de sa veste fermé par une épingle à nourrice. Il était déjà là, dans la guerre.

Là où nos gars n'iraient pas. Le président l'avait promis. Il s'exprimait sans ambages, comme s'il faisait partie du nombre – ce qui n'était pas le cas, Dieu merci. Personne ne le pensait. Quand il disait que les gars ne participeraient pas à des conflits étrangers, nous le croyions, même si nous avions écouté les noms des villes françaises qui se rendaient avec cette indifférence qu'ont les gens pour les noms de médicaments avant de tomber malades à leur tour.

À présent, on évoquait une invasion allemande. L'Angleterre résisterait-elle ? Ses chars, ses camions et ses armes gisaient de l'autre côté de la Manche, à Dunkerque, où ils avaient été abandonnés. Lorsque nous apprîmes que les Britanniques sortaient des canons du British Museum pour les convoyer vers la Tamise, nous approuvâmes. Cela faisait seize nuits que Londres subissait des bombardements. Des bus étaient stoppés dans la rue, des bébés arrachés à leur lit, nous disait-on. Pourtant, le matin, les Londoniens rampaient un à un hors de leurs abris et nous les acclamions. L'Angleterre résisterait. Personne ne savait comment l'histoire s'achèverait. Buchenwald n'était alors qu'une ville en Allemagne où le soleil éclaboussait les arbres. Auschwitz. Bergen-Belsen. Rien que des noms étrangers. C'était la fin de l'été et les lumières brillaient encore.

À South Station, Iris se dirigea vers le train à destination de Buzzard's Bay et s'amusa à observer le transfert des sacs postaux dans les wagons de marchandises situés à l'arrière. Il lui arrivait rarement de voyager avec le courrier, mais elle éprouvait un plaisir exquis à s'asseoir dans la première voiture, sur le siège le plus à l'avant si possible. Toutes ces lettres, tous ces mots reliés laborieusement les uns aux autres, et filant vers quelqu'un. Quelqu'un qui attendait. Quelqu'un qui écrivait. Tel était le but de tout ça, garder les conduits de collecte du courrier dégagés dans les immeubles[1] afin que n'importe quelle lettre arrivant à la poste, atterrissant dans les sacs en toile au milieu des nombreuses enveloppes teintées qui se bousculaient et se nichaient les unes contre les autres, se mêle à ces dernières et puisse cheminer avec toutes les pensées de papier, envoyées chaque minute pour vaincre…

Le temps.

Le chef de gare annonça le départ du Buffalo Express. Elle leva les yeux vers l'horloge et suivit le mouvement de l'aiguille qui tricotait les secondes. Encore une minute et son train serait annoncé. Elle rejoindrait la foule des passagers qui monteraient à bord et retrouverait son identité. Elle redeviendrait Iris James. La receveuse des postes de Franklin, dans le Massachusetts.

Là où était Harry. La partie toute neuve de sa poitrine qui semblait avoir été façonnée par lui

1. Conduits verticaux traversant les bâtiments et dans lesquels les habitants de chaque étage pouvaient glisser leur courrier, collecté ensuite au rez-de-chaussée par la poste.

– cette partie d'elle qui tressautait chaque fois qu'elle l'apercevait dans la rue ou dans la file d'attente à la poste – se mit à bondir. Un an plus tôt, il n'était que Harry Vale, le mécanicien de la ville, un type assez gentil, bon à changer une roue, et avec qui on pouvait discuter cinq minutes. Et puis un jour, il avait cessé de n'être que cela. Il était devenu autre chose. Tout ça parce qu'il était entré dernièrement dans l'épicerie Alden et qu'il s'était lentement approché d'elle par-derrière, si bien que, lorsqu'elle s'était retournée avec dans les mains une boîte de soupe de maïs et une de maïs nature, elle n'avait rien pu faire d'autre que les brandir devant lui en lui laissant le choix. Il l'avait fixée, elle, puis les deux boîtes, avec l'air de réfléchir sérieusement. Pour finir, il avait montré le maïs nature de sa grosse patte. Elle avait approuvé. Il faudrait qu'il lève la tête pour l'embrasser, s'était-elle surprise à penser.

Elle n'aurait jamais imaginé que cela lui arriverait, et pourtant – Harry Vale avait posé sur elle ce regard qui indiquait que le courant passait entre eux. Et il l'avait fait en plein jour. Sans se soucier de Beth Alden, qui les observait derrière son comptoir. Sans se soucier de la chaleur qui émanait de l'arrière-boutique. Elle tapota son livre de poche. Sa démarche avait-elle été bizarre ? Bon, et alors ? Ce qu'elle avait dit au médecin était la stricte vérité – n'importe quel homme préférerait savoir qu'il était le premier, elle en était sûre. Elle pourrait donner à Harry le certificat, tout beau et tout propre comme une robe blanche devant l'autel – ce pour quoi elle était trop vieille, et de toute façon le blanc était la couleur qui lui seyait le moins.

Iris descendit à Nauset et parcourut à pied quatre pâtés de maisons dans la ville centrale du cap Cod pour prendre le bus jusqu'à Franklin. Assis à l'ombre du véhicule, M. Flores se redressa et s'approcha d'elle d'un pas tranquille. Elle avait remis du rouge à lèvres et s'était recoiffée lorsque le train était entré en gare, ce dont elle se félicita en constatant que le chauffeur la dévisageait.

— Bonjour, mademoiselle James. Vous avez fait bon voyage ?

— Oui, merci.

Elle le défia du regard de l'interroger plus avant.

Hochant la tête, il lui montra la porte ouverte du bus. Iris gravit les trois petites marches et s'avança à l'intérieur. Il y avait là un couple d'étrangers, deux ou trois femmes assises seules dans leur coin, et plusieurs hommes rassemblés autour du siège de Flores, à l'avant du bus. Elle fit un petit salut à la cantonade et se dirigea vers le fond, où se trouvait une jeune femme plongée dans un livre épais. Ses cheveux avaient glissé vers l'avant, dénudant la courbe de sa nuque. Elle ne bougea pas et ne prêta pas attention à Iris lorsque celle-ci passa près d'elle pour s'asseoir trois rangs plus loin.

Iris chercha ses cigarettes dans la poche de sa robe, sortit une Lucky puis étudia la tête et les épaules de la petite femme-enfant qui lisait devant elle. Une fugueuse, supposa-t-elle, même si la fille était plutôt bien habillée, avec un ensemble bleu, pratique. Ses cheveux châtains étaient coupés court et effilés le long de son col droit. Dans tous les cas, ce devait être le genre à avoir besoin qu'on s'occupe d'elle, l'une de ces femmes aux seins menus qui levaient leur visage vers les hommes en souriant avec ravissement à la manière des bébés. Enfin, la frêle créature se tourna légèrement vers elle, comme pour croiser son regard, consciente de son attention, et se fendit d'un sourire neutre – une réaction machinale, comme lorsqu'on lève la main pour se protéger du soleil. Iris lui fit un signe de tête aimable en exhalant la fumée. *Pas de panique* – elle parlait en silence au dos de la jeune femme, qui avait repris sa position initiale –, *je ne mords pas*. Le bus fut un peu secoué lorsque M. Flores grimpa derrière le volant. Le moteur gronda, faisant trembler le sol sous les pieds d'Iris.

Vronsky was making love to Anna.

Distraite par la femme derrière elle, Emma relut la phrase. Vronski faisait l'amour à Anna ? Tolstoï avait-il vraiment voulu dire ça ? Elle n'arrivait pas à y croire. Avoir des rapports sexuels ? Cela aurait été si osé de l'écrire ainsi noir sur blanc. Voyons, ils ne pouvaient sûrement pas faire l'amour comme ça à tout bout de champ au XIXe siècle. Ce passage devait avoir un autre sens, un sens plus anodin. Elle rougit, un peu honteuse. Non pas qu'elle jugeât les rapports sexuels anodins – évidemment, puisque cela engendrait des bébés. Et ce que Will et elle avaient commencé à faire dans le noir n'avait rien à voir avec les bébés. Mais Anna et Vronski ? Le sujet du roman n'était-il pas les obstacles à leur passion ? Peut-être s'agissait-il d'une erreur de traduction. Emma examina la couverture du livre et lut le nom qui figurait sous celui de Tolstoï – Constance Garnett. Elle crut alors comprendre.

Vronski avait chuchoté des mots doux à Anna, ou l'avait consolée tendrement, ou gratifiée d'un geste dans ce style, et Mlle Garnett avait employé une autre formule à la place, peignant de ce fait en rouge écarlate une scène qui aurait dû être rose. Sans doute était-ce une vieille fille pathétique qui voyait de la passion dans les plis d'un parapluie fermé. À l'image de la femme au fond du bus.

Elle se recula un peu sur son siège afin de se tenir bien droite, ainsi qu'il seyait à la jeune épouse d'un médecin vêtue d'un très bel ensemble de voyage, avec une étole assortie jetée sur les épaules. Elle se tourna vers la vitre. Depuis que, deux semaines plus tôt, elle avait dit à Will « oui, oui, j'accepte » – à toute vitesse, et sans oser le regarder –, quelque chose de solide, de satisfaisant et de tout à fait nouveau avait pénétré le chaos qui régnait souvent dans son esprit. Comme si la voix d'Edward R. Murrow[1], cette voix masculine, courageuse et passionnée, emplie d'un sentiment d'urgence et de force, avait tracé le chemin sur lequel elle avançait à présent. Le chemin de la lucidité et de la détermination.

Pamet. Puis Dillworth. Pour finir, Drake. Les yeux clos, Emma se récita les noms des villes qu'elle ne connaissait que par les lettres de Will, des lettres dans lesquelles les divers maux des habitants dessinaient la géographie de la nouvelle région où elle allait vivre. Problème cardiaque. Bursite. Naissance de jumeaux

1. Edward R. Murrow : célèbre journaliste, dont les reportages radiophoniques durant la Seconde Guerre mondiale furent suivis par des millions d'Américains.

à Drake – un miracle, d'après Will, vu que la mère n'avait pas eu le temps ni les moyens de quitter le cap Cod assez vite…

— Quel âge va avoir votre Bobby ? dit une voix d'homme devant elle. Vingt ans ? Vingt et un ?

— Vingt et un.

— Ils l'enverront pas là-bas. Qu'on forme les gars, ça d'accord. Hé ! qu'on leur fasse construire quelques ponts ! Mais ils les enverront pas au front.

Son interlocuteur ne répondit pas tout de suite. Emma se surprit à étudier son profil strict dans la vitre comme pour y déceler un signe. Les arbres défilèrent le long de la route.

— Bien sûr que si, dit-il enfin.

Cela lui apprendrait, pensa Emma, qui s'en voulut d'avoir écouté. Elle avait entendu la nouvelle ce matin-là et tenté de l'oublier. Elle y était du reste arrivée, mais voilà que le sujet revenait sur le tapis. Le Congrès avait voté en faveur de la conscription et tous les hommes en âge de servir dans l'armée devaient se présenter auprès des conseils de révision qui avaient surgi dans toutes les villes, petites et grandes, tels des champignons après la pluie. *Aucune importance*, songea-t-elle en fixant le reflet de ses mains posées sur ses genoux. Will ne partirait pas, il le lui avait affirmé. (*Mais pas de manière catégorique*, se reprit-elle par souci d'honnêteté.) En fait, il ne *devrait* pas partir. Dernier représentant de la lignée des Fitch, seul médecin à des kilomètres à la ronde et tout jeune marié, il ne manquait pas d'arguments pour éviter d'être mobilisé.

De toute façon, il ne pouvait pas l'abandonner. Chaque vie avait à ses yeux une caractéristique fondamentale, dont découlait tout le reste. La sienne, c'était qu'elle avait été seule au monde jusqu'à sa rencontre avec Will, ayant perdu ses parents et son frère durant l'épidémie de 1918. Tous les trois étaient morts dans un rêve fiévreux, mais elle, elle avait survécu. Cela remontait à si loin à présent qu'ils auraient tout aussi bien pu n'avoir jamais existé. Elle se rappelait la maison où elle était née, sur une colline, loin de la mer. Et une ville pleine de drapeaux claquant au vent – avec le recul, elle avait fini par comprendre qu'il s'agissait de la toile des tentes dressées dans les champs pour les malades que l'hôpital n'était plus en mesure d'accueillir. Quant au souvenir qu'elle aurait pu conserver de sa mère, il était brouillé par celui d'une infirmière portant un masque et penchée sur elle pour vérifier si elle respirait.

Elle s'apprêtait à entamer l'étape suivante de sa vie. L'orpheline au regard sérieux et au cou ponctué d'un grain de beauté était désormais la femme du médecin. Elle avait un mari, une maison, une ville. Épouser Will lui avait fait traverser le rideau gris terne d'un temps monotone – celui passé dans une chambre partagée au dernier étage d'une pension, avec ses bas qui séchaient au dos d'une chaise. Elle rentrait chez elle. Elle s'efforça de sourire. Chez elle. Auprès de Will.

Elle sortit de son sac un guide sur le cap Cod et l'ouvrit au chapitre consacré à Franklin : *Appât au bout d'un hameçon sablonneux qui s'avance de quelque quatre-vingts kilomètres dans l'Atlantique, la ville de Franklin adresse un signe espiègle à la côte. La première chose que l'on perd ici, c'est le sens de l'orientation. Bordés de tous côtés par des dunes jaune pâle et par la mer, nord et sud semblent avoir échangé leur place sur la rose des vents, et le ciel n'est d'aucune aide. C'est un endroit qui regorge de poissons et d'odeurs de poissons, d'huile de foie de morue, d'os de baleine brisés et de mâts recrachés par la mer sur les plages immenses derrière la ville. Des pèlerins de toutes sortes s'y sont toujours pressés : d'abord les puritains, puis les baleiniers portugais et, au tournant du siècle dernier, les artistes qui accrochaient leurs foulards en haut de vieux doris et les peignaient. Sans oublier les filles de policiers venues de Boston avec des foules bigarrées, disant n'est-ce pas que c'est drôle, n'est-ce pas que c'est incroyable de voir des Méditerranéens, des fils de pêcheurs, marcher bras dessus, bras dessous avec la crème des Yankees pendant que les lumières vives des salles de spectacle estival luisaient dans le noir…* Seigneur ! Elle referma le livre et le rangea. Le texte était aussi écarlate que la traduction de Constance Garnett.

Presque couché sur son volant, M. Flores scrutait le jour déclinant. Emma eut le sentiment que la route la rapprochait d'elle-même. Les austères maisons blanches de Woodling se succédèrent. Ils traversèrent la forêt de Tralpee, dont les hêtres trapus se jetaient sur le côté de part et d'autre de la route, jusqu'à ce que, enfin, le bus atteigne le sommet de la colline avant Franklin. Il trembla juste avant d'entamer la descente, et Emma se redressa en souhaitant soudain, sans raison, que la frontière entre elle et cette ville se brise tout net. Le poing du conducteur se figea au-dessus du levier de vitesse. Les dunes s'étendaient à perte de vue autour d'eux.

Un bref instant, Emma crut qu'ils allaient s'envoler. Le ciel lui faisait signe derrière le pare-brise du véhicule. Elle se leva à demi de son siège et s'imagina continuer tout droit, en laissant la route disparaître sous elle tandis que le bus avancerait dans l'air infini. Mais le conducteur débraya et le bus frémit en piquant à travers les hautes collines de sable. Ils descendirent ainsi jusqu'à ce que la route s'échappât des dunes et tournât vers la mer pour longer le port gris.

De sévères toits en bardeaux dressaient leur forme triangulaire dans le soir. Un drapeau flottait au-dessus du bureau de poste. M. Flores ralentit et s'engagea dans une rue étroite qu'il fallait maintenant partager avec des piétons qui criaient sur leur passage et des cyclistes qui roulaient tout près. À mesure que la ville se dévoilait, Emma sentit une bouffée d'émotion enfler dans le creux de sa gorge. Elle s'était vantée de la vitesse avec laquelle elle retiendrait les noms de tous les habitants pour pouvoir ensuite faire étalage de son savoir devant Will. Elle voulait qu'il rentre chez eux chaque soir comme dans un théâtre qu'elle aurait créé, et qu'il découvre sa ville sous un jour nouveau, illuminé par la vision de son Emma. Elle voulait être un atout pour lui. Il serait le meilleur médecin qui fût parce qu'il n'interrogerait pas ses patients à l'aveuglette.

Mais la réalité était une autre histoire. En arrivant ainsi au cœur de Franklin, elle fut frappée de plein fouet par la faiblesse de son imagination. Ils étaient tous déjà là. Deux femmes qui discutaient à l'angle de la rue s'interrompirent quand le bus s'arrêta. La ville ne l'attendait pas pour commencer à vivre. À l'évidence, elle existait très bien sans elle. La porte s'ouvrit et Emma respira l'odeur de la mer. Elle resta assise un moment, à ramasser ses gants et à rassembler son courage pour trouver Will dans la foule, certaine qu'il la guettait avec son sourire impatient et exigeant. La femme du fond l'effleura en sortant. Emma leva les yeux vers elle, puis repéra Will, dont la tête dominait quelques personnes qui s'avançaient comme lui vers le bus. Sa longue silhouette penchée en avant, il semblait préoccupé et affairé. Il lui fit signe lorsqu'il l'aperçut derrière la vitre. Elle fit de même, et son foulard glissa de ses épaules lorsqu'elle se redressa brusquement, folle de joie à présent.

— Salut, toi !

Il monta les marches au moment où elle les atteignait et l'attira aussitôt dans ses bras. Ses lèvres chaudes et familières se pressèrent contre les siennes, d'abord en douceur, puis plus fort tandis qu'il la serrait encore plus étroitement, pressant son membre contre sa jupe. Elle ferma les yeux et se réfugia dans la grotte de leur baiser, là où il faisait noir et frais, avant de s'écarter avec un gémissement heureux et de retrouver la lumière.

— Salut.

Elle lui sourit, essoufflée, et éprouva une pointe de fierté à la vue de cet homme. Comment avait-elle réussi ça ? Elle avait dîné au restaurant avec lui, pris le bus avec lui, marché avec lui dans les rues de Cambridge. C'était ainsi qu'ils se connaissaient. Il l'avait guidée, son bras sous le sien, une main au bas de son dos pour l'introduire dans des pièces enfumées et pour l'en faire sortir. Ils avaient bavardé et ri. Ils s'étaient même disputés. Et soudain, un après-midi au printemps, il lui avait demandé de l'épouser. C'était fou, insensé, mais cela faisait partie de l'histoire, n'est-ce pas ? Lorsque le docteur Lowenstein lui avait écrit pour lui proposer une place dans son cabinet, Will avait fourré le télégramme dans sa poche et s'était agenouillé au beau milieu du bureau de poste de Back Bay. Elle avait hoché la tête avant qu'il ne dise un mot. Ils avaient conclu ce pacte tels des enfants et étaient passés à l'étape suivante, la vraie, la seule qui comptât. Comme si, en joignant leurs mains, ils avaient fermé les yeux et sauté ensemble dans le vide.

Will se pencha pour lire le titre du livre qu'elle tenait. L'étole d'Emma avait glissé de ses épaules et le long triangle de sa peau nue dégageait une chaleur vive qui évoquait l'herbe en été.

— Tu aimes ? demanda-t-il.

— Les gens faisaient-ils l'amour au XIXe siècle ? répondit-elle en détournant les yeux et en lui offrant la pensée la moins importante restée sur l'étagère de son esprit.

— Je ne vois pas comment nous serions là s'ils s'en étaient abstenus.

— Non, non. Attends.

Debout sur la marche supérieure du bus, elle ouvrit le livre et feuilleta les pages, pleinement consciente du regard de Will sur ses épaules et ses bras. Ils s'étaient embrassés. Ils s'étaient caressés à travers des épaisseurs de soie et de laine, à travers vestes, pantalons, chemisiers et jupes, mais les yeux de son mari auraient été des mains que cela n'aurait rien changé. Sa peau la picota et s'enflamma tandis qu'il posait un pied sur la marche à côté d'elle.

— Là.

— *Vronsky was making love to Anna*, lut-il à voix haute.

— C'est si cru de le dire ainsi, expliqua-t-elle en rougissant.

Il se colla contre elle.

— De le dire comment ?

— Noir sur blanc dans un livre. Les lecteurs n'étaient pas choqués à l'époque ? Moi je le suis, en tout cas.

— Ce n'est pas vrai, murmura-t-il.

— Si, rit-elle en s'appuyant contre lui. Je suis choquée. Moi, une lectrice moderne.

— « *To make love* » n'avait pas le même sens au XIXe siècle. Tout le monde comprenait.

— Ce n'était pas une référence sexuelle ?

— Non, ça signifiait qu'il lui faisait la cour, répondit-il, son sourire illuminant les derniers centimètres qui les séparaient.

— Oh, soupira-t-elle, satisfaite. Ma foi, tu dois le savoir.

— Viens, dit-il en la prenant par le coude. Rentrons à la maison.

À cet instant, une valise sur le toit du bus échappa à la perche du chauffeur et vola dans les airs avant de s'écraser sur le trottoir, où elle s'ouvrit comme un œuf.

— Oh ! s'écria Emma.

Will s'immobilisa et baissa les yeux sur une explosion voluptueuse de sous-vêtements bleu nuit qui devaient appartenir à Emma. Ils s'étaient déversés de chaque côté de la valise, jetés en tous sens en un délirant strip-tease, et s'offraient aux regards telles des sirènes. Will pressa la main d'Emma, blottie dans la sienne derrière son dos.

— Personne n'a rien vu, dit-il. Je vais faire le tour pour donner un coup de main à Flores. Ça te laissera le temps de ranger.

Emma acquiesça. Elle descendit les marches du bus, prise d'une envie de se ruer sur la valise et de couvrir les affaires éparpillées par terre avec son corps, mais la passagère qui avait été assise derrière elle l'observait, appuyée contre une rambarde sur le trottoir.

— Puis-je vous aider ? demanda-t-elle.

Emma se surprit à hocher la tête. Toutes deux s'agenouillèrent en silence pour ramasser les bas, les soutiens-gorge soyeux et les culottes bleues. La femme était si calme et si soigneuse que la jeune mariée en eut les larmes aux yeux.

— Ce ne sont que des vêtements, déclara tranquillement l'inconnue. Ce n'est pas grave.

— Oui, bien sûr, murmura Emma.

— Alors ne lui montrez pas que vous pleurez. Il pensera que vous avez honte, sinon.

Une main au-dessus d'une chemise de nuit, Emma rougit. Qu'est-ce que cette femme savait de Will et de ce qu'il penserait ? Elle fourra la chemise dans la valise.

— Je n'ai pas du tout honte.

Iris perçut l'avertissement dans la voix de la jeune fille et lui lança un coup d'œil.

— Très bien, dit-elle.

Après coup, elle ajouta :

— Je m'appelle Iris James.

Emma fixa son visage carré, mais pas déplaisant, encadré par des cheveux auburn tirés en arrière de chaque côté comme des rideaux.

— Enchantée.

— Et qui êtes-vous donc ?

Emma jeta ses derniers effets dans la valise et referma celle-ci.

— Emma Trask, répondit-elle, avant de piquer un fard. Enfin, non, Fitch.

— Quelle idiote je fais ! s'écria Iris avec un sourire désarmant. La femme du docteur. Et moi qui vous avais prise pour une fugueuse.

Pour la première fois depuis plusieurs jours, Emma éclata de rire. Elle se rappellerait toujours l'accès d'hilarité qui l'avait submergée sur ce trottoir, au pied de Mlle James, devant ses vêtements en désordre, avec le vert des arbres derrière Iris et le soleil du soir qui lui réchauffait le dos. Will revint vers elle et lui tendit les mains pour l'aider à se relever. Tout irait bien, décida-t-elle à cet instant. Et elle éclata de nouveau de rire en tombant dans les bras de son mari.

— Merci, mademoiselle James. Vous avez été très serviable.

— De rien, docteur Fitch.

— Rentrons, maintenant, dit-il à Emma.

— D'accord.

Elle sourit pendant qu'il ramassait sa valise sans la laisser s'écarter de lui. Ils s'étaient éloignés de quelques pas quand, tournant la tête, elle vit Mlle James attendre jusqu'à ce qu'une trouée dans le flot des voitures lui permette de traverser la rue.

— Qui est-ce ?

— La receveuse des postes.

Will avait envie d'embrasser Emma là, en pleine rue, mais il se contenta de presser l'allure.

— Hé ! protesta-t-elle en riant.

Elle le suivit toutefois sans prêter attention à aucun détail de sa nouvelle ville hormis l'odeur de la mer, l'air lourd et les vagues qui battaient la digue sur sa gauche. La fin de l'après-midi adoucissait les angles des maisons lorsqu'ils parvinrent dans la partie plus ancienne et plus paisible de Franklin. Quiconque les aurait observés – tout le monde le faisait, Emma le savait, c'était une petite ville après tout et elle devait être le sujet de conversation de la plupart des repas, et pourquoi pas ? elle était jeune, plutôt séduisante, et Will était leur médecin ! –, quiconque les aurait observés, donc, aurait probablement remarqué l'aisance avec laquelle tous deux avançaient du même pas, comme s'ils marchaient ensemble depuis des années déjà. N'importe qui aurait commenté cette aisance, et les lampes qui s'allumaient dans les maisons faisaient à Emma l'effet d'une pression silencieuse, d'un léger murmure sous les bavardages, approbateur et attentif. Elle se raidit un peu.

Voilà pourquoi, peut-être, elle hésita lorsque Will la devança légèrement afin de pousser un portillon avec fierté. Elle était enfin arrivée. Elle contempla la maison, qui ressemblait à toutes celles qu'ils avaient longées – un toit pentu, des bardeaux devenus gris, une large galerie et une porte non peinte, grise elle aussi. Ils s'en approchèrent lentement. Quelqu'un parlait à l'intérieur, une femme, et son ton pressant agit comme un aimant sur Emma lorsqu'elle gravit les marches vers la porte moustiquaire. On aurait dit que la maison était douée de parole.

— Merde, marmonna Will en ouvrant la porte. J'ai laissé la radio allumée.

Emma se dirigea vers la voix. Au bout du couloir, elle distingua la cuisine où Will avait disposé des roses du Japon dans un pot à confiture près de la fenêtre en signe de bienvenue. Les rayons du soleil couchant se fractionnaient dans l'eau et les fleurs paraissaient suspendues telles des étoiles roses. *Au fond du pub, il y a un tableau d'affichage*, disait la femme à la radio. *Et ce soir, on y lit RAF 30, Luftwaffe 20. Bien que la nuit ait été mauvaise pour les Anglais, elle a été pire* – elle marqua une pause – *pour les habitants de Berlin. RAF 30, Luftwaffe 20. Voici le genre de score que Londres inscrit chaque soir que la bataille…*

Will voulut éteindre le poste.

— Non, protesta Emma en repoussant doucement sa main. Non. Qui est-ce ?

— Qui est-ce ? répéta-t-il.

Elle était plus petite que dans son souvenir – il pouvait enrouler ses bras autour d'elle et presque les refermer sur lui. Il l'enlaça et sentit son cœur qui attendait, juste contre le sien. Telle était l'impression qu'il avait à cet instant. Niché dans ce corps si doux – cette poitrine, ce petit ventre, ces hanches –, le cœur d'Emma attendait contre le sien tandis qu'ils se pressaient l'un contre l'autre dans l'obscurité de plus en plus suave, et il écoutait cette femme qui portait la guerre jusqu'à eux avec une urgence dans la voix que Will trouva insupportable. Il ne pouvait rester là plus longtemps sans rien faire. Juste quand la femme à la radio ralentit son débit pour conclure *Ici Londres, bons*..., il tourna le bouton du poste.

— Et mer... de.

Frankie Bard s'appuya contre le dossier de sa chaise dans le studio et ferma les yeux.

— C'était trop aigu, n'est-ce pas ?

Devant le silence de Murrow, elle rouvrit les yeux.

— Trop aigu et trop rapide, lâcha-t-il.

Elle grimaça. Elle était d'accord avec lui.

— Tu y arriveras, dit-il en se levant et en prenant son chapeau. Les filles comme toi y arrivent toujours...

Elle leva la tête à temps pour surprendre son sourire.

— Les filles comme moi ?

— Celles qui savent aussi bien préparer un Martini que tuer un ours... Je me trompe ?

— Non. Mais New York n'appréciera pas.

— Au diable, New York ! Tu t'en es bien tirée.

Il n'empêche, New York n'aimerait pas du tout sa prestation. Ils avaient eu le même problème avec Betty Wason, en Norvège. La porte se referma lentement derrière Murrow. Les voix féminines ne convenaient pas pour parler à l'Amérique des hommes partis au combat. Trop aiguës, trop fluettes, elles trahissaient trop d'excitation. *Merde*. Frankie coupa le micro. Le bras droit de M. Paley refusait même d'engager des femmes comme secrétaires pour les cadres de CBS. Les desserts servis dans les hôpitaux, le quotidien, ce genre de choses – de celles qu'on entendait dans les boutiques –, ça oui, mais *nom de Dieu*, pas la guerre. Il y avait des gars qui mouraient dans le ciel de Londres. Frankie rassembla les pages de son script, éteignit la lumière du studio et gagna la sortie. Les femmes étaient censées se marier, se caser et avoir des enfants. Pas marcher tête nue sous les bombes allemandes en cherchant à décrire des images saisissantes pour ceux qui étaient restés au pays.

Un point c'est tout, songea-t-elle, amusée, en montant la troisième volée de marches du studio souterrain pour émerger dans la rue. Elle poussa la lourde porte de la Maison de la radio. Plongée dans le noir, la ville attendait les sirènes.

Quand les bombes étaient tombées à l'heure du thé, le 7 septembre, rien n'avait laissé présager que cette date marquerait un commencement. Personne n'aurait pu deviner la suite ou pourquoi ou combien de temps cela durerait. La guerre avait été larguée sur Londres et s'y était installée. Quatre cents civils étaient morts durant la première minute du Blitz, et cette nuit-là on compta mille quatre cents victimes des bombes. Dix-sept nuits plus tard, nul ne savait qui était encore vivant – il y avait de nouvelles pertes tous les soirs. Mais on ne disait pas : « Les rues se sont transformées en rivières de sang », avait déclaré Murrow à Frankie. « Explique plutôt que le policier que tu saluais tous les matins n'est plus là. »

La nouvelle lune s'était levée sur les toits fumants. L'espace d'un instant, chacun put se rappeler le ciel tel qu'il était sans les bombardiers et sans les traînées lumineuses des tirs de la défense aérienne au-dessus des cheminées et des flèches médiévales de l'abbaye de Westminster.

Frankie longea d'un pas vif les maisons aux volets fermés et remarqua grâce à son œil exercé de reporter les minuscules rais de lumière qui filtraient çà et là. Au-delà de la prière, au-delà de la chance, il y avait pour certains la simple récompense d'être toujours là. Quoi qu'il advienne. La lune luisait sur les pare-chocs chromés des taxis. D'un grand abri public, un peu plus loin, s'échappa la chanson « Body and Soul », et cette voix d'homme dans le calme et la clarté grise de la rue humanisa toute la scène. Frankie sourit. Temps de guerre.

Les attaques nocturnes obéissaient toutes au même schéma : le bourdonnement aigu et irrégulier des avions de la Luftwaffe démarrait vers minuit et allait crescendo tel un chant mortel. Les projecteurs se braquaient vers le ciel noir où, tantôt seuls, tantôt par deux, les avions allemands faisaient la navette le long du fleuve, sans marquer le moindre répit. Les bombes incendiaires tombaient les premières sur la ville obscurcie, et elles l'illuminaient, l'enflammaient, balisant le chemin pour les suivantes. Celles-là produisaient un bruit strident, ou alors un sifflement, les plus lourdes rugissant comme un train dans un tunnel. Les pires de toutes étaient les bombes suspendues à un parachute qui descendaient doucement, en silence. Frankie quitta Oxford Circus et s'engagea sur Wilmot Road pour rentrer chez elle. Deux camions de sapeurs-pompiers filèrent dans les rues vides, leurs phares voilés semblables à des sirènes aveugles. Il y avait les cieux, il y avait les abris souterrains, et là, dans la rue – entre les bombardiers et les bombardés –, il y avait la Terre du Milieu. Et dans cette Terre du Milieu, la nuit, tout basculait en un ballet de morts kaléidoscopique, qui se détachait sur le fond noir de la ville.

Un mois plus tôt, Murrow avait réalisé un reportage dans cinq lieux différents pour faire entendre à ses auditeurs les bruits de Londres au cours des premières attaques. Frankie l'avait regardé se poster à l'entrée de l'abri situé dans la crypte de l'église St. Martin's in the Fields et, tel un guide courtois, écarter le fil du micro pour ne pas gêner les Londoniens venus s'y réfugier. On ignorait si les Allemands allaient se manifester, mais Murrow se concentrait sur le pas régulier des gens qui marchaient dans le noir, en route vers chez eux ou vers l'abri – on aurait cru des fantômes aux pieds de plomb, selon lui. Et quand le raid avait débuté, accompagné de cette longue mélopée de plus en plus aiguë, la voix tendue et animée du journaliste avait décrit le vrombissement des avions de la Luftwaffe, *les voilà, vous les entendez*, et tout en brandissant le micro vers le ciel, Frankie s'était sentie intouchable, immortelle. Ici et maintenant. *Vous entendez ça ?* Elle aurait voulu mêler sa voix à celle de Murrow, elle aurait voulu capter l'attention des auditeurs à l'autre bout du câble. À cet instant-là, les Allemands avaient fait irruption dans le salon d'une famille américaine et elle avait retenu le rideau afin que celle-ci ne perde rien du spectacle. C'était un défi qu'elle lançait à ses compatriotes. Allez-y, essayez un peu de détourner les yeux !

2

Et où se tournaient nos yeux ? Vers Londres. Octobre succéda à septembre, les bombardements s'intensifièrent, les enfants avaient été envoyés à la campagne en bus ou en train, et des milliers d'autres expédiés en bateau de l'autre côté de l'Atlantique. Les chansons qui vous brisaient le cœur grésillaient sur les ondes avant et après les infos du soir.

My sister and I recall the day
We left our friends and we sailed away
And we think of the ones who had to stay –
But we don't talk about that[1].

Nous écoutions Murrow, Shirer et Sevareid. *Ici Londres*, disait Murrow. Il marquait ensuite une pause. *Ce soir, j'ai été projeté contre un mur par le souffle d'une explosion – ce qui donne furieusement l'impression d'être heurté en pleine face par une planche couverte de*

1. Chanson de Jimmy Dorsey, jazzman américain (1904-1957). « Ma sœur et moi, nous nous rappelons le jour/Où nous avons quitté nos amis pour prendre la mer/Et nous pensons à ceux qui ont dû rester/Mais nous n'en parlons pas. »

plumes. Nous avons aussi perdu notre troisième bureau, qui a l'air à présent d'avoir été dévasté par un géant fou, armé d'un fouet de cuisine. J'en conclus tout naturellement que le bombardement a été massif.

Frankie sourit au souvenir de l'amusement affiché par Murrow et de cette étrange ivresse que procure le danger a posteriori. Tous n'avaient pourtant pas le même sang-froid. Bien qu'il eût couvert la défaite française et que la guerre lui fût familière, Eric Sevareid allait retourner aux États-Unis après trois mois de Blitz. En se rendant à pied à la Maison de la radio pour assurer le programme du soir, il avait murmuré : « Je n'en peux plus. Quand la sirène se met à hurler, j'ai beau me raisonner, je fais les derniers mètres en courant comme un malade. »

— Viens.

Appuyé contre un haut mur de brique, un peu plus loin, un homme attira sa petite amie vers lui pour l'embrasser.

Insouciante et joyeuse, la fille noua les bras autour de son cou et se pressa contre lui *comme s'ils étaient seuls au monde, avec l'éternité devant eux*, rédigea mentalement Frankie. Le jour déclinait en cet après-midi d'automne et les bruits du crépuscule se fondaient tout autour d'elle dans le noir et le froid. De l'autre côté de la rue, au milieu d'un petit jardin public, un enfant cria son indignation :

— C'est le mien, Charlie !

Voilà une vie normale dont on a soulevé le couvercle de force – elle longea la rue – *et, en temps de paix, ce couvercle c'est la bouilloire qu'on a mise sur le feu, c'est n'avoir rien de prévu à part aller se coucher, c'est les enfants dans leur bain et la vaisselle du dîner sur le rebord de l'évier.*

Elle traversa High Street et se dirigea vers Argyll Road. *C'est la fin de la journée dans le monde du dessus, l'heure qui précède la descente dans les abris, la dernière heure de lumière. Il fait froid en cette soirée d'octobre, mais tout le monde est dehors. Bonsoir. Bonsoir. Dieu vous bénisse. Les cloches des églises ne sonnent plus.* Après cinquante nuits de bombardements, on pouvait compter sur les Allemands pour revenir et, même si la censure n'accepterait jamais qu'on le dise, la vérité était que la régularité de leurs attaques leur faisait perdre la bataille. Parce que les Londoniens avaient compris qu'ils pouvaient continuer à vivre. Il suffisait de s'organiser en tenant compte des raids. Au bout de la rue, M. Fainsley rentra sa charrette et baissa son rideau. « C'est plus fort que moi, lui avait expliqué l'épicier la veille en haussant les épaules, je ne peux pas m'empêcher de fermer ma boutique comme d'habitude. » Il savait pourtant aussi bien qu'elle que celle-ci aurait peut-être disparu au matin. « Je ne peux pas m'en empêcher. » Cela faisait six semaines que Frankie entendait les gens lui répéter ces mots avec le même sourire malin. « Je ne peux pas m'empêcher de continuer à vivre comme avant. »

Parfois, quand on se postait à l'angle d'une rue, on voyait une longue rangée de maisons intactes dont les façades blanches se découpaient nettement sur le ciel d'automne – toute l'Angleterre incarnée dans un petit coin de Londres. Et puis on se tournait et on ne découvrait de l'autre côté que des ruines, des incendies, et les visages épuisés de femmes portant des valises en carton et hissant leurs enfants dans un bus de réfugiés qui attendait près d'un square. Tous les soirs, la guerre survolait Londres tel un ange vétérotestamentaire, quartier après quartier. Elle frappait ici, bifurquait là, et Frankie la suivait avec l'envie de tout noter, d'aller au cœur des choses.

Elle grimaça. *Au cœur des choses*. Max Prescott, le rédacteur en chef du *New York Tribune*, aurait souligné cette expression en rouge sans hésitation. Des *choses* ? Quelles *choses*, Frankie ? aurait-il demandé. C'est quoi, l'histoire ? Qu'est-ce qu'elles racontent, *ces choses* ? Il faut que les gens soient saisis aux tripes, bon sang ! OK, chef ! aurait-elle répondu. Elle sourit en se représentant la scène.

Une femme qui se dirigeait vers l'abri de Liverpool Street avec son bébé et, fardeau plus improbable, un lourd berceau en bois, lui jeta un regard par-dessus son épaule. Frankie s'arrêta net. Beaucoup de personnes descendaient dans les abris avant que les sirènes ne retentissent pour s'assurer une bonne place – « une place d'angle, lui avait dit une dame âgée la semaine précédente, ce sont les plus recherchées ». La femme avec le bébé la dévisagea donc, et assez longtemps pour que Frankie note ses cheveux blond terne attachés avec un ruban noir, et le col de son pull qui bâillait légèrement, signe qu'elle avait perdu du poids.

Une fois de plus, elle regretta de ne pouvoir revenir là le lendemain matin, juste pour vérifier que la femme et son enfant remontaient à la surface, qu'ils avaient dormi, qu'ils s'étaient réveillés et qu'ils reprenaient le fil de leur existence. Juste pour connaître la suite.

Le danger autour d'eux signifiait que tout le monde – elle donna un coup d'épaule à la porte du 8, Argyll Road – vivait peut-être ses derniers jours. Tout le monde – elle tourna la tête vers la rue en poussant le battant – avait peut-être une histoire déchirante à confier.

— Hé, mademoiselle !

Elle se redressa. Le garçon qui habitait au bout du pâté de maisons se tenait devant chez elle.

— Salut, Billy. Qu'est-ce qu'il y a ?

Il se dandina avec l'impatience et la circonspection d'un enfant de six ans.

— Ma maman, elle a dit que tous les Américains ont du chocolat, mais que c'est un secret. Et qu'on ne doit pas quémander.

— Tu veux en avoir le cœur net, je suppose ?

— Oui.

Dommage qu'elle n'eût pas de chocolat à lui offrir, songea-t-elle.

— C'est en effet un secret, parce que je n'en ai jamais entendu parler. Et pourtant, je suis bien informée.

Il hocha la tête. Il savait tout sur elle et sur l'autre dame à l'étage. Sa maman le lui avait expliqué. C'était des journalistes venues là pour raconter tout ce qui se passait aux Américains.

— Vous n'en avez pas, alors ? demanda-t-il, déçu.

Frankie se pencha vers lui et pressa un doigt sur ses lèvres avec une mine conspiratrice.

— Je vais me renseigner, je te le promets. S'il y a un secret, je le découvrirai. D'accord ?

— D'accord, souffla-t-il avant de détaler.

Elle poussa de nouveau la porte. Le père du garçon servait dans la RAF et était parti depuis l'été. La mère ne devait pas avoir plus de vingt-trois ans.

— Harriet ? appela-t-elle en entrant chez elle.

— Je suis dans la salle de bains ! cria sa colocataire.

— Sors vite ! J'ai des nouvelles ! lança Frankie en direction du couloir tout en suspendant sa clé au crochet près de la porte.

Elle dénoua son foulard et le fourra dans son chapeau, heureuse que Harriet soit à la maison. Correspondante de l'Associated Press, toujours prête à rire et à bavarder, Harriet Mendelsohn se trouvait en Europe depuis 1938. Elle était un peu plus âgée que Frankie et soutenait mordicus que le monde avait besoin de reporters de guerre, de gens pleins d'optimisme, capables de s'indigner et de chercher la vérité.

« Ça ne suffit pas de rester chez soi et d'être quelqu'un de bien. Ne faire de mal à personne, ne pas mentir – ce n'est pas assez, avait-elle déclaré en trinquant avec Frankie le jour où celle-ci avait emménagé dans son appartement. On ne se salit pas les mains, mais on ne vit pas. »

Il y avait une lettre de la mère de Frankie sur le buffet. Elle ouvrit l'enveloppe et suivit le petit couloir menant au salon, où Harriet avait déjà tiré les rideaux occultants. Après avoir allumé une lampe à l'entrée de la pièce, elle lut la lettre debout, appuyée contre le montant de la porte. Les pattes de mouche familières décrivaient le quotidien de la maison de Washington Square durant la semaine précédente. Frankie adorait l'écriture penchée de sa mère, mais celle-ci ne lui épargnait aucun détail de ses repas, de ses pensées, des conversations qu'elle avait surprises, et elle exposait chaque instant de ses journées avec la monotonie d'une jument arpentant un chemin familier. Inutile de se presser, comme ça rien ne manquerait. Et rien ne manquait, en effet, soupirait à chaque fois Frankie. Elle lisait pourtant tout jusqu'au dernier mot, reconnaissant avec réticence que sa mère était une journaliste privée de rubrique et de rédacteur en chef depuis des années. *Mardi matin, quand je me suis réveillée, le temps était vraiment maussade. Le seul remède, ça a été deux œufs sur un toast, puis une longue promenade jusqu'à la bibliothèque. Mme Taylor envoie ses…*

— Salut, dit Harriet en arrivant derrière elle.

Frankie se retourna.

— Salut.

— Tu travailles ce soir ?

— Oui.

Bonsoir, ma chérie. Frankie replia la lettre et la remit dans l'enveloppe.

— Devine ce que Murrow m'a confié.

Son amie plissa les yeux en percevant son enthousiasme.

— Vas-y, crache le morceau, cow-boy.

— Un sujet sur la batterie d'artillerie située près de l'hôpital.

Harriet laissa échapper un sifflement.

— Il semblerait que je ne sois pas qu'une blonde en jupe finalement.

La remarque fit rire Harriet. Dès leur première rencontre, sa colocataire avait évoqué pour elle des prairies, des Indiens et des hommes lâchés dans la nature.

— Que dirais-tu de manger des œufs brouillés avec un toast avant d'aller voir les gars et leurs canons ? demanda-t-elle d'un ton sec alors même qu'elle souriait.

Elle passa dans la cuisine et sortit des œufs de la glacière.

— Tu as lu la dépêche que Steinkopf a envoyée de Varsovie ? ajouta-t-elle.

— Non.

— Ils ont construit un mur en béton autour d'une partie de la ville.

— Comment ça, un mur ?

— Un mur haut de deux mètres quarante, si lisse qu'un chat ne pourrait pas grimper dessus, d'après Steinkopf.

— Autour du ghetto ?

Harriet acquiesça.

— Cela date de quand ?

— La dépêche vient de tomber.

— Au moins, les gens sont chez eux.

— Pour l'instant, répliqua Harriet sans se retourner.

Frankie observa les épaules penchées de son amie. Telle une couturière, Harriet Mendelsohn rassemblait des bribes d'informations sur le sort réservé aux Juifs à mesure que les nazis envahissaient un pays après l'autre, et ce depuis l'invasion de la Pologne l'année précédente. Elle écrivait sur les milliers de Juifs de Varsovie et d'autres villes polonaises qui partaient se réfugier en Lettonie et en Lituanie, et qui étaient refoulés aux frontières. Les suicides à Varsovie, les expulsions, les arrestations de masse : tout ce qu'elle entendait, elle le tapait à la machine et l'envoyait à son agence. C'était elle qui, la première, avait rapporté cette proposition de Hitler au Reichstag en 1939 : créer une réserve juive au sein de l'État polonais, sur le modèle – avait-il assuré – des réserves indiennes en Amérique. Et quand Harriet cousait ensemble toutes ces bribes d'informations, il apparaissait que les nazis tentaient de déplacer les Juifs, de les chasser, de les renvoyer – et surtout de leur faire quitter l'Allemagne.

Mais était-ce organisé ? La question se posait. Et était-ce crédible ? On s'en inquiétait. Il y avait eu tant de récits à sensation sur les atrocités prétendument commises par l'Allemagne durant la Première Guerre mondiale qu'une grande partie de la presse accueillait avec prudence toute histoire évoquant une action délibérée et menaçante contre les Juifs. L'hypothèse avait semblé improbable jusqu'au début de cette année-là, quand le Vatican avait confirmé que les nazis regroupaient des Juifs venus d'Autriche, de Tchécoslovaquie et de toutes les régions de la Pologne dans des ghettos. Mais y avait-il une raison à cela ? Le *Times* de Londres s'était interrogé à mots couverts quelques semaines plus tôt. Harriet, elle, commençait à croire que oui. L'histoire cette fois était celle d'un assaut bien préparé. Et, pour raconter cette histoire a priori invraisemblable, elle analysait des fragments de la politique nazie cachés dans de longs discours. Elle avait des cousins en Pologne et leurs lettres, quand elles arrivaient sur le buffet de l'entrée, n'étaient pas seulement porteuses de nouvelles : elles s'accompagnaient pour Harriet d'un soulagement manifeste à la pensée que ses proches étaient toujours chez eux, dans leur rue. Ils étaient toujours là.

Pour l'instant, songea Frankie en servant deux whiskys et en en posant un sur le rebord de la fenêtre, près de son amie. *Pour l'instant.* Pour l'instant. Tels étaient les mots qui nourrissaient la peur. Et comment écrire une telle histoire ? Les trois questions de Murrow, qui servaient de base à toutes ses émissions – *Que se passe-t-il ? En quoi cela touche-t-il les Américains ? Que dit l'homme de la rue ?* –, ne collaient pas dans le cas présent. Les informations qui circulaient laissaient entrevoir une situation terrible pour les Juifs, n'importe qui au pays pouvait s'en rendre compte. Terrible, c'était terrible. Mais la guerre aussi l'était. Merde, c'était l'enfer, même. Et qu'étions-nous censés faire contre ça ?

Ouvre l'œil – Frankie trinqua avec Harriet – *et écris comme une damnée*. Elle prit son verre et s'affaissa sur le fauteuil club en cuir blanc du salon. Diplômée du prestigieux Smith College de Northampton, promotion 1932, elle était retournée à New York après ses études. Dès le lendemain matin, et au grand désarroi de sa mère, elle débarquait au *New York Tribune*. Max Prescott avait jeté un coup d'œil à cette fille impatiente et inexpérimentée surgie brusquement devant lui et l'avait renvoyée de son bureau en lui ordonnant de lui rapporter ce qu'elle trouverait. Sa besace sur la hanche, elle était partie sans savoir ce qu'elle cherchait, descendant la 4e Rue Ouest pour plonger dans le chaos de Broadway, poursuivant plus loin vers l'est et les immeubles anciens qui se massaient le long du fleuve. Elle avait marché et constaté avec surprise qu'elle pouvait aller partout avec un calepin. Et aussi que les gens acceptaient de se confier à elle.

Ils n'attendaient en fait qu'une oreille attentive. Au bout de six mois, Prescott lui avait réservé un petit espace – sans signature en tête de l'article – pour sa rubrique « Le pouls de la ville ».

Jusqu'à la fin du mandat de Hoover et le début du New Deal, Frankie avait arpenté la ville dans un sens et dans l'autre, en escarpins satinés ou en mocassins, *journaliste diplômée avec mention*, comme tenait à le préciser sa mère d'un ton fier et, en même temps, plein d'espoir lorsqu'elle la présentait à un éventuel futur mari. *Diplômée avec chance*, marmonnait Frankie. Elle savourait les scènes qu'elle saisissait et reformulait jusqu'à ce qu'elles soient bien tournées. Pas sèches. Pas vidées de toute substance. Concises et éloquentes. Parlant de ce que c'était de vivre. Parlant de la vie.

Jusqu'à ce soir du printemps dernier où, en rentrant chez elle, elle était tombée sur William Shirer à la radio, en direct de Berlin. Elle s'était assise sur une marche de l'escalier, appuyée contre la rampe, pour l'écouter. Grêle et aiguë, empreinte de douleur, elle était très différente de celle, riche et grave, de Murrow. Mais durant ces quelques minutes, par-delà l'espace et le temps, Shirer avait exprimé la partie invisible du monde à travers son souffle et ses intonations calmes et modérées. C'était le monde tout entier contenu dans une voix : ce qui se passait là, *maintenant*. Malgré ses efforts, sa façon d'articuler les mots *Führer* et *Herr*, qu'il prononçait sans accent, laissait transparaître le dégoût d'un homme du Midwest, au nez et à la barbe de la censure. Dans cette voix, il y avait plus qu'une histoire, plus que des mots. Deux semaines plus tard, Frankie embarquait sur le *SS Trieste*, sans autre recommandation pour entrer dans le monde de la radio qu'une lettre de Prescott, une machine à écrire et son sourire.

Lorsqu'elle découvrit le « studio » guère plus grand qu'un placard, avec sa table et sa chaise en piteux état, son unique lampe éclairant le micro lourd et émoussé comme l'arme d'un crime, elle faillit éclater de rire. Tout cela était si modeste. Et si incertain. On s'asseyait là, on attendait avec un casque sur les oreilles que New York dise *À vous, Londres*, et ensuite on actionnait l'interrupteur sur le côté du micro et on parlait. Si le temps le voulait bien, votre voix était relayée comme un coureur de fond, elle traversait le ciel anglais, transitait par des tubes vides, des fils et des câbles, franchissait les transmetteurs et, sans qu'on sache trop comment, émergeait en grésillant sur les ondes près de cinq mille kilomètres plus loin, en Amérique. Mais une défaillance était possible à n'importe quelle étape du parcours, et dans ce cas votre voix s'évaporait purement et simplement dans les airs.

Frankie avait débuté en tapant les scripts de Murrow. Elle remplissait les verres d'eau et les posait près du micro. Elle trouvait les personnes qu'il voulait interroger et les lui amenait. Et elle faisait ce qu'elle avait toujours fait : marcher et tendre l'oreille. Elle sillonnait Londres sans carte, guidée par les voix qui s'échappaient des pubs et les lumières encore éclatantes des théâtres et des salles de bal. Les troupes de Hitler approchèrent de Paris. Les Britanniques se retranchèrent à Dunkerque, la Défense civile distribua des masques à gaz aux habitants et les enfants furent envoyés à la campagne. Dans les boutiques et les files d'attente aux arrêts de bus, Frankie écouta les Londoniens donner de la chair à ces événements.

— Qu'est-ce que l'épicier a à dire aujourd'hui ? lui avait demandé Murrow un jour.

Sans réfléchir, elle avait répondu :

— Eh bien, selon lui, les moutons ne finiront jamais dans les assiettes si les bombes continuent à tomber comme la nuit dernière.

Murrow avait ri.

Deux soirs plus tard, elle était à l'antenne avec lui et « Que dit l'épicier, mademoiselle Bard ? » avait rencontré un franc succès à New York, au point de devenir la séquence attitrée de Frankie. Les efforts du laitier pour conserver ses bouteilles en verre. La paire de chaussures pour hommes laissée intacte *deux semaines entières* sur son présentoir dans la vitrine d'une boutique bombardée, aussi nécessaire que le roi par sa parfaite sérénité. Avec des chaussures pareilles toujours à leur place, l'Angleterre tenait debout. Depuis six mois, Frankie écumait ainsi la ville pour récolter ces petites tranches de vie. Mais cette fois, elle s'attaquait à quelque chose de tout nouveau. Un reportage sur les hommes dans la bataille – et un reportage qu'elle assurerait seule.

À 21 heures, elle sortit dans la rue et, par réflexe, leva les yeux vers les rideaux occultants de sa fenêtre avant de se diriger vers le poste de défense antiaérienne. Au début des bombardements, les canons au sol étaient restés silencieux, le ministère de la Guerre estimant que la RAF était la mieux placée pour abattre les avions de la Luftwaffe. « Mais ça rendait tout le monde cinglé d'être transformé en proie facile, avait déclaré

Mme Preston, l'une des voisines de Frankie. On est là en bas pendant que les avions nous canardent d'en haut. » Au bout d'un mois, l'ordre avait été donné de laisser tirer les canons de l'artillerie – qui envoyaient, jusqu'à vingt-cinq mille pieds, dix obus de quatorze kilos à la minute –, même si on ne savait pas ce qu'ils visaient. Les tireurs qui guettaient les bombardiers allemands sous leurs couvertures, avec leurs quatre canons pointés chacun sur un quadrant différent du ciel, ne savaient qu'une chose : il faisait froid.

En arrivant près de la batterie d'artillerie installée dans les jardins du palais de Kensington, Frankie avisa deux guetteurs assis sur des sièges inclinables, leurs lunettes de vision nocturne tournées vers le ciel.

— Vous ne pouvez pas rester là, ma jolie, dit l'un d'eux sans lâcher son télescope.

Frankie montra son accréditation au deuxième guetteur, qui avait cessé de fixer le ciel pour lui tendre la main.

— Vous risquez d'être blessée, la prévint-il.

— Vous aussi.

Il grogna et reprit son observation.

Elle fit face aux neuf tireurs. Ils étaient jeunes au possible, et attendaient tous le moment d'agir.

— Quelles sont les chances d'atteindre la moindre cible cette nuit ? demanda-t-elle.

— Les chances sont aussi minces que la taille de ma femme, soupira un homme.

— Fiche-nous la paix avec ta femme, tu veux ? rétorqua l'un de ses compagnons.

Frankie sourit.

— Où est votre femme, soldat ?

— Dans le Kent.

En d'autres termes, en lieu sûr. Ailleurs en Angleterre, là où les feux distants de Londres s'apparentaient à la nouvelle lune dans le ciel noir de la campagne.

— À vos postes ! cria l'un des guetteurs.

Aussitôt, les hommes autour de Frankie repoussèrent leurs couvertures et coururent se mettre en place : le pointeur, l'ajusteur, l'amorceur, le porteur de munitions.

— Prêt ! annonça l'homme originaire du Kent.

Tous étaient à présent tendus et silencieux. Frankie alluma sa lampe torche pour regarder l'heure à sa montre et nota les bruits de l'attente autour d'elle. La respiration des hommes. Quelques quintes de toux. Un calme qui avait des yeux et des oreilles. Un calme animal.

Sur sa gauche, à l'est, s'éleva le bourdonnement familier et irrégulier du premier avion allemand.

— Continuez tout droit, espèce de salauds, murmura l'un des soldats, la main sur le canon. Continuez tout droit pour qu'on puisse vous dégommer.

Frankie mit son casque et se plaqua contre le mur qui protégeait la batterie.

Boum. Le premier obus monta en rugissant vers un avion que personne ne voyait, mais que les guetteurs s'efforçaient de repérer à l'ouïe tout en hurlant des coordonnées. Un deuxième obus suivit très vite et, dans la faible lumière, les fenêtres des maisons autour du parc se déformèrent avant d'exploser et de répandre dans la rue une pluie argentée de débris de verre. Les tirs se succédaient à présent. Des éclats d'obus s'écrasaient avec fracas sur les toits, comme des danseurs chaussés de sabots mais privés de musique. Murrow avait envisagé d'envoyer un camion d'enregistrement avec elle, mais même si elle avait pu entendre le preneur de son lui dire à cet instant, *c'est à toi, Frankie*, le vacarme était trop fort, trop dément, et elle n'aurait pas eu d'autre commentaire à faire que : *C'est dément.*

— Putain, marmonna le soldat à côté d'elle, sa joue contre la détente. Putain, putain.

On aurait cru une prière qu'il lançait violemment en l'air, dans le néant, répétée encore et encore, si bien que Frankie eut envie d'attraper quelque chose et de le jeter aussi vers le ciel. Peu importait que chaque tir risquât de trahir leur position, d'attirer l'attention d'un pilote au-dessus d'eux qui, d'un geste du pouce, pourrait faire pleuvoir la mort sur la batterie si rapidement qu'ils ne la verraient pas venir – là, malgré le froid de cette nuit d'octobre, les hommes transpiraient et le rugissement des obus répondait aux cris des guetteurs, qui, désormais en bras de chemise, jouaient de leur canon comme d'un tambour. « Approchez, approchez, approchez », beuglaient-ils en faisant feu. Et les lumières flamboyaient, vertes, bleu électrique, et la cordite leur brûlait la gorge. « Approchez, fils de pute ! » Ils enfonçaient les obus dans les canons, tels des débardeurs pleins d'espoir, et continuèrent ainsi jusqu'à ce que l'un des guetteurs leur criât d'arrêter.

Sans bouger d'un pas, quelques-uns des hommes s'affaissèrent sous leur canon. Frankie avait les jambes qui tremblaient. C'était terminé. Ils n'avaient pas été touchés. Ce calme soudain, cette délivrance étaient assourdissants.

— Merde, vous êtes courageux, dit-elle dans le silence épuisé.

— On fait juste notre boulot, mademoiselle, plaisanta un soldat dans le noir.

— La ferme, Jack.

— C'est pourtant vrai, insista-t-elle, tout à la fois au bord des larmes et prise d'une envie de rire.

Une bouffée d'air nocturne l'assaillit, accompagnée du bruit des bombes larguées cette fois plus à l'ouest. Une épaisse colonne de fumée zébra le ciel tandis que le vent tournait en charriant la puanteur des explosions. Autour d'elle, certains des hommes semblaient s'être endormis. Il n'y avait pas de voile, pas de rideau protecteur derrière lequel les choses se produisaient hors de vue, « quelque part là-bas ». Quelle claque ! Frankie eut le sentiment qu'il fallait impérativement que les gens le sachent. Ici, il n'y avait rien entre la guerre et vous. Elle ramassa sa besace et s'éclipsa discrètement, de la même façon qu'elle aurait quitté une nursery, enivrée et brisée de fatigue, réfléchissant déjà à ce qu'elle dirait à la radio.

C'était ça, n'est-ce pas ? Cet espace vide. L'air rare entre les deux amants qui s'étaient embrassés ce soir-là avant de descendre sous terre, leurs corps collés l'un à l'autre, c'était le même que celui séparant les soldats et les bombes, et le même aussi qui portait leurs paroles de l'autre côté de l'océan, sur les ondes, pour que les gens les écoutent assis chez eux dans leur fauteuil. Un article de presse devait être coulé dans le plomb, les mots devaient être liés et troussés, imprimés sur le papier, pliés et livrés à des garçons qui criaient « Scoop ! Scoop ! » au coin des rues. Tandis qu'avec la radio, l'histoire volait d'une bouche à une oreille, comme un secret s'insinuant dans les sombres recoins du cerveau. L'espace s'effondrait, et le monde devenait pour nous tous une grande galerie murmurante.

Une énorme explosion retentit, puis la torche éclatante d'une bombe incendiaire traversa le ciel en piquant droit vers le sol. Frankie se figea et commença à compter, comme pour déterminer le nombre de kilomètres entre le tonnerre et un éclair. Le dessous argenté des ballons de barrage qui flottaient au-dessus de la ville refléta les flammes en déviant leur couleur dans le noir. *Boum.* Sauvée. Frankie ignorait depuis quand elle comptait ainsi, mais elle ne savait plus faire autrement. La bombe était tombée à environ un kilomètre et demi plus loin, près du Parlement, supposa-t-elle. Elle reprit sa marche en attendant que ses yeux s'habituent de nouveau à l'obscurité. Juste devant elle, la bande blanche que la Défense civile avait tracée sur le trottoir pour guider les gens le long des rues obscures s'arrêta brutalement, puis s'éleva sur un mètre en pointant des cercles peints autour du tronc d'un arbre.

— Regardez où vous allez, s'énerva un passant à côté d'elle.

— Désolée !

Il lui fallut plus d'une heure pour revenir à la Maison de la radio. L'épais brouillard de fumée encrassait ses poumons. Elle remonta son col sur ses oreilles en progressant à travers les décombres et les incendies. Des véhicules s'alignaient devant les sites bombardés, aussi disciplinés que des taxis à la sortie d'un théâtre, et une femme servait du thé dans une fourgonnette ouverte. L'éclat noir, rouge et bleu de l'étrange lumière nocturne accrocha un reflet sur le capot d'une voiture qui filait à vive allure sous la pleine lune.

— Tu as une sale mine, nota Murrow lorsque Frankie accrocha son manteau par-dessus le sien à la porte du studio.

— Merci, monsieur, répliqua-t-elle d'un ton acerbe en s'asseyant.

— Qu'est-ce que tu nous as ramené ?

Elle lui décocha un grand sourire.

— C'est dingue, Ed. Ces gamins enchaînent les tirs d'obus, on n'y voit rien, et au bout d'un moment, le bruit, les canons, et le *slam, bam, boum* qui se répète à n'en plus finir… Eh bien, on se met à chevaucher tout ça ! Comme au ski, quand on dévale une pente sans penser au danger, en s'abandonnant complètement.

Elle s'interrompit. Derrière la vitre, Tom avait levé une main pour marquer le compte à rebours avant son passage à l'antenne.

— On va lancer l'intro, dit Murrow, et ensuite tu nous raconteras tout ça comme tu t'apprêtais à le faire à l'instant, et avec la même intonation, Frankie. Garde-la, surtout.

Elle hocha la tête, et lorsque Tom donna le signal, que la lumière s'alluma, et qu'Ed entama l'échange qui allait mener à son compte rendu, elle répondit à ses questions en souriant. Ensuite, lui aussi disparut et elle ferma les yeux, ainsi qu'elle le faisait toujours, pour dire simplement les choses telles qu'elle les aurait dites à sa mère – qu'elle imaginait assise à côté de la boîte noire dans le salon du 14, Washington Square. Les hommes et le froid et le bruit et la montée d'adrénaline qui vous poussait au combat – c'était ça, n'est-ce pas ? –, et comment votre sang rugissait avec les obus, et combien l'attente dans un abri souterrain était différente.

— Mettez-vous à la place de n'importe lequel de ces hommes, dit-elle d'une voix plus lente à mesure qu'elle approchait de sa conclusion. Aucun n'a envie d'être tué. Et pourtant, il y a cet élan fou, enivrant, quand vous prenez votre courage à deux mains et que vous foncez vers le danger pour oublier justement qu'il est là. Très bien, pensez-vous alors, je m'en remets à Dieu – elle sourit – et à quelques hommes. Ici, vous fermez les yeux, vous faites votre boulot, et vous foncez tout droit – où que cela vous mène.

Nom de Dieu. À Franklin, Massachusetts, Harry Vale pivota sur sa chaise pour contempler le poste de radio.

« Ici Frankie Bard, à Londres. Bons… »

Harry fit taire sèchement cette voix et resta assis sans bouger. Dans ses intonations, il avait reconnu la ruée en avant des derniers instants, ce bond qui vous propulse au milieu du danger, quand tout ce qu'on peut faire, c'est le regarder droit dans les yeux, parce que ce qui doit arriver arrivera. Harry avait oublié ce qu'on éprouvait à ce moment-là. Merde, il avait même senti la fille *sourire*, alors qu'il était 1 heure du matin passée à Londres et 20 heures chez lui. Sans réfléchir, il se leva et éteignit la lampe de son salon. Puis, dans l'obscurité de la pièce, il tendit l'oreille.

La corne de brume gémissait à Long Point. Harry enfila son blouson et longea le couloir mal éclairé.

Il passa devant la toute petite chambre qu'il avait donnée à Otto Schelling au printemps et vit que l'Allemand s'était encore une fois endormi tout habillé, sans éteindre la lumière. Avec ses fins cheveux blonds qui tombaient sur l'oreiller en dégageant ses joues, il ressemblait à un enfant. Le jour où Flores l'avait ramené de Nauset, l'homme était resté longtemps sur le trottoir, à l'endroit même où le bus l'avait déposé. Cela remontait à avril, et il faisait froid cet après-midi-là. Assez pour dissuader les tulipes de sortir de terre avant le mois de mai. Bien après que le bus fut parti, Harry avait observé Otto par la vitrine du café. L'air épuisé et perdu, l'homme n'avait pas bougé d'un pouce, comme une voiture en panne sèche – ou comme s'il attendait que le monde cesse de tourner, s'était dit Harry.

— Un Boche qui débarque sans prévenir et qui s'installe ici, c'est bizarre, avait commenté Flores par la suite.

Harry avait haussé les épaules.

— Qu'est-ce qu'il fabrique ici, Harry ? C'est la question que je me pose.

— Il est peut-être juif.

Harry referma la porte de la chambre, descendit l'escalier et sortit dans la nuit. Il n'y avait personne dehors ce soir-là et aucune lumière ne brillait dans la ville à l'exception des trois réverbères inaugurés en grande pompe dans le centre l'année précédente. À sa droite se trouvaient l'hôtel de ville et sa grande place, et, juste en face, la poste. À sa gauche, la route montait une colline et s'éloignait en disparaissant dans le noir. Tous les habitants de la rue écoutaient la radio à cette heure-ci. L'heure avant le coucher. Harry prit une cigarette dans sa poche et l'alluma, les yeux rivés sur des phares qui s'approchaient lentement depuis l'autre bout de la ville, révélant les clôtures en bois le long de la route. Un instant, ils illuminèrent le mât blanchi à la chaux qui se dressait sur le bureau de poste comme un doigt fantôme levé dans la nuit. Harry fronça les sourcils. Ainsi éclairé, le mât indiquait clairement l'emplacement du centre de Franklin. Il faudrait qu'il dise à Iris de le raccourcir, songea-t-il en faisant un signe de la main au conducteur de la voiture. Celui-ci klaxonna au passage, et le visage du docteur rougeoya brièvement dans la lumière répandue par l'enseigne de la station-service. Puis l'obscurité retomba derrière lui, une obscurité qui avala bientôt ses deux feux arrière sur la colline.

Iris. Harry sourit bêtement. Il l'entendait presque – *Vous voulez guillotiner mon mât, monsieur Vale ?* Il hocha la tête. Il souriait encore, mais ce n'était pas une plaisanterie pour lui. De l'autre côté de la route s'étendait la plage du port. Passé le sable gris, tout était noir. Et passé ça… En dix-huit mois, Hitler avait vaincu l'Autriche, la Tchécoslovaquie, la Pologne et la France. Allait-il maintenant traverser la Manche et avancer triomphalement sur la route menant de Douvres à Londres ? Harry scruta l'immensité nocturne, puis jeta sa cigarette dans le caniveau et se tourna dans la direction suivie par le docteur Fitch.

On ne distinguait plus rien cependant. Les feux arrière avaient depuis longtemps disparu et la ville était de nouveau plongée dans les ténèbres. Il refit alors face au large et fixa le lointain, là où la guerre les attendait tous.

3

À l'arrière du bureau de poste, le vent marin s'engouffrait tout droit dans la salle de triage, si bien qu'Iris eut les membres engourdis par le froid après quelques heures de travail. Née à l'intérieur des terres, elle avait l'habitude de la neige hivernale, mais ici, les bourrasques qui balayaient l'Atlantique sans rencontrer le moindre obstacle parvenaient à s'infiltrer dans les bâtiments et s'accrochaient à tout ce qu'elles pouvaient. Elle sortit de son enveloppe la carte scolaire qu'elle avait commandée et la déplia sur la table. Le monde vert aux démarcations nettes d'avant-guerre s'étala sous ses yeux.

Il y avait la France et l'Allemagne. L'Autriche. L'Angleterre. La Pologne. Des noms imprimés dans la police de caractère droite et rassurante de l'école, un monde aussi ordonné que les hommes l'étaient désormais. Depuis le début de la conscription en octobre et le tirage au sort au ministère de la Guerre du numéro[1]

1. Ces numéros déterminaient l'ordre d'appel des conscrits : plus ils étaient bas et plus les hommes pouvaient s'attendre à partir tôt.

attribué à chacun, dans tout le pays les routes et les trains grouillaient d'Américains qui se penchaient sur des livres et des cartes dans leur uniforme vert olive, affalés dans des sièges trop étroits, en route de l'Ohio vers Omaha. Le Tennessee. La Géorgie. La Caroline du Nord et la Caroline du Sud. En ville, les deux frères Snow partiraient en premier et seraient suivis par un Wilcox, un Duarte et un Boggs. Johnny Cripps et le docteur Fitch avaient des numéros si élevés qu'ils n'avaient pour ainsi dire aucune chance d'être appelés. On pouvait se passer d'eux pour le moment.

Mais Iris James avait tout de même commandé une carte. Et ce fut le moment que choisit Florence Cripps, propriétaire du plus important Bed & Breakfast de la ville, pour s'arrêter net à l'entrée du bureau de poste et poser son petit sac à main par terre. Grande et séduisante avec ses cheveux blonds frisés et sa jolie robe en soie, elle se tenait telle une tente rayée montée sans raison particulière. L'heure était grave : debout sur un tabouret, à l'écart du guichet derrière lequel elle servait les gens, la fonctionnaire la plus en vue de Franklin clouait gaiement une grande mappemonde sur les visages des individus recherchés par la police.

— Iris ! Qu'est-ce que vous fabriquez ?

— J'accroche une carte, répliqua la receveuse en assenant un grand coup de marteau sur le dernier clou.

— Mais, Iris, dit Mme Cripps d'un ton conciliant – elle voulait marquer gentiment sa réprobation, pas menacer la receveuse –, si jamais l'un de ces criminels débarque ici, nous serons perdus. Nous ne reconnaîtrons jamais l'ennemi parmi nous.

Iris descendit de son tabouret et ouvrit la porte de la lourde cloison en chêne séparant l'espace réservé au public et la salle de triage à l'arrière.

— Au cours de votre vie, avez-vous jamais croisé l'un de ces hommes, Florence ?

Mme Cripps prenait toutes les questions au sérieux, et parce que Mlle James était une employée fédérale, elle accorda à celle-ci encore plus d'importance. Mais non, conclut-elle en secouant la tête, cela ne lui était jamais arrivé.

— Vous voyez. Vous n'avez pas eu de problème jusqu'à présent. Il n'y a aucune raison pour que ça change.

— Mais une carte, Iris ? À quoi bon nous montrer où nous nous trouvons ?

Iris se retourna.

— Si nous devons entrer en guerre, il vaudrait mieux que nous sachions où vont nos gars.

— Ils ne partiront pas.

Mme Cripps n'appréciait pas la liberté avec laquelle Iris James disait « nos gars ». Elle n'avait pas à en parler comme ça – ce n'était pas les siens, après tout.

— Le président l'a promis, ajouta-t-elle. Et Churchill a assuré qu'il n'aurait pas besoin de nos garçons, *ni cette année, ni l'année prochaine*, précisa-t-elle en récitant les paroles du Premier Ministre britannique, *ni aucune autre*. Il l'a bien dit.

— Il le faudra pourtant, répliqua Iris avec indifférence.

— Oh ! Et pourquoi donc ?

La receveuse coinça son crayon derrière son oreille.

— Les Britanniques ne sont pas assez nombreux, Florence. Ils ne l'ont jamais été. Voyons, que m'avez-vous apporté ?

Hérissée, Mme Cripps lui tendit une simple lettre. Iris la prit avec elle et réapparut derrière son guichet, où elle la plaça sur une balance.

Quand la nouvelle s'était répandue un an plus tôt qu'une femme non mariée allait succéder à l'ancien receveur Snow, il faut bien avouer que des voix sceptiques s'étaient élevées. Mme Cripps avait veillé à être devant son évier près de la fenêtre de sa cuisine lorsque le bus avec la nouvelle employée était arrivé. D'emblée, sa silhouette impeccable et son béret noir perché sur ses cheveux roux avaient laissé présager des ennuis. Il faudrait ouvrir l'œil.

— Elle fera l'affaire, à mon avis, avait déclaré Johnny Cripps à sa mère.

— Je me moque de ce qu'elle fait du moment qu'elle reste à son poste. Mais je ne comprends pas comment le gouvernement a pu confier une fonction si importante à une célibataire qui n'est plus toute jeune alors que tant d'hommes dans la région peinent à obtenir un emploi.

La mère et le fils avaient observé la receveuse suivre Flores jusqu'au pied de l'escalier du bureau de poste, où le chauffeur du bus avait posé ses trois valises avant de porter la main à son chapeau et de s'en aller. La femme avait ôté son béret et l'avait lentement fourré dans la poche de son manteau. Mais elle était ensuite demeurée immobile, absorbée semblait-il dans la contemplation de l'imposant bâtiment en brique devant elle. Au moment où elle s'apprêtait enfin à entrer, elle s'était retournée et avait longuement contemplé la ville.

— Eh bien ! elle ne trouvera personne à épouser ici ! avait craché Mme Cripps.

— Elle ne cherche pas forcément quelqu'un.

— Les gens cherchent tous quelqu'un, avait-elle répondu avec un sourire un peu inquiétant. Même s'ils n'en ont pas conscience.

Telle une nuée d'oiseaux à qui on aurait jeté une pierre, les discussions s'envolaient chaque fois que la nouvelle venue était mentionnée. Mlle James était agréable à regarder – mais en quoi l'était-elle au juste, sur ce point les avis divergeaient. Grande, mince, elle portait le gilet standard bleu marine des Postes boutonné au cou, si bien qu'il pendait sur ses épaules comme une cape légère, laissant ses bras mouchetés de taches de rousseur se mouvoir librement, avec des gestes aussi soigneux et étudiés que ceux d'un page ou d'un écuyer.

Ce tableau, bien sûr, ne tenait pas compte de sa bouche, peinte d'un rouge vif, ce qui suscita une légère crainte jusqu'à ce que les femmes mariées de la ville viennent y voir d'un peu plus près. Quelques jours suffirent pour apaiser leurs inquiétudes : ces lèvres n'étaient pas plus dangereuses qu'une balise flottante à l'entrée d'un port bien dirigé.

Non, il apparut bientôt que les motivations de Mlle Iris James résidaient plutôt du côté du bureau de poste. Comme dans n'importe quelle maison, l'âme de cette femme s'y était insinuée avec détermination. À l'intérieur du bâtiment, la corbeille à papier était régulièrement vidée et les carnets de mandats postaux vierges s'empilaient bien droit sur le bureau fixé au mur. Les affiches en noir et blanc du gouvernement punaisées au grand tableau d'affichage à côté du guichet ne battaient pas au vent. Avec Mlle James, point d'enveloppes roulées en boule, de morceaux de lettres déchirées ou de catalogues arrachés qui traînaient par terre sous les casiers métalliques vert-de-gris, contrairement à certaines villes du Cap. En pénétrant dans ce lieu, on était tout de suite envahi par un sentiment de calme né du strict respect d'une routine immuable.

— Je trouve juste que vous devriez être plus prudente, Iris, dit Mme Cripps. Il y a cet Allemand qui vit ici, vous le savez très bien. L'autre soir, je rentrais chez moi et la lampe était allumée dans sa chambre au-dessus du garage de Harry. Il n'avait pas tiré les rideaux, vous comprenez ? La lumière était parfaitement visible depuis la mer. Et puis il l'a éteinte. Que pensez-vous de ça ?

— Qu'il allait sans doute se coucher, répondit Iris en jetant l'enveloppe dans un sac postal.

— Oui. C'est ce que je me suis dit aussi, mais je m'étais à peine éloignée que la lampe s'est rallumée.

Iris garda le silence.

— C'était peut-être un signal, Iris. Et si jamais il était venu ici en éclaireur pour préparer une invasion allemande ?

Mme Cripps prononça ces mots avec l'air de s'impressionner elle-même.

— Il a une femme en France, déclara Iris d'une voix aussi neutre que possible. Dans un camp de réfugiés.

— C'est ce qu'il prétend.

— Oui.

— Je me suis bien renseignée sur ces camps, lâcha Mme Cripps avec dédain. Ce n'est pas la peine de m'expliquer. Mais pourquoi est-elle là-bas, d'abord ? Elle a dû faire quelque chose qui le justifie, ou au moins prendre des risques.

— Je crois que ses papiers n'étaient pas en règle.

— Exactement ! s'écria Mme Cripps triomphalement. C'est ce que je disais ! Vous devez être prudente. Il faut ouvrir l'œil et surveiller aussi ce que vous faites. C'est horrible, mais franchement, les Français ont déjà vécu des moments assez difficiles, ils n'ont pas besoin en plus de tous ces gens, ces Juifs et que sais-je encore, qui accourent des quatre coins de l'Europe, chassés par la guerre. Comme s'ils n'avaient pas assez de problèmes sans devoir gérer ces populations. D'abord les Allemands, maintenant ça… La femme de ce type n'est peut-être pas dangereuse, mais certains d'entre eux le sont, vous pouvez en être sûre…

— Cet homme a beaucoup souffert, je crois, l'interrompit Iris.

Otto Schelling venait tous les jours avec une lettre adressée à *Frau Anna Schelling, Gurs, Îlot K 20, France.* Et le jeudi, il ajoutait un mandat postal d'un montant de cinq dollars, gagnés en travaillant pour Harry au garage. Ses yeux caves d'un bleu sombre paraissaient la fixer de loin pendant qu'elle lui posait les questions habituelles – *Comment allez-vous ? La même somme que la semaine dernière ?* –, lui prenant ses billets de un dollar et lui remplissant un reçu. Il écrivait une lettre par jour, mais n'avait jamais reçu de réponse. Chaque après-midi, il ressortait du bureau de poste aussi tranquillement qu'il y était entré, avec l'air épuisé d'un homme qui se jetait tous les jours contre un mur et qui continuerait ainsi jusqu'à ce qu'il se brise.

— Nous devons faire attention, Iris, reprit Mme Cripps, déterminée à se montrer clémente. C'est tout ce que je voulais dire.

— Faire attention à quoi ?

Marnie Niles venait de surgir sur le pas de la porte.

— Je pensais bien te trouver ici, Florence, déclara-t-elle avec satisfaction.

Mme Cripps haussa les sourcils en direction d'Iris, marquant ainsi la fin de leur conversation, et se tourna vers Marnie. Mais elle fut distraite par la vision d'Emma Fitch dans la rue. Un foulard jaune sur la tête, elle allait on ne savait où.

— N'est-ce pas qu'elle est toute frêle ?

— En effet, dut reconnaître Marnie.

Les trois femmes suivirent Emma du regard jusqu'à ce qu'elle eût disparu. Iris aimait bien « la petite mariée », comme tout le monde en ville semblait l'appeler. Elle se mêlait bravement aux conversations, le temps de placer une remarque sur ce que pensait son mari ou ce qu'il était résolu à essayer, et se révélait parfaite dans le rôle de l'épouse dévouée du médecin.

— Il vous faut quelque chose ? demanda Iris à Marnie.

Celle-ci lui ayant fait signe que non, Iris retourna dans la pièce du fond, où le courrier non trié du matin encombrait la table. La plupart des habitants ne s'aventuraient pas au bureau de poste avant 11 heures environ, mais passé ce moment-là, il suffisait qu'elle lève les yeux de sa table pour découvrir une foule de clients derrière le guichet, comme si quelqu'un avait convoqué une assemblée. Elle se mit au travail en n'écoutant qu'à moitié le bavardage incessant de Florence et Marnie.

— C'est incompréhensible.

— Incompréhensible et inexcusable.

— Tu es dure, Marnie.

— Non ma chère, on ne peut pas pardonner à un homme d'épouser une femme aussi chétive !

— Je suppose qu'il aime prendre soin d'elle. Peut-être que cela lui donne l'impression d'être plus fort ?

— Un homme s'occupe mieux d'une femme quand elle ne dépend pas de lui, rétorqua Marnie. Will Fitch ne va plus savoir où donner de la tête maintenant qu'il s'est choisi une fille de la ville aussi menue et qui n'est pas d'ici, en plus.

Sa voix faiblit et mourut lorsque Iris revint avec des lettres à oblitérer.

— Évidemment qu'elle n'est pas d'ici, dit Mme Cripps. Qui à Franklin aurait épousé Will après ce que son père a fait ?

Iris dressa l'oreille. De quoi parlait-elle ?

— Tu te rappelles, à la fin, comment il se tenait au bout du jardin, habillé tout en beige, le cou et les épaules inclinés, les yeux rivés sur les massifs de roses ? On aurait dit un travailleur saisonnier.

— Que voulais-tu qu'il fasse ? demanda Marnie.

— Il aurait dû quitter la ville, répondit sèchement son amie. S'il avait eu le sens de l'honneur, il ne serait pas resté. Pense aux Alden et aux Dale. Ils ont tout perdu. Tout. Et lui, il était toujours là, le nez dans ses roses.

Marnie plongea la main dans sa boîte aux lettres et en sortit une unique enveloppe.

— Mais quand même, raisonna-t-elle à voix haute, ça a été dur pour Mary.

— Ce sont toujours les femmes qui souffrent le plus, approuva Mme Cripps d'un air sombre. On vivrait en Inde que ce serait pareil.

— Oh, s'il te plaît, Florence ! s'exclama Marnie en éclatant de rire. Tu devrais arrêter de lire *National Geographic* !

Son rire flotta comme un ruban derrière elle bien après que la porte du bureau de poste se fut refermée.

Voyant que Mme Cripps ne comptait pas bouger, Iris porta le courrier vers l'oblitérateur. Les enveloppes entrèrent d'un côté et ressortirent vivement de l'autre après qu'elle eut donné un bon tour de manivelle. *18 novembre, 12 h. Franklin. 18 novembre, 12 h. Franklin. 18 novembre. 18 novembre. 18 novembre.* La dernière enveloppe se coinça toutefois et elle dut tirer dessus pour la dégager.

— L'attrait de votre profession doit résider dans le pouvoir qu'elle confère, commenta Mme Cripps d'un ton placide, en conclusion visiblement d'une conversation menée dans sa tête.

Iris lui jeta un bref coup d'œil.

— Après tout, regardez ce qui passe entre vos mains.

Iris se sentit virer au rouge. Cette femme ! Et il y avait un souci avec l'oblitérateur. L'enveloppe suivante s'était coincée exactement au même endroit. Elle l'extirpa et constata avec contrariété une traînée sale au niveau de la date. 18 ou 19 novembre ? Elle l'approcha de ses yeux. Non, l'appareil ne marchait plus du tout. On aurait vraiment pu lire 19.

— Quelque chose ne va pas ? demanda Mme Cripps avec sollicitude.

— Oui, la date.

Iris reposa l'enveloppe. Il faudrait qu'elle écrive à Midge Barnes, l'inspecteur des postes à Nauset. Quelle plaie !

— Est-ce si important ? s'enquit Mme Cripps, toujours aussi collante.

C'était la première fois qu'elle voyait la receveuse contrariée.

— Qu'il soit oblitéré à la date d'aujourd'hui ou de demain, le courrier arrivera tout de même à destination, non ?

Iris avait cru à tort que le problème était réglé, mais une troisième enveloppe venait d'apparaître et flottait quelque part entre le 18 et le 19 novembre.

— Si, c'est important, madame Cripps ! explosa-t-elle. C'est très important !

Elle fixa avec agacement l'appareil en tout point semblable à ce qu'il était d'habitude. Sa masse bleue gisait là, inerte, comme si elle, Iris, avait commis une faute. Elle avait beau savoir que c'était ridicule, ce genre d'incident inexplicable la rendait folle. Elle pouvait accepter que le lait ait une certaine durée de conservation, que les êtres humains trébuchent et tombent, qu'un ciel clair s'assombrisse soudain et cède la place à la pluie, mais pas que cela se produise sans raison. Il fallait qu'une personne ait laissé la porte de la glacière ouverte, qu'une autre n'ait pas regardé où elle allait. Mais l'oblitérateur !

La porte du bureau de poste s'ouvrit à cet instant et un grand sourire éclaira le visage de Mme Cripps lorsqu'elle découvrit qui arrivait.

— Bonjour, Harry ! dit-elle avec volupté. Mlle James a des ennuis avec sa machine.

Iris afficha une mine exaspérée à ces mots.

— Oh ? dit Harry. Qu'y a-t-il ?

Mme Cripps songea qu'elle aurait beaucoup de choses à raconter à Marnie Niles. Harry s'était peigné, pour commencer. Et lorsqu'il avait traversé le bureau de poste, elle avait senti la température monter d'un cran derrière le guichet. Oh ! elle aurait le fin mot de cette histoire, décida-t-elle avant de se tourner vers Iris et de tapoter le comptoir qui les séparait.

— Au revoir, mademoiselle James. J'ai du travail qui m'attend. Bonne chance !

Harry posa la tasse avec laquelle il était entré et examina l'appareil.

— Il ne marche plus ?

— En effet, répondit Iris en rougissant, pleinement consciente qu'ils étaient désormais seuls.

— Voyons ça.

Iris poussa l'oblitérateur vers lui. Il le prit dans ses mains, le secoua. L'appareil ne fit aucun bruit. Harry sortit alors un tournevis de sa poche en levant les yeux vers Iris pour vérifier qu'elle était d'accord. Elle hocha la tête.

— Que s'est-il produit à votre avis ?

— Aucune idée, déclara-t-il du ton joyeux de celui qui a réparé des machines toute sa vie. Les objets se cassent, c'est ainsi.

Comment était-il possible qu'il ne sache pas pourquoi – ou que cela ne le gêne pas de ne pas savoir ? Iris le regarda défaire les quatre vis en cuivre qui maintenaient la plaque avant. Si l'intérieur de l'appareil évoquait celui d'une horloge, les minuscules marteaux qui imprimaient les dates ressemblaient à de petites cloches. Harry se pencha, souffla sur le ventre de la machine, se recula, l'examina, puis souffla de nouveau. Iris observa ses doigts. Il n'y avait rien d'explicite entre Harry et elle, rien si ce n'est cette attention régulière. Il venait tous les jours chercher son courrier et bien qu'elle eût pensé au début devoir lui signaler d'une façon ou d'une autre qu'elle était prête, elle s'apercevait à présent que le confort et la lenteur de cette relation muette masquait en réalité une sorte de mouvement – le début d'une danse. Il replaça la plaque sans ménagement et la revissa rapidement.

— Voilà, dit-il. Qu'est-ce que ça donne ?

Elle glissa une feuille dans la fente et tourna la manivelle. Le papier ressortit sur le rebord allongé de l'appareil, devant Harry.

— 18 novembre 1940, lut-il.

— Magnifique, s'entendit répondre Iris. Merci, monsieur Vale.

— Harry.

Elle redressa la tête.

— Harry, répéta-t-il tranquillement. Appelez-moi Harry.

Iris rougit et baissa les yeux.

— Euh… dites, ajouta-t-il en se raclant la gorge.

Le cœur battant, elle ouvrit le tiroir où elle rangeait les timbres.

— Je voulais vous demander une faveur.

Les planches de timbres reposaient devant elle, parfaitement alignées.

— Ce serait possible de raccourcir votre mât, là-dehors ?

Oh ! Quelle déception ! Un employé municipal face à un autre, voilà ce qu'il était. Rien de plus.

— Pourquoi ?

— Eh bien… j'ai l'impression que, dressé comme ça en l'air, il cherche à tout prix à attirer l'attention.

Iris ne put réprimer un sourire.

— Vraiment ?

— Si les Allemands arrivent un jour en vue de notre ville, ils traceront leur chemin tout droit à partir de ce mât.

Harry ne plaisantait donc pas.

— Il faudrait que j'en touche un mot à l'inspecteur des postes, déclara Iris en refermant son tiroir.

— Très bien, dit-il, mais sans faire mine de partir.

Il n'était venu que pour lui parler du mât, pensa-t-elle, un peu échaudée. Pourquoi sinon serait-il resté planté devant son guichet ? Mieux valait le servir et en finir.

— Vous avez besoin d'une boîte, Harry ?

Il blêmit et contempla la tasse posée entre eux sur le comptoir.

— Une boîte ?

— Oui, répondit-elle en notant sa pâleur. Pour envoyer votre tasse.

— Je…

— Voulez-vous que je la mesure ? ajouta-t-elle, avant de saisir le mètre accroché à sa taille. Bon, un petit carton suffira, décida-t-elle.

Elle disparut au fond de la salle où étaient stockées les fournitures.

— J'ai pris un peu de papier de soie, annonça-t-elle en revenant. Une tasse aussi jolie, il faut la protéger.

— C'est vrai, opina-t-il en s'accoudant au guichet.

Iris plia adroitement l'épais carton, releva les côtés, puis ébouriffa le papier de soie et plaça avec soin la tasse dans ce nid. Harry semblait concentré sur ses mains, ce qui l'incita à travailler encore plus vite pour les soustraire à son regard. Enfin, le colis fut prêt.

— Où voulez-vous l'expédier ?

— C'est pour vous.

Interdite, Iris rattrapa son gilet qui tombait de son épaule.

— Pardon ?

Harry fit glisser la boîte vers elle.

— C'est pour vous.

Elle le dévisagea. Puis sourit très lentement.

— Je peux l'ouvrir ?

Il sourit lui aussi.

— Allez-y.

Elle trancha soigneusement le scotch qui recouvrait l'ouverture avec des ciseaux et souleva le sommet de la boîte. La tasse en céramique bleue reposait confortablement à l'intérieur. Elle ôta le papier dont elle venait de l'envelopper, consciente que Harry l'observait, impuissant et plongé dans une sorte de transe.

— Elle est superbe, dit-elle. Merci.

— J'ai supposé que vous aimiez le café.

— En effet.

— Bien.

Il tapota le comptoir en guise d’au revoir et partit sans fermer la porte, laissant entrer une petite brise qui souffla jusqu’à elle.

4

Une pluie froide et continue poussait toujours plus de gens dans le bar bondé de l'hôtel *Savoy*, et avec eux une odeur de laine mouillée et de corps chauds. Cent vingt et une nuits durant, ils avaient vécu les bombardements, cent vingt et une nuits, l'une après l'autre ; ceux qui restaient, ceux qui remontaient à la lumière du jour chaque matin, pouvaient se faire pardonner leurs gestes extravagants, leurs hourras courageux et leurs poings dressés. Même si les bombardiers risquaient de surgir dans une heure ou deux – ça, tout le monde le savait –, personne pour l'instant ne descendait dans les trous à rats. Londres était de sortie. Les gens se hâtaient en s'interpellant, même par cette soirée lugubre et humide, des inconnus lançaient des « Bonsoir ! Bonsoir ! » faisant résonner des voix dans les rues – des voix, pas des sirènes, pas des sifflets, pas des bombes.

Frankie était assise à une table au fond du bar, entre Jim Dowell, un reporter de l'Associated Press qui rentrait tout juste de Paris, Harriet et Dusty Pankhurst, l'un des gars de Murrow. À part l'absence de bombes, il n'y avait pas de quoi alimenter le moindre reportage ce soir-là. De toute façon, s'il s'était produit quelque chose, il n'y aurait eu personne pour le remarquer, songea Frankie en observant la scène sous ses yeux. On se serait cru dans une salle de rédaction.

— C'est qui, ça ? demanda Pankhurst, la tête négligemment inclinée vers trois femmes qui franchissaient le seuil du bar en secouant leur parapluie et en riant, ce qui fit courir une onde de chaleur sur l'assemblée.

Dowell se retourna.

— Encore des filles reporters glamour qui veulent être au cœur de l'action, commenta-t-il d'une voix traînante.

— Exception faite de notre tablée, bien sûr, nuança Pankhurst, magnanime.

— Nous ne sommes pas glamour ?

— Vous n'êtes pas des filles.

— Dans le sens où il l'entendait, conclut Dowell en souriant à Harriet.

Frankie jeta un coup d'œil à son amie. Harriet faisait la moue, mais elle ne répondit pas. Jusqu'à très récemment, seule une poignée de femmes s'étaient imposées parmi les journalistes européens, mais elles étaient de plus en plus nombreuses à batailler afin de réaliser des reportages sérieux sur la guerre. Elles débarquaient en étant chargées de traiter des sujets comme la longueur des jupes et des robes, et puis elles restaient et écrivaient à la place des articles sur les bombes et les gens qui faisaient la queue pour recevoir des dons alimentaires.

— On dirait que le nombre de touristes de guerre bat des records ici, reprit Dowell en balayant la salle du regard.

— Il pleut dehors, Jim, c'est tout, rétorqua Harriet.

— En tout cas, il y a plein d'Américains qui n'ont pas envie que leur pays entre en guerre, continua Dowell en reprenant la conversation là où ils l'avaient laissée avant l'arrivée des trois femmes. Plus des trois quarts.

— Peu importe, dit Pankhurst.

Il était facile de sous-estimer ce type au visage rond et couvert de sueur ; il jouait si bien les abrutis que, souvent, les gens se confiaient plus à lui qu'ils ne le pensaient.

— Peu importe le pourcentage, poursuivit-il. Le vote qui a conduit à la réélection de Roosevelt équivaut à un vote en faveur de la guerre.

— Et les Allemands avancent la totalité de leurs pions en ce moment, intervint Dowell. Le bruit court que l'amiral Dönitz veut voir ses sous-marins dans le port de Boston d'ici un an.

— Foutaises, rétorqua Pankhurst. Les Boches ont l'avantage là où ils sont. Pourquoi risquer de le perdre ? Ils ont coulé trente-sept navires le mois dernier dans le golfe de Gascogne ! S'ils multiplient les lignes de front, ils se retrouveront avec des troupes trop clairsemées.

— Ferme-la, jeta aimablement Dowell, et écoute tes aînés. J'étais dans un bar de marins à Lorient la semaine dernière et je les ai entendus… Ils bluffaient, évidemment, mais quand on faisait bien attention à leurs propos, on devinait que les Allemands avaient commencé à équiper un sous-marin en vue de traverser l'Atlantique.

— Bon sang, on vous passe vraiment tout, à vous, déclara Harriet en écrasant sa cigarette.

— Comment ça, à nous ? demanda Dowell, perplexe.

— Les hommes.

— Ha !

Il appuya son épaule contre celle d'Harriet et Frankie comprit qu'ils étaient de nouveau ensemble. Ils seraient trois au petit déjeuner le lendemain matin.

— Tu dis ça parce qu'on est plus doués que vous pour obtenir des informations secrètes ?

Harriet le repoussa en douceur.

— Parce que les marins ne mesurent pas l'angle précis avec lequel vos seins naviguent au-dessus de la table.

Frankie toussota.

— C'est vrai, vous pouvez vous rendre invisibles et devenir des téléscripteurs ambulants, soupira Harriet. Vous pouvez aussi enfouir cette histoire de marins derrière un sourire tout en l'archivant pour plus tard.

— Je connais ce sourire, plaisanta Dowell. Tiens, le voilà.

Et il afficha un sourire inexpressif, sans la moindre lueur dans les yeux.

— Le « spécial censure ».

— L'histoire cachée dans l'histoire, approuva Pankhurst.

Frankie les comprenait. Bill Shirer rédigeait un texte de dix minutes qui se réduisait à cinq à l'antenne, et Murrow concluait souvent ses émissions en nage après avoir présenté les nouvelles de telle sorte qu'elles passent entre les mailles de la censure – ce qui l'obligeait à toujours avoir un temps d'avance sur elle, à imaginer ses coupes et à les contourner. Très tôt, Frankie avait appris ce qu'elle pouvait déclarer avoir vu et comment développer son récit sans dévoiler aux Allemands, qui écoutaient eux aussi, son sens exact. C'était un défi, une danse au bord d'une ligne à ne pas franchir. On jouait à ce qui est, ce qui n'est pas.

— Je parie que je pourrais rapporter quelque chose de là-bas, dit-elle d'un air rêveur.

— Je parie que oui, beauté.

— Boucle-la, Jim. Je suis sérieuse.

— On est deux à l'être alors.

Elle trinqua avec lui et finit son verre en observant Harriet lorsque celle-ci se pencha vers l'allumette que Jim lui tendait – le mouvement des cheveux, son doux pull jaune contre son blouson à lui, l'inclinaison de sa tête pendant qu'elle l'interrogeait sur la France. Même si son amie et elle n'appartiendraient jamais à la bande de reporters de Murrow, Frankie aimait assez ce no man's land où toutes deux travaillaient. Elle était une femme, oui, mais cette discussion, cet échange franc et curieux entre journalistes, l'ivresse d'être là, de rendre compte de la situation, de la *vivre* les liaient tous.

— Tu crois vraiment que les Boches attaqueront les États-Unis ? demanda-t-elle à Dowell.

Il termina son whisky avant de lui répondre.

— Je te répète seulement ce que j'ai entendu. Il est presque certain que les hommes de Dönitz débarqueront à New York un de ces jours, qu'ils ne tenteront rien du tout et qu'ils rentreront chez eux en souriant – avec un bel atout dans la manche. Le reste des troupes suivra après, d'ici la fin de l'été 41, conclut-il en fixant le fond de son verre vide.

— C'est un pari ?

— Oui.

— Ben voyons, ironisa Pankhurst. Hé, Reggie ! lança-t-il au barman en brandissant le verre de Dowell. Un autre pour ce rêveur !

À une table au centre de la salle, un homme s'inclina vers sa compagne pour lui murmurer quelque chose à l'oreille. La fille l'écouta. Puis elle sourit. Frankie baissa les yeux et sirota son scotch. Lorsqu'elle releva la tête, un homme séduisant assis sur l'un des tabourets du bar accrocha son regard.

— Moi, je vais vous dire sur quoi vous pouvez parier, déclara Harriet tranquillement. Sur le relèvement ou non des quotas d'immigration aux États-Unis.

— Pour les réfugiés allemands ?

Elle acquiesça.

— Vingt-sept mille trois cent soixante-dix places. C'est ce qu'on a à offrir. Vingt-sept mille trois cent soixante-dix places. Pourquoi ce chiffre ? Cela fait deux ans qu'il n'a pas bougé alors qu'il y a des tas de gens qui attendent un visa. Des gens qui sont coincés à cause d'un bout de papier.

— Il y a le problème des espions, objecta Pankhurst.

— On sait très bien toi et moi que ces réfugiés ne sont pas des espions nazis. Et on a beau toujours les décrire comme des « réfugiés » – des gens balayés de chez eux par la vague de la guerre et ce genre de conneries –, ce sont des Juifs. Des Juifs que l'on déplace. Que l'on déporte. À qui on donne vingt minutes à compter du moment où on a frappé à leur porte pour entasser tout ce qu'ils peuvent dans leurs valises. Après, on les jette à la rue. On leur dit de partir. De quitter l'Allemagne, l'Autriche, l'Europe. Et parce que les États-Unis refusent de laisser entrer les étrangers qui ne peuvent pas attester leurs ressources financières, ils se retrouvent bloqués. Quelle que soit la manière dont je présente le sujet – l'indifférence de la bureaucratie, la crise des réfugiés –, il ne fait jamais la une des journaux. Le sort des Juifs est enterré au milieu de l'actualité et traité comme un sujet secondaire, c'est tout.

— Quelqu'un devrait aller là-bas pour le prouver, dit Pankhurst. Dresser le portrait des gens qui essaient de fuir l'Allemagne. Suivre une famille. Il apparaîtra peut-être clairement alors que ce n'est pas un hasard si les réfugiés sont juifs. C'est ça qu'il faut.

— Impossible. Ce qui se passe est déjà trop noir pour être raconté. J'ai rencontré une femme la semaine dernière au centre de réfugiés de Marylebone. Elle a été séparée de son mari à la frontière entre l'Espagne et la France à cause d'une erreur administrative. Il manquait un *n* sur son visa. Elle avait un passeport qui indiquait son nom correctement orthographié, et aussi un certificat de mariage, mais elle a été retenue vingt heures avant d'être relâchée. Son mari avait continué son chemin pendant ce temps. Tout ce qu'elle sait, c'est qu'il a pris la direction de Lisbonne pour rejoindre ensuite l'Amérique. « L'Amérique », a-t-elle répété comme si j'avais un moyen de le localiser là-bas. Ils sont perdus l'un pour l'autre, vous comprenez ? Il n'y a aucune main bienveillante pour les réunir. Cette femme n'est pas là où son mari le suppose, et tout ce qu'elle demande sans relâche à ceux qui débarquent au centre, c'est : « Vous arrivez d'Amérique ? » Je trouve ça déprimant. Dieu aurait abandonné le paradis que ce serait pareil. Il n'est plus là. Voilà l'histoire.

— Merde, souffla Frankie.

Nerveuse, elle tapota son verre avec son ongle et s'agita sur son siège. L'envie de bouger la démangeait.

— Nom de Dieu, j'ai envie de faire la fête.

— Hé, beauté, vous ne vous amusez jamais ?

L'homme qui l'observait au bar s'était approché pour se pencher entre elle et Pankhurst. Il avait de beaux traits, des cheveux bruns et un accent très raffiné, du genre à avoir étudié à Oxford ou Cambridge. Ses yeux la fixaient sans insistance.

— Tout le temps, répliqua-t-elle.

— Ha !

Pankhurst donna une tape à Dowell.

— Alors venez danser, dit l'homme en tendant la main à Frankie, qui l'accepta.

Elle le suivit à travers le bar en direction des danseurs. Jetant un coup d'œil derrière elle, elle vit Dowell et Harriet se lever à leur tour et Pankhurst leur porter un toast. Le vacarme ambiant s'amplifia lorsque l'orchestre entonna « In the mood » et les conversations résonnèrent de plus belle. Dehors, dans le noir et le froid, la ville attendait, mais là, pour l'instant, la lumière brillait et une occasion s'offrait de rire et de se laisser entraîner joyeusement par le courant. L'homme la guida vers la piste de danse avec une telle aisance que Frankie sentit un frisson naître dans son dos à l'endroit où il appuyait sa main. Elle sourit contre son blouson. Faciles et familières, les heures s'étiraient avec certitude devant eux ; elle le devinait à la manière dont il la tenait et celle dont son corps se lovait contre sa paume. Et elle s'abandonna à ce qui s'annonçait comme un cadeau, un cadeau sur le point d'être déballé lentement, avec la plus grande attention. La musique baissa un peu et ralentit, à moins que ce ne fût lui qui eût entamé une danse plus lente en contrepoint afin de l'enlacer encore plus étroitement. Cela faisait des mois qu'on ne l'avait pas serrée ainsi. Elle eut l'impression d'avoir atteint la crête d'une vague et, de là, de pouvoir freiner et tout observer autour d'elle. Il était si proche, et sa bouche si grande. Frankie respira les effluves de scotch de son souffle. Les bombes, le bruit – tout avait provisoirement disparu, et dans cet intervalle, à cet instant précis, le monde recula en leur accordant une heure entière rien qu'à eux. C'est ainsi que, lorsque la musique s'arrêta et qu'il franchit les derniers centimètres les séparant, elle ouvrit ses lèvres sous les siennes.

Ils sortirent en s'embrassant encore, et Frankie chancela contre lui. Il faisait sombre dehors, mais une odeur de bois brûlé flottait dans l'air, le bois de la ville – comme si, la taquina son esprit, comme s'ils s'étaient embrassés sur un canapé, devant un feu, et qu'il eût neigé dehors, et qu'il lui eût ôté ses chaussures pour lui caresser les pieds. La pluie avait cessé. Le dos calé contre un mur de brique rêche, elle l'embrassa durement. Elle voyait par-dessus son épaule les gens qui marchaient dans le noir, là dans la rue, et lorsqu'il la souleva et qu'elle s'abaissa sur lui, elle gémit si fort que tous ceux qui passaient à proximité auraient pu les remarquer – et certains le firent d'ailleurs. Cela arrivait si souvent, des couples qui faisaient l'amour sous les bombes, dans les abris, alors même qu'il y avait des enfants, n'est-ce pas, dans ces abris, mais ils étaient obscurs, et profonds, et nous étions de retour à l'époque des grottes et du feu, nous retrouvions l'étincelle de la vie dans le regard de l'autre. Peu importaient les soupirs, les « Oh ! oh ! oh ! » facilement reconnaissables. C'était normal, nous n'étions que des humains après tout.

Quelqu'un éclata de rire dans la rue. Quelqu'un éclata de rire, et Frankie renversa la tête en arrière contre le mur, le cœur battant. Son compagnon se retira délicatement, sans la lâcher, et, gardant une main autour de sa taille, une main si douce, si tendre, il remonta la braguette de son pantalon.

— Nom de Dieu, soupira-t-elle.

Elle le sentit s'appuyer contre elle et elle l'embrassa encore.

Ils se reposaient ainsi, enlacés, presque somnolents, bouche contre bouche, quand les premières sirènes retentirent au loin, vers l'ouest.

— On dirait que ça vient d'Hammersmith.

D'autres s'élevèrent, plus proches cette fois.

— Je peux te raccompagner quelque part ?

— Non, répondit-elle en souriant. Non, merci.

Il lui retourna un sourire doux et impénétrable puis effleura son menton du bout des doigts au moment où un ballon de barrage heurta le sommet du mur derrière eux.

— Au revoir, alors, dit-il.

— Au revoir.

Elle s'écarta et s'éloigna en direction de son appartement, mais à peine eut-elle parcouru quelques dizaines de mètres qu'elle eut l'impression qu'un wagon de marchandises la doublait dans un fracas assourdissant. Elle eut tout juste le temps de s'aplatir contre un mur lorsque la bombe explosa. La violence de la déflagration fut telle qu'elle décolla du sol avant d'être plaquée sèchement sur le trottoir. Un sifflement strident déchira la nuit, suivi d'un autre. Les bombes tombaient si près que l'air semblait frémir. Frankie resta où elle était, trop assommée pour bouger ou émettre le moindre son. La poussière s'abattait tout autour d'elle. Puis quelqu'un cria sur le trottoir d'en face. Une deuxième personne l'imita, et il n'y eut bientôt plus que des bruits humains. Non loin de là, une sirène rugit. « Merde », sanglota-t-elle. Elle tenta de se redresser, mais elle tremblait tant qu'elle dut se rallonger. Son cœur semblait vouloir bondir hors de sa poitrine. Elle demeura immobile, jusqu'à ce que le temps reprenne peu à peu son cours en lui rendant les instants qu'elle venait de vivre, et l'heure écoulée, et les mains de l'homme sur elle, et ses lèvres. Elle ne connaissait même pas son nom, mais elle se demanda s'il marchait toujours à cet instant, et si oui, dans quelle direction.

Un nouveau cri enfla quelque part. Elle parvint à s'asseoir, tendit le bras vers sa besace, qui avait volé à l'écart, puis se remit debout tant bien que mal. Le cri n'en finissait pas et pour la première fois depuis tous ces mois, elle eut envie de s'enfuir en courant. Elle se força à ralentir. Il faisait noir. Où étaient les bombes à présent ? Elle avança un peu. *S'il vous plaît, s'il vous plaît, s'il vous plaît, laissez-moi arriver au bout de la rue. Laissez-moi la traverser et atteindre la suivante. Laissez-moi rentrer chez moi*, supplia-t-elle intérieurement. Il lui restait quatre pâtés de maisons à traverser avant de retrouver son immeuble.

Elle trébucha avant même d'entendre le bruit sec des vitres qui se brisent, prélude au grondement des murs éventrés. *Boum* – un bruit si fort qu'il résonna dans son ventre et, quelques instants durant, parut battre à la place de son cœur. *Boum*. Le shrapnel crépitait sur les toits. Juste devant elle, à quelques rues de là, un autre obus explosa. Elle se précipita vers l'escalier menant au sous-sol de l'immeuble le plus proche et se traîna au bas des marches au moment où une troisième déflagration retentit. La porte s'ouvrit dans son dos et elle fut happée à l'intérieur. Elle était en sécurité, lui dit-on. En sécurité. Sous terre pour la première fois depuis son arrivée à Londres. Elle continua à progresser d'un pas mal assuré vers une mer de mains qui la tirèrent en avant, « Voilà, ma chère, attention où vous mettez les pieds, c'est bon, vous y êtes », jusqu'à ce qu'elle s'affaisse contre un mur en retenant son souffle. Lentement, ses yeux s'accoutumèrent à l'obscurité et elle distingua ce qui ressemblait à une famille dormant à poings fermés à côté d'elle. Le père enveloppait la mère, qui elle-même enveloppait son enfant, et leurs silhouettes blotties sous des couvertures formaient une rangée qui s'éloignait dans le noir comme un bloc de granite descendant en pente vers la mer. Elle distinguait des respirations plus loin, mais elle n'aurait su dire combien de gens dormaient là, ou même quelles étaient les dimensions de l'abri dans lequel elle avait atterri.

Tout était devenu silencieux au-dessus d'eux. Trop silencieux. On aurait pu croire que les bombes les cherchaient. Autour de Frankie, les personnes restées éveillées fixaient le plafond. Elle avait eu vent de la rumeur selon laquelle Murrow avait toujours refusé d'aller dans un abri, persuadé qu'il était de perdre son sang-froid. Le nombre ne garantissait pas la sécurité, tout le monde le savait. Pourtant, on ne pouvait s'empêcher de ressentir le contraire, dans la pénombre, pendant que les bombes tombaient. Et si en levant les yeux vous aperceviez le visage de quelqu'un, si vous entendiez des voix humaines, alors les gémissements parfois proches du rire qui menaçaient de se déverser de votre bouche n'en sortaient finalement pas. Quoi qu'il advienne, ici, vous étiez tous dans la même galère. Le silence s'enroula autour d'eux et le cœur de Frankie se mit à tambouriner avec la même horrible excitation que dans son enfance, quand elle se cachait dans un placard sombre en attendant d'être découverte par ses compagnons de jeu.

Puis les canons de la batterie antiaérienne de la Tamise entrèrent de nouveau en action, secouant les vitres et ébréchant le calme surnaturel, comme pour leur faire signe. Frankie appuya sa tête contre le mur et ferma les yeux.

Elle avait dû s'assoupir parce que, lorsqu'elle les rouvrit, il semblait faire un peu plus clair dans la cave, ou du moins l'obscurité était-elle plus ténue, même si elle ne pouvait toujours pas lire l'heure à sa montre. Des lampes déversaient une faible lueur tous les dix mètres environ, accrochant des petites poches lumineuses d'un bout à l'autre de l'abri. Elle palpa sa jupe en quête d'allumettes, mais sa boîte était vide. Elle examina alors la masse informe des corps endormis et les compta dans sa tête jusqu'à ce qu'elle arrive au mur opposé.

Le père de famille à côté d'elle sursauta soudain et se redressa sur son séant en entraînant avec lui la couverture de sa femme et de son enfant. « Nom de Dieu », dit-il. Il regardait droit devant lui comme si le rêve qu'il venait de quitter continuait là, dans le noir. « Nom de Dieu », marmonna-t-il encore, avant que ses yeux ne se posent sur Frankie. Elle le salua poliment, ne sachant pas très bien s'il était réveillé ou pas. Il lui retourna toutefois son salut, et telle une main tirant sur la ficelle d'un cerf-volant, cela acheva de le sortir de sa torpeur. « Oh, soupira-t-il, où étions-nous ? » Mais sa question n'appelait pas vraiment de réponse car il se pencha pour remonter la couverture sur sa femme. Dans la faible lumière, Frankie vit celle-ci tendre le bras vers son mari.

La fin de l'alerte sonna vers 5 heures, alors même qu'il faisait encore nuit noire dehors, et froid aussi. Un par un, les gens émergèrent de leur sommeil. Les voisins de Frankie s'agitèrent et se levèrent avec peine en laissant tomber leurs couvertures.

Une main agrippa sa jupe.

— Bonjour.

Elle baissa les yeux. Billy, le petit garçon qui vivait au bout de sa rue, s'agenouilla près d'elle.

— Bonjour, répéta-t-il.

— Salut, dit-elle, heureuse de le voir.

Il s'assit jambes croisées, mais en se balançant légèrement d'un côté et de l'autre, si bien que Frankie craignit qu'il n'ait été blessé.

— Tu vas bien ? demanda-t-elle.

Il garda le silence et la dévisagea de ses yeux ronds.

— Tu es tout seul ? Où est ta maman ?

— Elle est partie chercher mamie, expliqua-t-il vivement. Elle m'a dit : « Ne bouge pas jusqu'à ce que je revienne. »

— C'était hier soir ?

Il hocha la tête.

— Peut-être qu'elle est ici, alors.

Frankie sonda la foule dans l'abri.

— Impossible, dit-il. Elle m'aurait appelé.

— Oui, bien sûr. Si je te raccompagnais chez toi ?

— Maman n'aimerait pas ça.

— Alors je vais rester là en attendant son retour.

Une vague de soulagement traversa le petit corps de l'enfant, mais son visage n'exprimait pas la moindre émotion. Frankie lui sourit. Il la regarda fixement, puis détourna les yeux.

— Dis-moi, Billy, je ne crois pas que nous ayons été présentés comme il faut, n'est-ce pas ?

Il releva la tête.

— Je m'appelle Frankie Bard, ajouta-t-elle en lui tendant la main.

— Ravi de faire votre connaissance, répliqua-t-il du tac au tac, ce qui amusa Frankie.

— Et quel âge as-tu, Billy ? Je te donne six ans environ.

— Sept, en fait, déclara-t-il fièrement. Depuis la semaine dernière.

— Joyeux anniversaire, alors.

— Avec six jours de retard.

— Joyeux anniversaire avec six jours de retard, dit-elle en souriant.

Lentement, les dormeurs regagnaient la rue. La grande pièce souterraine se retrouva bientôt presque vide. Frankie jeta un coup d'œil à Billy, qui contemplait l'ouverture du sous-sol par où s'insinuait le matin hivernal. Il s'était remis à genoux et son agitation s'était accentuée.

— Tu as besoin de faire pipi ?

Il fit signe que non.

— Viens, décida-t-elle. Je te ramène chez toi.

Il hésita, mais céda finalement.

— C'est vrai qu'il faut que j'aille aux toilettes, reconnut-il d'un ton guindé.

J'ai vu ce garçon et je me suis rendu compte que nous étions voisins. Sa mère et lui vivaient au bout de ma rue. J'ai pris sa main dans la mienne et je lui ai demandé où était sa maman tout en scrutant l'abri autour de moi.

— Elle est partie chercher mamie, a-t-il répondu.

— Viens avec moi, alors, lui ai-je dit.

Et je l'ai ramené chez lui.

Mais quand nous avons tourné à l'angle de notre rue, une fumée épaisse s'élevait dans le ciel d'un bleu absurde. Le garçon a lâché ma main et a commencé à courir. La bombe était tombée en biais sur plusieurs bâtiments, arrachant les toits, mais laissant intacts les perrons, les portes, et même les fenêtres des rez-de-chaussée au bout du pâté de maisons. J'ai suivi le garçon en regardant ce qui restait de mon propre appartement.

Les fenêtres avaient été détruites et on voyait l'intérieur jusqu'à ce qui était auparavant notre cuisine. J'ai espéré envers et contre tout que ma colocataire, Harriet Mendelsohn, allait surgir au milieu des décombres, mais il n'y avait rien. Pendant ce temps, le garçon avait monté les marches de sa maison en ruines, un peu plus loin, et il s'était arrêté sur le seuil.

— Maman ! a-t-il appelé.

La voix de Frankie se brisa sur le mot « maman ». Assis juste à côté d'elle, Murrow posa une main sur son bras.

Il était rentré chez lui.

— Maman ? a-t-il répété avec la foi des enfants quand ils crient ainsi dans leur maison, même quand elle a été bombardée.

Pour lui, il allait de soi que sa mère descendrait toujours l'escalier lorsqu'il l'appellerait. Elle allait surgir d'un instant à l'autre, ou bien arriver de la cuisine dans le couloir.

— Maman ?

Il s'interrogeait à présent. Il savait. Du trottoir où je me trouvais, j'ai entendu le changement dans sa voix, alors même qu'il se tenait encore le dos bien droit dans l'embrasure de la porte.

Frankie appuya ses mains sur le socle du micro et ferma les yeux en se forçant à s'exprimer calmement malgré les larmes qui coulaient sur ses joues.

— Billy !

Une femme m'a dépassée sur le trottoir et Billy s'est retourné.

— Vous avez vu maman ?

— Oh, Billy, a-t-elle dit doucement.

Le garçon s'est effondré. Cette voix familière venait de couper la corde qui l'avait maintenu debout jusque-là.

Frankie serrait si fort le micro qu'il était devenu brûlant contre ses paumes. Elle inspira et se lança dans la dernière partie de son récit.

C'est ainsi qu'une guerre détruit la vie bien réglée et stable que nous opposons au loup derrière la porte. Parce que ce loup n'est pas la faim, c'est l'accident – l'erreur horrible, fatale, qui fait que l'on bifurque à gauche pour entrer dans la station de métro la plus proche au lieu de prendre à droite le chemin le plus long. Quand on marche dans Londres la nuit, on a l'impression d'un dieu somnolent, fatigué d'embrasser toujours le vaste monde du regard, fatigué de donner un sens à la vie – et c'est ainsi que des éclats de verre poignardent des bébés dans leur lit, que des petits garçons rentrent chez eux et découvrent leur maison vide, et que la femme et l'homme qui venaient de se coucher meurent écrasés.

Harriet Mendelsohn, de l'Associated Press, est décédée la nuit dernière sous les bombes. Elle couvrait la guerre en Europe depuis deux ans. Quand un journaliste tombe, la tradition veut que d'autres prennent le relais pour boucler le sujet sur lequel il travaillait. Et cette histoire d'un petit garçon qui rentre chez lui est de celles que Harriet aurait pu raconter – seulement mieux, beaucoup mieux que je ne l'ai fait. Je vous ai parlé de lui ce soir parce qu'elle ne le peut pas.

C'était Frankie Bard, depuis Londres. Bonsoir.

Dans le silence qui suivit, Emma s'aperçut qu'elle s'était figée près de l'évier. Sa main suspendue en l'air tenait toujours la cigarette qu'elle avait voulu porter à sa bouche. Elle se rappelait le jour où, orpheline de cinq ans, elle avait fixé la porte de la maison de ses grand-tantes en attendant de les rencontrer. Il lui apparut soudain que la voix à l'autre bout de la radio était celle d'une femme, une femme comme elle, mais là-bas. Et elle se demanda quelle avait été sa réaction dans les secondes après que le garçon fut tombé à genoux. Elle se demanda si Frankie était restée derrière le portail de la maison ou si la voisine lui avait fait signe de partir. Elle se demanda quand la journaliste avait appris la mort de son amie. L'histoire se limitait à ce qu'elle en avait dit, elle ne précisait pas ce qui se passait à côté. Après. Que se passait-il après ? Où était le petit garçon à présent ?

— Will ? dit-elle d'une voix tremblante.

Assis sur une chaise de la cuisine, il lui tendit la main et elle se réfugia en silence dans ses bras.

— Tout ça se déroule là-bas, maintenant. *Maintenant*, insista-t-elle en s'appuyant contre son épaule. Ce garçon, qui est avec lui ? J'aimerais tant qu'on puisse l'aider.

— Je suis sûr qu'il est en sécurité.

Une image s'imposa à elle de la dernière fois où elle avait vu sa mère, endormie sur son lit d'hôpital, le visage tourné vers la porte. « Vas-y, lui avait murmuré l'infirmière derrière son masque, dis-lui au revoir. » La petite fille qu'elle était alors avait compris que personne ne viendrait à son secours. Le monde des adultes était parti et l'avait laissée là, toute seule, agitant la main. Elle frissonna.

Pour Will, la chaleur d'Emma et sa joue pressée contre son cou stabilisaient le monde vacillant dans sa tête. Il se représentait si bien le petit garçon en train de contempler sa maison détruite. Mais la femme à la radio qui regardait cet enfant, qui le regardait avec impuissance, cela l'émouvait encore plus. Sa voix éveillait quelque chose en lui, elle l'appelait comme une sirène. Elle l'appelait, mais il ignorait vers quoi. Il serra Emma plus fort.

— On devrait agir, murmura-t-elle.

— Quoi ?

Il sentait son cœur battre contre le bras qu'il avait enroulé autour d'elle.

— Pour ce garçon.

Il la serra encore plus et inclina le front contre son dos. Ils restèrent ainsi un long moment sans rien dire. La vie ressemblait pour Emma à un grand hôtel urbain. Elle n'aimait pas penser à tous les couloirs qu'elle n'avait jamais vus, ni à tous ceux qu'elle aurait pu emprunter si elle était descendue à un autre étage. Elle n'aimait pas non plus l'idée qu'il existât plus d'un étage que celui où elle vivait – un où elle n'aurait pas rencontré Will, où il n'aurait pas posé les yeux sur elle, où il n'aurait pas souri devant ses faits et gestes.

— Si j'étais restée dans ma chambre l'année dernière, comme j'en avais eu l'intention, au lieu d'aller à la fête de Noël des médecins, on ne se serait jamais rencontrés.

— Non, chuchota-t-il dans ses cheveux. Mais je t'aurais trouvée quand même.

La sonnette de la porte d'entrée, brutale et insistante, les interrompit.

— Docteur Fitch ? cria quelqu'un derrière la porte.

En trois enjambées, Will fut au bout du couloir pour accueillir le fils aîné de Maggie Winthrop, qui battait des pieds sur le perron. Il était sorti de chez lui sans pull malgré le froid.

— Maman demande si vous pouvez venir, déclara-t-il, tout excité et fier.

— Dis à tes parents que j'arrive.

Le garçon hocha la tête avant de repartir en courant.

— Ne m'attends pas pour dîner ! lança Will à Emma en attrapant sa sacoche et en l'ouvrant pour vérifier qu'il n'y manquait rien.

— Oh… Je te mettrai une assiette de côté.

— Je risque d'être absent toute la nuit, expliqua-t-il doucement en même temps qu'il l'attirait vers lui pour déposer un baiser sur sa tête.

— Très bien. J'imagine que c'est le quotidien d'une femme de médecin, n'est-ce pas ?

Elle paraissait si fragile à cet instant dans la faible lumière du couloir. Mais elle lui tendit sa bouche pour qu'il l'embrasse encore, et il l'embrassa.

— Tu es sûre que ça va ? demanda-t-il à voix basse.

Elle rougit.

— Bien sûr, chéri.

— Qu'est-ce que tu vas faire ?

— Je ne sais pas, déclara-t-elle gaiement. Il est encore tôt. Peut-être que j'irai me promener en ville.

— Bien, dit-il. C'est bien.

Il se pencha pour effleurer ses cheveux avec ses lèvres, mais elle recula et le regarda d'un air un peu désespéré, sur le point d'ajouter quelque chose semblait-il. À la voir ainsi, il n'eut qu'une envie : l'embrasser, l'embrasser comme il en avait l'habitude, longuement et profondément, sans songer à ce qui arriverait ensuite.

Il posa les mains sur ses épaules et appuya son front contre le sien. Elle sourit en sentant son souffle sur elle. C'était lui. Son corps. Tout ce dont elle aurait jamais besoin.

— Vas-y, murmura-t-elle.

— À tout à l'heure, alors.

Il se retourna au bout du jardin et la découvrit toujours sur le pas de la porte, ses cheveux bruns décoiffés.

— Will ! appela-t-elle en resserrant le col de son pull d'une main et en lui faisant signe de l'autre.

Son cœur lui donna l'impression de se décrocher et il revint en arrière, vers la maison, vers elle.

— Non ! s'exclama-t-elle en riant. Je ne sais pas pourquoi j'ai crié ton nom.

Il s'arrêta.

— Pars, dit-elle, gênée par le désir qu'elle éprouvait. On se verra plus tard.

En proie à un sentiment de ridicule, elle pointa le menton en avant, telle une Deborah Kerr brave et joyeuse, lorsqu'il agita la main vers elle un peu plus loin dans la rue. Après quoi elle suivit le contour net de son chapeau par-dessus une grande haie jusqu'à ce qu'il eût disparu et qu'il n'y eût plus à sa place que l'air vide de novembre. Debout sur son perron, dans le froid, elle perçut ce qui était peut-être l'écho des pas de Will sur le trottoir gelé. Elle scruta la bande de ciel tout blanc, puis sa montre, puis de nouveau le vide devant elle. Il lui restait des heures entières à occuper.

Elle revint dans le salon, s'affaissa sur l'un des fauteuils et poussa la porte du pied.

Elle avait toujours cru qu'avoir une maison lui donnerait une assise dans la vie, comme un coffre de souvenirs que l'on n'ouvre jamais. Celle de sa famille avait été vendue avec tout ce qu'elle contenait, à l'exception de quelques photos, de ses cadeaux de baptême en argent et de l'alliance incrustée de petites perles de sa mère, qui glissait à son majeur droit. Elle s'était parfois demandé où les affaires de ses parents avaient échoué. Elle n'en voulait pas à ses grand-tantes d'avoir pris cette décision – elle avait vécu grâce au produit de la vente, après tout, ainsi qu'elles le lui avaient rappelé. Mais, tout de même, ne se serait-elle pas sentie moins seule, moins anonyme, d'une certaine manière, si, en s'éveillant le matin, elle avait vu le bureau de son père par exemple ? Ou si elle avait pu ne serait-ce que se servir de la bouilloire de sa mère ?

Seulement ici (elle soupira), au-dehors et à l'étage, il n'y avait rien qui lui appartînt. Pour la première fois de sa vie, elle comprenait le danger que représentaient les biens d'autrui – le pouvoir qu'ils avaient de l'effacer si elle ne faisait pas attention. Un sanglot se bloqua dans sa gorge. C'était cette histoire sur le petit garçon sous le Blitz. Le récit de la journaliste lui avait remémoré son enfance, voilà tout. Elle se pencha vers la table basse pour prendre son paquet de cigarettes, en alluma une et tira une longue bouffée.

5

L'après-midi était bien entamé et il faisait presque nuit. Seule une dernière bande de ciel indigo surmontait l'eau qui éclaboussait les piliers de la vieille jetée. Maggie et Jim Tom Winthrop vivaient dans l'une des cabanes que les pêcheurs avaient construites en bordure du port pour remiser leur équipement. On aurait dit de petites boîtes tout en angles, comme celles que dessinent les enfants, sans ouverture à l'exception de la grande double porte qui coulissait afin de laisser passer les espars, les gaffes, les lourdes lignes de pêche et le mât pour le foc. Jim Tom et Maggie avaient emménagé dans la baraque des Winthrop juste après leur mariage. Jim avait percé des fenêtres, posé un plancher dans le grenier et promis à sa femme qu'ils auraient leur propre maison au bout de cinq ans. Cela remontait à dix ans. « Aucune importance », disait Maggie en le taquinant – et elle le pensait vraiment. Le soir, quand son mari rentrait après une longue journée en mer, elle n'avait qu'à lever les yeux pour le voir s'avancer droit vers elle.

La bâtisse se profila devant Will, qui distingua à peine la lueur de la lampe allumée près du lit à l'étage.

Son corps encore imprégné de la chaleur d'Emma alors même qu'il était dehors depuis un moment, il s'arrêta et se retourna. Le toit de sa maison et celui des Niles à côté formaient comme un rempart contre la nuit toute proche. Fallait-il prévenir le docteur Lowenstein que Maggie était sur le point d'accoucher ? Avec elle, le travail était long et difficile, l'avait prévenu le vieux médecin lors de sa dernière visite en ville, et c'était son cinquième enfant en autant d'années. Au même instant, Will vit la lumière de son perron s'allumer et il éprouva une brusque bouffée de joie. Non, inutile d'appeler Lowenstein. C'était lui le médecin dorénavant. Il reprit sa marche en balançant sa sacoche. À son arrivée, la porte s'ouvrit avant qu'il n'ait eu le temps de frapper. Il chercha une éventuelle trace d'inquiétude sur le visage de Jim Tom, mais l'homme avait vécu cette situation à quatre reprises, et Will constata en entrant dans l'unique grande pièce du rez-de-chaussée qu'il avait déjà mis une grosse casserole d'eau à chauffer et préparé une bassine. Une bouilloire fumait aussi dans un coin. La maison était calme, et prête. D'un geste, Jim fit comprendre à Will que Maggie était à l'étage.

— Je vais me laver les mains ici, si ça ne vous dérange pas.

Il tourna le robinet de l'évier et passa plusieurs fois ses mains sous l'eau après les avoir savonnées.

— Où sont vos garçons ?

— Chez ma mère.

Will hocha la tête et monta l'escalier. Il était parvenu à mi-chemin lorsque Maggie commença à gémir sous le coup d'une contraction. Il grimpa les dernières marches deux à deux et, guidé par les plaintes, entra dans une chambre isolée du reste du grenier par deux armoires accolées en guise de cloison. D'un côté s'entassait le matériel de pêche de plusieurs générations – agrès, gréement et mâts rangés avec ordre. De l'autre se trouvait un lit ramené contre une fenêtre, les draps bien tirés semblant avoir été changés récemment.

Pliée en deux et haletante, Maggie se traînait le long du mur, une main sur une hanche. Quand Will s'approcha, elle le repoussa. Elle soufflait rapidement et calait ses pas sur sa respiration. Quand elle arrivait au bout du mur, elle s'arrêtait, se redressait et faisait demi-tour pour le longer dans l'autre sens.

— Merde ! cria-t-elle en appuyant sa tête contre la paroi.

— Jurez autant que vous voulez, approuva Will.

Elle acquiesça et ses traits se tordirent brièvement tandis qu'un grognement guttural lui échappait. Will observa ses épaules se relâcher. Elle s'affaissa à l'extrémité du lit, la mine un peu pâle, jugea-t-il.

— Wouahou…

— Depuis quand avez-vous ces contractions ? demanda-t-il en prenant son pouls.

Il était rapide. Elle avait également le front moite et ses cheveux collaient à ses tempes.

— Elles vont et viennent depuis quatre heures.

— Plutôt fortes ?

Il compta les pulsations à son poignet en fixant la trotteuse du réveil dont le tic-tac rassurant résonnait dans la pièce.

— Fortes et longues.

— Aussi fortes que celle-ci ?

— Oui. Et elles n'en finissent pas. Ça a été pareil avec tous mes enfants. Tommy, le petit dernier, a mis deux jours à sortir.

Will l'aida à s'installer contre les oreillers entassés sur le lit, puis secoua un thermomètre et le lui glissa dans la bouche.

— Eh bien, espérons que le numéro cinq arrivera un peu plus vite.

Maggie haussa les épaules. L'accouchement avait débuté, ils étaient tous les deux dans le même bain. Quoi qu'il advienne, il n'y avait qu'un seul chemin à suivre.

— Voyons où vous en êtes.

Will lui fit plier doucement les genoux et les écarta. Il inséra ensuite ses doigts dans le vagin jusqu'au col de l'utérus, où il sentit la tête de l'enfant, mais pas la poche des eaux.

— Quand avez-vous perdu les eaux, Maggie ?

— Je les ai perdues ? s'étonna-t-elle. Je ne sais pas. Avant-hier peut-être ? Il y a eu un truc ce jour-là, mais je ne suis pas sûre de ce que c'était. Il y avait si peu de liquide… et je n'avais aucune crampe.

Il recula et respira une petite odeur inhabituelle ; les accouchements auxquels il avait assisté ne lui avaient pas laissé ce souvenir. Il se rinça les mains dans la bassine d'eau chaude que Jim Tom avait montée près du lit, les essuya en fronçant les sourcils et reprit le thermomètre. Maggie avait un peu de fièvre.

— Bien, dit-il en s'asseyant sur le bord du lit et en chassant une légère inquiétude.

— Oh…

Elle se redressa avec peine, en proie à une nouvelle contraction. Will l'aida à se remettre debout et attendit que la douleur s'estompe pendant qu'elle recommençait ses allées et venues dans la pièce. Durant tout ce temps, il se concentra sur la respiration de sa patiente.

— Le col est beaucoup dilaté ? demanda-t-elle une fois la contraction passée.

— Six centimètres à peu près. Ce n'est pas pour tout de suite, mais tout va bien.

Elle sourit faiblement et lui tendit la main pour qu'il marche avec elle.

Les mouettes perchées sur les pylônes de la jetée s'envolèrent soudain dans un battement d'ailes semblable à des mains mélangeant vivement des cartes. Iris les regarda tournoyer dans le ciel derrière sa fenêtre, puis alla ouvrir la porte du bureau de poste. Une bourrasque cinglante venue du nord s'engouffra dans la pièce. La receveuse dénoua aussi vite qu'elle le put le cordon du drapeau afin de le descendre.

— Bonsoir, dit une voix en contrebas.

Elle sursauta et serra l'étoffe contre sa poitrine comme si elle avait été surprise en train d'agir en secret.

— Oh, bonsoir, lança-t-elle par-dessus son épaule.

Un frisson la parcourut. Elle aurait dû enfiler son manteau, songea-t-elle.

— Vous voulez que je vous aide ?

Elle secoua la tête, libéra le drapeau de ses attaches métalliques et pivota sur elle-même. Harry Vale se tenait sur la première marche de l'escalier, une main posée négligemment sur la rampe. Elle lui retourna son sourire, gênée de le surplomber. Il paraissait tout petit ainsi.

— Je me suis servie de votre tasse, dit-elle en fixant sa main, le drapeau toujours roulé en boule contre elle.

— Tant mieux.

Il reporta toutefois son attention sur le mât.

— Rien que le dernier mètre, dit-il en souriant. Vous voulez bien m'accorder cette faveur ? C'est juste pour qu'il ne dépasse plus au-dessus des toits.

Elle attacha le cordon, indécise. C'était devenu une sorte de plaisanterie entre eux, une blague récurrente, même si ça n'en était pas vraiment une et elle le savait très bien.

— Je n'ai pas eu de réponse de l'inspecteur des postes, expliqua-t-elle.

— Cela ne vous inquiète pas ?

— Nous ne pouvons pas prendre ce genre d'initiative tout seuls.

— Et pourquoi pas ?

La question lui fit l'effet d'un coup de canif. Ils étaient en désaccord, comprit-elle avec dépit.

— Aucune importance, déclara-t-il doucement. Bonne nuit.

— Bonne nuit, répondit-elle en le regardant s'éloigner.

Leur conversation n'avait pas du tout pris la tournure qu'elle souhaitait.

Elle traversa le bureau de poste avec le drapeau dans les bras, poussa la porte du fond et la referma derrière elle. On ne pouvait pas traiter ce bâtiment comme n'importe quel autre, et cela valait aussi pour le mât. Il représentait un symbole. L'ordre. Là, au cœur même du système, elle soupira doucement. Les boîtes à lettres montaient du sol au plafond, prêtes à être remplies, et la large table en bois sur laquelle elle triait le courrier attendait l'arrivage du matin. S'il y avait un endroit sur terre foulé par Dieu, c'était la salle de tri de tous les bureaux de poste des États-Unis d'Amérique. Ici, le chaos de l'humanité laissait place à la cohérence. Ici, il y avait un casier pour chacune des familles de la ville. Lettres, factures, journaux, catalogues, colis pouvaient être expédiés de partout dans le monde, transportés en bateau et en train, au mépris du vent et du temps, et poursuivre sans cesse leur voyage vers leur destination, bien indiquée sur la carte. Ici, ce n'était pas Babel. Ici, les fils entremêlés de la vie des gens se dénouaient, et les tonalités distinctes des voix couchées sur le papier abolissaient les distances. Les pensées se transmettaient de main en main, et la sienne intervenait tout au bout de la chaîne.

Mais quand même. Le signe que lui avait adressé Harry en partant lui gâchait son plaisir. Elle grimpa sur la chaise à côté de la table, déplia le drapeau en le levant afin qu'il ne touche pas le sol et le secoua comme un drap. Le certificat était rangé en sûreté chez elle, au sommet de la colline, entre les chemises de nuit rangées dans le tiroir de sa commode. Il reposait là depuis son déplacement à Boston, des semaines plus tôt, et chaque fois que Harry venait au bureau de poste, elle sentait le lien entre eux se resserrer, sans qu'elle eût la moindre idée de ce qu'elle devait faire.

L'image de sa mère dans le couloir menant à la chambre parentale s'imposa brusquement à elle. Devenue grosse malgré une ossature fine, Mme James ressemblait à un cintre sur lequel on aurait jeté trop de manteaux. Elle avait le teint farineux. Iris l'avait entendue rire comme une gamine en réponse à une remarque inintelligible de son père. Lorsqu'elle avait surgi en chemise de nuit, sa mère s'était retournée, soucieuse, mais en continuant à avancer. Toute son attention était braquée sur la chambre. Elle tenait d'une main une poche en caoutchouc semblable à une bouillotte, d'où sortait un long tube, et de l'autre une bouteille de vinaigre. « Iris, c'est un rêve, ma chérie, avait-elle dit. Va te coucher. » Et Iris avait obéi.

Et après, comment cela se passait-il ? Elle ne l'imaginait tout simplement pas. Elle n'arrivait pas à se projeter au-delà des regards et des sourires, vers un moment comparable où elle aussi se promènerait avec une poire à injections, sans faux-semblant. Une femme grande ouverte. Comme une proclamation.

Elle plia le drapeau en deux, puis en quatre, et le plaqua contre sa poitrine pour le lisser. Attrapant un coin, elle laissa retomber l'autre de manière à former un triangle et renouvela l'opération jusqu'à obtenir un dernier triangle de tissu dont elle rentra les bords.

La lune se levait lorsqu'elle ferma le portillon devant le bureau de poste. Tandis que le brouillard s'installait et que la corne de brume faisait entendre son unique note en continu, elle retrouva le monde prosaïque et son vélo appuyé contre le mur du bâtiment, au pied des marches. De l'autre côté de la place, la lumière de l'épicerie Alden éclairait crûment les gens à l'intérieur. Iris repéra Florence Cripps de là où elle était. Et une autre femme aussi. Penchées sur le comptoir, elles parlaient à Beth, la fille de l'épicier. On aurait dit les personnages d'un tableau.

Iris jeta un œil au mât dénudé avant de se tourner en rougissant dans la direction où Harry avait disparu. Elle décida d'aller au cinéma, et non au café manger une côtelette, comme à son habitude. Elle n'avait pas faim et ne voulait pas rentrer chez elle.

Dans la maison de pêcheurs, rien n'avait vraiment changé : ni la fréquence ni l'intensité des contractions de Maggie. Le réveil à côté du lit battait la mesure tel un supporter. Les minutes défilaient pendant que Maggie marchait et dormait tour à tour. Elle avait vu juste : l'accouchement était bien parti pour s'éterniser. Will procéda à un deuxième examen mais le col de l'utérus n'était pas plus dilaté que la première fois. Puis la jeune femme s'assoupit de nouveau et il descendit au rez-de-chaussée en quête d'un café.

— Où en est-on ? s'enquit Jim Tom devant l'évier.

— Ça vient. Vous voulez monter ?

— Je préfère attendre en bas, merci. Dites, combien de bébés vous avez mis au monde ?

— Quinze. Non, seize, répondit sèchement Will.

— Dans ce cas, vous devez savoir que les dames ne sont pas tendres sur la fin.

Will le dévisagea sans comprendre.

— Non ? fit Jim en souriant. Peut-être que celles de Boston ne jurent pas alors.

Un gémissement s'éleva à l'étage. Will se figea et regarda sa montre en minutant la contraction. Elle dura à peu près aussi longtemps que les précédentes, encore que la plainte de Maggie lui parût plus faible qu'avant, et peut-être un peu plus désespérée.

— Ça la soulage, à votre avis ? demanda-t-il à Jim.

— Quoi ?

— De faire ce bruit.

— Et comment !

Will hocha la tête et retourna au grenier. En gravissant les marches, il entendit Maggie haleter et il se hâta de la rejoindre. Il la découvrit à genoux sur le matelas, accrochée au bois du lit, la tête baissée entre ses bras. Il attendit qu'elle ait fini pour s'avancer vers elle et constata qu'elle se fatiguait. Ses yeux trahissaient sa lassitude, ce qui l'inquiéta.

— Vous tenez bon, Maggie ?

Elle fit signe que oui.

— Ça va, affirma-t-elle.

Il sortit l'endoscope de sa sacoche pour vérifier le rythme cardiaque du bébé. Les battements sains, réguliers et constants de son cœur furent comme une main tendue vers lui depuis le ventre de la jeune femme, comme un salut.

— Il est là, il attend, dit-il pour la rassurer.

Elle souffla, en proie à une nouvelle contraction, et tout en l'observant, Will éprouva un tel désir de revoir Emma, de sentir son regard tranquille posé sur lui, sa sérénité – oui, elle était sa sérénité à lui –, qu'il se leva et marcha vers l'autre bout de la pièce sans réfléchir. Il voulait lui redire avec fermeté que oui, il l'aurait trouvée.

Quand il l'avait rencontrée à la soirée de Noël organisée par l'hôpital l'année précédente, elle se tenait devant les grandes fenêtres ornées de velours et de houx, le dos tourné à la fête. Les médecins et les infirmières arrivaient après leur service, l'air froid de la nuit collé à eux, leurs voix claires fendant sans ménagement le joyeux brouhaha des convives qui s'en allaient. Immobile, elle éclipsait tout autour d'elle par sa concentration. Il s'était approché en se lançant un défi : si elle pivotait vers lui avant qu'il ne l'aborde, il se contenterait de lui jeter un coup d'œil. Si elle ne bougeait pas, il lui proposerait un verre.

Mais elle recula sans détacher ses yeux de la fenêtre, si bien qu'elle le percuta. Durant un instant, il sentit son corps léger contre le sien et le parfum citronné de ses cheveux. Elle s'écarta tout de suite et lui fit face, les joues rouges.

— Je suis désolée !

— Pas moi, dit-il en souriant. Je me présente : Will Fitch.

— Euh, oui.

Elle serra la main qu'il lui tendait, mais la relâcha vivement.

— Vous passez une bonne soirée ?

Elle le fixa alors avec un petit sourire aux lèvres.

— Non. Pas du tout.

— Et pourquoi ça ?

— C'est Noël.

— Je vois, dit-il, notant la douce courbe de son menton levé vers lui.

Il n'avait pas la moindre idée de ce qu'il pouvait ajouter.

— Vous n'aimez pas Noël ?

Elle sourit un peu plus, quoique avec timidité encore.

— En effet.

— Pourquoi ? Si toutefois ce n'est pas indiscret.

Elle ne pipa mot. Il s'appuya contre le mur à côté d'elle et comprit au bout d'un moment qu'elle ne lui répondrait pas.

— Je suppose que si, c'est indiscret.

— C'est juste que je ne vous connais pas...

Il se redressa aussitôt.

— Vous avez raison. Je suis désolé.

— Je ne suis pas très douée pour faire la conversation, avoua-t-elle. Puis-je avoir un verre ?

Will en éprouva une joie douloureuse.

— De quoi avez-vous envie ?

— Un bourbon. Avec de l'eau.

— D'accord.

Il se fraya un chemin vers le bar à l'autre extrémité de la pièce. En chemin, il aperçut Johnny Lambert dans une alcôve, entouré de deux ou trois autres internes. Son collègue racontait une histoire et le cercle qui s'était formé autour de lui se penchait légèrement pour mieux l'entendre. Il y eut un bref silence, puis tout le groupe explosa de rire et l'un des hommes donna une tape à son ami, en rythme avec son hilarité. Le bruit se déversa sur la foule, charriant avec lui la délicieuse plaisanterie. Cette gaieté tapageuse attira l'attention de tous, au point que, durant un moment, la pièce entière parut flotter sur la vague de rires déclenchée par Johnny – Johnny dont la grâce et le talent consistaient à traiter le monde tel un ballon qu'il faisait tourner sur un doigt.

Will l'avait compris dès l'instant où il avait mis les pieds à Harvard huit ans plus tôt. Cette grâce se retrouvait dans la posture tranquille des gars de Boston lorsqu'ils prenaient des notes en tenant leurs cahiers éloignés d'eux, le lent griffonnage de leur crayon sur les pages blanches semblable à un air de jazz prolongé, une sorte de musique étrangère et énigmatique qui aurait résonné juste derrière son oreille. Hunnewell. Cabot. Phipps. Bien sûr, ils travaillaient. Ils travaillaient dur, même. Mais sans frénésie, sans souci. Ils recevaient nonchalamment les prix qui leur étaient décernés à la fin de l'année et les exhibaient avec insouciance. Ces garçons-là avaient plus de valeur que les défis lancés par Harvard. Ils avaient une valeur indiscutable.

Alors que lui, il s'appelait Fitch. Le nom avait eu assez de poids pour lui ouvrir les bonnes portes pendant sa deuxième année et lui assurer des marques d'intérêt convenables lorsqu'on le présentait à quelqu'un, mais tout de suite après venait Franklin. Franklin ? À la pointe du cap Cod ? Il y avait donc des gens qui habitaient là-bas ? L'endroit n'était pas complètement déserté à la fin de l'été ?

« Ha, ha, riait-il. Ha, ha. Vous seriez surpris. Nous sommes trois ou quatre cents à rester une fois que vous êtes tous partis. – Vraiment ? » lui répondait-on d'une voix traînante et déjà indifférente. Will Fitch, de Franklin. Il était une curiosité, un personnage exotique. Pas une quantité négligeable, mais pas non plus un garçon que l'on avait envie de fréquenter. Durant toutes ses années à Cambridge, il avait été Fitch, de Franklin, autant dire de nulle part.

Le remous provoqué par la plaisanterie de Johnny avait traversé toute la salle. Une nouvelle tournée fut proposée, et l'orateur acquiesça sans lever la tête, une main en coupe autour de la flamme de son briquet. Il allait bientôt découvrir Will seul dans son coin, sans personne à qui parler, tel un idiot perdu au milieu d'une fête.

Ce qu'il devait faire lui apparut soudain très simple. C'était évident. Il fit demi-tour et revint près de la fenêtre en craignant qu'elle ne soit partie. Mais non, elle était toujours là. Et elle l'attendait, s'aperçut-il avec exaltation.

— Hey, lança-t-il en se postant devant elle.

— Le bar est fermé ?

— Il y a trop de monde. Allons boire un verre ailleurs.

Elle posa de nouveau les yeux sur lui.

— Je m'appelle Emma Trask, dit-elle en lui tendant la main.

Il la prit dans la sienne. Ses longs doigts effleurèrent l'intérieur du poignet de la jeune femme, là où battait le pouls. Il le sentit s'accélérer, comme s'il avait attrapé son cœur. Et c'est ainsi que, sans la lâcher, il l'entraîna hors de la salle.

Il reporta son attention sur Maggie.

— Je vais vous examiner encore, dit-il doucement.

Il empila deux oreillers au bout du lit pour lui placer les pieds dessus et, sous le regard de la jeune femme, inséra de nouveau les doigts en elle jusqu'à ce qu'il sente le bébé. À la fin, il lui sourit avec soulagement.

Le col était presque complètement dilaté et la tête prête à sortir.

— Vous y êtes presque.

Il vérifia ensuite son pouls, mais comprit d'emblée que quelque chose n'allait pas. Il patienta une minute de plus en recomptant pour être sûr. Le rythme cardiaque de Maggie s'était accéléré. Il était déjà rapide avant, mais là, son cœur cognait à toute vitesse. L'inquiétude qu'il avait chassée un peu plus tôt revint au pas de charge. D'abord cette odeur. Ensuite la température élevée. Et à présent son pouls rapide et irrégulier. Pour la première fois, il redouta que ces symptômes ne soient ceux d'une septicémie.

Maggie referma les yeux et poussa une plainte faible et lugubre. Le bruit semblait monter du sol sous ses pieds. « Ohhh ! » Il enfla et emplit la pièce. Will avait assisté à seize naissances jusque-là et avait même pratiqué deux césariennes, mais aucune de ses patientes n'avait crié ainsi. Il y avait eu des infirmières et de l'éther à l'hôpital, les bébés avaient glissé sans problème et jamais il n'avait été seul. D'une certaine manière, dans cette toute petite pièce à l'étage d'une maison de pêcheurs, il avait l'impression de vivre son premier accouchement, de saisir enfin au cœur de quelles profondeurs les femmes vous menaient – des profondeurs inexplorées lors de sa formation, en plein dans le sang noir où commence la vie. « Ohhh ! ohhh ! ohhh ! » Ces gémissements étaient pour lui comme autant de coups. Un cri en forme d'exutoire, il pouvait le supporter, mais cette plainte sourde et répétée l'anéantissait. Maggie plissait ses paupières closes avec l'air d'essayer de se rappeler quelque chose ou d'avancer quelque part, tout en hurlant sa douleur au plus fort de la contraction.

À travers le plancher, il entendit les enfants du couple rentrer à la maison. Maggie les entendit aussi et sourit faiblement.

— Ils devraient retourner chez leur grand-mère, dit-il d'un ton plus sec qu'il n'en avait eu l'intention.

— Ils ne peuvent pas dormir ailleurs que dans leur lit.

— Mais…

— Ils sont déjà passés par là, soupira-t-elle.

Un nouveau gémissement lui échappa. Will se leva brusquement. Il faisait trop sombre dans cette chambre. À l'hôpital, des scènes pareilles baignaient dans une lumière rassurante, on ne s'inquiétait jamais de l'endroit où on avait posé ses affaires et de celui où il faudrait aller si on avait besoin d'eau chaude ou de serviettes. La lumière contrebalancerait l'horreur que vivait Maggie. Il actionna l'interrupteur près de la porte et le globe de céramique blanche au-dessus de lui s'illumina, repoussant son désespoir. C'était une simple chambre avec une commode et trois fenêtres, un rocking-chair et une descente de lit ronde crochetée.

Les enfants étaient en bas et Will songea à Lowenstein, qui avait été présent lors de leur naissance. Il aurait aimé pouvoir lui demander conseil, faire appel à son expérience, solliciter son diagnostic. Avoir quelqu'un d'autre dans cette pièce que cette femme gémissante. Cette femme – il se força à lui sourire tandis qu'elle roulait sa tête sur l'oreiller –, qui n'était autre que Maggie. Qui avait été en classe avec lui. Qu'il revoyait au bord de la mer, ses longues jambes emmêlées dans les cordages du bateau de son père. Maggie, qui l'avait fixé sans ciller pendant qu'il insérait ses doigts inquisiteurs en elle pour vérifier que tout était à sa place, alors que la plupart des patientes fermaient les yeux ou scrutaient le plafond.

Une vieille crainte tenace ressurgit insidieusement. Tout avait toujours mal tourné pour les Fitch. Pourquoi avait-il cru que cela changerait ? Pourquoi avait-il cru qu'il pouvait repartir de zéro dans la même ville, en portant le même nom que son père ? Il manqua éclater de rire. La peur montait en lui, à présent. Cette crainte enfouie, sinistre et grondeuse, était indélogeable. Il avait épousé Emma. Il était revenu en ville en tant que médecin. Il s'était imaginé bâtir des projets d'avenir et embrasser sa femme comme tout le monde. Mais la vérité, c'était que ce vieux sentiment ténébreux ne le quitterait jamais, Maggie en était la preuve.

Avec une énergie effrayante, la jeune femme se redressa soudain et le regarda d'un air égaré, mais sans paraître le voir. Elle s'agenouilla sur le lit, les mains appuyées contre le mur, puis lui tourna le dos, puis lui refit face en haletant « stop, stop, stop », les mots sortant de sa bouche avec une régularité toute mécanique. « Stop, stop, stop, stop. » Sa voix s'éleva et elle arqua le dos sous l'effet de la douleur. Lorsque la contraction fut passée, elle gémit et s'affaissa contre le bois du lit. Will l'observa avec nervosité. C'était comme s'il avait vu une poupée de chiffon secouée dans la gueule d'un chien, ballottée en tous sens, puis jetée et abandonnée par terre, faible, pâle et en nage.

Un fredonnement surnaturel leur parvint du rez-de-chaussée. Le son, ténu et monocorde, émergeait si pur entre les lames du plancher que Will comprit que les murs n'étouffaient aucun bruit. Les petits de Maggie l'avaient entendue aussi nettement que si elle s'était trouvée derrière un rideau dans un hôpital public.

— Maggie ? murmura-t-il.

Le teint livide, la peau moite, elle paraissait s'être endormie. La note serpenta dans l'air, sans destination ni motif apparents. Will l'écouta assis, l'esprit engourdi et fatigué. La lumière baissait lentement dans le grenier, faisant luire les anciennes voiles blanches empilées dans un coin. « Oh, psalmodiait la voix, oh, oh, oh. » Will essaya de se souvenir du nom et de l'âge des enfants. Qui était le chanteur, et où étaient les autres ? « Oh », fredonna de nouveau la voix, plus bas cette fois. La main de Maggie retomba à plat sur le lit. S'était-elle évanouie ou dormait-elle ? Non, elle dormait en fait profondément, la bouche entrouverte, une rougeur diffuse sur les joues. Après l'avoir soulevée comme autant de vagues qui se seraient brisées, fracassées encore et encore, les contractions s'étaient estompées. Will consulta sa montre. Quatre minutes s'étaient écoulées. Le garçon – ce devait être un garçon, avait-il conclu, tant le son était pur – s'était déplacé vers l'avant de la maison, et c'était de là que venait sa voix à présent. Les paupières de Maggie tressautèrent légèrement. Entendait-elle ce petit qui en appelait un autre ? se demanda-t-il. Car telle était l'impression qu'il donnait, ce doux oiseau chantonnant sous leurs pieds au milieu de cette scène terrible. Comme si la mère n'était rien de plus qu'une corde tendue et tirée sans merci entre les poings féroces de l'enfant à naître et de celui qui était déjà né. Will se leva et sortit de la bassine un linge qu'il essora.

— Maggie ? dit-il en le posant sur son front.

— Oh, soupira-t-elle. Où est Jim Tom ?

Pour la première fois en trois heures, elle semblait redevenue elle-même.

— Au rez-de-chaussée, répondit-il avec un tel soulagement qu'il faillit pousser un cri.

Elle pouvait être tirée de sa torpeur, finalement. Elle était bien consciente.

— Mais qui chante alors ?

— L'un de vos fils, je suppose. Jimmy, peut-être ?

Elle sourit.

— Non, Jimmy ne sait pas chanter.

Dans l'obscurité rampante, le blanc de ses yeux luisait presque autant que les voiles. Le cœur de Will manqua un battement devant cette figure fantomatique.

— Henry ? lança-t-elle.

Le fredonnement s'arrêta et des pieds coururent jusqu'au bas de l'escalier.

— Oui, maman ?

— Continue à chanter, mon chéri, dit-elle avant de se rendormir.

6

Iris se glissa dans le cinéma et attendit au fond de la salle que ses yeux s'habituent à l'obscurité. Le film d'actualités touchait à sa fin et, à l'écran, des soldats allemands marchaient en rang dans sa direction à travers des champs français gelés. Ils se mouvaient comme des marionnettes, leur tête raide tournant de gauche à droite à mesure qu'ils avançaient. Parce que Iris était debout, ils défilaient à hauteur de ses yeux et cela lui donna le sentiment d'être dépassée par une foule.

— Foutus Boches ! cria quelqu'un.

Les silhouettes des gens assis se superposaient aux soldats qui marchaient toujours, le mouvement de leur tête et de leurs épaules semblable aux motifs répétitifs ornant la base des vases grecs anciens. Iris se dirigea au fond de la salle obscure et choisit un siège.

Les actualités s'achevèrent. Les lumières restèrent allumées le temps du générique et Iris se pencha en avant pour ôter son manteau avant de se caler dans son fauteuil. Le film diffusé ce soir-là datait des années trente. Elle l'avait déjà vu, mais elle ne s'en était pas rendu compte tout de suite. Le narrateur à la voix chaude racontait l'histoire désuète d'un amour brisé par la guerre. Lentement, elle se sentit succomber au charme des personnages et aux répliques des acteurs anglais. Le film la touchait et elle ne se souvenait pas assez de l'intrigue pour être impatiente. Elle éprouvait même la délicieuse impression de retourner dans un lieu autrefois aimé et ensuite oublié, un peu comme une chambre dans une maison d'enfance. Les amants se mariaient et voilà que l'époux, ce valeureux héros, partait à la guerre.

Le cœur d'Iris battit un peu plus vite. Il lui semblait suivre un long couloir plein de méandres : elle savait comment se terminait le film, mais elle ne se rappelait plus très bien par quels rebondissements l'histoire en arrivait là. L'homme avait été pris derrière les lignes ennemies. Il était cerné et on le conduisait vers un commandant. Iris se redressa sur son siège. Le reste lui revenait maintenant, tout le reste, et la crainte de ce qui allait advenir fit battre son cœur encore plus fort. Il n'allait pas s'en sortir, c'était ça. Il n'allait pas s'en sortir, et la raison en était que son signal – la fusée de détresse qu'il avait tirée avant d'être capturé – ne serait pas repéré. Il avait vu l'arc blanc lumineux dans le ciel et il s'était éloigné, la tête haute, parce qu'il ne doutait pas que quelqu'un l'apercevrait. Après tout, il avait laissé ses hommes à un kilomètre et demi de là seulement.

Mais il y avait quelque chose qu'il ignorait, et ça, Iris ne pouvait pas le supporter. Elle faillit se lever et partir. Elle faillit. Elle avait oublié l'horreur au centre de ce film charmant qui se déroulait peu à peu comme s'ouvrent les pétales d'une fleur. Elle avait oublié que les hommes du héros étaient morts. *Cours*, voulut-elle dire à l'écran. *Cours*, voulut-elle dire au soldat qui s'éloignait avec panache sans un regard derrière lui. *Tu es seul. Personne ne viendra te sauver. Cours !*

Mais l'histoire ne le sauvait pas. Ses hommes étaient morts et les autres spectateurs et elle étaient les seuls à le savoir. C'était cette conscience qui était terrible, de même que la peur du soldat au moment où il comprenait la gravité de la situation. Sa solitude était palpable. Quelle tristesse ! Il n'y avait rien de pire que d'assister impuissant à la scène, songeait Iris. De voir se dénouer la trame de l'histoire, horrible, inexorable – les morts et les mourants, et l'idée que le soldat aurait pu fuir, mais qu'il ne l'avait pas fait. Il prenait le mauvais chemin. Il effectuait le mauvais choix. Et il mourait.

Les lumières se rallumèrent en même temps qu'une musique fracassante résonnait dans la salle. Iris fixa le vide en ignorant l'agitation autour d'elle et demeura où elle était jusqu'à ce que la dernière image du film soit passée à l'écran et que la bobine du projectionniste derrière elle ait fait entendre un cliquètement. Elle se retourna alors et là, six ou sept rangs plus loin, elle découvrit Harry Vale.

Elle rougit. Il risquait de croire qu'elle l'avait suivi ou qu'elle s'était attardée sur le perron de la poste pour l'épier. Mais ce n'était pas le cas, pensa-t-elle, contrariée. Elle avait fini son travail et était ensuite partie de son propre chef au cinéma. Que fabriquait-il là ? Peut-être ne l'avait-il pas remarquée. Elle essaya de ne pas bouger afin de ne pas attirer l'attention. Il y avait une allée près de lui et il pouvait se lever à tout instant. Rien ne l'obligeait à regarder vers elle, il sortirait peut-être simplement de la salle. Elle décida d'attendre et se pencha comme pour ramasser un objet par terre. Lorsqu'elle se redressa, Harry était debout et l'observait.

— Vous avez perdu quelque chose ?

— Non, je…

— Je ne pensais pas vous voir ici.

— Pourquoi ?

Il haussa les épaules et afficha son grand sourire d'ours.

— C'est un film de guerre.

— Pas du tout, répliqua-t-elle trop vivement.

— J'aurais pourtant cru.

Elle glissa son bras dans la manche de son manteau.

— C'est-à-dire que, à mon avis, la guerre n'est pas le sujet le plus important du film.

Il la regarda enfiler l'autre manche et prendre son foulard.

— Qu'est-ce qui est important, dans ce cas ? l'interrogea-t-il en se faufilant entre les fauteuils pour la rejoindre.

— Le fait qu'il n'y ait personne à la fin.

Il ne répondit pas, mais il se tenait à présent juste à côté d'elle.

— Je suppose que vous n'êtes pas d'accord, balbutia-t-elle.

— En effet, il n'y a personne à la fin.

— À part Dieu, corrigea-t-elle, mais plus pour elle-même que pour lui.

— Dieu, répéta-t-il d'une voix neutre, comme il aurait articulé « tabouret » ou « épingle ».

— Vous ne semblez pas persuadé qu'Il soit là avec nous.

— Oh, si, Il est là.

Harry sentait le déodorant Old Spice et la graisse à essieux. L'une de ses mains reposait avec désinvolture et insouciance sur le dossier du siège devant Iris, ce qui la rendit inexplicablement heureuse.

— Je sais qu'Il est là. Chaque fois que je repère une erreur au travail, c'est grâce à Lui. Comment aurais-je vu l'erreur sinon ?

— Parce que vous êtes douée.

— Mais, dit-elle en souriant, en flirtant presque, pourquoi suis-je douée ?

Elle se leva à son tour. Autour d'eux, les appliques murales de la salle diffusaient une lumière aussi faible que des bougies.

— Je vous raccompagne ? l'entendit-elle demander derrière elle.

— J'ai mon vélo.

Il ne fit pas de commentaire et ne sachant pas si la réponse qu'elle lui avait donnée équivalait à un oui ou à un non, Iris prit la direction de la poste. Harry la suivit. Les voix et les rires des gens ricochaient dans le noir et les fragments de leurs conversations crépitaient comme du feu. Iris croisa les bras sur sa poitrine, son sac à main pendant à son coude.

— Quelle agréable soirée…

— Oui.

Elle sourit intérieurement et opina encore. Là-dehors, au milieu des autres passants, le fait que tous deux marchent côte à côte disait clairement qu'ils marchaient *ensemble*.

— Salut, Joe ! lança Harry.

— Salut ! répliqua un homme à vélo.

— Où va-t-il à une heure pareille ?

— Pêcher, je suppose. Sans se soucier des Allemands.

— Les Allemands sont occupés à bombarder les Anglais, objecta Iris avec fermeté.

Harry la dévisagea sans qu'elle parvienne à déchiffrer son expression. Il la fixa ainsi longuement, puis porta ailleurs son regard, et elle eut le sentiment durant un très court instant d'avoir raté un examen. Les pédales de son vélo, entre eux, tournaient en cliquetant.

— De toute façon, on ne les laissera pas aller si loin.

— Si je peux me permettre une remarque, déclara Harry d'un ton tranquille, vous avez sacrément confiance en Dieu et dans le gouvernement.

— Je travaille pour le gouvernement, lui rappela-t-elle, soulagée par son ton.

Peut-être ne l'avait-elle pas déçu, au bout du compte.

— C'est bien ce que je dis.

Iris surprit son sourire.

— Où voulez-vous en venir ?

— Le gouvernement n'est composé que d'un tas d'individus comme vous et moi.

— Mais avec un plan.

Il siffla.

— Et qui a élaboré ce plan ?

— Les gens au sommet, qui ont une vue d'ensemble de la situation. Des gens vigilants et bien informés. C'est leur boulot.

— C'est le vôtre aussi.

Il s'écarta pour laisser passer un groupe, mais elle continua à avancer, résolue à lui faire comprendre son propos.

— Pas du tout, dit-elle sèchement lorsqu'elle l'entendit de nouveau à côté d'elle.

Il avait incliné la tête pour mieux l'écouter et son bras était juste sous son coude à elle.

— Je suis payée pour être attentive et éviter les accidents, les failles dans le système. Mon travail, c'est d'empêcher la machine de s'enrayer.

— Et comment espérez-vous y arriver ?

— Je fais attention. En permanence. Je surveille tout. C'est ça mon boulot.

Il rit dans le noir.

— Vous êtes un peu folle, hein ?

— Ça dépend du point de vue, dit-elle en souriant.

Il s'arrêta soudain net.

— Bonsoir Frank, bonsoir Marnie.

Iris déglutit et salua d'un signe de tête le couple devant eux. Emmitouflée dans un long manteau, Marnie Niles tapota la main de son mari, posée nonchalamment sur sa hanche. Harry et la receveuse des postes, clamait cette main. Voyez-vous ça. Effondrée, Iris eut l'impression que des lumières venaient soudain d'être allumées tout autour d'eux.

— Bonsoir, Harry, lança Frank Niles. Bonsoir, mademoiselle James. Où allez-vous donc ?

— Je raccompagne Iris, répondit Harry.

Il se tourna vers elle avec l'air de l'attendre et elle acquiesça sans oser dire un mot. Marnie plissa légèrement les yeux, comme si elle avait décelé un signe dans cet échange.

— Eh bien, bonne soirée, lâcha Harry.

— À une prochaine !

Iris descendit du trottoir avec lui et tous deux s'éloignèrent des taches vives de la ville en direction d'un bras de terre qui s'enroulait sur lui-même. Ils gravissaient lentement Yarrow Road en silence lorsqu'ils entendirent quelqu'un marcher devant eux. Le phare du vélo n'éclairait qu'une haie sombre et les baies noires qui pendaient des cynorhodons, mais un homme surgit ensuite devant le faisceau lumineux.

— Tiens, Otto.

Surpris, l'Allemand leva les yeux. Il paraissait ne pas les avoir vus plus tôt malgré la lumière du phare.

— Bonsoir, Harry, dit-il en s'approchant d'eux, avant de saluer Iris.

— Vous allez bien ?

— Oui, oui. Je me promène juste.

— OK, fit Harry en lui donnant une tape sur l'épaule. Bonne nuit.

— Bonne nuit.

Le bruit de ses pas continua à résonner derrière eux et Iris se demanda comment il parvenait à se repérer dans le noir.

— Otto vient ici presque tous les soirs, je crois, lui apprit Harry.

— Pourquoi ?

— Il monte sur le promontoire pour regarder la France.

— Mon Dieu…

La main de Harry se posa sur celle avec laquelle elle poussait son vélo et se referma dessus. Comme ça, sans façon, pensa-t-elle avec étonnement. Ils reprirent leur chemin sans un mot, main dans la main à présent, et plus ils avançaient, plus le silence s'installait, et plus il devenait clair qu'ils étaient arrivés. C'était ainsi que débutaient ces choses-là. De manière si anodine.

Puis, sans brusquerie aucune, il ralentit et l'attira contre lui tout en tenant aussi le vélo. Elle dut s'avancer un peu et, étant peut-être un peu plus grande, se pencher légèrement quand ses lèvres trouvèrent les siennes. Son baiser fut d'abord tendre, sa bouche douce, comme une introduction. Mais il sembla ensuite qu'il eût pris une décision parce qu'il l'enlaça plus franchement. Les yeux fermés, elle eut la sensation d'avoir franchi une porte pour entrer dans le cercle doux et humide des bras d'un homme, cet espace où elle embrassait et était embrassée, et elle aurait pu être n'importe où, s'aperçut-elle, vraiment n'importe où, que cela n'aurait rien changé. Si cet homme l'avait embrassée au bureau de poste, elle serait entrée joyeusement dans ce cercle et s'y serait abandonnée encore et encore, pour retrouver ce même point dans le noir, cette large ouverture humide.

Ils restèrent longtemps ainsi, et lorsqu'ils s'écartèrent l'un de l'autre, elle se rendit compte qu'ils étaient au beau milieu de Yarrow Road et qu'elle avait la main engourdie par le froid. Elle la fourra dans sa poche en laissant tomber le vélo contre sa hanche.

— Voulez-vous boire un thé ?

Il accepta et ils se remirent en route – comme si de rien n'était, s'émerveilla-t-elle. Ils avaient tout le temps devant eux à présent, parce que l'acte allait avoir lieu. Il allait se produire. Jamais elle ne s'était sentie si libre. C'était ainsi que débutaient ces choses-là. De manière si anodine. Elle se tourna vers lui dans le noir et lui sourit.

Devant la maison de Jim Tom et Maggie, quelqu'un fumait, assis sur les marches, le bout rouge de sa cigarette perforant l'obscurité.

— Bonsoir ! leur lança une voix.

— Qui est-ce ? Jim Tom ?

— Yep.

— Tout va bien ?

— Maggie est en train d'accoucher.

— Ça se passe comment ?

— Bien. Will Fitch est là.

— Bonne chance, alors.

— Merci.

Ils finirent le chemin en silence, les lumières de Franklin brillant tel un amas d'étoiles derrière eux, en contrebas. Les façades couvertes de bardeaux des maisons prenaient des reflets violets sous le croissant de lune. Le perron des Fitch était allumé, faisant paraître encore plus sombre la rangée de résidences secondaires au bout de laquelle se trouvait la maison d'Iris – la seule qui eût été isolée et équipée d'un fourneau par son propriétaire, M. Day.

— Quand on était gosses, on venait fumer ici en douce pendant l'arrière-saison, dit Harry en franchissant le seuil à la suite d'Iris.

Elle actionna l'interrupteur sous l'abat-jour d'une lampe et la lumière inonda la pièce. Bien qu'elle fût la plus grande de la rue, la maison d'Iris avait été aménagée à l'image des autres. Deux rocking-chairs et un tout petit canapé placés « en mode conversation » avec, au milieu, un tapis rond crocheté. Deux chambres minuscules de chaque côté du salon, et entre elles une kitchenette adossée au mur du fond. Tout était pimpant. Tout était éclatant. Rien n'avait de valeur sinon l'air et l'eau qui allaient et venaient paresseusement derrière les fenêtres impeccables. Sur la galerie extérieure, deux chaises en bois faisaient face au port. C'était exactement ce qu'Iris recherchait lorsqu'elle était arrivée l'année précédente.

Elle alla remplir une bouilloire à l'évier. L'eau toussota dans la tuyauterie et sortit en gargouillant.

— Qui ça, « on » ? demanda-t-elle.

— Frank Niles et moi. Et aussi Fitch, le père du docteur.

Iris mit la bouilloire à chauffer sur le fourneau, attrapa deux tasses sur une étagère et les posa sur le plan de travail. S'adossant ensuite au mur de la cuisine, elle prit son briquet et son paquet de cigarettes. Elle secoua celui-ci pour en faire tomber une qu'elle porta à sa bouche, heureuse de cette distraction.

— J'ai entendu dire qu'il buvait.

— C'est vrai, répondit Harry, avant de lui ôter gentiment son briquet et sa cigarette.

Elle comprit qu'il allait de nouveau l'embrasser. Seulement, elle était moins à l'aise ici, en pleine lumière dans sa propre cuisine, qu'elle ne l'avait été dehors, sur une route plongée dans l'obscurité. Harry se pencha en appuyant les mains sur le mur derrière elle. Sous le coup d'une impulsion, elle le saisit par son manteau pour l'attirer vers elle et elle sourit contre sa bouche.

— Quoi ? demanda-t-il.

Elle ne répondit pas. Une chose en entraînerait une autre, elle n'avait pas besoin de réfléchir. Le sifflement de la bouilloire retentit à cet instant. Harry éteignit le brûleur.

Bien plus tard, il se détacha d'elle.

— Je ferais mieux de partir, dit-il.

— Tu ferais mieux ?

Il l'embrassa encore.

— Je ferais mieux, oui. Pas « j'ai envie ».

Elle serra la main sur le tissu de son manteau et tira dessus comme une enfant.

— Attends.

— Qu'y a-t-il ?

— J'ai quelque chose pour toi.

Rougissante, elle alla dans sa chambre et s'arrêta devant la commode. Son cœur battait si fort dans sa poitrine que c'en était presque douloureux. Elle avait imaginé le moment où elle remettrait le certificat immaculé à Harry, où elle le lui offrirait avec un petit sourire afin qu'il sache qu'elle le faisait avec joie. Mais là, le reflet de son visage dans le miroir paraissait terrifié. Qu'allait-il penser ? Elle hésita.

— Oh, bon sang ! murmura-t-elle.

Elle ouvrit un tiroir et prit l'enveloppe cachée entre ses habits.

— Tiens, dit-elle en revenant dans la cuisine. Je voulais que tu aies ça avant…

— Qu'est-ce que c'est ? demanda-t-il avec curiosité.

— Tiens, se contenta-t-elle de répéter.

— C’est une lettre ?

— En quelque sorte, répondit-elle sans réussir à le regarder en face.

Il saisit l’enveloppe et sortit le certificat.

— « Intacte » ?

Elle hocha la tête, les joues écarlates. Il l’attrapa par la taille.

— Je suis un vieil homme en bout de course, tu sais, pas une belle prise.

— Oh, je ne voulais pas insinuer que… Je ne voulais pas insinuer que je te considérais comme une prise.

— Je ne suis pas franchement intact, moi, précisa-t-il en éclatant de rire.

— Non, je me disais juste que…

— Chut.

Il caressa son visage et elle comprit que tout allait bien.

Au-dehors, les étoiles étaient si nombreuses qu’on ne pouvait passer un doigt entre elles. Harry reprit la direction de la ville, le corps électrisé par le souvenir encore vif de la femme qu’il avait observée si longtemps et qui s’était coulée tout simplement dans ses bras. Au bout de quelques minutes, il se retourna et compta les maisons où brillait de la lumière, depuis celles des Bowtch et des Fitch jusqu’à celle d’Iris, qui marquait l’extrême pointe de Franklin. L’image de la receveuse se frayant un chemin à ses côtés dans la foule, le dos bien droit, s’imposa soudain à lui. Qu’avait-elle dit déjà ? Croyant sentir un parfum de citron dans ses cheveux pendant qu’elle parlait, il s’était incliné vers elle et n’avait pas tout écouté.

Il glissa les doigts dans la poche de poitrine de son manteau, là où il avait rangé le certificat, et continua à marcher en tenant lâchement le papier.

Plus loin devant lui, un cri s'éleva, aussi déchirant que celui d'un animal pris au piège. Il fronça les sourcils et s'immobilisa. Le son se transforma en gémissement, puis enfla, et malgré la distance, il sut que c'était Maggie. *Nom de Dieu*. Il tendit l'oreille et pâlit. *Nom de Dieu de nom de Dieu*. Fuyant ce bruit, il repartit aussi discrètement que possible dans le noir.

7

Le cri de Maggie s'évanouit hors de la pièce et elle s'écroula en nage sur son lit. Elle s'épuisait, c'était évident. Pire, ses contractions s'espaçaient. Onze minutes s'étaient écoulées entre les deux dernières.

— Maggie, murmura Will. Il faut que je vous conduise à Nauset.

Elle frissonnait à présent et il ne pouvait dire si elle l'avait entendu.

— Maggie…

— Aidez-moi à me redresser ! s'écria-t-elle. Vite !

Elle posait sur lui un regard fou, sans le voir, et sa poitrine se soulevait lourdement. Merde, songea Will, il avait besoin d'assistance. Les jambes secouées par des spasmes, Maggie se jeta sur le côté, mais elle était trop faible pour se mettre debout toute seule.

— OK, Maggie, OK.

Il s'assit derrière elle et la prit par les aisselles pour la hisser sur ses pieds. Ils firent quelques pas ainsi avant que Will ne comprenne qu'elle ne tiendrait pas en équilibre sans lui. Puis elle se plia brusquement en deux en poussant un nouveau grognement sourd, et c'est alors que le bébé jaillit d'un coup et atterrit par terre. Maggie gémit encore et devint toute molle.

— Merde !

La jeune femme tomba à genoux, ce qui obligea Will à se pencher pour ne pas la lâcher.

— OK, haleta-t-il en l'abaissant doucement à côté du bébé couvert de sang qui s'agitait sur le sol. OK, Maggie. Restons calmes.

Sa formation de médecin l'emporta. Il essuya rapidement les yeux et le nez du bébé et lui dégagea les voies respiratoires avec une poire en caoutchouc. La petite poitrine prit sa première inspiration.

— C'est une fille, Maggie, annonça-t-il avec enthousiasme. Qu'est-ce que vous dites de ça, hein ? Une petite fille !

Il coupa le cordon et un bonheur fou courut dans ses veines tandis qu'il nettoyait l'enfant et l'enveloppait dans une couverture propre. Tout allait bien. Le jour commençait à percer la nuit de glorieux éclats roses. C'était terminé. Le bébé émit un vagissement furieux. Will rit en le contemplant, puis se tourna pour le tendre à Maggie.

Celle-ci s'était endormie par terre, les yeux clos, le teint gris et le souffle court. Elle était en état de choc : l'odeur et la fièvre auraient dû l'avertir. Will déposa le bébé sur le lit.

— Maggie, dit-il d'un ton sec en essayant de la réveiller.

Il la souleva à moitié et la traîna aussi vite qu'il put à côté du bébé. Remontant la chemise de nuit, il examina l'utérus pour voir si le placenta était prêt à sortir, mais lorsque ses mains le touchèrent, un caillot de sang de la taille d'un melon se déversa en dégageant une odeur putride.

— Bon, Maggie, dit-il, terrifié. Ça va aller, maintenant.

Mais la puanteur s'étalait comme une pâte dense et épaisse dans la chambre.

Elle saignait trop. Une quantité de sang inouïe jaillissait d'entre ses jambes. Le bébé poussa une petite plainte aiguë, que Maggie ne parut pas entendre. Elle avait l'air décidée à quitter cette vie. Livide, elle haletait et transpirait abondamment. Et ce sang qui n'en finissait pas de couler. À ce rythme-là, elle succomberait bientôt à une hémorragie.

— Maggie ?

Will lui prit le pouls. Il le sentait toujours, mais il était désespérément faible.

— Maggie, stop !

Il supplia la silhouette pantelante sur le lit, tel un homme accablé – pas un médecin – criant dans le tunnel le long duquel Maggie semblait glisser.

— Arrêtez, Maggie ! Vous devez rester consciente !

Il fouilla sa sacoche en quête d'une seringue, tapota le verre afin que le liquide clair aille au bout de l'aiguille, mais lorsqu'il retourna auprès du lit, la femme silencieuse et inerte étendue dessus avait cessé de respirer. Tout simplement. Will vérifia de nouveau son pouls et n'en trouva pas cette fois. Il se redressa, la seringue laissant échapper son liquide inutile sur le couvre-lit. Les secondes s'étirèrent à l'infini. Son cerveau essayait d'assimiler l'idée qu'il n'y avait aucun moyen de revenir en arrière, seulement quelques instants plus tôt, quand Maggie était encore en vie et qu'il tenait le bébé dans ses bras. Il était impossible de remonter le temps ne serait-ce que d'une demi-heure.

Comment avait-elle pu mourir ? Comment avait-il… ? (Était-ce sa faute à lui ? Ou la cause était-elle à chercher chez elle ? Chez *elle* ?) Personne n'aurait pu interrompre cette hémorragie, une partie de lui le savait : l'utérus avait lâché, et tout le corps avec lui. Peut-être que s'ils avaient été à l'hôpital, peut-être que s'il avait été entouré de médecins, d'une infirmière… Un sanglot enfla en lui et il secoua violemment la tête. Ce n'était pas le moment de pleurer.

Il reconnut les pas de Jim Tom dans l'escalier. Il fallait qu'il recouvre Maggie, qu'il réarrange le lit. Que faire dans une pareille situation ? Le bébé libéra un poing de la couverture dans laquelle il l'avait enveloppé, et Will se projeta dans la vie future de cette petite fille et des garçons au rez-de-chaussée, tous privés de leur mère. Il vit l'aîné, celui qui chantonnait, lever les yeux alors que son père entrait d'un pas lourd dans la pièce. Il vit les dîners qui les attendaient, tous réunis à table. La place vide près du fourneau. Il vit même une journée d'été, deux ans plus tard peut-être, quand la petite marcherait et que ses frères et elle le croiseraient dans la rue. Ils le regarderaient fixement et lui, il aurait la conviction, malgré la compassion des habitants – les murmures et les hochements de tête, *le docteur a fait de son mieux* –, il aurait toujours la conviction que Maggie était morte parce qu'il n'avait pas su interpréter les symptômes. Il y avait eu des signes et il ne les avait pas repérés assez vite pour la sauver.

Taché de sang, Will resta figé au milieu de la chambre. Il percevait la scène avec la parfaite lucidité d'un esprit épuisé. Maggie était morte parce qu'il n'avait pas été à la hauteur. Il était un Fitch, après tout. Tel était son numéro à la loterie. Telle était sa guerre. Une main avait plongé dans une urne et pioché son nom. Chaque existence reposait sur un fait majeur, affirmait Emma. Tel était le sien.

— Will ? appela Jim Tom depuis le seuil de la chambre.

8

« Bonsoir », lançaient les gens à Emma dans la rue. « Bonsoir », et puis aussi « Bonjour ». Durant tout le mois qui suivit l'enterrement de Maggie, après que Will eut repris le travail, tout le monde en ville se montra très gentil, vraiment. Très gentil – c'était les mots qu'Emma répétait en boucle dans sa tête et qu'elle enroulait autour d'elle comme un cache-nez. Un soir, alors qu'elle se baissait pour attraper de la fécule de maïs à l'épicerie, elle surprit une conversation dans le rayon à côté du sien.

— J'ai vu le bébé, disait Marnie Niles à Florence Cripps.

— Elle est belle, n'est-ce pas ? répondit celle-ci.

— Jim Tom semble tenir le coup.

— Je parie que Will s'en veut beaucoup, soupira Mme Cripps.

Sans un mot, Emma fit demi-tour et sortit de l'épicerie, ignorant les appels des deux femmes. Elle longea la rue dans l'obscurité naissante pour aller retrouver Will, mais aucune lumière ne brillait au dispensaire, et lorsqu'elle arriva, elle découvrit un panneau accroché à la porte. *De retour demain*, avait-il écrit en petites lettres. Rien de plus. Ses yeux s'embuèrent et elle prit le chemin de la maison.

Lorsque Will était rentré, le matin où Maggie était morte, elle avait couru joyeusement vers lui sans imaginer que sa mine livide pût receler une nouvelle de nature à la blesser. Elle supposa d'abord qu'il était épuisé par sa longue nuit auprès de Maggie, avant de se rendre compte qu'il s'agrippait à elle.

— Que s'est-il passé ? s'inquiéta-t-elle.

Il secoua la tête.

— Quoi ? Qu'y a-t-il ?

Elle se rapprocha de lui, et lorsqu'il commença à pleurer dans ses cheveux, elle laissa ses larmes couler jusque sur son front en essayant de deviner ce qui s'était produit.

— Le bébé ? murmura-t-elle enfin. Il est arrivé quelque chose au bébé ?

Il la serra plus fort.

— Will ?

— Non. Maggie.

— Maggie ?

Elle ne comprenait plus rien.

— J'ai perdu Maggie.

— Je ne te suis pas. Explique-toi…

— Maggie est morte. Je l'ai perdue.

— Non ! répliqua-t-elle vivement. Non, c'est faux. Will, ce n'est pas de ta faute. Il a dû y avoir un problème. Tu n'es pas responsable.

Il ne souffla mot.

— Will ?

— Je n'ai pas réussi à arrêter l'hémorragie, avoua-t-il sans paraître remarquer qu'elle s'accrochait à lui et qu'elle lui caressait le visage.

— Tout va bien, dit-elle à voix basse. Tout va bien.

Il l'écouta en fermant les yeux. Elle le croyait presque endormi quand il se redressa d'un air décidé.

— Ça n'a pas d'importance, déclara-t-il.

— Qu'est-ce qui n'a pas d'importance ?

Prenant ses mains dans les siennes, il la fit asseoir à côté de lui.

— Qu'est-ce qui n'a pas d'importance ? répéta-t-elle.

— Tout ça.

— Que veux-tu dire ?

Il resta silencieux.

— Réponds-moi, Will ! Regarde-moi !

Une telle angoisse se lisait sur son visage, cependant, qu'elle faillit lui couvrir la bouche pour l'empêcher de parler.

Elle ouvrit la porte et dénoua lentement son foulard, qu'elle plia et laissa sur un siège. La radio était allumée – Will ne l'éteignait plus désormais –, mais elle eut du mal à distinguer les paroles qui en émanaient. Elle ôta son chapeau, accrocha son manteau à une patère et entra dans le salon. Will leva une main pour lui intimer de se taire.

J'ai eu mon tout premier aperçu de la foule qui se masse dans un abri souterrain à la station de métro Liverpool Street, racontait un homme. *Il était environ 20 heures, c'était une nuit sans raid, et j'avais dû me dire qu'il n'y aurait pas un chat ce soir-là, ou que, dans le cas contraire, les Londoniens seraient en quelque sorte invisibles, parce que je n'étais pas du tout préparé à découvrir tous ces bancs de chaque côté de la voie sur lesquels des gens s'étaient assis ou allongés par centaines comme les passagers d'un grand tramway. Plus on avançait et plus on en voyait – ils étaient des milliers, qui nous regardaient passer dans nos beaux habits et nos chapeaux d'Américains. J'ai éprouvé un terrible sentiment de culpabilité en marchant dans cette station. J'avais honte d'être là en observateur. Un bâtiment bombardé ressemble à quelque chose de familier – c'est comme s'il avait été frappé par une tornade. Mais la vue de ces milliers de pauvres gens privés de toute perspective, étendus dans des positions improbables sur de l'acier froid avec tous leurs habits sur eux, blottis sous des couvertures, contraints de respirer un air fétide tandis que les lumières se reflètent dans leurs yeux. Ces gens couchés là, sous terre, tels des lapins dans leur terrier, sans combattre, sans même sombrer dans la folie, simplement impuissants, détruits, attendant faiblement…*

— Tu entends ça ? dit Will.

— Quoi ?

Elle se tourna avec lassitude vers la radio.

Merci, monsieur Pyle, déclara un présentateur. *Ici Londres, c'est tout pour aujourd'hui.*

— Tu entends ce type ? Ce qu'il décrit ? La situation empire là-bas. Ils ont besoin de notre aide. Ils manquent de médecins.

Et à Washington ce matin…, enchaîna une voix sérieuse.

Will éteignit le poste.

— Je dois y aller.

— Y aller ? demanda-t-elle, paniquée. Mais où ?

— À Londres, répondit-il sur le ton de l'évidence.

— Will, tu es le médecin de la ville, objecta-t-elle doucement, craignant de parler trop fort. Tu ne peux pas partir.

— Il y a Lowenstein.

— Il a pris sa retraite.

— C'est un bon médecin. Il n'a jamais commis d'erreur.

— Oh…

Elle comprenait maintenant. Elle devinait son triste calcul.

— Ta vie pour celle de Maggie…

— Tu l'as dit toi-même le mois dernier, déclara-t-il avec animation. On devrait faire quelque chose. Tu te souviens ? C'était au sujet du petit garçon.

— Le petit garçon ?

Elle ferma les yeux. L'enthousiasme de Will avait un côté fiévreux.

— Quel garçon ?

— Celui qui a perdu sa mère. Celui que la fille de la radio a raccompagné chez lui. Il était tout seul. Rappelle-toi tes paroles ce jour-là, ma chérie. Ce qui a lieu là-bas a lieu en ce moment même, là, maintenant. Ce gosse est peut-être en train d'errer dans les rues à cette heure-ci…

— Arrête ! gémit-elle, prise de nausée.

Le danger n'avait jamais résidé dans la conscription, en fait, mais dans Will lui-même.

— Chérie, insista-t-il, il y a des gens là-bas qu'il faut aider, et moi j'en suis capable. C'est ça, l'idée. Voilà ce que tu avais en tête sans l'exprimer clairement. Quand on sait qu'il y a des personnes dans le besoin à l'instant où nous parlons, on ne peut pas détourner le regard. Elles n'ont rien d'abstrait. On doit y aller, c'est une question d'humanité. Tout repose sur ce principe. Les êtres humains ne détournent pas le regard.

Elle le dévisagea. Comme elle le connaissait mal, songea-t-elle. Comme elle l'avait mal connu, au bout du compte.

— Peu importe la manière dont tu présentes la situation, Will, tu n'as pas à aller là-bas. Tu n'as rien à prouver. Ce qui s'est passé ici n'était pas de ta faute. Ton comportement n'a aucun sens.

— Aucun sens ? bondit-il. C'est la seule foutue chose qui fasse sens. Ce qui est arrivé à Maggie en est la preuve.

— La preuve de quoi ?

Il ne répondit pas.

— La preuve de quoi, Will ? répéta-t-elle en respirant avec peine. La preuve de quoi ?

Le fantôme de son père apparut à Will – non, pas le fantôme, mais son père en chair et en os, affaissé sur l'une des chaises de la cuisine, ses cheveux blancs peignés avec soin et gominés. Il empestait le gin. Un type parfaitement inoffensif, en somme, sauf pour sa famille.

Will continua à se taire. Son père leva les yeux vers lui et lui décocha son sourire éteint, si familier. Son sourire vaincu.

— Mon père dirigeait la banque de Franklin et il l'a perdue, lâcha-t-il. C'est même pire que ça, en réalité. Quand elle a fait faillite en 1932 – avec toutes les autres banques –, il a fermé les portes de l'établissement et empêché les habitants d'y entrer durant trois jours.

« Pendant tout ce temps, il s'est claquemuré à l'intérieur, sans rien dire, sans s'approcher de la fenêtre. M. Cripps, Frank Niles, Lars Black – tous ces hommes que tu as rencontrés – ont tambouriné à la porte jour après jour. Le matin du quatrième jour, Harry Vale et quelques autres ont ramené le mât d'un doris trouvé sur la plage et s'en sont servis comme d'un bélier.

Jamais Will n'avait raconté cette histoire à Emma.

— Mon père était assis dans sa banque, une baïonnette allemande de la Grande Guerre sur les genoux. Et il braillait, ricana Will. Il braillait aussi fort qu'un héros de Fort Alamo sur sa foutue conception du devoir. Sur le fait qu'il fallait protéger…

— Que s'est-il passé ? murmura-t-elle.

— Rien. Il a posé sa baïonnette, il est sorti et il est rentré à la maison.

Emma attendit la suite, si nerveuse qu'elle en devenait muette.

— Il a continué à vivre des années. On aurait dit un personnage de roman qui n'a plus de rôle à jouer dans l'histoire, un ouvrier saisonnier toujours vêtu d'un pantalon et d'une chemise couleur sable, bien peigné et imbibé de gin. Il aurait mieux valu qu'il meure sur le coup. Cela aurait été préférable pour ma mère et moi, qui guettions la fin avec lui.

— La fin de quoi ?

— De la vie ! s'écria Will. Le moment où elle aurait dû s'achever. Elle aurait dû le faire… comme ça, conclut-il en claquant des doigts.

Emma frémit.

— Tu veux mourir, alors ?

— Quelle drôle d'idée.

— J'essaie de comprendre tes intentions, se défendit-elle d'un ton désespéré.

— J'ai envie de me rendre utile.

— Dis plutôt que tu veux fuir. Tu te défiles.

Il se figea.

— C'est ce que tu penses ?

— Oui.

Il hocha la tête et poussa la porte de la cuisine. Emma resta au milieu de la pièce, à regarder le battant osciller jusqu'à ce qu'il s'immobilise. Laissons-les s'entre-tuer là-bas, laissons-les s'égorger – pourquoi fallait-il les aider ? Pourquoi la vie d'autres gens avait-elle plus de valeur que la leur ? Pourquoi l'Europe s'arrogeait-elle Will et privait-elle de lui sa propre ville ? Ou elle ? Et pourquoi elle, qui avait déjà beaucoup donné – et beaucoup souffert –, aurait-elle dû donner encore ?

Un cri soudain au-dehors lui fit tourner la tête vers la fenêtre au-dessus de l'évier. Était-ce un enfant ? Elle se concentra et l'entendit de nouveau. Oui, il s'agissait certainement d'un enfant qui refusait d'aller se coucher dans l'une des maisons voisines. Elle resserra les pans de son gilet sur elle. Un autre cri résonna, plus proche cette fois, juste avant qu'un corps blanc ne passe devant ses carreaux et ne s'élance dans les airs, son bec pointu s'ouvrant de temps à autre pour appeler ses congénères tandis qu'il montait dans le ciel las. Une mouette. Une simple mouette. Tandis que le point blanc se fondait dans la grisaille, Emma frissonna, mécontente de s'être laissé berner.

Elle rejoignit le salon, où Will était assis dans l'obscurité, adossé aux coussins de sa mère.

— Will ?

— Six mois, murmura-t-il. Je serai de retour pour l'été.

Elle le fixa longuement avant de répondre. Que pouvait-elle dire ? Comment aurait-elle pu l'arrêter ? Il était déjà parti.

— D'accord, acquiesça-t-elle.

Trois semaines plus tard, il recevait des nouvelles du City Hospital à Londres, qui se déclarait ravi d'accepter son aide. Il lui fallut ensuite moins de six semaines pour obtenir son billet aller et ses papiers. Au final, il eut très peu d'affaires à caser dans sa valise, et lorsque le dernier matin arriva, il ouvrit la porte d'entrée de la même façon qu'il l'aurait fait en toute autre occasion. Le froid soleil hivernal transperça le vestibule.

— Attends, dit-il alors qu'Emma franchissait le seuil en tenant fermement son sac à main. Embrasse-moi ici, à l'intérieur.

Elle lui jeta un coup d'œil. Toute l'attention de Will était rivée sur le salon, comme s'il avait voulu le rassembler tout entier dans un baluchon et le balancer sur son épaule pour l'emporter avec lui. Elle ferma les yeux en glissant les mains dans les manches de son manteau pour le toucher.

— Au revoir, chuchota-t-il.

Elle s'accrocha à ses bras, puis se colla encore plus contre lui et le serra fort. *Dieu* – ce mot carillonnait dans sa tête, mais elle avait la gorge trop nouée pour le prononcer. *Dieu. Dieu. Dieu. Dieu. Regarde un peu.*

— Prouve-le-moi, Will, dit-elle.

— Te prouver quoi ?

— Que les gens restent vivants.

— Tu verras, dit-il dans ses cheveux, avant de la lâcher.

Ils sortirent de la maison. Au-dessus d'eux, les mouettes plongeaient dans le ciel bleu éclatant. Emma se blottit sous le bras de son mari. Il posa une main sur la ceinture de son manteau, tendit l'autre vers elle, et ils s'en allèrent ainsi tels deux patineurs. Emma sentait la hanche de Will contre la sienne tandis qu'il l'entraînait le long de Yarrow Road.

Elle aurait voulu tout mettre entre parenthèses. Le temps, la ville. Ne plus rien conserver que leurs mains nouées et le rythme de leurs pas. Le ciel semblait s'élever et filer à toute allure en arquant le dos à la manière d'un chat. Il faisait doux, comme cela arrivait parfois – à croire que le mois de mai s'était invité en janvier. Il n'y avait pas un souffle de vent. Ils marchaient ensemble, et dans le silence de cette matinée, Emma s'imagina étirer le temps tel un bonbon au caramel, l'allonger jusqu'à ce qu'il soit le plus fin possible et à deux doigts de se rompre, et elle s'imagina vivre là, sur ce point précis, sans plus avancer et sans se retourner. À se voir ainsi serrée contre Will, tous deux muets et en route vers une fin indiscernable, elle pouvait presque penser qu'ils foulaient le temps.

Ils ne croisèrent personne jusqu'en ville. Là, le bus attendait au bord du trottoir devant le bureau de poste. L'ouverture de la soute à bagages causa quelques soucis à Flores et un petit moment s'écoula durant lequel Will et lui se débattirent avec une pince-monseigneur. Le dernier baiser suivit brusquement, et Will fut bientôt parti.

Hiver 1941

9

Un jour, une personne que vous aperceviez quotidiennement était là, et le lendemain elle ne l'était plus. Frankie n'avait rien trouvé de mieux pour rendre compte du Blitz. Le policier à l'angle de la rue, l'épicier malvoyant, les gens que l'on croisait en allant au travail, dans les boutiques, dans le bus, des gens qu'on ne connaissait pas, mais qui suivaient le même itinéraire que vous, qui constituaient le tissu anonyme de votre vie. Les bâtiments, les jardins, les toits… on pouvait décrire leur absence. Mais pour la disparition d'un homme, ou d'un petit garçon, ou de la femme qui attendait le bus à la même heure qu'elle, Frankie n'avait que peu de mots : avant, ils étaient là. *Et avant, je les voyais.*

Un récit journalistique suppose une succession de détails – la chaleur d'une journée, l'ourlet effiloché d'une jupe –, comme des galets rejetés sur une plage pour être ramassés et disposés de façon à raconter une histoire. Elle était venue en Europe, elle avait étalé les détails sur la table pour Ed Murrow et pour elle-même. Les piles de verre brisé semblables à des congères, les obus qui pleuvaient, le ciel obscurci de bombardiers sur tout un quartier, et l'exaspération des gens dans les abris, qui attendaient la fin des raids jusqu'à ce qu'ils ne puissent plus le supporter, *plus du tout, vous entendez ?* Ils se levaient et sortaient dans la rue – impatients que la nuit s'achève, que les bombardements cessent –, et ils étaient tués alors qu'ils marchaient en souhaitant avec rage que la mort survienne et les prenne.

Frankie avait cru que l'on pouvait mettre bout à bout ces bribes de vie et leur donner une forme. Mais cela s'était révélé impossible le matin où elle avait laissé le petit Billy pour pénétrer dans son propre immeuble. Elle avait d'emblée été assaillie par une forte odeur de gaz et de cendres. Tandis que son cerveau enregistrait l'air bleu visible à l'endroit où le bâtiment avait été coupé en deux – une déchirure toute nette, comme si un ascenseur avait traversé les cinq étages pile à cet endroit –, elle avait monté l'escalier en courant jusque chez elle. La porte de son appartement tenait toujours debout alors même que l'extrémité arrachée du couloir s'ouvrait sur le ciel. La partie arrière du logement avait tout simplement disparu, contrairement à l'avant, demeuré inchangé avec la lampe sur la table et les patères en face de la porte, sur lesquelles pendaient les manteaux de Harriet et Dowell. C'était irréel. On ne pouvait donner de forme à un tel spectacle. Au début, elle était restée sur le seuil, les yeux rivés sur le manteau de son amie, consciente qu'il n'y avait plus de chambre sur la gauche et que, sur la droite, la lumière du matin s'engouffrait par les fenêtres brisées du salon. Consciente aussi qu'une lettre des cousins polonais de Harriet attendait près de l'entrée, appuyée tout à fait normalement contre le mur.

— Harriet ?

Sa voix effrayée s'était étranglée dans sa gorge.

Il n'y avait pas de forme à donner à de tels détails. La forme, c'était le mensonge du romancier.

Et pourtant, pourtant, pensa-t-elle en se dirigeant vers la Maison de la radio, le sujet qui avait hanté Harriet, ce sujet secondaire sur les Juifs, prenait doucement une forme claire et terrifiante. Dans la chambre qu'elle louait désormais, Frankie poursuivait l'archivage de récits entamé par son amie sur les Juifs d'Europe. Un patchwork fou de papiers s'étendait sur le mur au-dessus de son bureau de fortune : il y avait là, accrochées sans ordre particulier, des dépêches, des lettres expédiées par les cousins de Harriet, des notes rédigées à la main qu'elle avait trouvées dans les parcs ou sur les façades des bâtiments : *Jens Steinbach, es-tu là ?* (Celle-là était écrite en allemand et en anglais.)

Les Juifs alsaciens envoyés en zone libre avaient rejoint les Juifs allemands, contraints de quitter leur pays, et ceux en provenance d'Autriche, de Dantzig ou de la région des Sudètes, en Tchécoslovaquie. Tous étaient dirigés vers le sud de la France, les hommes étant regroupés ensuite dans les camps du Vernet ou des Milles, les femmes et les enfants à Gurs. Le manque de nourriture, d'habits, d'abris et de matériel médical signifiait que la fuite de ces gens vers d'autres États était devenue une course contre la mort.

Un mois plus tôt, le gouvernement de Vichy avait annoncé qu'il libérerait des milliers d'internés s'ils prouvaient que d'autres pays étaient disposés à les accueillir. Il avait demandé aux États-Unis de garantir l'asile notamment aux « Juifs expulsés du Luxembourg, de Belgique et d'Allemagne ». Mais le secrétaire d'État, Cordell Hull, s'y était opposé au motif que les « principes fondamentaux » du comité intergouvernemental pour les Réfugiés n'entendaient pas favoriser une race, une nationalité ou une religion. Les Juifs étaient internés parce qu'ils étaient juifs, et l'asile leur était refusé pour la même raison.

Ces erreurs administratives, avait écrit Harriet, *sont des êtres humains piégés par des morceaux de papier et enfermés jusqu'à soixante par pièce dans des camps comme celui de Gurs. Envoyez de la nourriture, des habits, des sous-vêtements et des médicaments*, disaient les télégrammes adressés aux proches qui, eux, étaient partis. *Envoyez de la nourriture, des habits, des sous-vêtements. Prévenez ma sœur. Prévenez mon cousin.* Des bouts de papier étaient glissés dans la main des visiteurs lorsqu'ils quittaient ce lieu où dix mille femmes attendaient des nouvelles. Dix mille bouts de papier.

« Le ministère de l'Immigration ne refuse pas d'accorder des visas, avait commenté Kirchway, un ami de Frankie, dans *The Nation*. Il dresse juste une série d'obstacles. »

À Farmington, là où elle était allée à l'école, Frankie avait une enseignante qui mâchait ses aliments si lentement qu'elle avait cru devenir folle, assise à sa table durant les repas, avec les fourchettes à gauche et les couteaux à droite, et les autres filles en cercle, figées, toute discussion ralentie pour épouser le rythme de cette femme qui présidait le dîner et qui mastiquait, et pensait, et mastiquait. Un soir, n'en pouvant plus, elle s'était renversée en arrière sur sa chaise et avait hurlé.

Du calme – elle entendait la voix de sa mère dans sa tête –, *du calme*.

Mais il était difficile à présent de détourner les yeux de ce qui avait clairement lieu en Europe. Les Juifs subissaient un pogrom permanent, sans fin. Cette habitude patricienne consistant à dévier d'abord les passions violentes ou les intuitions perspicaces vers des eaux plus calmes, pour réfléchir, faire le point, appartenait à la génération de sa mère. C'était très bien pour Mrs. Dalloway, impensable pour Virginia Woolf. Un écrivain, un véritable écrivain en possession d'une histoire, fonçait tout droit vers les rapides en gardant les yeux sur l'eau et en pagayant à toute vitesse vers le milieu du torrent afin de voir les choses d'aussi près que possible. Et pour voir ainsi, il fallait envisager l'idée d'une cruauté nue et brutale. Les Allemands rassemblaient les Juifs dans des camps et des ghettos et *ils les laissaient mourir là*. Si elle arrivait à raconter cette histoire, si elle arrivait à la dire aussi bien que Murrow disait le Blitz, elle pourrait faire passer le sort des Juifs en première page : elle pourrait braquer les projecteurs sur ce qui était enfoui dans des détails ou tenu pour secondaire.

— Je n'aime pas le changement dans ta voix, ma chérie, avait dit sa mère au téléphone la semaine précédente. Elle paraît…

Il y avait eu un long sifflement sur la ligne, le vaste silence de la mer entre elles deux.

— Quoi, maman ?

— Désespérée.

— Elle l'est.

— Rentre à la maison. Viens te reposer.

La lune était rouge ce soir-là, et sa couleur, rehaussée par les feux qui se réfléchissaient sur la Tamise gelée. Bien que Frankie eût l'habitude désormais de noter de tels détails, leur description ne lui suffisait plus. *Tout ce que j'ai fait jusqu'à maintenant* – elle monta presque quatre à quatre les marches jusqu'au bureau de Murrow –, *c'est peindre des images éclatantes avec des mots. Des images du Blitz. Et pendant ce temps, le sujet de Harriet prend de l'ampleur.*

Elle marqua une pause sur le seuil.

— Ah, Frankie, dit son chef en l'invitant à s'asseoir.

Elle sourit et s'enfonça dans le siège qu'il lui indiquait. Un exemplaire du *New York Times* vieux de deux semaines gisait plié en trois sur le bureau, à côté d'un sandwich. Une cigarette brûlait dans le cendrier. Frankie en sortit une et se pencha vers Murrow lorsqu'il alluma son briquet pour elle. Elle le remercia d'un hochement de tête avant d'exhaler la fumée.

— Envoyez-moi en France, monsieur Murrow. S'il vous plaît.

Il referma le briquet et le rangea dans sa poche. Agitée, envahie par un sentiment d'urgence, mais ne sachant pas quelle image elle donnait d'elle-même à son patron avec son air épuisé et nerveux, elle désigna du menton le *New York Times*.

— Quelles sont les nouvelles ?

Murrow l'examina calmement.

— Que se passe-t-il, Frankie ?

— Bon, d'accord. Seul un reportage sur la situation des réfugiés juifs en France a fait la une de ce journal et il traitait de la réponse du secrétaire d'État Hull à Vichy. Tous les articles de Harriet ont été enterrés dans les pages intérieures. Pourquoi ces histoires ne trouvent-elles pas d'écho ? Pourquoi les gens ne voient-ils rien ?

— Que veux-tu qu'ils voient ?

— À commencer par l'Espagne, les années de guerre en Europe ont pulvérisé la frontière entre champ de bataille et foyer domestique, le conflit s'est abattu sur les villages, il a fait fuir les gens, il les a poussés à quitter leur maison et l'Espagne pour se réfugier en France. Ajoutez les Juifs expulsés par les nazis et on obtient une marée humaine qui traverse l'Europe et qui finit piégée dans le sud de la France, où elle attend maintenant, le dos tourné à la mer.

— Continue.

— Les réfugiés en temps de guerre, c'est un thème que nous connaissons tous. Mais qui atterrit vraiment dans ces camps et pourquoi ? Pourquoi ces personnes sont-elles là ? Ont-elles commis un crime quelconque ? J'ai entendu des Londoniens en discuter et ils semblaient croire à une raison objective. L'homme de la rue refuse de s'intéresser à cette question parce qu'il n'arrive pas à imaginer que l'on puisse rafler des êtres humains, leur accorder vingt minutes pour partir de chez eux sans argent, et ensuite les confronter à une bureaucratie qui exige des papiers, de l'argent et une situation en règle. Ce n'est pas possible, se dit le monde civilisé, parce que ce serait *insensé*.

Sa voix tremblait. Elle enfonça les mains dans ses poches.

— Et si on faisait entendre chez nous la voix de ces gens-là ? On donnerait une réalité aux réfugiés. On présenterait les récits des personnes bloquées…

Elle s'interrompit.

— Mince, dit-elle en souriant pour refouler les larmes qu'elle sentait affluer.

— Ce n'est pas grave.

— Pas grave ?

Elle repoussa le mouchoir qu'il lui tendait et s'essuya les yeux du bout des doigts.

— Dur, hein ? ajouta Murrow.

— Je veux juste poursuivre ce que Harriet a commencé, raconter cette histoire, dire tout.

— Dans quel but ?

Nous obliger à nous remuer, pensa-t-elle.

— Que font les Américains ? Que font-ils, bon sang ? demanda-t-elle à la place.

— Ils vivent leur vie.

— Comment peuvent-ils ?

Il ne répondit pas et elle se rendit compte qu'elle venait d'embarquer sur un bateau qui levait l'ancre.

— Vous vous souvenez, Ed, de tous ces gens dans l'East End, la première semaine du Blitz ? Ceux qui se mettaient en rang avec leurs valises et qui attendaient que des bus viennent les chercher à l'école de South Hallsville pour les emmener à l'abri dans d'autres parties de la ville ?

Il opina.

— Ils avaient dû abandonner leur maison bombardée, on leur avait promis un moyen de transport pour quitter leur quartier et on leur avait dit de ne pas bouger jusqu'à ce que les bus arrivent. Ils l'ont fait. Et la moitié d'entre eux ont été tués la troisième nuit parce que les bus ne sont jamais venus. Des gens qui avaient survécu à la première nuit sont morts la troisième *parce que les bus ne sont pas venus*…

— J'ai compris, Frankie.

— Ce que je veux dire, Ed, c'est que les Londoniens sont chassés de chez eux par les bombes. Mais il semble évident que la majorité des personnes internées dans les camps le sont parce qu'elles sont juives. Même si les rapports soulignent que beaucoup de nationalités sont représentées, les réfugiés sont juifs. Cela marque une volonté délibérée. Ils ont été déportés et rassemblés. Quel est le plan derrière tout ça ? Y en a-t-il seulement un ? C'est tout. Voilà ce que Harriet s'efforçait de découvrir. Est-ce que la vérité ne nous intéresse pas ? Ne devrait-on pas tenter de savoir ?

Il garda le silence.

— Je veux réaliser un reportage qui mette à mal l'idée selon laquelle le cauchemar vécu par les Juifs n'est que le visage habituel de la guerre…

— À supposer que cela signifie quelque chose, la coupa Murrow.

— C'est vrai. Mais il ne s'agit pas de victimes choisies au hasard. C'est une situation hors norme. Un pogrom.

— Continue, dit-il après un court instant de réflexion.

— Laissez-moi aller sur place. Laissez-moi enregistrer leurs voix – comme dans l'émission de la BBC, « Children calling home », où des parents appellent leurs enfants envoyés aux États-Unis. On baptiserait ça « Les voix de l'Europe » ou un truc de ce style. Ce serait une émission sur des gens ordinaires à qui on donnerait la parole et qui seraient aussi réels que les auditeurs de l'autre côté de la radio. Ce serait la voix de la guerre, celle des personnes retenues dans les camps et qui essaient de partir… Une voix aussi véridique que les bombes… Une voix tout simplement humaine. Cela a toujours été le fondement même de nos émissions, non ?

— En anglais ? s'enquit-il avec scepticisme. Comment vas-tu régler le problème des langues ?

— Quelle que soit leur langue… ils s'expriment. Ils sont vivants. Ils sont réels – peut-être même plus encore s'ils parlent une autre langue. Leur voix le prouvera. Tous les jours, ils sont entre quinze et vingt-cinq à mourir dans des endroits comme Gurs.

Elle attendit. « Nous ne sommes pas là pour créer une atmosphère, l'avait sermonnée Murrow à son arrivée, nous sommes là pour dire ce qu'il y a à dire. Notre boulot n'est pas de persuader nos auditeurs, mais juste de relayer des informations honnêtes. D'une personne à une autre. Et quand on n'a pas d'infos, eh bien on l'avoue. L'actualité, ce n'est pas une atmosphère. » (Pourtant il existait des rayons entiers de disques à la Maison de la radio qui remplissaient justement cet office autrefois – des chants de grillons et d'oiseaux, la sonnerie de Big Ben et près de soixante morceaux sur un disque intitulé *Fausses Alertes : Voix joyeuses accompagnées du tintement des tasses de thé.*) Désormais, l'actualité liée à la guerre était diffusée en direct : les voix des présentateurs, le micro sur le toit enregistrant la progression des bombardements, la conversation entre les animateurs radio au moment même du Blitz. Le monde pouvait écouter la guerre comme si nous étions tous réunis autour du feu.

Murrow secoua la tête.

— C'est trop vague, trop confus. Surtout si les témoignages ne sont pas traduits. Les voix réduites à des sons ne véhiculeront aucune histoire. Les gens ont besoin de savoir pourquoi ils écoutent.

— Sinon ils ne comprendront pas ?

— Sinon ils se désintéresseront de l'émission, répondit-il avec impatience. Il faut leur montrer les choses, Frankie. Il faut river leur attention.

— Mais…

— Ce n'est pas de l'actualité, la coupa-t-il. Et j'ai du travail pour toi ici.

Elle le fixa d'un air interdit.

— Très bien, chef, dit-elle en tournant les talons.

— Tu passes à l'antenne dans cinq minutes, lui lança l'ingénieur du son lorsqu'elle sortit du bureau de Murrow.

— Merci, je suis au courant.

Elle tint bon jusqu'aux toilettes pour dames, mais dès qu'elle eut poussé la porte, elle éclata en violents sanglots, le front appuyé contre le carrelage frais. Puis, lorsqu'elle eut évacué la tension accumulée en elle, elle s'écarta du mur et s'aspergea le visage au lavabo.

De nombreux témoignages encourageants…, commença-t-elle quelques instants plus tard en fermant les yeux pour oublier le micro, et la lampe au-dessus d'elle, et Tom, l'ingénieur du son assis derrière sa vitre.

Comme toujours, elle se représenta sa mère, attentive devant sa radio.

De nombreux témoignages encourageants nous arrivent d'Europe. Quelques semaines seulement se sont écoulées depuis que M. Laveleye a proposé que le V *de la victoire devienne le signe de ralliement des peuples occupés de Belgique, de France et des Pays-Bas, et le bruit nous est parvenu que le symbole a surgi partout – dessiné à la craie sur les granges, sur les trottoirs des villes, sur le flanc des camions. Quand il est effacé, il réapparaît quelques heures plus tard, tels deux doigts fantômes. Ce signe, toujours le même, et répété à l'infini, doit rappeler au soldat allemand stationné là qu'il est cerné. Et les murs parlent : nous vous surveillons, nous attendons votre chute. Dans toute l'Europe, ce* V *silencieux et invisible fait entendre les voix réduites au silence et affirme la présence des gens cachés derrière.*

Frankie marqua une infime pause, juste le temps d'un battement, pour donner plus de poids à ses paroles.

Hier soir, je l'ai de nouveau échappé belle et je me suis retrouvée à plat ventre sur le trottoir pour me protéger. Rien n'avait été détruit autour de moi, mais le bruit avait été assourdissant et juste après qu'une bombe est tombée, il y a toujours trois ou quatre secondes durant lesquelles vous tremblez trop pour tenir debout. Au bout d'un moment, je me suis redressée. De l'autre côté de la rue, deux garçons d'environ dix ans avaient fait de même et ils essayaient d'amener leur cheval effrayé entre les brancards de leur charrette de livraison. « Allez, le cajolaient-ils en pleurant et en essuyant leurs larmes sur leur manche. Allez. » Ils le tapotaient et murmuraient sans pouvoir s'arrêter de pleurer. Et lentement, très lentement, l'animal s'est calmé. Les garçons sont remontés sur leur charrette en reniflant, ils ont fait claquer leur langue en donnant un coup sec avec les rênes, et ils sont repartis.

Iris s'était figée devant la radio perchée sur l'étagère de la salle de tri, au-dessus de la plaque chauffante et de sa bouilloire.

Attendre et ouvrir l'œil. Pleurer dans votre manche – ce ne sont pas des comportements propres à des héros comme Ulysse, Énée ou Josué. Pensez plutôt à Pénélope. Pensez à toutes ces femmes au fil des ans qui ont attendu et ouvert l'œil – mais qui, de même que ces garçons avec leur cheval, ont pleuré, se sont relevées et ont continué à tracer leur chemin –, et vous aurez une petite idée des héros que l'on côtoie ici. Des gens en état de siège, bombardés et très, très courageux. C'était Frankie Bard, depuis Londres. Bonsoir.

Iris tourna le bouton du poste. En règle générale, elle n'aimait pas la voix de cette fille, ni cette impression qu'elle donnait toujours de détenir la vérité et de laisser entendre que chacun avait intérêt à l'écouter. Pourtant – elle recula et croisa les bras –, elle était presque sûre que la journaliste avait à l'instant même redéfini la nature d'un héros. Elle contempla la boîte noire. Oui, c'était à n'en pas douter ce que Mlle Frankie Bard venait de faire.

10

Harry Vale se tenait tout en haut de l'hôtel de ville, d'où il guettait l'arrivée des Allemands. C'était une soirée froide et claire. Pointé vers le nord comme l'aiguille d'un compas, le mât du bureau de poste divisait le port de Franklin en deux – ce qui rendait Harry encore très nerveux. Depuis les fenêtres du grenier, il avait une vue dégagée sur le port d'un côté, et de l'autre sur les dunes sauvages jusqu'à la mer. Juste au-delà du bras recourbé formé par Land's End, les taches noires des bateaux dansaient sur l'étendue bleue.

Il se fichait des affirmations de Roosevelt selon lesquelles les gars n'iraient pas combattre à l'étranger. Le fait qu'une bande de soixante kilomètres de côte non protégée s'étirât de Franklin à Nauset lui donnait le sentiment d'être tout nu. Et plus le Blitz durait, moins il arrivait à s'ôter de l'esprit que les Allemands attiraient l'attention du monde entier sur Londres pendant qu'une autre opération se préparait en secret. Voilà pourquoi, de nombreuses nuits durant, il avait longé le promontoire dominant la ville pour scruter l'horizon après avoir quitté Iris.

Il supposait que, s'ils devaient attaquer, les Allemands débarqueraient par le rivage situé derrière Franklin afin de prendre d'abord la ville et d'envahir ensuite le Cap jusqu'à Boston. Devant les Boches, ils auraient l'air fin, alors. Y compris les futurs conscrits – surtout ceux-là, se corrigea-t-il –, les Johnny Cripps et compagnie qui, assis en rangs sur les bancs installés de chaque côté des marches de l'hôtel de ville, se moquaient de lui lorsqu'il passait au milieu d'eux. « Toujours pas d'Allemands en vue, monsieur Vale ? » demandaient-ils en riant, aussi légers et insistants que des moucherons.

« Pas aujourd'hui », répondait-il en souriant. Les gardes-côtes ne valaient pas mieux. Des gamins, eux aussi. Aucun d'eux ne croyait vraiment que les Boches puissent s'approcher, alors même qu'ils y étaient parvenus en 1918, quand un de leurs sous-marins avait fait surface au large de Nauset. Mais pas cette fois, affirmaient crânement les gars. Pas en 1941.

— Cela me semble pourtant si évident, avait-il dit à Iris un soir.

— Harry…

— Ils arrivent, avait-il soupiré. Je ne peux juste pas déterminer quand.

Au bout du compte, il n'avait rien trouvé de mieux à faire le mois précédent que de monter au grenier de l'hôtel de ville durant sa pause déjeuner et de s'asseoir avec ses jumelles face à la mer. Il n'espérait pas vraiment repérer quoi que ce soit, mais cela le soulagea sacrément.

Le premier jour, il avait gardé ses jumelles braquées sur les eaux étales en serrant son sandwich toujours enveloppé dans une main. Il était resté là quelques heures, aux aguets, puis avait regagné son garage.

Le lendemain, il était de nouveau à son poste. Et le surlendemain aussi. À présent, il venait là tous les jours à partir de 16 heures. Personne n'avait besoin d'essence de toute façon. Il surveillait le vide devant lui, certain de deux choses : il était un idiot et le temps lui donnerait raison. Tôt ou tard, les sous-marins allemands frapperaient dans les parages. Il attendait donc, comme un austère pêcheur de morue tenant lâchement une grosse ligne entre ses mains, les yeux braqués sur l'horizon, détendu – mais prêt à bander tous ses muscles.

En contrebas, de l'autre côté de la grande place, Iris surgit sur le perron du bureau de poste avec une serpillière. Elle l'essora par-dessus la balustrade en trois torsions rapides, ses cheveux roux oscillant d'avant en arrière, tel un éclair rouge sur le bleu marine classique de son chemisier. Puis elle la secoua fort avant de disparaître à l'intérieur du bâtiment. Un silence inattendu entoura la porte par où elle s'était évaporée, et Harry se surprit à regarder si elle ressortait. Une Ford s'avança lentement le long de Front Street. Quelqu'un cria. Mais rien ne bougea au bureau de poste.

Harry baissa ses jumelles, soudain conscient qu'il avait retenu son souffle.

À la fin de la journée, Iris tira le rideau métallique, éteignit la lampe du fond et traversa le parquet usé de la grande salle à la lueur des réverbères extérieurs. Comme chaque soir, elle se préparait à découvrir le perron vide – cela arriverait sûrement un jour, non ? –, mais en ouvrant la porte, elle vit Harry, qui l'attendait, fidèle à son habitude.

— Bonsoir, le salua-t-elle, ravie.

Il se redressa.

— Au fait, ajouta-t-elle en fermant le bureau de poste, j'ai de bonnes nouvelles pour toi.

— Vas-y, sourit-il.

— Tu seras heureux d'apprendre que l'inspecteur des postes réfléchit sérieusement au problème soulevé par le mât.

— J'en suis très heureux, en effet, ironisa-t-il.

— C'est un début, dit-elle en descendant les marches à sa suite.

— Tu as raison. Allons-y.

Elle s'arrêta net.

— Harry, insista-t-elle, j'ai posé la question pour toi.

Cette fois, il se retourna.

— Merci, Iris.

Elle l'examina pour être sûre, mais ne distingua plus aucune trace de moquerie en lui.

— Merci, répéta-t-il. Peut-être qu'ils verront l'intérêt de la chose.

Il lui tendit la main et ils s'engagèrent d'un pas vif dans la rue déserte. C'était un mercredi soir, leurs voisins étaient à table ou se reposaient. Et bien que février touchât à sa fin, il restait des pêches en conserve qui renfermaient l'or de l'été précédent et sur lesquelles dégoulinait le sirop sucré. Le chef d'orchestre de jazz Count Basie passait dans une demi-heure à la radio, il y avait du bois empilé dans les niches de cheminée, les branches de laurier s'entrechoquaient près des entrées et les portes extérieures destinées à prévenir les courants d'air crissaient sur leurs gonds. Iris se félicita d'avoir pris un foulard. Harry et elle marchaient en silence, les mains enfoncées dans les poches de leur manteau.

Alors qu'ils longeaient Yarrow Road, Harry sortit sa lampe torche et la braqua devant eux. Le faisceau lumineux balaya l'herbe argentée et gelée, les coussins et les vallées de sable qui s'éloignaient d'eux, et jusqu'au promontoire et au toit de la maison des Fitch. Un petit vent d'est soufflait depuis la bande sombre de la mer.

— Dis, commença Harry, avant de se racler la gorge. J'aimerais bien entrer chez toi ce soir.

— Bien sûr, acquiesça-t-elle, le cœur battant.

— Et rester aussi.

Elle le dévisagea un moment et sourit.

— Bien sûr, répéta-t-elle.

À leur arrivée, elle se figea au milieu du salon. Harry la mena vers un fauteuil, où il la fit s'asseoir, avant de se pencher pour lui caresser la joue. Iris ferma les yeux. Elle sentit ses lèvres l'effleurer et ensuite s'écarter, et lorsqu'elle regarda où elles étaient parties, elle découvrit Harry qui l'examinait, debout face à elle, le visage tout près du sien. Elle sourit, les paupières closes, et les lèvres revinrent vers elle, plus fermes cette fois, avec l'intention de s'attarder. Elle inclina la tête en arrière, contre le mur, tandis que Harry se pressait contre elle, sa bouche chaude jouant avec la sienne jusqu'à ce qu'elle s'ouvre à lui avec un petit cri, puis voyageant, embrassant les creux de son cou, suivant la courbe de sa mâchoire, remontant enfin vers sa bouche.

— Allons nous allonger, dit-il en l'aidant à se lever.

Très doucement, il l'entraîna vers sa chambre et, sans la lâcher, il alluma la lampe sur la commode. Il s'assit ensuite au bout du lit, l'attira vers lui, et ils restèrent ainsi côte à côte une minute, jusqu'à ce qu'il se baisse pour ôter ses bottes et ses chaussettes. Pendant tout ce temps, Iris demeura immobile. À présent pieds nus, il se tourna vers elle.

— Que dois-je faire ? demanda-t-elle.

— J'aimerais te voir.

Lentement, elle retira son gilet et déboutonna son chemisier, le dos bien droit. Lorsque Harry toucha le triangle de peau nue au-dessus de son soutien-gorge, son cœur bondit à sa rencontre. Toujours très lentement, ils s'étendirent sur le lit et Harry recommença à l'embrasser, ses mains courant partout sur elle – sous sa jupe, le long de ses jambes, sur ses seins recouverts de coton –, la caressant et l'effleurant sans cesse. Elle finit d'enlever son chemisier afin que sa bouche puisse aussi se poser sur elle. Elle voulait sentir la peau et le corps de cet homme, elle voulait que cette bouche l'explore et la fouille, elle la voulait partout sur elle. Et cette bouche allait et venait, elle se déplaçait comme si Iris lui appartenait, elle la trouvait et la prenait comme si Harry avait su où elle se cachait, toujours. Elle ferma les yeux et savoura le plaisir nouveau d'être étreinte et caressée. Après quelques instants cependant, elle le repoussa gentiment pour détacher son soutien-gorge, qu'elle jeta à terre avant d'ôter sa jupe, son slip et de rouler ses bas. Harry se déshabilla à son tour, et tous deux furent bientôt allongés, lui collé contre elle, tout contre elle, sa main tendue vers le bas pour se guider.

Il s'arrêta tout de suite en l'entendant gémir. La douleur avait été vive et brûlante, mais sa chaleur pulsait désormais dans son corps.

— Ça va, le rassura-t-elle.

Avec un petit grognement, il s'enfonça un peu plus. Et encore un peu plus. Jusqu'au bout. Cette surprise à le savoir en elle, étroitement, entièrement en elle… Elle l'entourait, elle l'enserrait. C'est alors qu'il se mit à se mouvoir. À se mouvoir en elle.

À moitié endormi, cette nuit-là, Harry posa sa main, lourde et chaude, entre les seins d'Iris, juste sur l'os. Et elle sourit devant ce poids, cette présence masculine, juste au milieu de sa poitrine, *sur* sa poitrine, et qui ne bougeait pas, et qui la maintenait au lit. L'idée ne l'avait jamais traversée qu'elle cherchait une attache. Elle avait cru que c'était elle qui expédiait les choses, qui les envoyait là où elles devaient aller, mais voilà que pour la première fois, elle était livrée à son destinataire.

11

Une neige délicate, presque irréelle, avait commencé à tomber, tandis que le ciel paraissait encore hésiter entre se vider et se contenir. Un flocon surgit, puis un autre. Puis six ou sept à la fois jusqu'à ce que, enfin, la neige s'abattît vraiment, aussi drue et épaisse que la pluie, sur le sable, dans l'eau et les fissures des toits. Sur la neige, médita Emma en observant l'après-midi se fondre dans cette blancheur qui s'installait doucement, rien de mal ne pouvait se produire. Les événements soudains, les gestes brusques et violents seraient brouillés, effacés. Will était parti depuis quarante-six jours.

Par une journée pareille (elle borda la couverture du côté du lit où il dormait), le monde supporterait-il de s'en prendre à une femme au début de sa grossesse ? Peut-être existait-il une clause, pas divine à proprement parler, mais une clause primordiale selon laquelle le mal s'arrêterait net devant la porte, verrait cette femme avancer, une main posée sur son ventre, et ne soulèverait pas le loquet pour entrer. Elle marqua une pause. Ne pouvait-elle pas y croire ? Les choses ne pouvaient-elles pas se passer ainsi ?

Elle ramassa le paquet de cigarettes à côté du lit, en alluma une et exhala la fumée. C'était le soir à Londres, l'heure avant les bombes. Elle se représenta Will assis dans un café, sa longue silhouette imposante courbée sur son assiette, en train de manger avec cette concentration fixe et régulière propre aux hommes quand ils sont à table. Elle adorait le regarder dîner. La fumée monta et dévia vers la fenêtre. Emma la suivit hors des murs de leur chambre, vers la route gelée sous le soleil hivernal.

Dehors, trois nouveaux bombardiers apparurent à l'horizon, tout bas dans le ciel. Ils filaient vers la mer, et dans le silence qui leur succéda, Emma traversa la chambre d'enfant de Will – désormais la leur – et s'approcha du bureau poussé contre la fenêtre donnant sur l'enchevêtrement insensé des toits de la ville. *Chéri*, pensa-t-elle. *Chéri, je disparais*. Elle s'affaissa dans le fauteuil, prit le stylo offert à Will lorsqu'il avait terminé sa scolarité au lycée de Franklin et sortit du papier à lettres. La page blanche lui faisait face. Elle griffonna ces quelques mots : *Rentre à la maison*.

Elle plia rapidement la feuille, la glissa dans sa petite enveloppe et porta celle-ci à ses lèvres pour l'humecter et la refermer. Là. Elle n'en dirait pas plus ce jour-là. *Docteur William Fitch*, écrivit-elle sur le devant, *aux bons soins de Mme Peter Phillips, 28 Ladgrove Road, Londres*. Dans le coin supérieur, elle nota *Mme William Fitch, Franklin, Massachusetts*. Son nom fixait celui de Will à distance. Puis elle retourna l'enveloppe. *Rentre à la maison*, songea-t-elle de nouveau en la contemplant. *S'il te plaît*, ajouta-t-elle rapidement au dos, avant de couvrir les mots de sa main.

Elle se leva brusquement et descendit au rez-de-chaussée avec sa tasse de thé. Elle n'avait pas annoncé à Will qu'elle était enceinte. Elle ne l'avait révélé à personne. Pour l'instant, c'était un secret entre elle et le bébé. Par la fenêtre de la cuisine, et bien au-delà, les longues coques des navires dodelinaient sur l'eau. Dans les mois qui avaient suivi la promesse du président d'envoyer cinquante destroyers à Churchill, l'horizon s'était crénelé de ces navires distants. Et maintenant qu'il en avait promis davantage encore, c'était un mur métallique qui semblait s'ériger au loin sur la mer. À cause de la neige, elle ne pouvait dire s'ils arrivaient ou partaient, ou même s'ils se déplaçaient. Les bateaux étaient suspendus là et elle observa les vagues grises qui battaient leurs flancs.

L'eau, cet océan, est tout ce qui se dresse entre nous et la terreur, avait déclaré M. Lippmann la veille à la radio. *Nous devons aider les Anglais à défendre l'Atlantique, ou tout ce que nous chérissons périra. Vos garçons, vos maisons, le plaisir tout simple des conversations avec un voisin bien intentionné, américain, libre – réfléchissez-y, imaginez que tout ça disparaisse…* Elle avait éteint le poste.

Constatant qu'il ne neigeait plus, elle noua son foulard jaune sur sa tête et s'aventura dehors.

Une couche poudreuse recouvrait le sol. Emma saisit le balai près de la porte, déblaya le perron et les marches, puis, prise d'une sorte de frénésie, continua jusqu'au portail. Lorsqu'elle eut fini, elle se retourna et vit le chemin bien dégagé, tel un dessin d'enfant menant à la porte. Emplie d'une fierté inhabituelle – comme si elle avait déposé une offrande devant sa maison et que celle-ci eût été acceptée –, elle laissa le balai au bout de la pelouse et se dirigea vers la ville.

Iris James émergea de la salle de tri au moment où elle arriva.

— Bonjour ! Il y a une nouvelle lettre pour vous aujourd'hui.

— Tant mieux, répondit timidement Emma en s'approchant de son casier et en prenant la clé qu'elle portait pendue à une chaîne sous son pull.

Elle récupéra l'unique enveloppe contenue dans la boîte et l'ouvrit sur place. Elle constata d'emblée que la lettre était piteusement courte. *Ma très chère Emma*, commençait-elle, *rien de particulier à signaler hormis des rondes régulières et monotones*.

Comment était-elle censée survivre avec ces seuls propos ? Sans ses bras autour d'elle, sans son sourire croisant son regard à table, sans le parfum de ses cheveux, sans le goût de ses lèvres sur les siennes ? Les mots que pouvait prononcer cette bouche ne rimaient à rien. Cette lettre n'était qu'une écale dans sa main.

Consciente que Mlle James avait arrêté de s'affairer, elle leva les yeux. La receveuse l'observait.

— Vous tenez bon ? demanda Iris lorsque Emma rangea la lettre dans l'enveloppe.

— Oui, merci.

Derrière la receveuse, le télégraphe bourdonna avant de faire entendre son staccato. Emma se figea. Iris l'observait toujours, attentive elle aussi aux petits marteaux métalliques, un, deux, un et deux, qui imprimaient des lettres noires sur le papier blanc. Elle pivota légèrement pour évaluer la longueur du message. Le cylindre d'acier tourna après le *ding* marquant la fin d'une ligne et l'appareil continua à cliqueter dans le silence qui entourait les deux femmes. Puis le cylindre tourna encore.

— C'est trop long, commenta Iris.

— S'il vous plaît, souffla Emma, allez voir.

Iris entra dans la salle de tri, où le télégraphe fixé au mur n'en finissait pas d'imprimer le message. Celui-ci était bien trop long pour dire simplement « Nous avons le regret de vous informer que… », mais même si Iris était certaine qu'il s'adressait à M. Lansing ou M. Pete, des services municipaux, l'inquiétude de la jeune femme était tenace et elle hésita un instant avant de se pencher sur le papier. *Offre de crédit sérieuse…* Elle fit demi-tour et revint au guichet.

— Ce n'est rien.

— Je suis ridicule, dit Emma, la mine contrite.

— Non, c'est tout à fait compréhensible.

Emma hocha la tête et fit glisser sa lettre à Will sur le comptoir en même temps que trois pennies. Iris prit un timbre dans son tiroir, le passa sur le mouilloir et le colla fermement sur l'enveloppe.

— Pensez-vous que tout s'arrangera, mademoiselle James ?

Iris afficha un air perplexe.

— Oh, allez, vous pouvez bien me mentir, ajouta Emma en plaisantant à moitié.

— Oui. Tout s'arrangera.

Emma la gratifia alors d'un franc sourire.

— Vous en avez l'air si certaine, dit-elle avec gratitude. Merci !

— Mais je vous en prie. À bientôt.

La jeune femme lui fit un petit signe en partant et Iris la suivit du regard jusqu'à ce qu'elle eût disparu dans la rue. L'épouse du médecin passait au bureau de poste chaque jour à 16 heures, une fois le courrier trié. Le menton pointé en avant, le dos droit, elle marchait comme une jonquille ondulant au printemps. Telle était l'image qu'Iris avait d'elle. Emma s'approchait toujours de sa boîte avec la même détermination, elle l'ouvrait et tendait la main à l'aveuglette à l'intérieur, et elle ne s'autorisait un petit sourire que lorsqu'elle tenait fermement son enveloppe. Chaque après-midi était comme un gant qu'on lui jetait. Et sans cesse, Iris la voyait le ramasser et s'en débarrasser, le soulagement atténuant la tension dans ses épaules tandis qu'elle sortait du bureau de poste.

Le courrier mettait deux semaines à traverser l'Atlantique, et bien qu'il y ait eu une lettre tous les jours depuis le départ du médecin, Iris redoutait l'après-midi où la boîte d'Emma serait vide. Bien sûr, les raisons possibles ne manqueraient pas et elle était prête à les énumérer, mais la vérité était que, la veille de son départ, Will Fitch était venu la voir au bureau de poste.

Les mains dans les poches, il faisait les cent pas, sans rien à poster à première vue.

— Mademoiselle James ? appela-t-il enfin.

Elle s'avança vers le guichet. Une enveloppe blanche gisait sur le rebord, mais il appuya ses doigts dessus comme pour l'empêcher de la prendre.

— Je…

Face à ses yeux baissés, Iris jugea préférable de se taire.

— C'est pour ma femme, continua-t-il. Au cas où je mourrais.

Elle attendit la suite. Toute l'attention du médecin était rivée sur la lettre.

— Je veux juste m'assurer que cette lettre lui sera remise, expliqua-t-il.

— Très bien.

À ce moment-là seulement, il la regarda et sourit.

— Vous ne refusez pas, observa-t-il avec reconnaissance.

— Comment le pourrais-je ?

Il hocha la tête, mais il ne paraissait toujours pas vouloir s'en aller.

— Permettez-moi de vous poser une question...

Elle patienta.

— Si jamais il m'arrivait quelque chose, comment Emma serait-elle prévenue ?

Sa pâleur lui donnait l'air d'un petit garçon malade, songea-t-elle. Un petit garçon malade, alité et fiévreux, dont l'esprit imaginait le pire.

— Vous comprenez, je ne suis pas chargé d'une mission officielle, poursuivit-il. Je pars seul et c'est pour ça que je m'interroge. Quand on s'en va en voyage à l'étranger, par exemple, et qu'on est victime d'un accident, comment la nouvelle est-elle transmise ?

— Par télégramme, je pense. Mais c'est à supposer que vous ayez un accident.

Sa réponse sembla le satisfaire, et même le réconforter.

— Ce sera donc vous.

— Dans l'hypothèse où cela serait nécessaire, insista-t-elle doucement.

Il fallait qu'elle le dise.

— Ce n'est pas un drame, vous savez, fit-il en montrant un peu d'impatience devant sa gentillesse.

— Pour vous peut-être, rétorqua-t-elle.

Il la dévisagea.

— Vous ouvrez vraiment l'œil, alors. Vous vous souciez de tout le monde ici.

Ignorant sa remarque, elle attrapa son paquet de cigarettes sous le comptoir. Le médecin sortit son briquet et lorsqu'elle se pencha vers la flamme, elle sentit l'odeur d'encre sur ses mains.

— Emma est persuadée que personne ne s'intéresse à elle, dit-il en refermant le briquet.

— Quoi ?

— Ou que personne ne veille sur elle, devrais-je plutôt dire.

— En d'autres termes... ?

— Elle pense que lorsqu'on n'a pas de parents ou d'être qui vous aime, on devient invisible. Les gens ne vous voient plus, parce qu'ils n'ont pas besoin de vous voir ni de faire attention à vous.

— Ma foi, c'est assez vrai.

— Vous venez pourtant de me sermonner à son sujet.

Elle exhala la fumée.

— Docteur Fitch, je ne vous ai pas sermonné.

— Si, dit-il tandis qu'un sourire éclairait son visage avenant. Et j'en déduis que vous vous préoccupez des autres, contrairement à ce que vous laissez paraître.

Iris se contenta de hausser les sourcils.

Le sourire du docteur Fitch s'évanouit lentement, mais il tendit la main à la receveuse.

— Gardez un œil sur elle, voulez-vous ?

Elle acquiesça et prit sa main entre les siennes.

— Bonne chance, docteur.

— Merci, répondit-il doucement. Merci beaucoup.

Iris rangea sa lettre dans le tiroir renfermant le grand livre des comptes postaux. Depuis, elle coulissait dans son champ de vision presque tous les jours, à tel point que l'écriture du docteur lui était devenue peut-être aussi familière qu'à sa femme.

Elle contempla l'enveloppe qu'Emma avait poussée vers elle. Au dos, sur le rabat, la jeune femme avait écrit *S'il te plaît*. Elle avait dû ensuite poser sa main dessus parce que son empreinte s'étalait à côté comme une petite ombre fantôme. Cela émut profondément Iris – la main était si fine, en parfaite harmonie avec cette lettre. Sans compter ce *S'il te plaît*. S'il te plaît, quoi ? Le cœur battant, elle porta la missive vers les sacs postaux.

Jamais sa foi dans le rôle qu'elle jouait au sein du système n'avait été si ébranlée que durant les mois suivant le début de la conscription et l'envoi d'hommes en Floride et en Géorgie – l'un de ces États au sujet desquels Iris s'était depuis longtemps forgé une opinion négative du simple fait de leur sonorité. Il y avait ainsi John Dimling, à qui sa femme écrivait sans faute tous les jours, et dont le silence persistant l'avait presque incitée à trahir son éthique et à ajouter *Honte à vous* au dos de l'une des lettres.

« S'il te plaît », suppliait Emma. Pourquoi ? Iris aurait aimé lui faire savoir qu'elle avait vu son message, mais elle devait laisser ces lettres courir sous ses doigts, de la première à la dernière, tout en gardant le silence. Protéger les mots qui traversaient le temps et l'espace, telle était sa mission, surtout à présent qu'il pouvait arriver malheur à leurs auteurs. Quel que soit le comportement des gens dans la rue, dans leur salon ou leur chambre, leurs missives allaient et venaient toujours comme autant de témoins muets. De par sa fonction, elle connaissait la vie de chacun et les péchés de presque tous. Certains receveurs des postes s'éprenaient de ces secrets et en suivaient le fil avec impatience de la même façon qu'ils auraient lu un mauvais roman. Certains n'auraient pas pu supporter de rester passifs. Mais elle, elle ne jetait qu'un rapide coup d'œil à la personne qui lui remettait ses lettres à poster, elle lui adressait un sourire poli, puis se tournait et plaçait le courrier dans les sacs postaux pour qu'il passe à l'étape suivante. Elle observait tout. Et elle ne disait jamais rien. Tout dépendait de son silence. Elle avait conscience que personne en ville ne devait l'imaginer ainsi. Une célibataire de son âge qui n'était pas rongée par l'envie de fouiner dans les affaires d'autrui, qui ne lisait jamais les cartes postales, ne notait jamais l'adresse des expéditeurs, cela défiait l'entendement. *Et pourtant*, promettait-elle aux lettres devant elle. *Et pourtant*, pensait-elle avec rage. Il fallait qu'il en soit ainsi. *S'il te plaît*, mon Dieu. Elle laissa tomber la lettre dans le dernier sac, puis ferma celui-ci. C'était son travail.

Chaque chose en son temps, se rappela-t-elle en coupant la ficelle qui entourait les derniers catalogues Sears. Il y en avait deux de trop. Sans réfléchir, elle en glissa un dans la boîte vide d'Emma Fitch.

Printemps 1941

12

Cela faisait longtemps maintenant que la mort avait perdu sa capacité à choquer. Tout le monde avait une histoire à raconter – il y en avait des milliers qui s'accumulaient à Londres. Mais depuis le début de l'année, Hitler jouait avec les nerfs de la ville. Les Londoniens avaient subi trois nuits de bombardements en janvier, et plus rien pendant une semaine. Puis le Blitz avait recommencé, avec plus d'intensité que précédemment, avant de s'interrompre de nouveau. Il avait repris une fois, et une autre en mars. S'était arrêté ensuite assez longtemps pour que les jonquilles apparaissent et que l'herbe pointe sur les berges de la Tamise. La ville venait de connaître un mois de tranquillité lorsqu'elle fut bombardée un mercredi et un samedi en avril – des bombardements si massifs, plaisantait Ed Murrow, qu'on dormait avec ses plus beaux habits au cas où on n'aurait plus de penderie le lendemain matin. Depuis, le souvenir de ces nuits-là se lisait dans la posture accroupie des gens, dans leurs pas pressés, dans l'attention qu'ils portaient au ciel. Les Allemands allaient-ils se manifester ce soir ? Ou était-ce terminé ? On l'ignorait. Et on se couchait en étant prêt à courir.

Ma chérie – Emma leva la tête, mais la poste était déserte. Mlle James se trouvait dans la pièce du fond.

Ce matin, le ciel était jaune, un jaune épais et chargé de cendres et de fumée derrière lequel le disque rouge du soleil a enfin surgi. Des vêtements pendent dans les arbres, Emma, des vêtements soufflés des maisons que les bombes ont détruites. Les feux brûlent toujours ce soir. Si les Allemands reviennent, ils nous assèneront le coup de grâce, à mon avis.

Hier soir, je suis allé au cœur de Londres, là où sont concentrés les docks, les entrepôts et les pauvres, là où les bombes ont provoqué le plus de dégâts et où les incendies n'ont cessé d'attirer les avions de la Luftwaffe. Les visages épuisés des hommes et des femmes dans les abris souterrains se sont tournés vers moi, et je peux te dire, ma chérie, que lorsque je me suis penché sur eux, lorsque je leur ai parlé en prenant leur pouls, lorsque j'ai tenu leurs mains, tout docteur que je suis, j'ai eu l'impression que c'était eux qui avaient quelque chose à me donner. Voilà comment m'apparaît mon travail. Vertigineux, enthousiasmant, complet – mon amour, si…

Elle froissa la feuille et la fourra dans son sac.

— Ça va ? s'enquit Mlle James, qui l'avait rejointe.

— Oui, répondit Emma en se ressaisissant. J'ai l'impression qu'il va bien.

On ne pouvait pas en dire autant en ce qui la concernait, songea la receveuse. Malgré le léger renflement de son ventre, elle semblait plus fine, plus fragile.

— C'est une bonne nouvelle, Emma.

— Je sais, répliqua la jeune femme d'un ton rebelle. Évidemment que c'est une bonne nouvelle.

Il était vivant : voilà ce qu'Iris avait voulu dire, et elle en avait conscience. Vivant et en bonne santé. Et heureux. C'était une bonne nouvelle, oui, mais elle était fatiguée. Fatiguée de prétendre que tout cela était bien. Fatiguée de se montrer pleine d'entrain. Elle aurait aimé rester au bureau de poste et s'asseoir dans un coin pendant qu'Iris travaillait. Peut-être s'endormirait-elle alors. De temps à autre, la receveuse jetterait un coup d'œil sur elle en toute discrétion. Elle pourrait alors se reposer là jusqu'à la naissance du bébé et le retour de Will.

— Il a l'air si content dans ses lettres, déclara-t-elle avec tristesse au bout d'un moment.

— Il croit en ce qu'il fait.

— Oui, mais moi, je fais quoi ? J'attends sur une chaise de recevoir ses lettres. Ça m'obsède, au point que je n'y vois plus clair parfois. J'aimerais qu'une petite voix me dise quelque chose comme « tout va bien », ou mieux : « tout ne va pas bien », justement. Là, je pourrais continuer à aller de l'avant.

Elle rougit et baissa la tête.

— J'aimerais être sûre que lorsque le malheur frappera, Dieu se redressera sur sa chaise et criera : « Attention, Emma ! »

— Comme au cinéma.

— C'est idiot, hein ?

— Pas tant que ça. Mais vous ne devriez pas raisonner ainsi.

Parfois, il était plus facile de se taire. Emma scruta la receveuse. La plupart des gens avaient grandi avec des parents, avec deux paires d'yeux rivés sur eux. Il était impossible de faire comprendre à une personne habituée à une telle attention à quelle vitesse on pouvait disparaître.

La porte du bureau de poste s'ouvrit à cet instant.

— Bonjour, Harry ! lança Iris d'un ton un peu plus grave.

— Bonjour, Iris. Bonjour, madame Fitch.

Harry vint s'appuyer contre le guichet à côté d'Emma, dont les yeux s'embuèrent à l'énoncé de son nom.

— C'est dur, hein ?

Elle posa sur lui un regard reconnaissant et acquiesça. Il lui tapota la main, mais ne manifesta plus d'intérêt ensuite que pour Iris.

— Comment ça va, aujourd'hui ? demanda-t-il tranquillement.

Emma perçut une part de mystère dans sa voix, et des sourires derrière ce mystère. Iris prit son paquet de cigarettes dans sa poche et se pencha vers la flamme du briquet qu'Harry alluma pour elle. Dehors, les premières pousses du printemps perçaient, des voitures avançaient par à-coups sur le bitume noir, on entendait des sonnettes de bicyclette, un couple s'embrassait sur un des bancs de la grande place. Des gens passaient en riant. Un homme faisait des vocalises. Le soleil progressa de quelques centimètres sur la jolie surface de la terre. Mais dans le bureau de poste, tout s'était arrêté. Une femme tira une longue bouffée de cigarette et un homme s'écarta d'elle après lui avoir offert du feu. Tous deux étaient séparés par quarante centimètres de marbre – et par elle.

— Au revoir, se hâta de dire Emma.

— Au revoir !

Emma se figea et se retourna, la main sur la porte. Mlle James et M. Vale la regardaient, elle accoudée au guichet, lui collé contre. Elle leur fit un petit signe de tête et sortit. Des larmes ruisselaient sur ses joues lorsqu'elle descendit les marches, franchit le portillon et s'engagea à l'aveugle dans la rue.

Le toit et la cheminée des Bowtch surgirent devant elle, dominés par ceux des Snow, puis par son propre toit, qui culminait au-dessus de tous les autres. Le soleil mordant du printemps frappait durement l'eau et, éblouie par la réverbération, elle se concentra sur les façades couvertes de bardeaux des maisons se succédant jusqu'en haut de la colline. Elle était fatiguée. En ville, et partout ailleurs, des tas de gens transpiraient, criaient et saisissaient des morceaux de vie, des morceaux qu'ils éparpillaient, qu'ils se lançaient à la figure, qu'ils jetaient. Un étau lui enserra la poitrine. En venant à Franklin, elle avait cru pouvoir faire partie d'eux. Elle avait cru y être arrivée lorsqu'elle avait posé le pied droit dans la petite église – en hésitant un peu jusqu'à ce qu'elle aperçoive Will près de l'autel et qu'elle s'élance vers lui. Elle avait cru effacer la ligne dans son cœur qui disait qu'elle était seule au monde. Elle appuya la main avec lassitude sur un portillon. D'autres personnes se pensaient enracinées dans le monde et n'imaginaient pas que celui-ci puisse se briser. Mais elle savait, elle. La voix de sa mère était aussi ténue et vague dans sa mémoire qu'un voile glissant sur le dos d'une chaise. Tout ce qui restait de son frère était l'image du lit qu'ils avaient partagé et le souvenir de son souffle sur sa joue dans le noir, juste avant qu'ils ne s'endorment. La mort était le plus léger des baisers, la caresse la plus fraîche qui soit. Un pincement sur un fil, et c'en était fini pour vous.

Jim Tom Winthrop s'avançait dans sa direction en portant son bébé dans une sorte de sac à dos improvisé. Emma trébucha et baissa les yeux en espérant qu'il ne la remarquerait pas.

— Bonjour ! lança-t-il cependant.

Elle n'eut pas d'autre choix que de le saluer tandis qu'il s'approchait d'elle.

— Où allez-vous donc ?

— Je rentre à la maison, répondit-elle, ses yeux dérivant vers le fardeau sur son épaule.

— Vous voulez la voir ?

Il pivota pour qu'elle puisse écarter la couverture qui recouvrait l'enfant. La petite dormait profondément, la bouche ouverte.

— Elle est belle, n'est-ce pas ?

Emma hocha la tête.

— Comment ça va, vous ? enchaîna Jim Tom.

Elle réarrangea la couverture en la coinçant sous les bretelles du sac.

— Ça va, dit-elle sans oser le regarder.

Puis elle monta sur le trottoir et se tourna vers la ville dans l'espoir que quelque chose ou quelqu'un vienne distraire leur attention. Mais la rue était aussi vide qu'au point du jour.

— Et vous, comment allez-vous ?

— Oh, on s'en sort…

— C'est bien, le coupa-t-elle d'un ton poli et encourageant, avant de s'éloigner d'un pas pour essayer de lui faire comprendre qu'elle ne voulait pas s'attarder. Je suis contente pour vous.

— Je vous accompagne, proposa-t-il. Tant que je marche, elle dort.

— D'accord.

Un peu désespérée, elle se mit en route.

— Hé, pas si vite ! plaisanta-t-il.

Elle ralentit.

— Les garçons ont été super, continua-t-il. Et la petite Maggie nous occupe beaucoup, si bien qu'on ne pense pas trop à…

Il ne put poursuivre et s'arrêta pour se moucher.

— Ah, lâcha-t-il d'une voix épaisse en s'essuyant les yeux. Désolé, c'est plus fort que moi.

Emma se raidit.

— C'est dur, hein ? reprit-il en rangeant son mouchoir. Pour nous autres qui nous retrouvons seuls.

Nous autres ? Une colère incontrôlable monta en elle.

— Je regrette, mais Will n'est pas mort !

Et, cédant à la fureur, elle le planta tout net au milieu de la route. Sa réaction avait été horrible, monstrueuse, mais elle s'en moquait. Des feux de bois brûlaient dans les maisons bordant le chemin, une odeur de cuisine s'échappait de quelque part, et la douceur du foyer qu'ils exprimaient attisa sa colère. Ce n'était pas juste que Will soit parti. Maggie devait déjà avoir un problème avant son accouchement. Will n'était pas responsable. Il ne devait rien à qui que ce soit, mais la mort de cette femme l'avait persuadé du contraire. Un foyer ? Quel foyer ? Elle n'en avait pas.

Arrivée chez elle, elle s'immobilisa devant la barrière. Elle essaya de se rappeler l'impression que lui avaient faite les bardeaux abîmés par les intempéries et les rebords gris des fenêtres lorsqu'elle les avait contemplés pour la première fois, mais tout ce dont elle se souvenait, c'était de la main de Will sur son coude qui l'entraînait en avant.

— Vous devriez les repeindre.

Elle sursauta.

Près d'elle – tout près d'elle – se tenait l'homme en pardessus qu'elle voyait parfois en ville. L'Allemand qui travaillait pour M. Vale.

— Oh ! bonjour !

Il la scruta un moment avec l'air d'avoir quelque chose à lui donner, songea Emma sans raison. Collé contre elle, il dégageait une odeur de sel et un autre parfum fort et impénétrable, semblable à celui du pain. Tout contre elle.

— Vous devriez les repeindre, répéta-t-il.

Il enroulait les mots lentement, comme s'il négociait un virage dangereux.

— Pardon ?

Il lui désigna les fenêtres où, il était vrai, la peinture s'écaillait sur les volets et les rebords, laissant le bois à nu.

— Ça pourrit, dit-il encore plus lentement.

Elle acquiesça. Tous deux fixèrent la maison.

— J'aime le blanc. On le voit sur des kilomètres.

— À des kilomètres, le corrigea-t-elle pensivement.

— Je pourrais m'en charger pour vous.

— Oh…

Elle faillit éclater de rire. Elle comprenait à présent. Il cherchait du travail, rien de plus. Il voulait un emploi.

— Je ne peux pas, dit-elle. Mon mari est à l'étranger et… je n'ai pas d'argent, prétexta-t-elle.

L'argent ne manquait pas en réalité pour entreprendre des réparations. Will lui avait même laissé des instructions pour qu'elle sache comment se le procurer en cas de besoin.

L'Allemand avait des yeux bleu foncé et une ride profonde creusa son visage à partir de l'un d'eux lorsqu'il sourit.

— Une autre fois, peut-être.

Elle rougit.

— Impossible.

— Vraiment ? fit-il en se penchant vers elle. Bon, très bien.

Il s'en alla en direction des dunes. Avant de pousser son portillon, elle se retourna pour le regarder s'éloigner. Elle eut presque envie de le retenir, mais réprima finalement cette impulsion.

— Ohé ! lança-t-elle comme chaque jour en entrant dans la maison vide.

Elle se dirigea directement vers la cuisine.

— Ohé !

Un plat bougea dans l'égouttoir. Elle vint s'appuyer contre l'évier et observa les derniers bateaux de pêche qui revenaient vers la jetée.

Il fallait repeindre la maison. Elle alla chercher la bouilloire pour la remplir d'eau froide, la posa sur le fourneau et sortit ses cigarettes et des allumettes. Elle saisissait enfin ce que l'étranger avait voulu dire par « sur des kilomètres ». De même que les miettes de pain de Hansel avaient tracé un chemin blanc sur le sol sombre de la forêt pour l'aider à rentrer chez lui, sa maison aurait dû être visible depuis la mer pour montrer la voie. Elle alluma une cigarette et tira une bouffée.

Will ?

Elle exhala, puis s'écarta de la fenêtre et longea le couloir où l'œil magique du poste de radio adossé au mur du salon émettait une terne lueur verte, tel un signal fort.

À cet instant, elle aurait aimé plus que tout pouvoir régler la fréquence de l'appareil de manière à capter Will et à l'entendre appeler « Emma, Emma ». Elle renifla et tourna le bouton jusqu'à ce que le grésillement laisse la place à une voix, une voix qui emplit la maison vide. Elle désirait que quelqu'un lui parle, là tout de suite, n'importe qui. *Ma mère me conseille dans ses lettres d'être raisonnable. De prendre soin de moi*, racontait la femme d'une voix très lente. *Mais que peut-on encore qualifier de raisonnable ? Le matin, on s'éveille dans le silence, dans une ville recouverte d'une chape de plomb, comme la cage d'un perroquet sur laquelle on aurait jeté une couverture. La peur est domestiquée depuis longtemps.* Gardez votre calme et continuez à vivre – *les panneaux ont surgi dans toute la ville, sur les murs de brique des bâtiments qui tiennent encore debout.*

Gardez votre calme et continuez à vivre.

Emma alluma une lampe en retenant son souffle et se posta en face de la radio, les bras croisés, le cœur battant.

Dans les grands romans du siècle dernier, continua Frankie Bard, *on avait du temps pour dépeindre de vastes étendues, ici une silhouette qui s'avançait sur la lande, là une fille assise à sa fenêtre qui apprenait à lire à un garçon dans l'ombre d'une usine. On avait du temps et du silence page après page. Que peut-on écrire à présent pour dire les bombes qui s'écrasent, le bruit, la colère contre le ciel ? Et la façon dont nous sommes tirés du lit, sans avoir une minute pour réfléchir ? Peut-être ne sommes-nous plus capables d'écouter une histoire comme celles d'autrefois. Le moyen le plus rapide de faire passer à quelqu'un le goût de l'omniscience – cette croyance en un œil qui superviserait tout méthodiquement –, c'est la guerre. Plongés dans le chaos, les gens meurent ou sont sauvés sans l'intervention d'un bras directeur. L'orchestre joue les accords, mais les notes s'envolent, bon gré mal gré.*

— Tais-toi, murmura Emma à l'œil de la radio. Tu ne peux donc pas te taire ?

13

Le 10 mai, il tomba une centaine de bombes par minute sur Londres durant cinq heures d'affilée, ce qui fit de cette nuit l'une des plus dévastatrices du Blitz. Des explosions provoquaient des incendies partout en même temps, et le vacarme dans le ciel avait eu de quoi vous rendre fou – y compris là où des poches de calme et des espaces de paix avaient subsisté avant. Le Parlement, Big Ben et l'abbaye de Westminster furent touchés, et on ne comptait plus les maisons réduites en poussière.

Une semaine avait passé, et Will n'aspirait qu'à dormir. Il travaillait sans relâche depuis le 10 et était rentré se coucher ce soir-là au moment où une sirène se mit à gémir dans l'obscurité, quelque part vers l'ouest. Il se frotta les yeux et regarda la lettre qu'il était en train de rédiger. Il avait besoin de sommeil. D'une nuit dans son lit. Les canons de la défense antiaérienne mitraillaient l'espace. Peut-être que le bombardement se concentrerait sur une partie de la ville et qu'il pourrait rester chez lui, pensa-t-il à l'instant même où une sirène plus proche hurla elle aussi à la mort. Il grogna et s'étira. Il allait devoir se rendre dans un abri s'il voulait se reposer un peu.

Il reprit sa lettre. *Ma chère Emma*, commençait-elle. Il avait voulu lui parler de l'étrange vision qu'il avait eue un peu plus tôt en revenant chez lui. *Ma chérie*, griffonna-t-il. Mais il avait perdu le fil de ce qui devait suivre. *Bonne nuit, ma douce. Je t'écrirai davantage demain, je te le promets.* Il termina à toute vitesse, glissa la feuille dans l'enveloppe et inscrivit l'adresse. *Emma Fitch, Box 329, Franklin, Massachusetts, États-Unis.* Il fourra la lettre dans sa poche alors qu'une troisième sirène retentissait, au nord celle-là. Puis il ramassa son briquet, ses cigarettes et son chapeau.

— Docteur Fitch ! appela une voix de femme derrière la porte. Il y a une nouvelle alerte !

Il ouvrit la porte.

— Je suis réveillé, madame Phillips, merci d'être venue vérifier ! dit-il.

Mais sa propriétaire dévalait déjà l'escalier.

Il arracha la couverture de son lit, envisagea de prendre aussi l'oreiller, et laissa finalement les deux derrière lui.

Dehors, les gens se hâtaient vers l'abri en brique au bout de la rue. Les incendies déclenchés au nord s'élevaient en grondant dans le ciel. Un sifflement retentit et une bombe s'écrasa si près qu'elle donna l'impression à Will d'aspirer ses poumons hors de sa poitrine. Il recula en chancelant contre le mur de sa pension. Dès qu'il put de nouveau respirer, il s'élança en direction de la station de métro High Street Kensington – il devait y avoir encore de la place là-bas, jugea-t-il. Comme lors de la nuit du 10 mai, le bourdonnement constant des avions étouffait tout dans sa tête. Il atteignit les marches menant au tunnel et ralentit en les descendant.

La station comprenait plusieurs salles communiquant entre elles – des sortes de cavernes carrelées éclairées de façon sporadique. Will se fraya un chemin dans les deux premières, déjà remplies, et dénicha un endroit dans la suivante où il put s'affaisser. Il était relativement bien installé, songea-t-il en allongeant ses jambes par terre. Avec assez d'espace pour dormir.

Mais il n'était pas préparé à la puanteur qui régnait là, ni à la facilité avec laquelle la peur, frondeuse et impatiente, passait d'une pièce à l'autre. Les bombes se succédaient et semblaient s'abattre au-dessus d'eux à présent. Le bruit était si assourdissant que Will se recroquevilla d'instinct, alors même qu'il se trouvait quinze mètres sous terre. Cela dura quelques secondes avant de s'arrêter. Il se redressa à moitié pour aller donner un coup de main à l'extérieur, mais il était si épuisé que ses jambes ne le portaient plus. Un flot continu de personnes se déversa dans l'abri. Les parents essayaient de faire taire les enfants en pleurs, les hommes et les femmes s'enveloppaient de couvertures et s'appuyaient les uns contre les autres. Arrivée parmi les derniers, une grande blonde s'avança d'un pas mal assuré au milieu des corps étendus et se laissa choir dans un coin. Elle resta un long moment la tête contre le mur, les yeux fermés. Puis elle parut se réveiller et elle ôta son pull pour le fourrer sous ses fesses.

C'était le genre de fille pour qui les hommes se déclaraient prêts à mourir. Le genre dont le sourire pouvait immobiliser une salle entière, même si Will était certain qu'elle n'essaierait pas. Il apprécia les longues jambes et les fines chevilles croisées avec grâce l'une par-dessus l'autre. Blonde, intelligente et trop vieille pour jouer à des jeux puérils. Elle avait plus l'air d'une fille qui se sait hors norme, mais qui n'éprouve pas le besoin de le crier sur les toits. Comme Emma.

Son nom fit naître en lui une onde de chaleur et il l'invoqua de nouveau. *Emma, Emma.* Des images moqueuses et incongrues s'imposèrent à lui : sa tête contre son épaule, le mouvement de ses cheveux soigneusement bouclés qui venaient encadrer son petit cou gracile, ou encore sa fine ceinture de cuir. Depuis quelque temps, il peinait à se rappeler son visage. Il possédait une photo prise d'eux le jour de leur mariage, mais plus son absence se prolongeait, plus la fille à côté de lui sur le cliché semblait sans rapport avec Emma. Il nourrissait même la peur aussi absurde que tenace que cette jolie demoiselle blottie sous le bras d'un type assez séduisant ait fini par effacer Emma avec ses cheveux châtains, ses yeux marron et son menton délicat levé fièrement comme si quelqu'un lui avait dit de se montrer courageuse. C'était au point où, désormais, lorsqu'on l'interrogeait à son sujet, il se surprenait à ne pouvoir la décrire que par ces mots : « des cheveux châtains, des yeux marron. » Il alluma sa cigarette avec agacement. Bon sang. On aurait cru une fille dans un conte de fées. Sauf que ce n'était plus une fille. Ils avaient couché ensemble. Là. Il la revoyait rougir au moment où elle lui avait demandé si Tolstoï avait vraiment voulu dire ça. Faire l'amour. Ces mots la contenaient tout entière. Elle était d'une loyauté sans faille, mais aussi tellement tendre dans le noir, qu'il la sentit presque contre lui à cet instant. L'image qui lui venait à l'esprit n'était pas celle de son visage, mais celle de sa silhouette vue de dos. La robe, la ceinture, la ligne douce de ses mollets jusqu'à ses sandales en cuir. La manière dont il s'était approché d'elle par-derrière à la soirée de Noël, celle dont il l'avait demandée en mariage un an plus tard, et celle dont, muette, sans se retourner, elle s'était simplement appuyée contre lui en lui faisant confiance pour rester présent à ses côtés.

Pour rester présent à ses côtés. À près de cinq mille kilomètres d'elle, dans un abri antiaérien, pendant que les Boches faisaient pleuvoir des bombes sur sa tête. À chaque jour, à chaque heure qui passait, il risquait de la perdre et il le savait. Et bien qu'il soignât des blessés et des mourants, il avait commencé le soir à chercher le visage d'Emma dans celui des femmes dans la rue – Emma ou quelqu'un qui lui ressemblât – afin de le fixer de nouveau dans sa mémoire. Le regard d'une passante par-dessus son épaule, une mèche de cheveux balayant un menton. Juste pour lui redonner vie un court instant. Il guettait l'ombre de son amour. Et de façon totalement insensée, il croyait qu'elle le protégeait dans cette quête. Son visage, le visage qu'il n'arrivait pas à faire surgir dans son esprit sans l'aide des autres, était devenu un charme contre les bombes.

— Tu comptes mourir là-bas ? lui avait-elle demandé d'un ton posé – et très sérieux – la veille de son départ.

— Quelle drôle de question…

Il l'avait attirée vers lui en posant les mains au bas de son dos et en sentant son corps sous le chemisier.

Le robinet de la cuisine gouttait dans l'évier en cuivre derrière eux.

— Parce que si tu meurs, avait-elle ajouté le nez dans sa chemise, ce sera pour rien.

— Tu n'es pas sérieuse.

Il avait reculé pour l'obliger à lever la tête vers lui. D'abord réticente, elle avait fini par céder.

— Si. Qu'ils aillent au diable ! Les Anglais n'ont qu'à se débrouiller seuls.

— Em…

— Et ta décision n'a aucun sens. Ce n'est pas juste. Ni bien. Cela ne réparera rien, Will, avait-elle assené avec un calme cruel. Ce qui s'est passé n'était pas de ta faute et c'est tout.

Il s'agita dans le noir. *Juste. Bien*. Les mots claquaient à ses oreilles. Ce qu'il avait découvert par hasard au milieu des bombes s'apparentait à un nouveau monde. Il était venu résoudre une équation qui lui apparaissait désormais élémentaire : lui contre Maggie. Comme si un plus un égalait deux. Une idée aussi simple et puérile que la notion de rédemption. Mais à Londres, il avait saisi que nous étions tous vivants, profondément vivants, jusqu'à l'instant de notre mort. Après, chacun partait. Il ne pouvait y avoir de substitution. Il avait tenu les mains de tant d'agonisants qu'il comprenait enfin. Et ce qu'il avait voulu confier à Emma dans sa lettre, c'était qu'il était heureux ici, heureux au-delà de toute mesure – mais il ne pouvait pas. Il ne pouvait pas avouer ça aux gens qu'il soignait, et surtout pas à Emma, qui s'éloignait de lui.

Bien qu'il lui écrivît tous les soirs après le dîner, il constatait qu'il n'arrivait qu'à lui donner des nouvelles d'ordre général. Et à lui redire qu'il l'aimait, aussi. Il l'aimait. Mais ensuite, cette pensée dominante, la raison pour laquelle il restait, et resterait même plus que les six mois qu'il s'était fixés, flottait dans l'air près de lui. La vie qu'il avait menée aux États-Unis était terminée. Comment pouvait-il l'annoncer à Emma sans l'effrayer ? S'il retournait là-bas, rien jusqu'à cet instant n'aurait d'importance – ce qui revenait à dire que rien n'aurait plus besoin d'être prouvé. Ce soir-là, alors qu'il rentrait de l'hôpital dans le noir, sans faire attention où il allait, il s'était soudain rendu compte qu'il marchait en se laissant guider par la seule lueur des cigarettes, ce signal d'autres gens désincarnés qui se mouvaient vers lui dans l'obscurité : des gens dont il ne voyait pas les visages, mais dont il entendait les voix, dont les pas résonnaient près de lui.

Et il avait manqué éclater en sanglots. Ces minuscules points rouges qui avançaient et s'éloignaient dans le noir, ces Lucky Strike solitaires, voilà ce que c'était, d'être humain. On vivait et on mourait tous – tels d'heureux coups du sort[1]. Des lueurs et des voix isolées dans le noir. Il palpa la lettre à l'intérieur de sa veste. Il la posterait sitôt sorti de l'abri. Et peut-être que, le lendemain, ce qu'il voulait dire à Emma serait plus clair que *nous sommes tous d'heureux coups du sort*.

— Vous avez du feu ?

— Nom de Dieu ! sursauta-t-il.

1. Traduction littérale de « lucky strikes ».

La blonde aux longues jambes se tenait devant lui. Il ne l'avait pas vue approcher.

— Vous êtes américain, observa-t-elle, amusée.

— En effet.

Il se leva avec souplesse et elle s'aperçut qu'il était très grand et élancé, avec un visage franc et jovial. Et une belle ossature, aurait commenté sa mère avec approbation. Une valeur sûre. Il se pencha vers elle avec son briquet et sa veste en crépon de coton rougeoya faiblement dans la lumière du métro lorsqu'elle mit sa main en coupe autour de la flamme pour allumer sa cigarette. Elle lui jeta un nouveau coup d'œil et nota qu'il la dévisageait comme s'il avait cru pouvoir trouver quelque chose dans la masse de ses cheveux ou dans la fossette marquée de son menton.

— Je vous rappelle quelqu'un ?

Il sourit et referma son briquet.

— Pas du tout.

Il y avait de la place à côté de lui contre le mur. Le constatant, elle demanda :

— Ça vous ennuie si je me joins à vous ?

— Pas du tout, répéta-t-il.

— Vous êtes très bien élevé.

Elle se baissa pour s'installer. Il faisait plus sombre dans ce coin et elle eut la sensation d'avoir pénétré plus avant dans une grotte. Le sol trembla au moment où elle s'assit. Des obus avaient dû tomber à proximité, même si le bruit avait été étouffé par le bâtiment au-dessus d'eux. Il y eut une accalmie, puis les tirs de canons reprirent jusqu'à ce que retentisse le sifflement strident, et reconnaissable entre tous, d'une nouvelle bombe. Les murs frémirent, et l'air parut aspiré et recraché avec une bouffée d'humidité souterraine.

— Ça vaut le 10 mai, à votre avis ?

— Non, répondit-elle. Et je ne comparerais pas ça non plus aux bombardements de mercredi.

— Ils ne céderont pas, commenta-t-il tranquillement en direction du plafond, comme s'il avait révélé un secret aux Boches.

— Évidemment que non.

— C'est remarquable.

— Que voulez-vous qu'ils fassent d'autre ? lâcha-t-elle sèchement. Abandonner ?

— Oui. On peut toujours l'envisager.

— C'est drôle, je vous aurais plutôt cru du genre tout feu tout flamme.

— Tout feu tout flamme ? s'étonna-t-il avec un sourire perceptible dans la voix.

— Oh, vous savez, le type toujours prêt à donner l'assaut, qui jure que tant qu'il y a de la vie, il y a de l'espoir, *et caetera*.

Il éclata de rire.

— Ce n'est vraiment pas moi !

— Ah oui ?

Elle sourit dans le noir. On partait de ce qu'on voyait – un bel homme bien habillé – et ensuite on cherchait ce qui se cachait derrière. On ne savait jamais à quoi s'attendre – c'était ça, le côté excitant. C'était ça, le jeu.

— Qui êtes-vous vraiment, alors ? demanda-t-elle de sa voix posée de reporter.

Il resta debout sans répondre. La braise de sa cigarette flamboya brièvement. Elle le regarda s'étirer avec la langueur d'un homme de haute stature qui n'éprouvait aucune gêne à prendre de la place. Il toucha le plafond, puis baissa les bras lentement et lui tendit la main.

— Will Fitch, se présenta-t-il.

— Frankie Bard.

Il siffla et garda sa main dans la sienne, chaude et large.

— La fille de la radio ?

— Oui.

Il s'assit près d'elle en se calant dans le recoin noir.

— Je n'aurais jamais imaginé que je vous croiserais dans l'un de ces abris, fit-il remarquer. D'habitude, vous êtes là-haut.

— D'habitude, oui. Je suis arrivée ici presque la tête la première. J'ai été littéralement projetée par la dernière…

Elle s'interrompit et haussa les épaules.

— J'ai tenu jusqu'ici sans une égratignure, alors je me suis dit qu'il valait mieux ne pas tenter le diable. Mais je déteste ces trous à rats.

— Moi aussi. Vous êtes à Londres depuis longtemps ?

— Un peu plus d'un an.

— Et qu'est-ce qui vous a amenée ici ?

Elle lui jeta un regard complice.

— Pourquoi ?

— Simple question, dit-il en pliant les genoux. Juste pour passer le temps. Je me demandais ce qu'une fille comme vous fabriquait dans un endroit pareil.

— Je suis venue sauver le monde, mon frère, répliqua-t-elle d'une voix traînante.

Cela le fit rire.

— Et comment comptez-vous y arriver ?

Elle changea de position et s'appuya sur son épaule pour garder l'équilibre. Ce faisant, ses cheveux tombèrent vers lui.

— En disant la vérité. En relatant les faits.

Sa voix était aussi légère que l'avait été la pression de sa main. Mais elle ne souriait pas.

— Vraiment ?

— Oui, affirma-t-elle avec franchise.

À la grande satisfaction de Frankie, il émit un sifflement admiratif.

— Eh bien, vous êtes douée. Vos récits ont fait pleurer Emma.

— Votre petite amie ?

— Ma femme.

Elle haussa les sourcils.

— Que fichez-vous ici alors que vous avez une femme à la maison ?

Il croisa les bras et s'écarta un peu d'elle.

— La même chose que vous, je parie. Mis à part sauver le monde.

— Ah oui ? Mais encore ?

— Aider les gens si je le peux. Donner un sens aux événements.

Cela faisait longtemps qu'elle n'avait pas été confrontée à cette assurance typiquement américaine.

— Noble intention. Moi, je voulais juste être au cœur de l'action.

Il la jaugea du regard, mais elle ne cilla pas.

— Foutaises, déclara-t-il. Je n'en crois rien.

— Et pourquoi pas ?

— Une fille comme vous ?

— Je ne sais pas ce que je dois entendre par là.

— Arrêtez, la taquina-t-il. Je ne suis pas dupe. Vous venez d'une belle maison entourée d'un jardin avec des ormes, hein ?

— Je suis de New York, s'amusa-t-elle.

— D'un bel immeuble en grès brun, alors.

Elle lui décocha un bref sourire.

— Touché, reconnut-elle.

Quelqu'un cria dans son sommeil et Frankie s'aperçut brusquement qu'elle avait oublié les gens autour d'elle. Elle sortit son calepin de son sac et l'ouvrit.

La ligne parfaite de son front et de son long nez droit évoqua à Will l'image improbable d'une vierge guerrière. Une Diane qui aurait porté son rouge à lèvres comme une épée et le calepin sur ses genoux – il la regarda prendre un crayon dans le noir, décidée à noter quelque chose – comme un bouclier.

— Quelle activité exercez-vous ici, si ce n'est pas indiscret ?

Il pointa le menton vers son carnet.

— Vous allez m'interviewer ?

— Peut-être.

— Je ne suis pas un sujet de reportage.

— D'accord, dit-elle en reposant son crayon.

— Je suis médecin.

— Quel genre de médecin ?

— Généraliste. J'ai un cabinet aux États-Unis.

— Où ça ?

— À Franklin, dans le Massachusetts.

Il se pencha vers elle comme pour lui faire une confidence.

— C'est le premier endroit où le *Mayflower* a accosté.

— Selon quel livre d'histoire ?

— Selon la petite histoire, répondit-il en souriant. Les pèlerins sont d'abord arrivés là, mais en voyant les arbres couchés par le vent du large, ils ont rebroussé chemin.

— Ça vous réjouit, on dirait.

— Je ne peux pas mieux vous décrire les habitants de la ville.

— Pas des puritains, donc.

Il secoua la tête.

— Vos parents habitent toujours à Franklin ?

— Non, répondit-il d'une voix tendue.

— Hé, j'essaie juste de tuer le temps, lui rappela-t-elle avec légèreté.

Un camion de pompiers déboula dans un crissement de pneus non loin de la bouche du métro et s'éloigna.

— C'est comment, là-bas ?

— Pourquoi ?

— Pourquoi pas ?

Elle avait ramassé son crayon et écrit les mots « Que lui est-il arrivé ? » Elle les entoura ensuite et continua à tracer des cercles de plus en plus larges sur la page. Will entendait le grattement de la mine, les longues boucles et les petits coups qui ne formaient rien. Il se demanda brièvement combien de temps elle avait dormi. Elle semblait incapable de rester en place, comme un esprit agité, vagabond, comme un coursier dans un hôtel, pensa-t-il. Sans qu'il s'explique pourquoi, cela lui rappela Emma avec tant de force qu'il en gémit presque. Elle surgit soudain là, devant lui, en le fixant avec cette capacité si particulière qu'elle avait d'attendre, d'écouter et de l'encourager rien que par son silence. Pas agitée. Tranquille. Bon Dieu. Il s'écarta de nouveau de Frankie.

— C'est une ville pareille aux autres, je suppose. La dernière ville à la pointe du cap Cod. La plus reculée.

— Combien d'habitants ?

— Cinq cents environ. Deux fois plus en été.

Il s'éloignait, se retranchait petit à petit derrière ses questions toutes simples. Elle se ressaisit, amusée. Elle l'interviewait bel et bien, même si elle n'avait pas la moindre idée de la direction à donner à la discussion. C'était lui qui la tenait, et non l'inverse. Ce n'était jamais l'inverse. On attrapait simplement la corde et on grimpait jusqu'au bout à l'aveuglette.

— Et vous avez tout quitté pour venir ici.

Il ne répondit pas et elle constata alors qu'il l'observait.

— Elle ne vous ressemble pas du tout, dit-il d'un air songeur. Son nez est plus petit et légèrement arrondi à l'extrémité, et son…

Frankie toussota.

— Désolé, s'excusa-t-il. C'est devenu une habitude.

— Scruter les femmes ?

— Les étudier, la corrigea-t-il, un peu gêné.

— Je vois.

Elle baissa les yeux. Il avait de larges mains, qui reposaient à plat tels de braves chiens en laisse sur ses jambes.

— J'imagine qu'elle vous manque, reprit-elle.

— J'ai peur de l'avoir perdue en venant ici.

— Mais non.

Frankie était prête à parier qu'Emma Fitch était l'une de ces femmes-enfants qui portaient des socquettes et des colliers de perles comme la plupart des filles qu'elle avait côtoyées à l'école.

— Elle sera toujours là quand vous rentrerez et se demandera pourquoi vous ne lui avez pas acheté un pull en cachemire au lieu d'un pull en laine.

Elle était si loin de la vérité que cela arracha un sourire à Will.

— Emma s'en moquerait complètement.

De l'angle le plus éloigné de l'abri, sur leur gauche, s'éleva un petit gémissement aisément identifiable. Frankie se raidit. Un second gémissement, long et grave, résonna plus profondément dans le noir, et la vague de plaisir de la femme les enveloppa jusqu'à ce qu'elle meure dans sa gorge, là où elle avait pris naissance. Le rire d'un homme lui succéda, puis un calme aussi abrupt que s'il avait fermé une porte. Ensuite, plus rien. Le silence laissé derrière eux dans le souterrain demeurait empli de leur accouplement ; tous les autres réfugiés devinrent soudain muets eux aussi, l'oreille tendue comme près d'un trou de serrure. Ils en voulaient davantage.

— Bon sang, soupira le médecin en ressortant ses cigarettes et en tendant le paquet à Frankie.

— Non, merci.

Il en prit une, la tapota contre son index et la colla entre ses lèvres en même temps qu'il se penchait vers la jeune femme pour lui saisir le bras juste au-dessus du coude.

— Chez elle, cette partie du corps vous donne envie d'enrouler vos doigts autour, expliqua-t-il.

Frankie le regarda, lui, puis sa main qui la tenait. Elle était presque assez grande pour faire le tour de son bras. Elle frissonna.

— C'est drôle de vous rencontrer ici, dit-il en la lâchant pour allumer sa cigarette.

— Pourquoi ?

— Vous avez raconté une histoire sur un petit garçon une fois. Il y a quelques mois.

Elle acquiesça, les yeux rivés sur la lueur de sa cigarette qui se mouvait dans le noir.

— Un petit garçon après les bombardements, continua-t-il. Vous l'aviez raccompagné chez lui.

— Oui. Billy. C'est un des récits que j'ai faits à la radio, en effet.

— Un très bon reportage.

— Un très bon reportage…, répéta-t-elle avant de soupirer. Mais qui m'a valu des ennuis.

— Pourquoi ?

— Il était trop déprimant. Et ma voix a tremblé.

— Et ?

— L'émotion était trop présente. Or les infos ne doivent pas donner dans l'émotion.

— Je l'ignorais. En tout cas, ça nous a fichu un sacré coup, à Emma et moi. On est restés là à se demander ce qui était arrivé après…

Il s'arrêta net. Ce qui était arrivé après, c'était Maggie, se souvint-il. Le petit garçon du Blitz avait été une histoire qui s'était produite avant qu'il ne perde Maggie. Il frissonna à son tour.

— Vous avez une idée de ce qu'il est devenu ?

— Non. J'ai déménagé.

— Ce doit être dur de ne pas savoir s'il va bien.

Elle ne souffla mot. La vérité, c'était qu'elle était passée près de la maison de Billy plusieurs fois au cours des six derniers mois en espérant à moitié qu'il serait là. Mais il s'était évaporé dans la guerre. Mal à l'aise, elle étendit les jambes sur le sol. Son pied toucha quelque chose de moelleux et s'écarta.

— Ça fait réfléchir à tous les aspects d'une histoire qu'on ne voit jamais, dit-il. Tout ce qui a lieu à la périphérie. Vous rendez ce garçon vivant pour nous, vous le lâchez dans notre monde et on ne peut plus cesser de penser à lui. Il n'était qu'un petit garçon dans un récit, et on ne connaîtra jamais la fin, on ne pourra jamais refermer le livre. Du coup, on se demande ce qu'il advient des personnages une fois l'histoire terminée… Toutes les histoires que vous avez rapportées, par exemple. Où sont tous ces gens maintenant ?

Frankie n'aimait pas la tournure que le médecin donnait à la conversation. Elle envisagea de se lever, mais la voix de Will Fitch, avec ses intonations familières évoquant Harvard, les soirées chic et l'assurance que confèrent les vieilles fortunes au milieu desquelles elle-même avait grandi, agissait sur elle comme une main qui n'entendait pas la libérer avant qu'il ait fini. Il ne se tairait pas et elle ne le ferait pas taire.

— Vous devez être bien endurcie, poursuivit-il. Je ne pourrais pas le supporter, moi... Je crois que j'aime trop connaître les épilogues, en fait.

— Je n'ai pas à le supporter, rétorqua-t-elle, piquée. Je dis ce que je vois. J'observe, j'écoute et je raconte tout. Voilà mon boulot. Dire les choses. Les transmettre. C'est le but.

— Évidemment, approuva-t-il, d'un ton sceptique cependant.

— Le seul moyen de sortir de tout ça, c'est de le raconter. Dire ce qui se passe. Tout le temps. Et le seul moyen de le faire, c'est de ne jamais arrêter de bouger. Ne jamais arrêter de bouger et de raconter.

La tête penchée, il semblait l'écouter à travers un stéthoscope.

— Le seul moyen de sortir de quoi ?

Dans le court silence qui suivit, elle sentit quelque chose échapper à son contrôle et disparaître si vite qu'elle ne fut pas sûre de ce dont il s'agissait. Elle haussa les épaules.

— De ce bazar.

— Pourquoi voulez-vous en sortir ? s'enquit-il très doucement.

— Je n'ai pas envie de sortir de quoi que ce soit, moi ! s'énerva-t-elle. Je suis là, non ? J'essaie de saisir ce qui se déroule ici pour que nous puissions... Oh, et puis merde ! Laissez tomber.

— Pour que nous puissions quoi ?

Elle ne répondit pas. Il n'insista pas et appuya sa tête contre le mur.

— Parfois, quand je suis plongé dans l'enfer, là-haut, au milieu des gens qui hurlent, de la puanteur du gaz et du feu, eh bien, je dois me détourner pour cacher mon sourire.

Il était impossible de se méprendre : c'était de la joie qu'il exprimait.

— Tout a de l'importance ici, ajouta-t-il. Tout prend un sens.

— Rien n'a de sens, vous voulez dire.

— Si. Il n'y a que ça de vrai.

— Vous délirez complètement ! répliqua-t-elle avec colère. Dehors, les choses n'obéissent qu'au hasard – un hasard infernal. Des accidents incompréhensibles se produisent chaque nuit. Un homme appelle son fils pour qu'il vienne se mettre à l'abri et durant les secondes où l'enfant court, durant les quelques pas qui les séparent, le gamin est touché, tué…

— Et vous l'avez vu.

Elle fronça les sourcils.

— Il n'y a que ça de vrai, enchaîna Will. Voilà mon propos. Vous l'avez vu.

— Foutaises.

— Écoutez, je suis venu à Londres parce que j'avais une notion insensée de l'ordre. Une de mes patientes est morte et j'ai cru que je devais aller là où je pourrais me rendre le plus utile, aider les gens, barrer le chemin à la mort. Mais c'était une illusion.

— Quoi ?

— On ne barre le chemin à rien.

Il s'exprimait avec une telle assurance que l'atmosphère en devint presque électrique.

— On reste témoin.

— Oh, je vous en prie !

Elle s'écarta de lui. C'était gênant, cet enthousiasme à l'état pur. Le même perçait dans la voix de son père lorsqu'il avait trop bu. Les joues rouges, enivré par le vin et sa ferveur, il dénonçait tel ou tel politicien, ou faisait un geste ample et absurde, et le feu en lui flamboyait de plus belle – trop vif, pensait-elle toujours en regardant sa mère avec gêne. Trop ardent. Comme un jeune garçon séduisant. Elle contempla la pénombre. Oui, c'était ça. Le souvenir de son père s'avançait vers elle dans le noir, pâle et pressant. Il glissait sur les courants engendrés par la voix de Will Fitch. Son père. Une douleur saccagée.

— Les premières semaines, continua le médecin, je suis allé tous les jours à l'hôpital en mourant d'envie de soigner, d'apaiser, de sauver. J'ai travaillé des heures d'affilée, sans relâche, comme un forçat. J'allais de lit en lit, je prenais les pouls, les températures, je faisais des points de suture, je pansais les blessures. Et je consignais tout soigneusement. Combien. Qui. Au bout d'un mois, j'avais effectué plus d'heures et examiné plus de patients que tous les autres médecins du service. Les gens arrivaient sans cesse. Jour après jour. Quoi que je fasse, ils continuaient à mourir. Ou à vivre.

« Puis, j'ai eu un déclic. J'étais en train d'ausculter un enfant quand j'ai soudain compris une chose qui a été un choc et un soulagement pour moi : ce qui doit arriver arrivera. Voilà ce qui tient le monde. Nous évoluons tous dans le chaos ici. Il n'y a pas moyen de l'éviter. Et moi, tout ce que je suis au regard de ça, c'est une voix et une paire de mains. Je ne suis plus le fils ni le mari de personne. Je suis anonyme, mais nécessaire. Vital. Une Lucky Strike.

— Non, jeta Frankie, que la joie du médecin rendait folle. Ce qui doit arriver n'arrive *pas* juste comme ça, contrairement à ce que vous dites, mais parce que des gens détournent volontairement les yeux et s'habituent à avaler des mensonges plutôt que la vérité. Si vous pensez qu'il en va autrement, vous arrêtez de faire attention, or faire attention, c'est tout ce qu'on a.

— Je ne détourne pas les yeux, mademoiselle Bard, répliqua-t-il d'un ton calme. Vous ne pouvez pas mettre fin au chaos. Vous ne pouvez pas changer ce qui doit arriver…

À cet instant, il la regarda bien en face.

— … et vous ne devriez pas essayer, conclut-il.

Avec un soupir impatient, Frankie se mit debout. Elle avait besoin de bouger, de respirer, de voir le jour. Elle rattacha sa jupe, qui s'était déboutonnée dans le dos, et se pencha pour ramasser son pull froissé. Le médecin était resté immobile. Déstabilisée, elle récupéra son sac près de lui.

— Si le monde avait fait plus attention en 1939, lança-t-elle, peut-être que nous ne serions pas assis là dans le noir à essayer d'échapper aux bombes.

— On serait assis ailleurs.

— Vous avec votre femme, par exemple.

— Oui, c'est vrai, convint-il tristement. Avec ma femme.

Quelqu'un poussa la porte de l'abri et la longue plainte aiguë de la sirène marquant la fin de l'alerte résonna en même temps que les premières lueurs du jour se déversaient par l'ouverture. Frankie sentit monter en elle ce qui ressemblait fort à un sanglot.

— Il faut que vous rentriez chez vous, dit-elle prudemment en passant sa besace par-dessus sa tête et en calant la lanière en travers de sa poitrine. C'est tout.

Il se leva à son tour.

— Je n'en suis pas si sûr.

Frankie hésita un bref instant en lui serrant la main, puis se faufila entre les Londoniens qui s'éveillaient et émergea dans le doux matin bleu. Elle s'attarda un moment au sortir de l'abri, humant l'air printanier. Il était un peu plus de 5 heures. La lumière changeante dans la rue baissa brusquement, avant d'illuminer de nouveau les trottoirs. En dépit de tout, le printemps demeurait inchangé. Ce n'était rien qu'un matin de la fin du mois de mai à Londres.

La fin du mois de mai à Londres. Sur son lit, à l'école, ces mots auraient évoqué des goûters, des fraises et Henry James, l'époque où toute la civilisation tenait dans les limites bleues d'un ciel anglais. N'étaient les bâtiments fumants et la puanteur du caoutchouc et du métal qui brûlaient, on aurait presque imaginé Dorian Gray, empourpré et magnifique, derrière l'une de ces fenêtres, et Mrs. Dalloway sortant dans le square. Presque, songea Frankie en notant le gros morceau de mortier qui manquait sur le mur d'une maison. Comme si celle-ci avait été mordue.

— Au revoir, dit Will Fitch derrière elle. Je guetterai vos interventions à la radio.

— Au revoir.

Elle l'observa s'éloigner d'un pas rapide vers l'animation d'Oxford Circus, remettre son chapeau d'une main et resserrer élégamment sa veste sur lui en la boutonnant à la taille. Elle se détendit alors. Merde, il l'avait vraiment énervée. Que lui était-il arrivé, dans cet abri ? Elle tira sur la lanière de son sac, gênée à présent qu'elle se trouvait à l'air libre par la force de sa réaction sous terre face au médecin. Elle trembla. Il avait fait trop sombre, l'atmosphère avait été trop étouffante. Et cette voix près d'elle, qui la sondait, qui la testait, aussi insistante qu'un fantôme. Cette voix américaine. Dehors, au-dessus du sol, au milieu des ruines familières, elle se sentait davantage elle-même.

Le médecin était presque parvenu au bout de la rue. Elle réprima une envie fugace de l'appeler et continua à le regarder disparaître de sa vue. Au loin, dans l'angle le plus distant, des gens traversaient. On aurait dit qu'il allait pleuvoir. Arrivant dans le sens opposé à Will Fitch, une femme marchait en portant un bébé dans les bras.

Après coup, Frankie ne put se remémorer toute la scène, mais la femme dut faire un geste qui poussa le médecin à pivoter sur son passage, comme s'il l'avait reconnue, et il ne vit pas le taxi londonien surgir de cette direction qu'aucun Américain n'a le réflexe de contrôler, il ne vit pas le véhicule noir, puissant, débouler au moment où il descendait du trottoir. Frankie avança d'un pas en hurlant. Les personnes qui sortaient de l'abri se retournèrent et aperçurent un homme arraché au sol et projeté en l'air – un instant, malgré le choc dont ils avaient tous été témoins, ils pouvaient encore se dire qu'il vivrait, qu'il ne retomberait pas forcément à terre – jusqu'à ce que si, il retombe et heurte la route à plat dos, lourdement, durement, avec un bruit sourd, nauséeux, pareil à celui d'un sac perforé.

Frankie entendit un sifflement ténu émaner de l'avant du taxi. Le chauffeur resta figé à l'intérieur, les mains sur le volant, en roulant au pas vers l'endroit où Will avait atterri.

— Stop ! cria-t-elle. Freinez, nom de Dieu !

Elle courut rejoindre Will et s'accroupit près de lui. Il fixait le ciel par-dessus son épaule. Il avait le nez cassé, et l'os, qui avait perforé la peau, pointait nu et tordu en libérant un flot de sang. Frankie essaya de l'essuyer, mais il y en avait trop et ses doigts laissèrent une traînée rouge sur la joue du médecin. Elle ne parvint pas non plus à l'effacer avec sa jupe – le sang coulait déjà par-dessus. Will battit des paupières et gémit.

Il ne semblait avoir rien de cassé à part son nez, mais elle distingua un soupir persistant sous sa respiration, comme si de l'air s'échappait quelque part.

— Qu'est-ce que je dois faire ? Qu'est-ce que je dois faire ? demanda le chauffeur de taxi.

Autour de Frankie, la foule contemplait l'homme étendu de tout son long sur le dos, les yeux ouverts. Derrière eux, les cloches d'une ambulance tintèrent au milieu du bourdonnement et des Klaxon de la circulation. Même dans cette ville où les victimes des bombardements se comptaient par milliers, où l'odeur nauséabonde de la chair et du caoutchouc brûlés flottait dans l'air et où il était courant que chacun affiche une mine lugubre et épuisée au petit matin, un tel accident étonnait. Ce type n'avait tout simplement pas fait attention. La guerre n'avait rien à voir là-dedans. Les gens ne pouvaient s'empêcher de parler, c'était plus fort qu'eux, et ils pépiaient comme des oiseaux.

— Faites venir une ambulance, leur lança-t-elle. Vite !

Will émit un bruit proche d'un raclement de gorge. Du sang s'écoulait de sa bouche à présent, et Frankie se sentit prise de vertige.

— Mon Dieu, murmura le chauffeur de taxi.

— Aidez-moi, lui ordonna-t-elle en attrapant Will par les aisselles.

Il obtempéra et tous deux le traînèrent et le poussèrent de façon qu'il repose sur les genoux de Frankie. Elle le berça contre elle et scruta son visage sur lequel un rideau paraissait déjà avoir été baissé. Une mare de sang se répandait sur ses vêtements, mais elle n'aurait su dire d'où provenait l'hémorragie. Alors qu'elle enveloppait Will de ses bras pour lui tenir chaud, le tintement frénétique des cloches d'une ambulance s'éleva, puis s'éloigna sur Oxford Sreet. Quelqu'un avait-il été chercher les secours ?

Le chauffeur essayait de lui donner quelque chose. Une enveloppe.

— C'était par terre, expliqua-t-il. C'est à lui, je pense.

Elle jeta un œil à l'adresse et fourra la lettre dans sa poche. À cet instant, elle surprit le regard de Will posé sur elle.

— Tout va bien, dit-elle doucement, même si elle savait qu'il ne pouvait ni l'entendre ni lui répondre. Je ne vous lâche pas.

Et elle appuya une main sur le front de Will et l'autre sur son cœur jusqu'à ce qu'il cesse de battre.

14

Bien après que l'ambulance eut emporté le corps du médecin, Frankie resta assise sur le trottoir, son esprit revenant en arrière vers ces instants où Will Fitch était encore à côté d'elle dans le noir, ces instants qui avaient précédé l'air, la lumière et le taxi. L'aube londonienne, et son tintamarre, annonçait l'arrivée du matin dans lequel allait se fondre peu à peu la foule massée autour de la jeune femme. Les taxis continuaient à défiler dans les deux sens. Elle ne bougea pas durant dix minutes, vingt minutes, une demi-heure. Dans un tout petit jardin en face d'elle, la corolle lourde de rosée d'une jonquille s'inclinait vers l'herbe. Les pleurs d'un bébé s'échappèrent d'une fenêtre ouverte. Des pas martelèrent durement le bitume. La porte d'une maison claqua. Le sang sur sa jupe avait séché. Pour finir, elle se leva et rentra chez elle.

Le temps que sonnent 16 heures, le ciel de cette journée printanière s'était obscurci et une bruine silencieuse commençait à tomber. Frankie se réveilla en sursaut et ouvrit les yeux sur les mornes géraniums qui ornaient le large rebord de la fenêtre de son studio.

Elle frissonna et se redressa sur ses coudes. Sans les fleurs, l'appartement n'aurait toujours pas semblé habité. Elle attendit que les battements de son cœur s'apaisent et alla s'installer devant sa machine à écrire.

Peut-être que le médecin avait été identifié à présent et que la nouvelle avait entamé son voyage le long d'un câble, dans les fils du télégraphe, jusqu'à une personne dans le Massachusetts qui le taperait et lui ferait poursuivre sa route de Boston jusqu'à l'extrémité du cap Cod, à Franklin, où quelqu'un d'autre recevrait le télégramme, comprendrait sa signification et devrait le remettre à son destinataire. Frankie essaya d'imaginer qui donnerait le papier à la femme du médecin, mais elle ne put se représenter la ville, ni le messager en question ni même l'épouse de Will Fitch. Juste une main tenant le morceau de papier renfermant la nouvelle, mais pas ce qui arriverait ensuite. Elle prit une feuille dans un tiroir, l'inséra dans la machine à écrire et actionna plusieurs fois le levier au bout du rouleau jusqu'à ce que la page ressorte de l'autre côté. *18 mai*, tapa-t-elle lentement, *Londres*.

Nous pensons connaître l'histoire. Nous pensons connaître l'histoire parce qu'un homme et une femme sont assis ensemble dans un abri obscur. La ville est bombardée. C'est la guerre. Il y a déjà eu des guerres avant et nous avons lu des récits à ce sujet. Elle s'arrêta et parcourut les deux lignes imprimées sur la page. *Nous avons lu Hemingway. Nous avons lu Miss Thompson et Martha Gellhorn. Nous pensons savoir qui mourra et qui vivra, qui est héroïque, qui s'éprendra de qui. Mais les histoires d'amour et de guerre se résument au fait que l'on a regardé à gauche au moment où on aurait dû regarder à droite. Voilà le…* Frankie retira la feuille. L'article serait refusé, elle s'en doutait. Murrow n'en voudrait pas, et cela valait aussi pour Max Prescott et le *Herald Tribune*. Quel en était le thème, d'abord ? La mort d'un idéaliste ? La mort d'un chic type ? Elle se leva et reprit son accroche. Il n'y avait rien à dire. Un soir où beaucoup de gens, peut-être, avaient péri, elle voulait parler d'un homme en particulier. Un homme mort par accident. Un homme qui croyait que, malgré le chaos, tout faisait sens. Un homme heureux au milieu du Blitz. Elle se frotta les yeux en songeant à Max à l'autre bout du fil. *Enfin, Frankie, où est l'histoire là-dedans ?*

Un caillot de sang tomba dans son slip. Puis un autre. Merde. Elle se dandina jusqu'à sa commode, une main entre les jambes pour que rien ne tache la moquette de sa propriétaire. Elle trouva une serviette Kotex et un slip propre, fixa la première aux attaches qui pendaient d'une ceinture élastique à sa taille, enfila l'autre, et jeta le sous-vêtement souillé sur le chemisier qui trempait déjà dans le petit lavabo près de la porte. Le robinet crachota lorsqu'elle l'ouvrit pour ajouter de l'eau. Puis elle remplit un verre et alla arroser le pied des géraniums. L'odeur âpre et crayeuse qui se dégagea des feuilles lui rappela avec force le jardin maternel et les étés à la maison. Sa mère aurait aimé le docteur Fitch. Elle reposa doucement son verre. Sa fenêtre offrait une vue oblique sur des toits d'ardoises lisses et noircies par la douce bruine anglaise. Il était près de 17 heures.

Elle s'habilla rapidement et ferma les volets. Dehors, le brouillard colla à ses cheveux et à la laine de son pull, ce qui lui donna le sentiment d'être plus en sûreté, comme si une enveloppe cotonneuse la protégeait du pouvoir destructeur des bombes – idée absurde, mais c'était ainsi. Frankie marchait depuis un moment lorsqu'elle s'aperçut qu'elle se laissait tremper. Elle ouvrit son parapluie en même temps qu'un autre passant sur le trottoir d'en face – on eût dit deux fleurs noires soudain écloses dans la rue – et elle continua ainsi jusque chez le teinturier, dont elle franchit la porte en se demandant comment elle allait expliquer le sang sur ses habits.

— Ne vous inquiétez pas, dit la toute petite Mme Dill en empilant sa jupe et son chemisier rincés. On vous enlèvera ça en un rien de temps. Oh, attendez !

Prête à partir, Frankie se retourna.

— Oui ?

Mme Dill lui tendit la lettre de Will Fitch, qu'elle avait sortie de la poche de la jupe.

— Merci, dit Frankie en la rangeant.

La pluie et le printemps s'étaient insinués dans les immeubles éventrés et détrempés qui bordaient Portland Place. La Maison de la radio paraissait toujours se dresser là telle une forteresse dont les douves auraient été remplacées par des sacs de sable sur lesquels pointaient à présent des brins d'herbe, constata-t-elle. Elle poussa les portes battantes et s'avança dans le hall d'entrée. Une odeur de chou s'échappait des deux niveaux inférieurs, où se trouvaient les studios, un abri antiaérien et une cuisine. Les étages au-dessus du sol abritaient quant à eux les archives et les bureaux. Et les gens. Frankie se dirigea vers l'escalier au centre du bâtiment. Les gens et leurs voix, les brefs accès d'hilarité et les conversations enflammées résonnaient tout autour d'elle. Sans oublier les commérages. *Salut, Frankie. Salut, salut.* Elle grimpa les marches au milieu de ses compatriotes comme une nageuse remontant à la surface pour respirer.

— Tu as une sale mine, nota Ed à son arrivée.

— Merci, monsieur Murrow, répliqua-t-elle d'un ton qu'elle voulut léger tout en accrochant son manteau par-dessus le sien à l'arrière de la porte.

— Qu'y a-t-il ?

— Un homme est mort ce matin, répondit-elle en se gardant de le fixer en face.

— Quelqu'un que tu connaissais ?

— Non, je l'ai rencontré dans un abri la nuit dernière.

Il parut contrarié.

— Non, ce n'est pas ce que vous croyez, Ed, dit-elle en rougissant. Il était américain, c'est tout. Et il a été renversé par un taxi parce qu'il ne regardait pas du bon côté.

— Pas de chance.

— En effet. Et il a une femme aux États-Unis.

— Pas de chance, répéta Murrow plus calmement, avant de lui désigner la chaise devant lui.

Elle se laissa tomber dessus.

— Ça va ? s'inquiéta-t-il.

Elle fit signe que oui.

— Lis ça, alors.

Il lui tendit un Télétype de leur bureau new-yorkais, et l'excitation dans sa voix était telle que Frankie lui jeta un bref coup d'œil avant de se pencher sur la feuille. J. Edgar Hoover venait de condamner dans la presse ce qu'il appelait l'hystérie de la nation face à la menace d'une Cinquième colonne. Soudain, il semblait qu'il y eût des espions cachés sous tous les lits, des clandestins nichés dans tous les coins, des saboteurs tapis dans tous les garages. Le FBI recevait près de trois cents appels par jour dénonçant des personnes nées à l'étranger et suspectées d'espionnage. Face à cela, Hoover voulait remettre un peu de plomb dans la cervelle de la population – ce qui marquait un revirement de sa part. Un an plus tôt, c'était lui qui recommandait la prudence aux Américains.

— Tu as ce que tu voulais, Frankie.

Elle le regarda sans être sûre de comprendre.

— Voilà le tableau : ton sujet est désormais d'actualité aux États-Unis, on a donc une raison de le traiter et de dire qui sont ces gens qui fuient l'Allemagne et sont transportés dans les trains de réfugiés.

La fièvre familière qu'elle éprouvait lorsqu'on lui confiait une mission l'envahit et relégua au second plan la mort du médecin.

— Je pars quand ? s'enquit-elle.

Il afficha ce sourire qui poussait ses collaborateurs à obtempérer à toutes ses demandes.

— Dès que tu seras prête.

— Banco.

— Brave fille. Tiens.

Elle prit la lettre d'accréditation qui lui permettrait de voyager sans encombre à travers la France et l'Allemagne. La mention *Presse étrangère* barrait la feuille. *Valable du 19 mai au 9 juin 1941. Nom et prénom : Bard*

Frances. Nationalité : américaine. Profession : collaboratrice au Columbia Broadcasting System.

— Le deal est le suivant, Frankie : tu as trois semaines pour te rendre sur place, te balader et revenir. Selon les horaires des trains il te faudra deux ou trois jours pour aller à Berlin et je te réserve trois interventions radio durant ton trajet jusqu'au Portugal, la première étant programmée dans cinq jours à Strasbourg. Choisis une famille à chaque étape de ton voyage entre Berlin et Lisbonne, c'est comme ça que le sujet tiendra la route. Peu importe la langue des personnes qui parleront parce que tu nous emmèneras avec toi, tu seras nos yeux, nos oreilles, et notre traductrice aussi. Leur histoire sera vivante parce que tu seras dans le train avec elles.

— D'accord, acquiesça-t-elle en ayant encore du mal à croire à sa chance.

— Je te donne ce magnétophone aussi, ajouta-t-il en montrant une boîte carrée en bois de la taille d'un gramophone Victrola.

— Ces trucs-là ne sont pas censés être portables ?

— Où est le problème ?

— Il a l'air de peser une tonne.

— Environ quinze kilos, reconnut Murrow. On l'a mis dans une caisse en bois pour l'alléger. Les autres sont en métal.

— Comment ça marche ?

— Facile.

Murrow ouvrit le haut de la boîte. La platine occupait presque toute la partie supérieure du magnétophone, le bras de l'aiguille était rangé derrière, en travers, et le casque et le micro avec son cordon reposaient sur le tout.

— Tu as de quoi stocker seize disques double face dans le couvercle, et chacun a une capacité d'enregistrement de trois minutes.

Cela représentait environ une heure et demie au total, calcula Frankie. Murrow brancha le micro sur le côté de la machine.

— Ce bouton moleté à l'avant sert à allumer l'ampli, à démarrer le moteur et, termina-t-il en l'actionnant, à abaisser la tête enregistreuse sur le disque. Dis quelque chose.

— N'importe quoi ?

Il ramena le bouton en position *off*, puis le tourna dans l'autre sens. Leurs voix émergèrent de l'appareil. *Dis quelque chose. N'importe quoi ?*

Frankie sourit. Play-back immédiat. Elle pouvait repasser ses enregistrements tout de suite sans avoir à faire de manipulations. C'était prodigieux.

— Enregistre tout ce que tu peux. Le train. Les conversations. Tout. Si tu as des fragments exploitables sur-le-champ, n'hésite pas à les utiliser. Sinon, transmets-nous ce que tu vois, ce que tu entends, et on s'en servira à ton retour. Après Strasbourg, tu rejoindras Lyon à la fin du mois. Jim Holland est là-bas. Ensuite, direction Lisbonne pour le 5 juin. Ça te laissera le temps d'arriver.

Elle acquiesça et se leva.

— Frankie ?

— Oui ?

— Reste concise. Les censeurs ont la main lourde, alors tu t'en tiens aux faits et c'est tout. On n'est pas encore en guerre contre eux, mais ils saisiront le premier prétexte venu pour interdire la diffusion de ton sujet.

— Très bien.

Elle prit le magnétophone par sa poignée en bois et grimaça. Merde. Il pesait vraiment une tonne.

— Au revoir, lança-t-elle.

Elle n'avait personne à qui dire adieu, personne à quitter. Elle écrivit un mot à sa propriétaire et plia une chemise de nuit, ses sous-vêtements, ainsi que ses deux autres jupes et ses trois chemisiers dans le petit sac de voyage en cuir bleu que sa mère lui avait offert des années plus tôt. Parvenue à la gare avec vingt minutes d'avance, elle monta dans le train de nuit en direction de Douvres, balança sa valise et le magnétophone sur le porte-bagages au-dessus d'elle et s'affaissa sur son siège. Le coin d'une enveloppe qui dépassait de sa poche attira alors son attention. *Emma Fitch*, lut-elle. *Box 329. Franklin, Massachusetts, États-Unis*. Elle avait complètement oublié la lettre du médecin. Elle fixa le nom de la femme qui n'avait pas encore appris la nouvelle. Le télégramme mettrait quelques heures à arriver et, pour elle, durant ce laps de temps, son mari resterait vivant. Elle n'était pas encore passée à l'étape suivante.

Contrairement à elle-même. Frankie frissonna et fourra l'enveloppe dans sa poche. Elle la posterait de France. Mme Fitch la recevrait après l'annonce du décès, mais le médecin aurait aimé que la boucle soit ainsi bouclée, pensa-t-elle en contemplant la nuit derrière la vitre. La voix de Will Fitch à côté d'elle, son espoir et sa joie flamboyèrent soudain dans sa mémoire. Bon sang, ce que cela avait pu l'énerver. Puis un sifflet retentit, les lumières du wagon s'éteignirent et le train sortit lentement de la gare pour traverser la ville plongée dans le noir. L'obscurité l'enveloppa, le cachant à la Luftwaffe tandis qu'il filait vers la côte, là où attendaient les bateaux pour la France.

15

L'une des incroyables absurdités de la guerre était que les trains ne cessaient pas de circuler d'un pays à l'autre. Ils cheminaient telles des fourmis mécaniques, si bien que, après avoir effectué la traversée entre Douvres et Calais en une matinée, on pouvait rejoindre Paris avant la fin de la journée. Ajouté au fait que la campagne du nord de la France se parait de nuances vertes féeriques, cela avait de quoi rendre fou n'importe qui. « Pas en guerre, pas en guerre », clama la locomotive le lendemain matin. Les champs normands avaient été labourés et plantés, la cime des peupliers se détachait sur le ciel pâle et des hommes aux vêtements amples travaillaient la terre sans prêter attention au train.

Celui-ci atteignit Paris peu après 18 heures. Le dôme du Sacré-Cœur s'élevait au loin au-dessus des toits pentus. Frankie ayant laissé sa vitre baissée pendant tout le trajet, le printemps s'immisça dans son compartiment lorsque le train traversa lentement les bourgs à la périphérie de la capitale. Elle observa une femme à vélo qui avançait au même rythme qu'eux. Bien droite sur sa selle, la tête couverte d'un foulard, elle dépassa le drapeau marqué de la croix gammée qui claquait au vent sur la place d'un village.

Frankie disposait de peu de temps à l'arrivée, mais elle n'eut aucun mal à repérer le train pour Berlin. Elle monta dans l'avant-avant-dernier compartiment pour se caler sur un siège tandis que les wagons s'ébranlaient et que Paris s'éloignait derrière elle. Au moment d'entrer en Belgique, alors territoire occupé, la locomotive fut détachée et remplacée par une autre. Les voyageurs restèrent assis des heures dans le noir, comme dans l'un de ces fichus abris antiaériens. Le soleil s'était couché depuis longtemps et les rideaux opaques tirés derrière les fenêtres de la petite gare indiquaient clairement que les bombardiers anglais étaient venus jusque-là.

Le train franchit ensuite la frontière allemande et continua sa route en suivant les fils du télégraphe qui luisaient comme des aiguilles dans la nuit. Un peu avant l'aube, ils s'arrêtèrent à ce qui ressemblait à un croisement. Un ordre fut donné juste sous la vitre de Frankie et répété le long de la ligne. Soulevant le store, elle découvrit une armée fantôme. Il devait y avoir là une centaine d'hommes, tous silencieux et immobiles sous la lune terne qui accrochait des reflets à la bride de leur casque et aux canons de leur fusil. La locomotive trembla et soupira.

À mesure qu'ils approchaient de Berlin, le train se vida de ses passagers ordinaires. Peu de gens allaient si loin à l'est. Le lendemain matin, Frankie se retrouva seule dans son compartiment. Elle s'y attarda une minute avant de descendre. L'air était frais au-dehors, et, comme à Paris, elle aperçut le large flanc des avenues qui s'étiraient depuis la gare et le vert de la végétation contre le marbre des bâtiments. Dans un tel décor, le présent se disloquait. Elle se leva, récupéra sa valise et le magnétophone, puis émergea sur le quai, où patientaient des centaines de personnes. Elle se retourna. Il n'y avait qu'un seul train – celui qu'elle venait de quitter. Et plus qu'une file d'attente, c'était une marée humaine qui se pressait devant, contenue par les portes fermées des wagons. Le présent resurgit à la vue de ces groupes épuisés et apeurés. Des visages la fixèrent. Elle les salua d'un signe de tête, mais ils se baissèrent comme si elle était dangereuse.

Les quelques autres passagers étaient descendus eux aussi, et la queue devant le contrôle des passeports au bout du quai commença à s'agrandir. *Un bain et un verre seraient les bienvenus*, pensa Frankie en prenant place dans la file qui serpentait devant elle. *Un bain, un verre, et ensuite une longue, longue promenade en ville.* Sa lettre d'accréditation avait été lue et repliée, et son passeport tamponné à chaque poste-frontière. Elle coinça son sac et son magnétophone entre ses jambes pour tendre ses papiers à un officier tout en rondeurs qui affichait une allure soignée.

— Durée du séjour ?

— Une nuit, répondit-elle en souriant.

Il posa sur elle des yeux d'un noir saisissant, prit ses papiers, les examina et les étala sur sa table. Ses ongles étaient rongés à vif.

— Non, *Fräulein*, déclara-t-il enfin.

— Que voulez-vous dire ?

— Si vous voulez quitter Berlin demain, vous devez rester ici et prendre le prochain train.

— Pourquoi ?

— Il n'y a pas de place, expliqua-t-il d'un ton mielleux en lui rendant son accréditation.

— Je suis reporter, dit-elle le plus calmement possible.

— Ah ?

Il la jaugea de la tête aux pieds, le regard éteint.

— Et quel est le sujet de votre reportage ?

— Les trains qui partent de Berlin.

— Dans quel but ?

— Donner un aperçu à mon pays des conditions de vie en temps de guerre.

— Elles n'ont jamais été meilleures.

— Exactement.

— La réponse est toujours non, *Fräulein*, trancha-t-il avant de faire signe à un homme en uniforme derrière lui.

— Je suis américaine.

— Nous avons déjà plein d'Américains, dit-il avec indifférence.

— Puis-je envoyer un télégramme à mes supérieurs ? demanda-t-elle alors que le deuxième homme venait se poster près d'elle.

— Vos supérieurs ? ironisa-t-il. *Fräulein*, si vous voulez suivre les trains, celui-ci sera le dernier à partir avant longtemps.

— Pourquoi ?

Il haussa les épaules et agita ses papiers pour qu'elle les reprenne.

— Bon voyage, *Fräulein*, conclut-il en levant lentement vers elle ses petits yeux secs et noirs.

Elle ramassa ses bagages et retourna dans la foule.

L'odeur lourde de la peur imprégnait l'atmosphère étouffante de la salle d'attente. Plusieurs personnes redressèrent la tête lorsqu'elle entra, mais leur attention était rivée sur l'officier à côté d'elle. Allait-il faire une annonce ? À chaque heure qui passait, la date d'expiration de leurs visas de sortie – clairement tamponnée dessus – se rapprochait, et ils n'avaient pas encore entamé leur voyage. Tous serraient des autorisations de transit obtenues avec peine, mais nécessaires pour franchir les contrôles et embarquer à terme sur un bateau. Le moindre problème avec l'un ou l'autre de ces documents signifiait qu'on pouvait les refouler, leur refuser l'entrée sur un territoire, les renvoyer d'où ils venaient à n'importe quel moment. Il fallait donc qu'ils montent dans le train. Celui de Frankie n'avait pas bougé. À travers la vitre devant eux se tenait leur bon de sortie – il attendait là, gardé par deux soldats avec un fusil en bandoulière.

Des femmes se massaient près de la porte des toilettes. Frankie se joignit à elles.

— Depuis combien de temps êtes-vous ici ? demanda-t-elle en allemand.

L'une des femmes se retourna.

— Depuis ce matin. Le train était censé partir à 10 heures.

Il était près de 14 heures. Le voyage avait commencé, comprit-elle en rédigeant à moitié le script dans sa tête. *Le voyage commence sur un quai vide, sans aucun train en vue.* La porte des toilettes s'ouvrit alors et une petite femme enceinte aux cheveux blonds bouclés sortit en agrippant fermement un petit garçon par la main. Son ventre rond tendait le tissu de son chemisier. Elle avait le regard nerveux et hagard de celle qui craint de recevoir un coup. Frankie lui emboîta le pas pour voir de quoi le mari avait l'air, mais l'inconnue s'affaissa sur un banc où une femme plus âgée en robe noire lui avait gardé une place. Pas de mari, donc. Frankie revint en arrière. Elle tenait peut-être son récit. Un orchestre militaire avait entonné un morceau dans le centre caverneux de la gare, et elle sentit les tambours résonner dans ses os.

Soudain, la scène derrière la vitre s'anima. Plusieurs soldats coururent sur le quai en faisant signe aux deux autres déjà présents de se diriger vers l'avant. Un tender recula sur la voie, dirigé par un grand blond qui lançait des blagues à ses camarades. Ces derniers éclatèrent de rire. Les tambours cessèrent et le soufflement régulier de la motrice ramena la vie dans la gare. L'humeur générale autour de Frankie s'allégea aussi. Peut-être allait-on enfin pouvoir quitter la ville. Les gens se levèrent en pressant leurs affaires contre leur poitrine et observèrent l'attelage des voitures.

D'une avenue leur parvinrent des sifflets et le bruit de plusieurs moteurs. Six camions surgirent dans la gare et s'arrêtèrent le long des voies. Des hommes en uniforme sautèrent à terre, de jeunes garçons pour la plupart. En quelques minutes, le quai devant Frankie fut bondé. Les nouveaux venus restèrent là sans trop savoir quelle contenance adopter, tout comme les gens qui attendaient en les regardant derrière leur vitre. Malgré, ou peut-être à cause de tout ce monde, ils paraissaient jouer aux petits soldats, pareils à des écoliers qui fument en bombant le torse, visiblement impatients de plonger au cœur de l'action. L'opinion autour de Frankie était qu'on les envoyait vers la frontière russe. Il y avait eu trois appels de réservistes à Berlin au cours des deux semaines précédentes. Les soldats, le thé et toute la viande en conserve que l'on trouvait encore en ville filaient vers la Russie, commenta tristement une femme aux lèvres épaisses et à la mine attentive. Et les trains, ajouta un homme à côté d'elle. Tous les trains, aussi.

Frankie se tourna vers le banc où le petit garçon s'était endormi contre le bras de sa mère. À l'évidence, celle-ci était seule.

Une Daimler s'avança lentement sur le quai en distribuant des ordres sur son passage. Transformés en vrais soldats cette fois, les jeunes rejetèrent les épaules en arrière et claquèrent sèchement les talons. Un officier descendit de la voiture et cria des encouragements quelconques, puis les rangs furent rompus et les garçons s'engouffrèrent dans le train. Moins d'une heure plus tard, la salle d'attente faisait de nouveau face à une voie vide. Frankie alla se chercher à dîner et s'installa dans le café de la gare, d'où elle contempla la même voie vide que les autres, qui refusaient d'abandonner leur place près de la porte. Debout devant sa mère à présent, le garçonnet tapait dans ses mains pour essayer de capter son attention. De temps à autre, elle détachait son regard de la voie pour le baisser sur lui. De temps à autre aussi, elle lui souriait. Elle était si concentrée sur l'arrivée tant espérée d'un train que Frankie décida de ne pas l'aborder tout de suite.

Vers 15 heures, une sirène retentit et un nouveau train entra dans la gare. Il était bien plus court que celui avec lequel Frankie était arrivée – six voitures seulement – et tout le monde se leva précipitamment. Impossible de traîner, de prendre le risque de laisser les autres la dépasser. La foule se déplaça dans un mouvement de panique vers le quai et s'y déversa avant de s'arrêter devant les wagons vert-de-gris. Les portes étaient fermées et aucune lumière ne brillait à l'intérieur. Frankie crut d'abord que personne ne conduisait ce train, qui paraissait surnaturel, ainsi plongé dans le noir. Un homme brailla quelque chose depuis l'avant du quai et la famille à côté de Frankie pivota vers elle. « Vous avez entendu ? » Elle fit signe que non.

Puis, soudain, comme la grotte d'Aladin, les portes s'ouvrirent. La vague humaine se reforma et Frankie se sentit brièvement arrachée au sol. Quelqu'un cria derrière elle. Apercevant la mère et son enfant plaqués contre le dos d'un homme, elle coinça son sac de voyage sous son bras et attrapa la main du petit garçon pour le tirer vers elle et l'empêcher d'être écrasé. « Ça va aller, le rassura-t-elle. Ne t'inquiète pas. » « Franz ! » hurla la mère. « Je l'ai. Je le tiens ! » La femme attrapa alors Frankie par la taille et tous les trois furent poussés en avant sur les marches du train.

Frankie se fraya un passage vers une demi-place de libre dans le premier compartiment et planta le garçon entre deux hommes. « Mettez-vous là », dit-elle à la mère, dont le souffle haletant et affolé incita aussitôt le plus jeune des deux voyageurs à lui céder son siège. Elle s'affaissa dessus tandis que son enfant demeurait pétrifié, les yeux rivés sur elle. Frankie aurait voulu plus que tout avoir de l'eau à lui proposer.

— Baissez la tête, suggéra en allemand l'homme le plus âgé.

Il était corpulent, bien rasé, et semblait avoir l'habitude de donner des instructions. Peut-être un professeur, songea Frankie. Pourquoi se déplaçait-il seul ? La mère ne l'entendit pas cependant.

— Baissez la tête, répéta-t-il.

Il la saisit par les épaules pour la forcer à l'écouter. À cet instant, le train fit une embardée qui déséquilibra tout le monde dans le compartiment. L'homme bascula contre Frankie, mais se redressa ensuite et s'adressa plus doucement à la jeune mère. Enfin, elle leva les yeux vers lui et obtempéra.

Quelqu'un tapa à la vitre. Frankie découvrit le visage paniqué d'une femme qui criait derrière le carreau. Lorsque le train s'ébranla dans un soupir, elle baissa le bras, mais des coups ne cessèrent de résonner contre la paroi du wagon. Il devint clair que les gens sur le quai allaient rester là. Devant ces visages tournés vers elle, Frankie comprit qu'elle fixait des fantômes. Ils n'allaient pas partir. Dans un autre train, un autre soir peut-être. Mais celui-là était plein, et tant pis si chacun avait un billet et qu'un train assez grand avait été promis. Ils se noyaient sous ses yeux, devant les canots de sauvetage, à deux pas du rivage, et elle, elle les privait d'une place.

Elle pivota pour sortir, quitter ce train, donner sa place à quelqu'un, n'importe qui.

— Laissez-moi passer ! lança-t-elle au plus âgé des deux messieurs assis près de la porte du compartiment.

Mais alors qu'elle agrippait la poignée, il referma sa main sur la sienne.

— Lâchez-moi.

Pour toute réponse, il lui montra les personnes pressées contre le carreau de la porte, et les autres encore qui formaient une deuxième rangée juste derrière. Le couloir était bondé, il était impossible de s'en aller. Mon Dieu, pensa-t-elle en refaisant face aux gens à l'extérieur. Un sanglot monta en elle. Le train démarra, prit de la vitesse, et son sifflet retentit tandis qu'il laissait les réfugiés de plus en plus loin sur le quai.

Frankie s'affaissa sur la boîte du magnétophone qu'elle avait posée par terre entre les deux banquettes, sur la moquette sale, et appuya la tête contre la porte. Ils étaient sept, plus l'enfant, serrés dans le compartiment. Personne ne disait mot. La mère respirait plus calmement et son petit garçon regardait les autres, blotti contre ses jambes – elle ne pouvait le prendre sur elle et il refusait de s'asseoir à ses côtés. Durant un moment, la marche du train et les poches de clair de lune à la périphérie de la ville les plongèrent dans le silence. Le voyage avait enfin commencé.

« Suis un train de réfugiés », avait dit Murrow. Et bien que ce fût obscène et absurde de sa part après tout ce qu'elle avait déjà vu, Frankie s'était bercée de l'illusion que ces mots, « train de réfugiés », faisaient référence à des gens sauvés. Mais ces gens-là auraient tout aussi bien pu avoir sauté dans le vide. Nul n'était en sécurité, nul n'était sauvé. Tant qu'ils ne seraient pas arrivés à destination, ils étaient juste en fuite.

Le plus jeune des deux hommes fut le premier à rompre le silence.

— *Fräulein ?* dit-il à Frankie.

Elle se tourna vers lui, nota son pull-over mal ajusté, tricoté à la main et passé sur une cravate, et la main tachée d'encre qui lui désignait son siège.

— Non, merci.

Il sourit, comme pour signifier : « Plus tard, peut-être. » Elle lui sourit en retour. Après quoi il s'appuya contre le mur du compartiment en croisant les bras, visiblement satisfait. Il lui avait posé la question. Le nœud que Frankie avait dans le ventre se desserra légèrement devant ce geste familier. Eux tous qui quittaient Berlin dans le noir, qui voulaient fuir ce pays, ils avaient toujours la possibilité de proposer un siège aux autres, ils pouvaient encore offrir quelque chose, et encore refuser.

En face de cet homme, juste à côté de la fenêtre, une femme d'âge mûr au visage rond se renfonça dans son coin en se désintéressant d'eux. Les yeux clos, la tête appuyée contre l'encadrement de la vitre, elle portait un tricot bleu tendu sur une veste en laine marron et, par-dessus encore, une chemise et un pull d'un bleu plus foncé, eux aussi en laine – son menton se nichait sur ces multiples cols. Même au repos, elle serrait les poignées de sa valise en cuir sur ses genoux. Sa voisine était une très jolie jeune femme dont les mèches bouclées émergeaient de sous son chapeau-cloche en dansant au rythme des oscillations du train. Frankie la prit d'abord pour sa fille, mais il devint vite évident qu'elle voyageait en fait avec le garçon à côté d'elle. Tous deux avaient les mêmes yeux noirs et le même teint clair. Le garçon, qui n'avait pas plus de douze ans, avait dévisagé Frankie avec curiosité lorsqu'elle avait rejeté la place qu'on lui offrait sur la banquette.

— Américaine ? demanda-t-il avec enthousiasme.

Elle opina.

— Nous allons là-bas, déclara-t-il, le genou agité de tressautements.

Sa sœur posa une main dessus pour l'immobiliser. Il pivota vers elle, la mine contrariée, mais elle lui fit signe de se taire et prit sa main dans la sienne avant de laisser aller sa tête en arrière, contre la cloison. Dans le même temps, Frankie perçut l'infime mouvement de la femme plus âgée, qui s'écarta un peu plus de sa voisine. Le clair de lune tomba sur son visage. Elle cligna des yeux une fois, puis les referma. Dans le silence apeuré, épuisé, le petit en face d'eux s'était endormi, coincé entre les jambes de sa mère, la tête en appui contre son énorme ventre. De près, Frankie vit qu'il avait les cheveux sales et emmêlés, et l'arrière des mollets couvert de suie. La mère elle-même n'était guère plus qu'une enfant. Sous le regard de Frankie, elle dirigea son attention vers la vitre noire du train, le visage endormi de son fils levé vers elle comme une petite lune sans ciel.

Pour la quatrième nuit d'affilée, Frankie se cala dans l'obscurité entre des dormeurs et tenta de suivre l'exemple de ses compagnons. Mais le grand corps du médecin ne cessait de lui apparaître, projeté en l'air sans effort devant elle. Elle frémit et rouvrit les yeux. La dame dans son coin pleurait sans bruit, les larmes ruisselant sur ses joues. Ses mains serraient toujours le sac posé telle une lourde pierre sur ses genoux. Le garçon et la fille s'étaient assoupis l'un contre l'autre. Quant au jeune homme qui avait offert sa place à Frankie, il dormait les bras croisés et le menton sur la poitrine, comme s'il réfléchissait.

Elle tritura le fermoir de la boîte noire sur laquelle elle était assise. Il fallait qu'elle allume le magnétophone, qu'elle commence à interroger ses voisins avec les quelques mots d'allemand qu'elle maîtrisait. *Où allez-vous ? D'où venez-vous ? Que s'est-il passé ?* Il fallait qu'elle se concentre sur la mère, qu'elle lui fasse raconter le début de son histoire, qu'elle enregistre sa voix aux premiers instants de son voyage. Encore que le frère et la sœur méritent peut-être tout autant qu'elle s'intéresse à eux. L'homme le plus âgé regardait dehors, et elle se demanda qui il avait abandonné derrière lui. Pour la première fois de sa carrière, elle se demanda aussi si elle aurait le cran de lui poser la question. *Recherchez la vérité et exposez-la*, stipulait le code déontologique des journalistes. *Recherchez la vérité. Exposez-la. Minimisez les torts à autrui.* Toutes les personnes autour d'elle avaient dû quitter quelqu'un. Elle pensa au désespoir des gens qui n'avaient pu monter dans le train. Minimiser les torts ? Elle frissonna. Mieux valait laisser ses compagnons dormir. Il serait bien assez tôt le lendemain pour les interviewer.

Deux heures plus tard, le train ralentit et s'arrêta dans un village dont la gare se réduisait à un panneau en bois planté dans un petit champ d'herbe aplatie et à un banc. La lampe solitaire d'un gardien brillait sur celui-ci comme un œil jaune. Chacun dans le compartiment se redressa et prépara ses papiers. Leur wagon se trouvait au milieu du train et il fallut une heure au contrôleur pour l'atteindre. La peur était contagieuse et pesante. La procédure s'éternisait, cela devenait une torture. Pourquoi mettait-on autant de temps ? Des éclats de voix résonnèrent dans le compartiment d'à côté, suivis par un silence soudain. Puis leur porte s'ouvrit sur un vieil homme muni d'une lampe torche. Rien qu'un vieil homme qui faisait son travail, songea Frankie en lui tendant ses papiers sans curiosité ni agacement particuliers.

— Américaine ? fit-il, les yeux plissés.

Elle hocha la tête. Ignorant la lettre d'accréditation, il prit son passeport, le retourna pour vérifier l'insigne et le lui rendit. Il brandit ensuite sa lampe pour examiner le petit garçon, dont les yeux brillants parurent énormes sous le faisceau lumineux. Après avoir fait de même avec la mère, il claqua des doigts pour réclamer les papiers des autres, mais ne se donna presque pas la peine de les regarder une fois qu'il les eut en main. La porte se referma derrière lui, les laissant tous muets et incertains. C'était tout ? Assis dans le noir, ils écoutèrent les autres portes s'ouvrir et se refermer à leur tour dans le wagon.

— Vous portez chance, déclara lentement l'homme le plus âgé une fois le train reparti.

L'aube pointait dans les champs. Le matin se levait lentement, teintant les chaumes de rouge. Ils avaient franchi le premier obstacle, mais ils étaient toujours en Allemagne.

— Pardon ? dit Frankie, tout en ayant conscience que la dame près de la vitre suivait leur échange.

L'homme lui répondit par un simple haussement d'épaules. Le frère et la sœur s'étaient rendormis, tout comme le petit garçon, dont les lèvres avaient pris la forme d'un doux rond.

— Où allez-vous ? demanda Frankie en allemand.

— Lisbonne.

Il avait eu de la chance, continua-t-il, parce qu'il n'avait pas réussi à grimper dans les deux précédents trains et que son visa expirait dans une semaine. Frankie remarqua ses doigts courts et abîmés. Ce n'était pas un professeur, se ravisa-t-elle. Plutôt un marchand, un boucher. Quelqu'un qui possédait une affaire.

Elle sourit.

— Comment vous appelez-vous ?

— Werner Buchman.

La femme en face de lui referma les yeux avec l'air de lâcher prise.

En une matinée, le train fit halte dans trois bourgs isolés. À chaque fois, la police monta à bord et se fraya un chemin parmi la foule compacte des passagers en contrôlant ces derniers un à un. Personne n'était autorisé à sortir des gares, mais Frankie profita d'un arrêt pour longer le quai jusqu'à la barrière qui en marquait l'extrémité. C'était jour de marché au village, et là, loin de la ville, on trouvait des pommes de terre et des oignons nouveaux. Une femme tenant trois patates dans sa main gantée fit un léger signe à Frankie. Le soleil de mai faisait étinceler les boutons en métal de son manteau. Derrière elle, la cime des peupliers se parait d'un léger vert acidulé.

Le temps de parvenir à Leipzig, leur troisième arrêt, le groupe dans le compartiment de Frankie s'était nettement détendu, et elle soupçonna Werner d'avoir eu raison. Parce qu'elle était avec eux, ils étaient contrôlés en vitesse. Le frère et la sœur jouaient aux cartes. Sous le regard souriant de sa mère, le petit garçon avait rampé vers le jeune homme, à présent assis par terre à la place de Frankie, et attrapé le bonbon attaché à un fil que l'autre s'était amusé à tirer d'avant en arrière, comme s'il avait voulu appâter un chat. Occupé depuis à sucer la friandise, le petit s'était fait pipi dessus, mais la vitre avait été baissée et l'odeur de l'herbe fraîchement coupée à l'extérieur donnait à leur compartiment un parfum de grange inattendu. Ils atteignirent la Forêt-Noire au coucher du soleil. Avec un peu de chance, ils rejoindraient Strasbourg et la frontière française vers 10 ou 11 heures le lendemain. Ensuite viendraient Lyon, Toulouse, et le surlendemain, la frontière espagnole à Bayonne. De là, ils pouvaient tabler sur deux bonnes journées pour traverser l'Espagne et le Portugal pour enfin atteindre Lisbonne et l'océan. Quatre jours au total, si tout allait bien.

Frankie ouvrit la boîte du magnétophone. Elle allait commencer par la mère et son garçon, décida-t-elle. Sans les brusquer.

— *Wie heißt du?* demanda-t-elle à l'enfant en tournant le bouton. Comment t'appelles-tu ?

Il se contenta de la fixer en silence jusqu'à ce que sa mère l'encourage mollement d'une petite pression du doigt.

— Franz, répondit-il avec sérieux en retirant le bonbon de sa bouche.

— Franz Hofmann, murmura sa mère.

— Franz Hof…, entreprit-il de répéter.

L'autre garçon reposa ses cartes.

— Franz Hofmann, dit-il. Vas-y.

Mais Franz secoua la tête.

— Et vous ? lança Frankie à la grande sœur dans son allemand rudimentaire. Parlez là. Dites votre nom.

— Inga, fit-elle timidement. Inga Borg.

Son frère éclata de rire et se présenta à son tour en anglais, en articulant lentement comme s'il martelait les mots sur un tambour.

— Je m'appelle Luther.

— D'où viens-tu ?

Il interrogea sa sœur du regard, et Frankie se demanda s'il ne comprenait pas la question ou s'il avait peur d'y répondre.

— Nous avons des papiers, intervint Inga.

— Bien sûr, s'empressa de la rassurer Frankie, avant de continuer en anglais dans le micro. Ici Frankie Bard. Je fais route vers le sud depuis Berlin à bord du Deutsche Reichsbahn. Le bruit que vous entendez est celui du train qui file sur la voie. J'ai avec moi un frère et une sœur, Inga et Luther Borg. Ils ont l'air d'avoir dix-sept et douze ans, et ils voyagent seuls. Dites-moi, où allez-vous ?

Elle traduisit doucement sa question en allemand.

— À Lisbonne, déclara Inga.

— Et après ça ?

— En Amérique.

— Et d'où venez-vous ?

Le disque enregistra le silence lorsque Inga posa une main sur le bras de son frère pour l'empêcher de parler. Il leva les yeux vers elle, et quelque chose dans l'expression de son aînée – se pouvait-il qu'elle soit sa mère ? sa tante ? – suffit à faire disparaître son sourire. Frankie éteignit le magnétophone en fronçant les sourcils. L'appareil était lourd et la gênait. Comment pouvait-elle établir un vrai contact avec les réfugiés en ayant ce truc encombrant sur les genoux ?

La maman du petit garçon sortit un morceau de pain de son sac et le donna à son fils. Tout le monde le regarda manger sauf la femme dans son coin, qui avait les yeux rivés sur l'extérieur. Frankie se demanda si elle était sourde.

Le jeune homme prit une ficelle dans sa poche et la croisa entre ses doigts pour former une figure. Il tendit le tout à Luther, mais celui-ci refusa avec raideur, comme s'il était trop vieux pour de tels enfantillages. Le jeune homme éclata de rire, révélant à Frankie une rangée de dents cassées, puis tourna vers elle ses deux mains reliées par la ficelle. Elle sourit et glissa ses pouces et ses index sous les siens pour récupérer le jeu.

— Et vous, *Fräulein*, où allez-vous ? s'enquit-il dans un anglais très correct malgré un accent prononcé.

— Je vous accompagne, répondit-elle pendant qu'il passait ses doigts entre la ficelle.

Il parut perplexe.

— Je voyage dans ce train pour expliquer à l'Amérique qui se trouve à son bord.

— Pour quoi ?

— Pour informer les gens.

— Qui êtes-vous ?

— Une journaliste.

— Et ? dit-il en laissant retomber ses mains, et la ficelle avec. C'est quoi, cette boîte ?

— Elle vous enregistre, vous et vos voix. Les bruits, aussi.

— Et que pense l'Amérique ?

— L'Amérique ne sait pas quoi penser.

— Voulez-vous que je l'éclaire ?

— Allez-y.

Il marqua une pause.

— Attendez, dit-elle. Une minute.

Elle lui montra la machine et il acquiesça.

— Parlez lentement, précisa-t-elle en actionnant le bouton.

— Je m'appelle Thomas Kleinmann.

Levant les yeux, elle constata qu'il lui tendait la main. Elle se pencha sur le disque qui tournait pour la lui serrer.

— Moi, c'est Frankie Bard.

— Je viens d'Autriche, continua-t-il. Des montagnes autour de Kitzbühel, où j'habite avec mes parents.

Il s'interrompit, mais elle l'encouragea d'un signe de tête.

— Dans les mois qui ont suivi l'Anschluss, quand l'Autriche est tombée aux mains des nazis et que les lois antijuives ont été promulguées, ma mère s'est de plus en plus inquiétée pour mon frère, qui étudiait à Munich. Pour finir, elle m'a demandé de le ramener à la maison.

Luther avait glissé sa main sous celle d'Inga. Silencieux, ils écoutaient cette histoire racontée dans une langue qu'ils ne comprenaient pas.

— Je voyage toute la nuit dans un train et j'arrive tôt le matin. Je me rends chez mon frère, mais là, son voisin m'annonce qu'il est parti le jour même avec l'intention de rentrer chez lui. On s'est croisés.

« Je m'installe à son bureau pour écrire à mes parents et leur apprendre la nouvelle. Avant que je ne puisse commencer, on frappe à la porte. Je fourre la lettre dans ma poche et je vais ouvrir. La police. Ils sont venus chercher Reinhart. « Pourquoi ? » je demande. Ils ne répondent pas. « Il n'est pas là », dis-je. Ils m'arrêtent à la place. Un Juif ou un autre, ça n'a pas d'importance pour eux.

La femme dans son coin prit une brusque inspiration, et Frankie se rendit compte qu'elle saisissait parfaitement le sens de leurs propos.

— Je marche dans les rues avec une vingtaine d'autres personnes. Nous allons au poste de police, on me met dans une pièce. « Attends », me dit-on. Alors j'attends, et je sors de ma poche la feuille sur laquelle je voulais écrire à ma mère. Dessus, il y a le nom du professeur de mon frère et l'en-tête de son école spécialisée dans le génie électrique. Du coup, je me rédige une lettre de recommandation que j'apporte ensuite au policier à l'avant de la salle. « Ah, dit-il en l'examinant. Va là-bas. » Je suis la direction qu'il m'indique et j'entre dans une toute petite pièce où un homme imposant à l'air aimable travaille derrière une pile de papiers. Il lit ma lettre, me dévisage, puis la déchire en deux. « Sors », lâche-t-il en me désignant une autre porte. C'est celle qui donne sur la cour du poste de police. Soixante à soixante-dix hommes y sont assis. Personne ne fait attention à moi. Je marche jusqu'à la barrière et je vois le fleuve et les jardins derrière les maisons.

« C'est l'après-midi, le soleil tape fort. Je vais me mettre à l'ombre du bâtiment. Pendant deux heures, je reste là, jusqu'à ce qu'on nous ordonne de nous rassembler. *Psstt.* J'entends quelqu'un derrière moi. *Psstt.* Je pivote et je découvre le garde à qui j'ai parlé plus tôt dans la matinée, celui à qui j'ai fait lire la lettre. Il me montre une ouverture dans la barrière. Je jette un œil autour de moi. Est-ce un piège ? Quelqu'un me surveille-t-il ? Mais il n'y a que ces hommes fatigués qui se lèvent, alors je sors. C'est un miracle.

« Le garde me lance, en souriant : "*Elektrotechnik ? Professor* Peter Schmidt ?" Je hoche la tête bêtement. Il tend le doigt vers une autre porte, à dix mètres de là, où se tient l'un de ses collègues. Je me tourne vers lui, mais il me fait signe d'avancer et me pousse même.

« Je me dirige sans respirer vers le deuxième garde. J'aperçois le chemin qui longe le fleuve derrière le poste de police et les gens qui reviennent du marché. Je m'arrête, consulte l'homme du regard. Il m'ignore et se penche simplement pour ouvrir la barrière.

« Je marche tout droit sur vingt mètres. Va-t-on me tirer dessus ? me crier après ? me voir ? Trente mètres. Je suis maintenant dans la rue. Au bout de quarante mètres, je sais que je suis libre. Je passe enfin l'angle. Je file vers l'appartement de mon frère, quand je comprends soudain que j'ai pu partir parce que le garde avait étudié à l'Elektrotechnik, lui aussi.

Thomas Kleinmann secoua la tête avec une incrédulité palpable.

— Vous êtes le chanceux parmi nous, commenta la dame dans son coin.

Ce fut comme si une ombre avait parlé.

— Oui, vous, insista-t-elle en anglais. Dieu était là. Il a veillé sur vous à chaque instant.

— Des gens ont veillé sur moi, répondit-il. Pas Dieu.

— C'est pareil.

— Non, il n'y a pas de dieu. Il n'y a que nous, *Fräulein*, ajouta-t-il à l'intention de Frankie d'une voix basse chargée d'intensité.

Le train trembla et ralentit pour marquer un nouvel arrêt. Frankie éteignit le magnétophone. Ils avaient atteint la frontière allemande à Kehl. De l'autre côté s'étendait la France de Vichy : Strasbourg, Lyon, Toulouse. Et, au-delà encore, le Portugal et les bateaux qui les attendaient à Lisbonne.

Les lumières de la gare étaient aveuglantes et tout le monde reçut l'ordre de descendre sur le quai. Frankie se leva.

— Sauf les Américains.

Cela la surprit, mais l'officier allemand avançait déjà dans le couloir.

— *Auf Wiedersehen*, dit Luther à Frankie.

Déroutée, elle lui retourna son salut. Allaient-ils remonter dans le même train ? Que se passait-il ? Luther et Inga furent les premiers à sortir, suivis par Werner Buchman, qui prit le sac de la jeune mère pendant qu'elle portait son fils endormi. Lentement, la dame dont Frankie ignorait toujours le nom se mit debout, les membres engourdis après être restée assise si longtemps. Elle dévisagea Thomas en semblant vouloir graver son image en elle. Il lui adressa un signe de tête et attrapa sa valise sur le porte-bagages comme s'il comptait leur emboîter le pas à tous. La porte du compartiment se referma sur la femme, et Frankie s'installa à sa place près de la fenêtre. Parce qu'il faisait un peu chaud, elle baissa la vitre pour laisser entrer l'air nocturne.

— Je dois maintenant vous demander de me cacher, chuchota Thomas.

Elle ne bougea pas.

— J'ai une autorisation de transit, expliqua-t-il vivement, mais pas de visa de sortie.

Voyant qu'elle le fixait sans un mot, il ajouta :

— Vous comprenez ?

Elle acquiesça, le cœur tambourinant dans sa poitrine. Thomas lui jeta un bref coup d'œil avant de se hisser sur le porte-bagages et de se dissimuler derrière sa valise. Frankie se força à détourner la tête pour se concentrer sur les gens redevenus anonymes au-dehors. Ses compagnons de voyage s'étaient dispersés dans la foule, mais au bout de quelques minutes, elle repéra la jeune mère et son fils, et cette vue la réconforta.

Elle suivit leur avancée. Il était encore trop tôt pour savoir s'il fallait avoir peur ou pas. Même après tout ce qu'ils avaient déjà vécu, cet arrêt pouvait n'être qu'une formalité. Quelques personnes s'étaient dirigées vers la gare, pleines d'espoir, croyant peut-être qu'une réponse quelconque allait en émerger, une promesse d'ordre. Mais le gros de la foule sur le quai n'avançait pas, et certains s'assirent par terre pour attendre. Au-dessus de Frankie, sur le porte-bagages, Thomas se tenait immobile. Elle ferma les yeux et s'assoupit. De temps en temps, lorsqu'elle se réveillait, elle vérifiait où étaient la mère et son fils. Au bout d'une heure environ, trois voitures noires pilèrent à côté du train et des gardes-frontières crièrent aux gens d'aller au bout du quai. La mère se releva avec peine, puis se baissa comme si elle avait trébuché ou comme si quelqu'un l'avait poussée. Quand elle se redressa enfin, elle balaya les alentours du regard, paniquée, et Frankie s'aperçut que le petit Franz avait disparu. Le mouvement de la foule entraînait tout le monde en avant, vers un fossé au bout du quai. Frankie grimpa sur la banquette pour essayer de repérer le garçon, mais elle ne vit que la mère qui luttait pour résister au courant. « Avance ! Avance ! » ordonna un homme derrière elle. Des sifflets retentirent, et deux gardes insultèrent la jeune femme. L'un d'eux l'empoigna par le bras. C'est alors que Frankie repéra l'enfant, quelques mètres infranchissables plus loin.

— Là ! cria-t-elle. Il est là !

Dans le même temps, la mère entendit les pleurs de son fils et commença à se frayer un chemin vers lui. Les gens hurlaient et la bousculaient. Percevant les cris de sa mère, Franz se mit à l'appeler lui aussi. « *Mama ! Mama !* »

— Là ! s'égosilla de nouveau Frankie en constatant qu'ils n'arrivaient pas à se rejoindre. Il est là !

« *Mama !* gémissait le garçon. *Mama ! Mama !* »

— Taisez-vous, *Fräulein*, siffla Thomas. Ils vont tirer ! Taisez-vous, à la fin !

— Là !

Elle tapa du poing contre la vitre. L'un des officiers allemands, agacé par toute cette agitation, se retourna et tira.

Le silence s'abattit sur la gare. Les mains agitées en l'air retombèrent. Les gens qui avaient vraiment peur ne criaient pas, comprit Frankie. Ils ne disaient plus un mot, ils devenaient attentifs. L'homme avait-il fait feu sur la foule ? Quelqu'un avait-il été blessé ? Impossible à déterminer. Il y avait trop de monde. Où était la mère ? Debout contre la fenêtre, Frankie avait encore la bouche ouverte. Un officier, à quelques pas de là, identifia la provenance des coups. Lentement, il braqua son revolver sur elle. Elle le fixa, les deux mains sur la vitre, incapable de respirer, jusqu'à ce que Thomas la plaque au sol. Dehors, le silence se prolongea. Tous deux restèrent étendus par terre, Frankie pleurant dans ses mains, trop effrayée pour redresser la tête. Ce calme était insupportable. Qu'avait-elle fait ? Son cœur battait si vite qu'elle en avait la nausée. Lorsqu'un éclat de voix lui parvint, elle se tourna vers Thomas, qui avait collé une oreille contre la paroi du compartiment. Peut-être que le soldat ne l'avait pas vu, peut-être que, de l'extérieur, elle avait donné l'impression de basculer toute seule en arrière sur son siège.

Une secousse agita le train, qui redémarra très lentement. Frankie croisa le regard de Thomas. Que s'était-il passé ? Le toit de la gare défila derrière la vitre au-dessus d'elle. Le train allait laisser la mère et son fils sur le quai. « *Halt ! Halt !* » cria quelqu'un, mais elle n'aurait su dire si l'injonction venait des gens ou des soldats. Le train continua à rouler… avant de stopper net.

Frankie sentit sa gorge se serrer. Pendant un moment, on n'entendit aucun bruit, et elle crut qu'ils allaient peut-être repartir. Un coup de sifflet déchira le silence non loin d'eux. La porte du wagon s'ouvrit, des talons claquèrent dans le couloir et un officier de la Gestapo surgit à l'entrée de leur compartiment, accompagné d'un autre homme.

L'officier salua Frankie d'une courbette et lui demanda de se lever. Thomas et elle furent priés très poliment de descendre du train. Très poliment, et sans qu'aucune arme ne soit dégainée. Il y avait un souci avec la locomotive. Un bus attendait. Voulaient-ils bien les suivre ? Comme anesthésiée, Frankie prit son sac et son magnétophone puis longea le couloir, consciente de la présence des trois hommes derrière elle. Le train s'était immobilisé dans un champ juste à la sortie de la gare. Elle posa le pied sur l'herbe à côté de la voie ferrée. Un bus attendait en effet. À l'intérieur, elle distingua trois autres personnes.

Mais d'abord, il fallait régler la question des papiers.

— Un problème ? demanda-t-elle en faisant face à l'officier.

— Non, non, répondit-il doucement. Pas du tout.

La peur la submergea pourtant lorsqu'il modifia sa prise sur son revolver. Thomas, lui, avait fermé les yeux.

— Non, murmura-t-elle.

Elle posa une main sur son bras et sentit combien il était maigre.

— Écartez-vous, mademoiselle, ordonna l'officier d'un ton toujours aussi affable.

Tournant le dos aux Allemands, elle s'adressa au jeune homme.

— Thomas, dit-elle en serrant plus fort son bras. Thomas.

— Partez.

— Thomas, murmura-t-elle. S'il vous plaît, laissez-moi…

— *Fräulein !*

Thomas rouvrit les yeux et la regarda au moment même où elle était poussée sans ménagement. L'officier tira. Thomas s'effondra dans un soupir.

Elle cilla. L'Allemand fit un pas de côté, et elle resta là à contempler l'espace vide qu'avait occupé le jeune homme. Lentement, elle se retourna.

Le regard de l'officier glissa vers elle.

— Je pourrais vous faire arrêter, déclara-t-il.

Au loin, comme surgi d'une autre époque, un téléphone sonna dans la gare. Deux fois, trois fois, quatre fois. Puis quelqu'un répondit. L'air écœuré, l'officier fit signe à Frankie de se diriger vers le bus. Elle ramassa ses affaires en tremblant et jeta un dernier coup d'œil au jeune homme. Du sang coulait de son oreille, sur son cou et jusque par terre. Elle gémit.

— Avancez.

Elle s'éloigna de Thomas, du garçon et de sa mère restés quelque part sur le quai de la gare. Dix pas plus loin, le long de la voie, elle se mit à pleurer. Elle se prépara à entendre un coup de feu, un cri, n'importe quoi, et essuya ses larmes avec sa manche. Mais entre le train derrière elle et le bus stationné sur la route de campagne, il n'y eut rien que le bruit de sa respiration, le roulement des cailloux sous ses pieds, et pour finir le métal froid de la rampe qu'elle agrippa pour monter dans le véhicule.

16

Ici Frankie Bard, de CBS News. *Je vous parle depuis Mulhouse, à l'ouest de la frontière franco-allemande.*

Une lettre à la main, Emma s'écarta de sa boîte. La voix féminine hachée s'élevait du poste en Bakélite verte derrière Mlle James. *Les spéculations vont bon train concernant les personnes qui tentent de quitter l'Allemagne – l'Allemagne où, nous dit-on, les conditions de vie n'ont jamais été meilleures, où la guerre est gagnée sur tous les fronts, où la paix règne et où l'on a de quoi se remplir la panse.* La voix s'interrompit. *Il est vrai que la farce est très prisée par ici.* Emma se tourna vers Iris. La dernière phrase était une plaisanterie, n'est-ce pas ? La femme à la radio donnait l'impression de sourire, mais aussi d'être épuisée. *Pourtant, les gens partent ou tentent de partir par dizaines. Imaginez-vous sortir de votre maison ou de votre appartement, fermer la porte et ne jamais revenir. Dans vos mains, vous avez une valise et peut-être un sac à provisions rempli d'un saucisson, de fromage éventuellement, de tout ce à quoi vous avez eu droit chez l'épicier. De quoi tenir jusqu'à la frontière, espérez-vous. Dans votre valise, si vous êtes juif, il y a deux tenues de rechange et vos papiers.* Sa voix fut coupée, puis reprit. *Vous avez une issue de secours et vous foncez vers elle. Si vous faites partie des rares chanceux, vous avez un visa américain. Sinon, ce qui est plus probable, un visa pour Cuba, l'Argentine ou le Brésil. Vous disposez de quatre-vingt-dix jours pour atteindre votre destination. Après, le visa expire. Il faut monter dans un train. Et traverser l'Europe pour prendre le bateau à Lisbonne ou à Bordeaux. Vous avez quatre-vingt-dix jours, et les trains sont rares et bondés. Partout. Si bien que l'issue de secours semble s'éloigner.* La voix tremblait à présent. Emma ferma sa boîte et se rapprocha. *Imaginez une Europe qui n'est plus composée de villages où l'on vit depuis des générations. Imaginez des gens sans toit, sans la charpente, le mortier et les briques qui constituent une maison, des gens qui luttent pour se maintenir hors de l'eau et qui nagent de toutes leurs forces hors de ce pays. Imaginez que, à cet instant même, en Europe, une marée humaine se déplace. Si vous deviez écrire une lettre à quelqu'un, il faut comprendre qu'il n'existe plus d'endroit où cette lettre pourrait être remise à son destinataire…*

Iris éteignit le poste.

— Nous n'avons pas à imaginer quoi que ce soit, déclara-t-elle d'un ton posé. C'est le chaos là-bas et cette fille devrait se maîtriser.

Emma fixait la radio comme si la voix de la journaliste allait de nouveau s'en échapper.

— Il va bien, dit doucement la receveuse. Ne vous inquiétez pas. Vous savez où il est. Vous avez une lettre de lui entre les mains.

Emma baissa les yeux.

— C'est vrai.

— Là. Vous voyez bien.

Il lui sembla entendre Will. *Tu vois bien*, disait-il toujours. Seigneur.

Le train de nuit entra lentement dans la gare de Mulhouse et s'arrêta. Quelques-uns des passagers tournèrent la tête vers la jeune femme qui attendait sur le quai. Frankie ramassa ses bagages et se dirigea sous leurs yeux vers la seule porte ouverte. Elle était l'unique personne à monter, et le train repartit avant même qu'elle eût longé le couloir pour trouver une place. Le trajet suivait la principale voie de chemin de fer menant vers l'ouest via Belfort et Besançon – où elle dormit dans un lit pour la première fois depuis cinq nuits. Trop fatiguée pour demander à l'hôtelier une bouteille de vin, une miche de pain et du fromage autrement qu'en les montrant du doigt, elle porta le tout dans sa chambre et s'assit pour dénouer ses lacets. Elle s'éveilla le lendemain matin, étendue sur le lit, les pieds par terre, sans avoir ôté ses chaussures. À moitié assoupie encore, elle se glissa sous les couvertures et se rendormit en fixant le plafond.

L'après-midi était bien avancé lorsqu'elle se réveilla au son des cloches d'une église. Allongée dans sa petite chambre à l'étage de la *Pension Burghorst*, à la périphérie d'une ville française, elle écouta la marche du monde derrière sa porte et sa fenêtre ouverte. *Clap*. Un homme cria après des écoliers qui passaient en courant, et le bruit de leurs pas et leurs éclats de rire s'élevèrent jusqu'à elle. *Clap*. Elle tendit l'oreille en tentant d'identifier ces battements répétés semblables à ceux du bois cognant contre le bois. Pour finir, elle comprit qu'un volet claquait quelque part. Que quelqu'un ferme cette fenêtre ! Elle resta immobile, flottant comme une enfant. Personne ne la connaissait ici. Personne ne pouvait l'appeler. Elle se sentait libérée de tout devoir. Il y avait eu un changement de programme.

Elle ricana. Un foutu changement de programme. *Essaie de faire tout le chemin jusqu'au Portugal*, avait dit Murrow. *Diffuse un compte rendu à Strasbourg, Lyon et Lisbonne.* Elle était presque certaine qu'on était le 23 mai, et après son intervention radiophonique bricolée à Mulhouse, son chef avait dû comprendre qu'elle allait rater celle prévue à Strasbourg. Elle se demanda même si son témoignage avait été diffusé, et a fortiori s'il avait atteint les États-Unis. Il fallait qu'elle envoie un télégramme à Murrow.

Elle se redressa enfin et ôta sa jupe. Le bord d'une enveloppe pointa hors de la poche lorsque le vêtement tomba par terre. La lettre du médecin commençait à exercer sur elle le pouvoir diffus d'une relique. Elle était supposée la poster, non ? Lui faire prendre la route. Écartant son vêtement du pied, elle alla remplir d'eau le lavabo en s'efforçant de s'y retrouver dans les journées écoulées. Quand était-il mort ? Cinq jours plus tôt ? Six ? Elle renifla, tourna le robinet et prit une éponge et du savon. Après s'être déshabillée, elle se lava debout sur le tapis, sa main guidant l'éponge sur sa poitrine, puis sur son ventre, où elle disparut du miroir. Durant un moment, Frankie étudia son buste dans la glace, l'eau savonneuse qui dégoulinait de l'éponge sur ses jambes, et elle croisa les bras.

Vous devez être bien endurcie, avait dit le médecin dans le noir. Elle frissonna en se rappelant combien il l'avait perturbée et agacée en l'interrogeant sur Billy.

— *Que deviennent les gens une fois que leur histoire a été racontée ?*

— *Je l'ignore.*

— *Vous devez être bien endurcie pour supporter de ne pas savoir.*

Elle déplia la serviette près du lavabo, s'essuya, puis s'affala sur le lit et alluma une cigarette. La fumée s'engouffra aussitôt dans ses poumons. Elle ferma les yeux en l'exhalant et fuma jusqu'à s'en brûler presque les doigts. Elle se leva alors pour se rhabiller. La lettre du médecin gisait par terre. Elle la rangea de nouveau dans sa poche et boucla sa valise.

Autour de la place principale, les boutiques avaient rouvert leurs portes. Des femmes âgées et des ménagères y entraient et en sortaient sous le regard de vieillards assis à l'ombre d'un tilleul. Il semblait y avoir de la viande chez le boucher et du pain chez le boulanger. Toutes les vitrines exposaient une photo du Führer, bien que Frankie ne vît trace nulle part de la police allemande. Seul un magasin avait baissé son rideau à l'angle de la place. Sur le volet métallique figuraient ces mots en lettres capitales : *Qui achète aux Juifs est un traître*. Frankie se demanda si les propriétaires avaient réussi à quitter la ville, à prendre un train et à parvenir en lieu sûr. Elle avait envie de les croire arrivés à bon port. Libres. Le visage du petit garçon sur le quai à la gare de Kehl lui revint en mémoire. Où étaient Inga et Luther à présent ? Et la vieille dame ? Et Werner Buchman ? L'image de Thomas, abattu devant elle et tombant à genoux, jaillit à son tour. Tremblante, elle s'éloigna de la vitrine vide et retourna dans sa chambre.

Va sur place, fais un tour et reviens, avait dit Murrow. *Suis une famille*. Merde. On ne pouvait suivre personne ici. On n'avait jamais la certitude que les gens iraient au bout de leur voyage.

La bouteille de vin et le fromage de la veille attendaient sur la table. Elle but un verre debout, face au magnétophone, puis se resservit et alluma l'appareil.

Le disque se mit lentement à tourner. L'aiguille fit entendre un léger susurrement. Frankie reposa son verre, arrêta la platine et ramena le bouton en arrière pour se repasser l'enregistrement de Thomas. La voix du jeune homme émergea du magnétophone. Elle l'écouta jusqu'à la fin, jusqu'à ce que le disque redevienne silencieux et tourne, tourne dans le vide. Là. Ils étaient là. Dans cette voix filtraient le train, la nuit, les yeux de Thomas posés sur elle pendant qu'il lui racontait son histoire, la ligne pointue de ses épaules tendant la laine de son pull, le frère et la sœur attentifs. Thomas était mort. Mais sa voix était là. Il était là, vivant.

La fenêtre donnait sur une longue chaîne de montagnes aux sommets enneigés qui zébraient le bleu du ciel. La cloche de l'église sonna le quart, et le son se réverbéra au rythme de ses battements de cœur. Elle resta debout un moment à regarder ces cimes éclatantes et elle s'imagina aller vers le nord. Aller vers le nord et l'est, par-delà les pics, passer d'un point blanc à un autre, traverser le Jura et la Suisse, arriver de l'autre côté de l'arc des Alpes, et continuer jusqu'à l'Autriche et la maison de Thomas, là où sa mère et son père veillaient en espérant de ses nouvelles. Où était-il ? Où était leur fils ? Ils l'ignoreraient toujours. Aurait-elle été un oiseau, elle aurait pu combler ce silence et dire à sa mère qu'il avait failli réussir. Mais ce qu'elle savait, elle n'avait plus les mots ni la voix pour le transmettre. Dieu aurait tout de même dû se rendre compte que les deux moitiés de l'histoire avaient été séparées et trouver un moyen quelconque de les réunir. Comment pouvait-il accepter ces fossés, ces énormes vallées de silence ? Et l'Europe était remplie de gens qui disparaissaient ainsi.

Le souvenir de Harriet Mendelsohn agitant par jeu une fourchette devant Dowell, dans la cuisine de leur appartement d'Argyll Road, resurgit avec tant de force que Frankie dut s'accrocher au rebord de la fenêtre. *Jens Steinbach, où es-tu ?* Les bouts de papier dérisoires que Harriet avait collectionnés et rapportés chez elle pour les coller au-dessus de son lit témoignaient du vent de silence qui soufflait sur les villes européennes.

Et elle, Frankie, qu'avait-elle cru ? Qu'il lui suffirait de débarquer pour dénicher LA grande histoire qui obligerait le monde à boire ses paroles ? Ces gens sont les Juifs d'Europe. Voici ce qui se passe. *Écoutez bien.* Mais il n'y avait pas d'histoire. Ou plutôt, songea-t-elle en s'écartant de la fenêtre, il n'y en avait aucune ici qu'elle puisse raconter du début à la fin. L'histoire des Juifs était à la frontière du dicible. Les mots du médecin s'immiscèrent comme un fantôme dans ses pensées. Les bruissements dans le noir, le garçon et la fille qui tendaient l'oreille, la dame dans son coin, l'air distrait de la mère regardant le clair de lune, sa main dans les cheveux de son fils pendant qu'il dormait. L'éclat de rire de l'enfant capté durant une seconde impossible, capté et retenu. C'était là l'essence des événements – grâce à ces petits fils épars, on prenait la pleine mesure de ce qui se passait.

Le lendemain matin, Frankie monta dans le premier train qui partait de Besançon vers le sud et se fraya un chemin vers un siège en angle dans un compartiment troisième classe. Son permis de séjour était encore valable seize jours, il lui restait quatre-vingt-dix minutes de disque vierge et elle n'avait aucun plan particulier à part enregistrer autant de personnes qu'elle le pourrait. Elle ne gagnerait pas Lisbonne par le chemin le plus direct (chaque chose en son temps, une étape après l'autre au cours d'un voyage rythmé par un début, un milieu et une fin), mais elle irait de train en train en suivant les gens. Et elle les suivrait jusqu'à ce que son visa expire. Elle ouvrit le magnétophone et brancha le micro. Un jeune couple qui voyageait avec son bébé l'observa attentivement.

— S'il vous plaît ? dit-elle lorsqu'elle fut prête.

La femme consulta son mari et hocha la tête. Frankie tourna le bouton.

— Comment vous appelez-vous ?

— Eleanor, répondit-elle en souriant et en tirant sur le pull de son bébé pour mieux lui couvrir le ventre.

— Où allez-vous ?

— À Toulouse.

— Juifs ?

— Oui.

Le mari fixa le magnétophone d'un air méfiant et refusa de dire un mot lorsque Frankie s'adressa à lui. Elle éteignit l'appareil. La France défilait derrière la fenêtre du train. Poligny, Bours – les villes se succédaient comme des points au bout d'une aiguille, les noms formant une boucle à travers laquelle elle se faufilait en posant les mêmes questions à toutes les personnes qui acceptaient de lui répondre : *Comment vous appelez-vous ? Où allez-vous ? D'où venez-vous ?*

À son arrivée à Lyon cinq jours plus tard, elle se rendit dans un studio au quatrième étage d'un immeuble. Un homme de son âge environ, vêtu d'un costume en lin brun clair, la jaugea du regard et fit retomber sa chaise sur ses pieds.

— Bonjour, beauté, dit-il.

Après toutes ces journées passées dans des trains à ne parler qu'en français ou dans un allemand rudimentaire, rencontrer ce pur produit du Midwest au ton goguenard lui donna presque envie de pleurer.

— Bonjour, dit-elle d'une voix mal assurée.

— Jim Holland, se présenta-t-il en venant lui serrer la main. Je guettais votre venue. Les chefs sont morts d'inquiétude à votre sujet.

— Moi, c'est Frankie Bard.

— Un bain chaud et un verre ne vous feraient pas de mal, j'ai l'impression.

— Un endroit où je puisse me changer m'irait bien, oui, si c'est ce que vous entendez par là.

Il prit son manteau et son chapeau pour la mener à la pension où il logeait. Là, il se posta sur une chaise derrière la porte de la salle de bains, ses longues jambes étendues en travers du couloir pendant qu'elle se lavait. Puis il la raccompagna au studio afin qu'elle se soumette aux préparatifs habituels d'une émission de radio : taper son script pour le censeur, attendre d'avoir Londres en ligne, prendre place devant le micro.

— Bon sang, Frankie ! s'exclama Murrow lorsque le contact fut établi.

— Bonjour, dit-elle en souriant au son de cette voix stricte et familière.

— Que s'est-il passé à Strasbourg ?

— Je n'y suis jamais arrivée.

— Tout va bien ?

— Oui, l'assura-t-elle sans quitter des yeux le censeur allemand qui venait d'entrer et de s'asseoir. Ça va.

— Tu as ramené quelque chose ?

Elle observa un silence avant de répondre.

— La totale, chef.

— Bien joué. C'est quoi, le topo ?

L'horloge indiquait 20 h 20. Le technicien leva un doigt et Frankie lui fit signe qu'elle avait compris.

— Je vous laisse, Ed. Je vais prendre l'antenne.

— Très bien. Bonne chance.

Le censeur appuya ses mains de chaque côté du script sur la table. Tous trois attendirent sans un bruit tandis que les aiguilles de l'horloge avançaient. Au signal du technicien, Frankie se pencha en avant et rapprocha le micro.

Ici Frankie Bard, de CBS, en direct de Lyon, en France. Bonsoir.

Elle se composa une mine avenante pour le censeur, mais il lisait déjà le script et ne prêtait aucune attention à ses lèvres ou aux intonations de sa voix.

Il y a bien des années de ça, la grande journaliste Martha Gellhorn est venue prononcer un discours dans mon université, le Smith College. Elle nous a parlé des terribles conditions de vie de certaines personnes durant les premières années de la Grande Dépression et nous a livré une description poignante et captivante de leur souffrance – une description comme jamais je n'en ai entendu. À la fin, l'une de nos déléguées lui a demandé : « Que devons-nous faire face à tout ça, mademoiselle Gellhorn ? » Un silence a suivi, le temps qu'elle réfléchisse, et cela a rendu une partie d'entre nous nerveuses. « Soyez vigilantes, a-t-elle enfin répondu. Pour l'amour de Dieu, soyez vigilantes. »

Au bureau de poste de Franklin, Iris James se figea.

Depuis près de trois semaines, je voyage en train avec des foules de réfugiés, hommes, femmes et enfants, juifs pour la plupart, qui font la queue pour partir, pour s'échapper. J'ai réussi à me glisser dans leurs compartiments, j'ai posé des tas de questions, et j'ai sans cesse eu droit aux mêmes récits de fuite. Dans toutes les gares, j'ai vu des gens attendre en rang des trains trop peu nombreux et dans lesquels il n'y avait pas assez de places. J'aimerais m'ôter de la tête ces visages qui me hantent, mais j'en suis incapable.

Toutes ces histoires inachevées, tous ces gens que l'on croise et que l'on perd ensuite sans un mot, me font penser à un homme que j'ai rencontré le mois dernier, un médecin américain…

Iris fixa le poste de radio.

Il m'a dit quelque chose que je n'ai pas pris au sérieux sur le moment parce que je l'attribuais à ce mélange de fougue américaine et d'optimisme absurde avec lequel nous semblons tous avoir été bercés dans notre enfance. Il m'a dit : « Tout a un sens. »

Quel médecin américain ? Iris s'était plantée devant son poste, sur lequel elle avait posé les mains comme si elle avait eu une chance d'obtenir une réponse en le secouant.

Hier après-midi, dans un marché à Bayonne, j'ai commencé à croire qu'il avait raison. J'étais allée là parce que c'est le début de l'été, que j'avais faim et que j'avais aperçu un homme portant une petite barquette de fraises. Je suis donc partie en acheter moi aussi. Il faisait très chaud et le marché était sur le point de fermer. À part moi, il y avait juste quelques officiers allemands qui devaient avoir eu la même idée parce qu'ils se dirigeaient tranquillement vers la vendeuse de fraises.

À ce moment-là, un air de musique s'est échappé d'un point en hauteur, comme si quelqu'un dans les appartements aux volets fermés qui surplombaient le marché s'était exercé à jouer du violon. La mélodie a été répétée, de plus en plus fort, et j'ai compris qu'il n'y avait pas une personne en fait, mais cinq ou six. Elles interprétaient l'ouverture de la Cinquième Symphonie *de Beethoven au-dessus de nous, et c'était toujours les mêmes notes qu'elles jouaient. Et puis, près de moi, quelqu'un s'est mis à siffler et à se joindre aux violonistes, même si on ne les voyait pas.*

Petit à petit, tout le marché est devenu silencieux. La vendeuse de fraises s'est redressée et a jeté un coup d'œil au soldat allemand qui choisissait ses fruits. Les notes se sont de nouveau envolées dans les airs depuis l'une des fenêtres. Les six ou sept soldats se sont cherchés du regard sur la place, parce qu'il y régnait un calme surnaturel, un calme absolu… cette musique exceptée.

Frankie leva les yeux vers le censeur dont le majeur reposait sur le bouton du micro, comme un pianiste attendant le signal du chef d'orchestre. Elle lui sourit et embraya.

Si vous avez chez vous le disque de la Cinquième Symphonie, *ce produit triomphant de la passion et de l'âme allemandes, passez-le. Écoutez-le et vous entendrez l'Europe, derrière l'Allemagne…*

Frankie continua à parler en fixant l'homme dont la main s'était refermée sur le bouton. Et elle se mit à fredonner : *pom pom pom pom…*

Il lui arracha le micro et l'éteignit. Épuisée, étourdie d'avoir marché ainsi sur la corde raide, elle recula sur sa chaise et le défia du regard. Elle venait de chanter la lettre *V* en code morse.

Jim Holland poussa la porte du studio.

— Que faites-vous, *Fräulein* ? demanda l'Allemand.

Elle lui sourit d'un air ingénu.

— J'adore Beethoven. Je voulais rappeler l'air de cette symphonie.

L'homme devant elle avait les cheveux grisonnants. Il avait peut-être été professeur à une époque, ou linguiste. Elle ignorait s'il avait compris où elle avait voulu en venir avec son texte ou s'il l'avait coupée dès l'instant où elle s'était écartée du script parce qu'il flairait les ennuis. Elle le sentit réfléchir. Représentait-elle une menace ? Fallait-il l'interroger ?

— Et ce verre, alors, on va le boire ? intervint Jim Holland.

Elle haussa les sourcils en direction du censeur, telle une écolière sollicitant la permission de sortir. L'homme ne disait toujours rien. Pour finir, il les chassa du studio d'un geste écœuré.

Jim attrapa Frankie par le coude et l'entraîna dehors. Son magnétophone à la main, elle se laissa conduire dans un petit bar à l'angle de la rue, où, après avoir déniché une table, son compagnon alla chercher deux verres et un cendrier. Frankie s'affaissa sur sa chaise.

— Merde, c'était vraiment limite, lâcha Jim.

— Fredonner la *Cinquième* ?

— Oui. Ça l'a fait flipper.

— Tant mieux, dit-elle en riant. À leur manière, ces violonistes lançaient un appel à la résistance, Jim.

Elle sirota sa boisson, puis s'adossa au mur avec un sourire satisfait.

— Vous êtes en Europe depuis combien de temps ? demanda-t-elle en prenant une cigarette.

— Quelques mois.

— Toujours ici, en France ?

Il acquiesça.

— Vous avez vu beaucoup de choses ?

— Bien assez.

Il l'examina en s'attardant sur le col de son chemisier. Peu lui importait qu'elle fasse partie de l'équipe de Murrow, que son intervention radiophonique ait été courageuse, et bien écrite même. Il s'en fichait complètement. Elle avait la plus jolie paire de jambes et les hanches les plus fines qu'il ait eu l'occasion d'admirer depuis longtemps. Et elle arrivait de Londres, là où se trouvaient toutes les huiles. Il lui posa des questions dont les réponses ne l'intéressaient pas et hocha la tête en l'écoutant, même si elle ne parla plus beaucoup au bout d'un moment. Il songeait à l'instant à la fin de la soirée où il la prendrait par les hanches pour l'attirer vers lui. L'attirer contre lui. Cette perspective le fit sourire.

Son regard donna la chair de poule à Frankie, qui croisa les bras. Il reporta son attention sur la foule au bar.

— Hé, dit-elle, étourdie par l'alcool. J'aimerais vous faire écouter un truc.

— Quoi ?

— Quelqu'un.

Elle ramassa le magnétophone qu'elle avait laissé à ses pieds et chercha des yeux un coin tranquille dans le bar. Jim porta leurs verres à une table près des téléphones, à l'écart du brouhaha ambiant. Une fois qu'ils furent installés là, il alluma une cigarette pendant que Frankie ouvrait la boîte, sortait le disque de son rangement et repassait l'enregistrement.

Il dut se pencher pour capter la voix de Thomas et ne bougea pas jusqu'au silence final.

— Il est mort moins d'une heure après, expliqua Frankie.

Jim haussa les sourcils.

— Je commence à penser que rien n'a d'importance à part ça, avoua-t-elle. Rien de ce que nous pouvons raconter ne sera plus éloquent que ce récit. Juste un homme qui s'exprime. Juste sa voix avant qu'il ne soit tué.

Elle rabaissa le couvercle de la boîte.

— Ce n'est pas du journalisme, objecta Holland. Il vous faut un cadre. Les auditeurs, les lecteurs ont besoin qu'on leur indique où porter leur attention. Ils ont besoin qu'on soit directifs.

— Mais on gêne, en fait. Vous ne le voyez donc pas ?

— Vous ne pouvez pas vous promener en agitant la main et en espérant que les gens se confieront à vous et que cela suffira. Il faut qu'il y ait une histoire autour. Sinon, vous n'enregistrez que des sons.

— Mais si les sons suffisaient, justement ?

— Vous êtes journaliste, mademoiselle Bard. Pas collectionneuse. Vous faites des reportages.

— Je ne sais pas, soupira Frankie, épuisée. Peut-être que le témoignage de ces personnes est le seul moyen de dire quelque chose de vrai sur ce qui se passe. Peut-être que c'est ça, l'histoire. Parce qu'il est impossible de mettre un cadre autour de celle-là. Il n'y a aucune intrigue.

Jim parut réfléchir.

— Hé, lança-t-il en s'inclinant vers elle, à quoi bon avoir un si joli corps si vous ne vous en servez pas ?

Elle resta d'abord interdite.

— Mais je m'en sers, répliqua-t-elle avant de se lever.

Sans lui accorder plus d'attention, elle sortit du bar et retrouva la rue qui menait à la gare. Une heure plus tard, elle était de nouveau dans un train, en partance vers l'ouest cette fois.

17

Pendant dix jours, Frankie poursuivit sans relâche son périple. Elle filait aussi loin vers l'ouest qu'un train voulait bien l'emmener, puis rebroussait chemin, puis repartait dans la direction opposée, vers les bateaux à Lisbonne, vers le port de Bordeaux, son micro toujours tendu pour enregistrer les réponses à ses questions : *Comment vous appelez-vous ? Où allez-vous ? D'où venez-vous ? Depuis quand voyagez-vous ? De combien de temps disposez-vous ? Quelqu'un viendra-t-il vous chercher ?* Dans les montagnes ou le Bassin parisien, faisant route vers le sud ou vers l'ouest, des hommes et des femmes s'adressaient à elle dans toutes les langues possibles et imaginables – *Jemenuji se Peter Kryczk. À nevem Magyar Susannah. Je m'appelle Charlotte Maret. Regina Hannemann. Ich heiße Hans Jakobsohn. Je viens de Brancis. Je vais à Lisbonne. Mein Name ist Josef. À Lisbonne. In Lisbon. Oui, juif. Oui, je suis juive. Und das ist meine Frau, Rachel.*

Dans son calepin, elle rédigeait un paragraphe sur chaque voix. La manière dont l'homme avait répondu, en prononçant les mots très lentement, comme s'il les avait extraits du vide un à un. *Und.* Elle copia son intonation. *Das. Ist. Meine. Frau.* Lorsqu'il eut fini, il la regarda en souriant. Là. La façon dont un morceau de bois entre les mains d'un enfant avait été poli d'un côté pour révéler un visage. Celle dont les bagues d'une mère glissaient le long de son annulaire et la manière dont elle les remontait en fixant le paysage par la fenêtre. « Merci, mademoiselle », avait dit un homme après qu'elle lui eut posé ses questions, après qu'il se fut présenté en articulant bien devant le micro. « De rien », avait-elle marmonné, la gorge nouée. Jim Holland avait raison. Elle collectionnait ces témoignages, elle le savait. Elle rassemblait la voix de ces gens sans avoir une idée très précise encore de ce qu'elle ramènerait à Murrow. Mais il fallait qu'elle remplisse ce silence. Elle voulait réunir autant de voix que possible et les envoyer voler dans les airs, tout là-haut, en liberté. Les jours et les nuits se succédaient. Elle tomba sur un groupe de femmes relâchées du camp de Gurs. « Gurs », avait-elle répété pour être sûre. *Gurs ?* Ce nom qui dans sa tête symbolisait depuis si longtemps l'histoire qu'elle voulait rapporter sonnait comme une note claire et aiguë, une cloche qui aurait tinté à une époque dont elle se souvenait à peine.

Elle avait si souvent pris des trains qui s'arrêtaient et démarraient en pleine nuit qu'elle en avait perdu ces repères ordinaires que sont les heures de sommeil grappillées dans un lit à un endroit fixe. Parfois, elle fermait les yeux, le train, les sifflets et tous les dormeurs autour d'elle la projetaient en arrière, si bien que, lorsqu'elle se réveillait, c'était Thomas qu'elle revoyait un court instant, toujours vivant. Parfois aussi, elle ne savait plus dans quelle direction elle allait, elle perdait le fil de tout, sauf celui des visages et des voix, et du bouton qu'elle actionnait. Frankie ne cessait de questionner les réfugiés, de les enregistrer comme si elle avait risqué de les perdre tous en ne consignant pas leur existence quelque part.

Elle avait conscience de ne plus avoir beaucoup de temps. Et la veille, elle avait utilisé son dernier disque. À la fin de la seconde face, la femme qu'elle interrogeait avait patienté pendant qu'elle soulevait le bras articulé en gardant les yeux rivés sur la platine. Il n'y avait plus de place. « Mademoiselle ? » avait-elle demandé. Frankie avait entendu la question, elle avait entendu le soupir de l'homme enfin endormi dans l'angle opposé du compartiment, elle avait entendu la pluie d'été fouetter la paroi du wagon, et la foule restée sur le quai, trempée, guettant… et elle n'avait pas pu arrêter. Elle avait donc retourné le disque et abaissé l'aiguille. « Allez-y », avait-elle dit à la femme en tendant le micro vers elle. Elle pouvait gâcher la face déjà gravée en effaçant les voix qui figuraient dessus, ou ne rien enregistrer du tout. Mais elle s'en moquait désormais. Si cela marchait, il y aurait des voix par-dessus d'autres voix. Des chœurs entiers.

— Mademoiselle ? Mademoiselle ?

Une main la secoua. Frankie se redressa sur son banc et s'efforça d'émerger de son sommeil.

— Oui ? dit-elle en se concentrant sur l'homme devant elle.

— Le train.

Elle se leva aussitôt. Sous les lumières aveuglantes qui venaient d'être rallumées, le quai grouillait de monde. Elle ramassa ses affaires.

— Merci, monsieur, dit-elle en lui adressant un sourire fatigué. Où va-t-il, ce train ?

— À Toulouse.

Les réfugiés se pressaient déjà autour des portes fermées de plusieurs wagons. Ils attendaient avec ce mélange de résignation et d'inquiétude que Frankie leur avait toujours vu au cours des deux semaines précédentes. Des bébés dormaient dans des paniers. Des femmes surveillaient les chefs de gare pour être les premières à repérer un mouvement, un signe indiquant que le train était prêt à partir et que les portes allaient s'ouvrir.

Elle examina la foule. La plupart des gens devaient faire route vers les bateaux amarrés le long de la côte à l'ouest de Bordeaux. Certains iraient peut-être jusqu'à Périgueux et prendraient ensuite la direction du sud et de Bayonne pour traverser les Pyrénées et continuer vers Lisbonne. Un calendrier accroché à côté de la caisse dans le salon de thé de la gare disait qu'on était le 5 juin. L'été. Elle essaya de se rappeler Broadway à Manhattan, le bruit des voitures et des vendeurs de Coca-Cola dans les rues. Le 5 juin. Cela signifiait que son permis de séjour expirait dans quatre jours.

Enfin, ils purent grimper dans le train. Frankie avisa un compartiment vide et s'installa dans l'angle en posant le magnétophone à côté d'elle sur la banquette. Les seize disques nichés dans leur pochette contenaient les voix de près de soixante-dix personnes, estimait-elle. Sa valise renfermait ses carnets de notes avec tous les détails sur ces voix. L'avant-veille, ses maigres connaissances en allemand n'avaient pas fait le poids face au torrent de paroles d'un vieil homme. La journaliste s'était contentée de lui tendre son crayon et son calepin pour qu'il écrive tout. Jim Holland pouvait aller se faire foutre. Ce qu'elle avait accompli n'était pas rien.

Un coup de sifflet strident l'arracha brutalement à ses réflexions. Un homme cria, le train fit une embardée en avant, puis s'arrêta dans une toute petite gare. Frankie aperçut la flèche d'une église de village non loin de là. Sur le quai se trouvait une mère qui tenait son fils de dix ans par la main.

Le chef de train déplia les marches métalliques à l'entrée du wagon. Les deux nouveaux venus montèrent et une discussion à voix basse s'ensuivit dans le couloir jusqu'à ce que la porte du compartiment de Frankie s'ouvre sur la femme. Elle portait une valise qu'elle plaça sur le porte-bagages avant de s'asseoir. L'enfant se tourna quant à lui vers la fenêtre, tout excité.

Le train redémarra dans un sifflement de vapeur. La mère ferma les yeux, comme pour prier, mais posa presque aussitôt après un bref regard perçant sur Frankie. Les champs desséchés par le soleil défilaient sous l'étendue bleue du ciel. « Maman ! » cria le petit en montrant un homme à cheval à côté du train. Elle s'y intéressa un instant, mais le sourire qu'elle avait accroché à ses lèvres disparut dès que l'enfant s'écarta d'elle pour s'approcher plus près de la vitre. Elle garda toutefois une main sur ses genoux.

— Où allez-vous ? demanda poliment Frankie.

Le garçon jeta un coup d'œil à sa mère, qui hocha la tête.

— En Espagne, répondit-il en français.

Quelque chose dans leur attitude réservée dissuada Frankie d'insister.

Plus de deux heures s'écoulèrent ainsi en silence sans que la mère ne lâche son fils une seule seconde. Leur train marqua de nombreux arrêts dans des gares semblables à celle où tous deux étaient montés. L'air était doux au-dehors et le soleil se livrait çà et là à de brèves apparitions.

Ils ralentirent en arrivant vers Toulouse. Là, tout le monde devait soit descendre pour aller vers le nord ou le sud, soit rester à bord pour traverser la frontière espagnole. La main de l'enfant glissa vers celle de sa mère. Ils passaient à présent assez lentement devant les maisons aux alentours de la ville pour distinguer les rideaux aux fenêtres et la vaisselle sur les étagères. La femme prit son fils par les bras pour l'obliger à lui faire face. Il la dévisagea.

À ce moment précis, Frankie comprit qu'il allait continuer seul. Peut-être n'avaient-ils obtenu qu'un visa, ou bien un seul sponsor pour l'enfant dans un autre pays. Il pouvait y avoir des tas de raisons. Mais il était clair qu'il poursuivrait le voyage sans la femme. Son désespoir se répandit dans le compartiment, épais et silencieux comme un brouillard. Elle vérifia qu'il avait bien ses papiers dans sa veste et de quoi manger dans son sac. Durant tout ce temps, il demeura figé à sa place en la regardant fouiller parmi les affaires empaquetées avant qu'ils ne partent de chez eux. Elle s'assit ensuite à côté de lui et lui prit les mains pour les porter à sa poitrine. Voyant qu'il tremblait, elle l'attira vers elle et l'embrassa sur chaque joue, lentement, si lentement, en dévorant son visage des yeux. Puis elle le serra fort dans ses bras à l'instant où le train s'immobilisait dans un soubresaut.

Dans le couloir, les portes s'ouvrirent. Un coup de sifflet retentit à l'extérieur. Des cris s'élevèrent d'un bout à l'autre du quai. Enfin, la mère lâcha son fils et quitta son siège. Il saisit sa main, mais elle se dégagea doucement. Aucun d'eux ne prononça un mot. Et quand elle voulut sortir et qu'il lui emboîta le pas, elle lui adressa un sourire serein empreint d'un tel amour qu'il s'arrêta.

Elle s'avança vers le couloir, se retourna en posant les doigts sur sa bouche, comme pour dire « chut », puis souffla un baiser vers lui et s'en alla. Le garçon resta un long moment là où il était, à fixer la porte par laquelle elle avait disparu.

L'aiguille du magnétophone aurait gravé sur le disque la trace silencieuse de ce cœur brisé. Ce qu'il en avait coûté à cette femme d'afficher ce dernier sourire, d'offrir ce dernier réconfort à son enfant pour qu'il surmonte cette épreuve, personne ne le saurait jamais. Frankie baissa la tête tandis qu'il se collait contre la vitre pour observer sa mère plonger dans la foule, au milieu des vestes et des robes des autres passagers, et s'y noyer.

Après ça, il se laissa tomber sur son siège. Aucune larme ne brillait dans ses yeux. Rien. Il ne parla pas et Frankie ne fit pas un geste. Ils restèrent ensemble pendant que le train était rechargé en combustible et que de nouveaux passagers montaient s'installer. Deux femmes et un homme entrèrent dans leur compartiment et prirent place en silence. La locomotive revint à la vie et, insensiblement, commença à glisser sur la voie. L'enfant ferma les yeux. Voyant ses lèvres remuer, Frankie comprit qu'il comptait.

Lorsqu'il rouvrit les yeux, rien n'avait changé. Il tourna la tête vers la vitre.

— Ne t'inquiète pas, dit-elle.

Il ne lui accorda qu'un bref regard avant de se concentrer de nouveau sur le paysage. Mais ensuite, il se leva en titubant et vint s'asseoir à côté d'elle. Sa respiration se fit plus légère et régulière – il s'était assoupi, la tête penchée en avant selon un angle qui faisait peine à voir. Frankie l'attira vers elle pour qu'il se cale contre son épaule et essaya ensuite de dormir elle aussi, mais en vain.

Ils atteignirent Bayonne, à quelques kilomètres de la frontière espagnole, aux premières lueurs de l'aube. Une fois encore, les portes des compartiments claquèrent et les gens se dirigèrent avec leurs bagages vers le bout du quai, où la police de Vichy les attendait.

— Où allez-vous, ta mère et toi ? demanda au petit garçon la voyageuse en face de Frankie.

— Ce n'est pas ma mère.

La femme eut l'air perplexe.

— Où vas-tu ? redemanda-t-elle.

— À Lisbonne.

— Alors bonne chance, mon petit, murmura-t-elle en se levant.

— Viens, dit Frankie. On descend là.

Les gens avaient formé des files qui allaient presque jusqu'à l'arrière du train. Frankie et l'enfant se joignirent à eux et entamèrent la lente progression vers le point de contrôle. Où allez-vous ? Hein ? De combien de temps disposez-vous ? Angoulême, Madrid, Lisbonne. Autant de noms égrenés dans la queue vers les bateaux. Devant eux, une femme se mit brusquement à se lamenter, ce qui parut inquiéter le garçon. « Non ! » l'entendirent-ils crier. « Non, je n'ai qu'une semaine. Monsieur ! Non ! » Frankie fit un pas de côté pour essayer de l'apercevoir, mais elle fut repoussée sans ménagement à sa place.

Il leur fallut presque trois heures pour arriver à l'avant de la file. Le garçon patienta assis sur sa valise, comme il l'aurait fait à une table d'écolier, en se déplaçant avec Frankie quand la queue avançait. Il refusait de lui parler, mais il ne la quittait pas non plus. Parvenue devant l'officier, Frankie tendit son autorisation de transit. L'homme y jeta un rapide coup d'œil, avant de la lui rendre.

— Le train qui part ce soir pour Paris sera le dernier avant trois jours.

— Je ne vais pas à Paris. Je me rends en Espagne.

Il lui montra le document. Les mots *Du 18 mai au 9 juin* étaient écrits clairement à l'encre bleue.

— Mais quel jour sommes-nous ?

— Le 7 juin. Vous n'avez plus le temps d'aller en Espagne, mademoiselle.

Il fit un geste à l'intention d'un garde qui vint tirer Frankie à l'écart.

— Vous devez partir ce soir pour Paris, ajouta-t-il. Revenez ici dans huit heures.

Il réclama ses papiers au garçon. Dérouté, l'enfant se tourna vers Frankie. Elle secoua la tête.

— Dépêche-toi ! cracha l'officier.

Le garçon déboutonna sa veste et sortit ses papiers d'une main tremblante, mais c'est à peine si l'homme les examina. Il apposa un coup de tampon dessus et lui indiqua le portillon derrière lui.

— Passe.

L'enfant fixa tour à tour Frankie et le portillon.

— Bouge-toi ! fit l'un des gardes.

— Vas-y, dit-elle d'une voix épaisse.

— Vous ne venez pas ?

Elle secoua de nouveau la tête.

Inquiet, il ramassa sa valise et s'éloigna lentement. Les yeux de Frankie s'embuèrent à la vue de ses frêles épaules. Il était totalement seul. *Où vais-je ?* devait-il penser. *Où vais-je ? Quand est-ce que je vais arriver ? Qui est-ce que je vais connaître ?* À l'entrée de la salle d'attente, derrière le portillon, il pivota vers elle. Elle adressa un petit signe de tête à cet enfant dont elle ignorait toujours le nom et agita la main en guise d'au revoir.

Un homme le poussa en avant.

Frankie resta à côté de la table en compagnie d'autres personnes à qui l'accès au train suivant avait été refusé. Elle essaya d'entrevoir encore le garçon longtemps après qu'il eut disparu, et lorsque les contrôles furent terminés, elle l'imagina monter dans son train, puis descendre dans une autre gare. Elle l'imagina passer la frontière espagnole, atteindre Bilbao, d'où l'on pouvait rejoindre Madrid ou prendre la direction du Portugal et de Lisbonne, quitter le train et franchir la passerelle du bateau. Elle accompagna en pensée ce garçon solitaire jusqu'au terme de son voyage, comme si elle avait pu remplacer sa mère, sa tante ou sa marraine, et l'emmener sur le bateau. Elle aurait voulu voir la fin, la conclusion heureuse, se dérouler là juste sous ses yeux.

— Mademoiselle !

L'officier la renvoya vers la gare, dont les portes ouvertes donnaient sur une place inondée de lumière à cette heure. C'était jour de marché. Les habitants discutaient en se penchant sur les étals protégés par des auvents. Une femme désigna de la tête quelqu'un que Frankie ne voyait pas. Il y avait des melons empilés dans des cagettes au-dessus de barriques. Il y avait des radis. Il y avait un vendeur de pommes de terre.

Frankie jeta un dernier regard en arrière vers le portillon qui s'était refermé sur un enfant dont elle ne saurait jamais ce qu'il était devenu. Après quoi, elle attrapa sa valise et son magnétophone et traversa le marbre frais de la gare pour émerger dans le jour ensoleillé.

Un panneau représentant un téléphone était suspendu à un angle du bureau de poste, de l'autre côté de la place. Frankie entra dans le bâtiment. Une employée dont les cheveux s'enroulaient comme des doigts épais autour de la nuque pianota des ongles sur le comptoir pendant que Frankie comptait ses centimes et les glissait vers elle pour payer son appel.

— Voulez-vous des timbres aussi ? demanda-t-elle avec impatience.

— Des timbres ?

— Vous êtes dans un bureau de poste, madame.

Frankie était épuisée, elle en avait conscience, mais sa gorge se noua devant la pointe de sarcasme français de cette femme.

Puis un téléphone se mit à sonner derrière la receveuse, qui orienta Frankie vers une cabine à l'autre extrémité du guichet.

— Où es-tu, bon sang ? s'écria Murrow lorsque la communication fut établie.

— Bonjour, Ed, dit-elle en souriant. Je suis à Bayonne. Je prendrai le train pour Paris ce soir.

— Dieu merci, soupira-t-il. Qu'est-ce que tu fabriques ?

— Ce que vous m'avez demandé. J'enregistre.

— Quoi, au juste ?

Elle haussa les épaules.

— Je ne sais pas. Eux.

Un blanc accueillit sa réponse.

— Il faut que tu rentres.

— D'accord.

— Je veux dire, tout de suite, Frankie.

— D'accord.

Quelqu'un derrière Murrow fit une remarque qu'elle ne comprit pas.

— Hé, Frankie ? reprit-il.

— Oui ?

— Il y a un émetteur qui ne fonctionne pas trop mal à Bayonne. Si tu nous livrais un dernier témoignage en direct depuis la France ?

Elle hocha la tête en silence.

— Je te libère la tranche de 18 h 18.

— Très bien, déclara-t-elle très lentement. Ed ?

— Oui, Frankie ?

— Est-ce que quelqu'un nous écoute ?

— Comment ça ?

— Est-ce que quelqu'un nous écoute ? Tout ce que nous racontons ?

— Frankie..., dit-il d'une voix où perçait l'inquiétude.

— Parce que si c'est le cas, pourquoi personne n'est là ?

Murrow ne répondit pas tout de suite.

— Il faut que tu rentres, répéta-t-il.

— D'accord.

— Maintenant, Frankie.

— D'accord. Au revoir, Ed, conclut-elle avant de reposer délicatement le combiné sur son socle.

Et elle resta assise dans l'étroite cabine en bois tandis que ses larmes coulaient une à une.

— Mademoiselle ?

Merde. Elle essuya ses joues et repoussa la porte de la cabine. Par la fenêtre du bureau de poste, elle vit une charrette avancer dans la rue, chargée de fraises.

Va sur place, vois ce qui se passe et reviens. Ma foi, elle allait revenir. Elle pouvait revenir. Elle pouvait revenir et rentrer chez elle. Elle diffuserait son témoignage, elle s'y était engagée. Mais ce serait cette histoire qu'elle raconterait : ce marché, ce fermier avec sa charrette, la femme du bureau de poste, le garçon en route pour l'Espagne, sa mère repartant vers sa maison vide, tous les gens avec qui elle avait voyagé et qu'elle avait enregistrés, ces gens dont elle avait tenu la vie entre ses mains durant un instant.

Lorsque le censeur de la ville, un homme grassouillet qui souleva légèrement son chapeau à son arrivée au studio, tendit la main pour avoir son script, elle sourit, secoua la tête et plaça le magnétophone sur la table.

— Puis-je ? dit-elle en montrant la chaise devant le micro.

Bien que contrarié, il lui fit signe de s'installer.

Sans cesser de sourire, elle ouvrit la boîte, choisit l'un des disques et le positionna sur la platine. Elle attendit ensuite que le technicien du son lui donne son feu vert. Inspirant à fond, elle se lança :

Ici Frankie Bard, de CBS, en direct de Bayonne, en France.

Vous allez entendre les voix de plusieurs personnes enregistrées dans un train français : un homme, trois femmes et un enfant. Il s'agit de réfugiés qui se dirigent vers l'ouest avec l'espoir insensé de parvenir à destination, d'arriver là où vous êtes en ce moment.

Impassible, le censeur l'observa abaisser doucement le bras articulé sur le sillon du disque gravé. *Je m'appelle Maurice* – la voix d'un homme émergea à l'air libre – *Maurice Denis. Je vais à Lisbonne, et puis aux États-Unis.* Il s'exprimait avec un phrasé délié et plein d'espoir, et une tendance à sauter légèrement les *m* – ce qui ne l'avait pas empêché de s'affaler dans le coin du compartiment après avoir fini de parler. Frankie avait noté dans son calepin qu'il ne portait qu'un sac et qu'il était seul bien qu'il eût une alliance. Durant tout ce temps, le censeur ne quitta pas des yeux le magnétophone. Les voix des filles se bousculèrent ensuite, l'une d'elles déclinant son nom d'un ton bas et pressant, comme si elle avouait un secret à l'Amérique. « Oui, madame, avait-elle dit à Frankie. Je m'appelle

Laura. » Derrière les grésillements du disque, il était saisissant de l'entendre expliquer où elle était née et où elle se rendait, et oui, comme les autres, « Oui, je suis juive – nous sommes juives, ma sœur et moi ». Frankie, tel un guide, parlait après coup pour remplir les vides, traduire les réponses en anglais, afin que les auditeurs comprennent. Mais même sans elle, les voix de ces filles s'envolaient dans les airs. Comme un simple fil coloré et brillant libéré d'un écheveau indémêlable, leur plénitude et leurs intonations rondes exprimaient la vie. C'était ça, l'âme de la radio, pensait Frankie. Ce son humain transmis sur les ondes pour faire du ciel un dôme, une galerie murmurante.

Elle consulta l'horloge et, au bout de soixante secondes, mit fin à la diffusion de l'enregistrement.

C'était les voix des Juifs d'Europe. Ils sont dans des trains ce soir. Ils voyagent en ce moment même. Vivants, du moins pour l'instant. À l'heure où je vous parle…

— Ça suffit ! cracha le censeur.

Il resta d'abord assis sans bouger pendant qu'elle se redressait, le cœur battant. Soit elle atteignait la porte sans encombre, soit il la faisait arrêter, songea-t-elle. Il se leva et contourna la table pour venir se poster devant elle. Quelques centimètres seulement les séparaient et elle sentit une odeur de sueur sous son eau de Cologne. Durant une seconde interminable, elle se demanda s'il savait comment gérer la situation. Elle fixa avec obstination le bouton argenté de son col et attendit.

Il l'attrapa soudain par les hanches et l'attira vers lui. Elle ne put retenir un cri tandis que ses grosses mains plongeaient dans les poches de sa jupe et en ressortaient en effleurant son ventre à travers la doublure en soie.

— *Danke*, dit-il avec un petit sourire.

Il déplia son autorisation de transit, la lut et la replia. Il fit de même avec son passeport, dont il feuilleta les pages une à une avant de ranger l'autorisation à l'intérieur. Pour finir, il examina la lettre du médecin. Cela lui prit un long moment et Frankie laissa échapper un soupir étranglé.

— Qu'est-ce que c'est ?

— Rien, répondit-elle. Juste une lettre.

— Adressée à qui ?

— Ma sœur.

L'air suffisant, il pivota vers l'opérateur radio. Frankie ne vit pas si l'autre homme leur prêtait attention – elle préférait se concentrer sur celui en face d'elle –, mais elle comprit qu'elle allait pouvoir repartir lorsque le censeur baissa la tête.

— Alors ?

Elle tendit la main pour récupérer ses papiers. Il tira un peu dessus, mais elle ne les lâcha pas, ce qui le fit éclater de rire. Après avoir fourré le tout dans sa poche, elle ramassa sa valise et son magnétophone puis quitta prudemment le studio. Elle garda les yeux rivés sur la porte au bout du couloir jusqu'à ce qu'elle l'eût franchie, puis descendit la première volée de marches en commençant à trembler. Quand elle eut tourné sur le palier, un triangle flou de lumière lui apparut au-dessus de la porte donnant sur la rue. Elle poussa celle-ci et sortit dans l'azur inconsolable.

Été 1941

18

La guerre approchait, tout le monde s'accordait à le dire, même s'il était difficile de croire les rumeurs. Ici, derrière les fenêtres, les mouettes et les hirondelles divisaient un ciel uni. Les journées d'été étouffantes s'égrenaient et le bleu clair du ciel drapait une mer verte et étale. Le mois de juin chantait à pleine gorge et la musique de bastringue résonnait en permanence. Les touristes venus de Boston en bateau se déversaient sur Front Street pour se mêler à la foule et aux marins en permission qui marchaient en bandes. Les plages baignées de soleil se parsemaient de parasols colorés face aux tourelles des navires qui hachuraient l'horizon dans la baie.

— Il y a quelqu'un ? demanda une voix d'homme.

Iris sursauta et regarda l'heure.

— J'arrive !

S'il existait une psychologie des estivants, elle se définissait ainsi : ils avaient beau être en congé à l'extrémité du monde américain, gorgés de soleil, imbibés d'alcool ou abrutis par leurs grasses matinées, ils accueillaient chaque nouveau jour de la même façon que les chiens la voix de leur maître. Bien éveillés, l'œil vif, ils débarquaient au bureau de poste avec des lettres et des cartes afin de se débarrasser tout de suite de la corvée des vacances. La fin de la journée pouvait partir ensuite à la dérive ou décliner tranquillement comme le soleil couchant dans l'océan, cela n'avait pas d'importance.

Iris délivrait des timbres et des mandats postaux, orientait les nouveaux venus vers la mairie, opinait, comptait, passait à la personne suivante. Oui, il était possible de rejoindre la plage derrière la ville en coupant par les dunes. Mais il ne fallait pas oublier d'emporter de l'eau avec soi. Deux kilomètres et demi environ. Oui, la journée s'annonçait caniculaire. Les estivants allaient et venaient telle l'écume au sommet d'une vague, et elle leur prêtait la même attention distraite qu'à une symphonie de mésanges et de corneilles. Par la fenêtre du fond lui parvenait le grondement sourd des moteurs de voiture.

— Pensez-vous qu'il pleuvra encore aujourd'hui ?

— Je ne suis pas plus devin que vous, monsieur.

— Enfin, mademoiselle…

Le vieil homme déchiffra son nom, imprimé à côté du mandat du ministère des Postes qui figurait au tableau d'affichage.

— … mademoiselle James. Vous devriez être au courant des prévisions météorologiques.

— Désolée, monsieur.

Emma passa à côté d'eux sans les regarder. Concentrée sur sa boîte aux lettres, elle prit la clé dans son sac et l'introduisit avec soin dans la serrure. Elle aurait pu se hisser sur la pointe des pieds pour voir si le coin d'une enveloppe pointait à l'intérieur, mais elle procédait toujours ainsi. Iris l'observa tourner la clé et insérer sa main dans la petite cavité. Elle-même savait déjà que cette main ressortirait vide. Emma referma la boîte calmement. Elle était fixée à présent. Encore une journée – la quatorzième – sans nouvelles de Will.

— Attendez ! lança discrètement Iris.

La jeune femme s'arrêta à contrecœur.

— Comment allez-vous ?

— Bien, répondit Emma, un peu nerveuse devant la manière dont la receveuse la dévisageait. Je vais bien.

— Il y aura quelque chose demain.

— Ne dites pas ça, s'il vous plaît, répliqua-t-elle d'une petite voix sèche.

À cet instant, trois hommes hilares franchirent les portes du bureau de poste.

— Hé, hé, visez-moi un peu c'te boutique ! chantonna l'un d'eux avec un large sourire.

— Mademoiselle James ! fit Johnny Cripps. Ça fait plaisir de vous voir, comme toujours.

Iris les salua d'un signe de tête, mais ne quitta pas Emma des yeux.

— Bonjour, madame Fitch ! ajouta Johnny avec désinvolture.

— Bonjour, dit-elle, oppressée par tout ce monde.

— Ah, le voilà !

Tom montrait le mur à côté d'Emma. Ses compagnons et lui se turent en étudiant le poster qu'Iris avait accroché l'avant-veille. Une fille vêtue d'une blouse et d'une casquette de marin, les pouces coincés derrière ses bretelles bleues, prenait la pose en balançant les hanches en avant. *Ah ! Si seulement j'étais un homme*, disait la légende, *je m'engagerais dans la marine*.

— Merde, c'est moi qui m'engagerais si elle était dans la marine, marmonna Johnny.

Emma se détourna. Elle voulait rentrer chez elle et s'asseoir, ou s'allonger plutôt. Elle voulait se débarrasser de sa robe et de ses bas et de ce genre de conversation.

— Au revoir, mademoiselle James, dit-elle en partant.

— Au revoir !

Les hommes la suivirent du regard. Au milieu du silence, le télégraphe se mit à cliqueter dans l'arrière-salle.

— La barbe, souffla Iris, qui abandonna son guichet pour sortir sur le perron.

La femme de Will avançait lentement sur le trottoir, le long des boutiques, en serrant si fort son petit sac à main que l'on aurait pu croire qu'elle craignait de le voir s'enfuir. Il cognait légèrement contre ses jambes, ce qui la faisait paraître encore plus menue et enfantine. À l'angle, elle marqua une pause et scruta la rue dans les deux sens avant de traverser. Iris sentit son cœur se serrer au point qu'elle baissa les yeux devant le spectacle de cette femme si prudente.

— Seigneur, murmura-t-elle en refoulant ses larmes.

Lorsqu'elle redressa la tête, Emma avait parcouru la moitié du pâté de maisons suivant. Elle marchait les épaules rejetées en arrière, comme si quelqu'un lui avait dit de se tenir bien droite.

— Faut être une mauviette pour vouloir le couper.

Johnny Cripps et les Jakes avaient surgi derrière elle et examinaient le mât.

— Pardon ?

— Couper le mât, comme le réclame M. Vale.

— Il ne veut pas le couper, déclara Iris avec circonspection. Juste le raccourcir.

— Il a raison à votre avis ou il est cinglé ? demanda Tom Jakes.

— Cinglé, décréta Johnny sans hésitation. Les Allemands ne peuvent pas venir jusqu'ici.

— Tu iras à la réunion ce soir ?

— Quelle réunion ?

— Celle du comité de défense. M. Vale cherche à recruter tous les hommes valides.

— Je ne pense pas l'intéresser, répondit Johnny en riant. Il veut des gens sans qualification, à mon avis. Sans vouloir t'offenser, Warren.

— Pas de souci.

— Oh, je vous en prie ! s'agaça Mlle James. Filez ! Ne restez pas plantés là à jacasser.

Elle rentra s'enfermer dans la salle du fond. Attrapant la bouilloire, elle s'approcha de l'évier et laissa couler le robinet jusqu'à ce qu'elle sente sur sa main la fraîcheur de l'eau tirée du fond du puits, pompée le long des tuyaux, et le froid sur sa peau, ce froid saisissant qui lui fit reprendre ses esprits. Le sujet du mât était si souvent revenu dans ses conversations avec Harry qu'elle avait presque cru qu'il ne concernait qu'eux. Elle avait été ridicule, bien sûr, il n'y avait aucune raison de s'énerver ainsi. Le drapeau relevait de sa responsabilité, mais il ne lui appartenait pas, après tout. Le ministère des Postes n'avait pas encore répondu à sa demande. La décision n'était pas de son ressort.

Elle remplit la bouilloire, la posa sur la plaque électrique à côté de l'évier et régla celle-ci au maximum. Cela la mettait tout de même mal à l'aise que des jeunes tiennent ce genre de propos.

Les hommes avaient-ils le combat dans le sang depuis la conception ? Les pères faisaient-ils exploser la semence de leur fils dans le ventre des mères ? Au fil des semaines, Harry semblait de plus en plus fiévreux et guettait la guerre avec la vigilance d'un chien d'arrêt. Il s'était déchargé sur Otto de tout son travail au garage tant il était persuadé qu'un sous-marin allemand avait mis le cap sur leur côte. Il y avait ceux qui, à l'image de Johnny, se pavanaient en bandes et se moquaient, impatients et apeurés à la fois. Et il y avait les mères qui, lorsqu'elles étaient certaines d'être seules à la poste, soupiraient de soulagement après avoir appris que leur garçon avait échoué aux tests d'aptitude physique.

— Si on m'avait dit qu'un jour, j'espérerais qu'il ait un problème..., s'était lamentée Biddy Green. Des pieds plats, un membre tordu... Quelque chose de pas tout à fait d'équerre.

Vœu irréalisable. Harry Green était le plus grand de tous et parfaitement à l'aise dans son jeune corps ; depuis la fenêtre du bureau de poste, Iris l'avait observé sauter du haut de la digue au plus fort de l'été, ses bras fendant l'eau avec autant d'aisance qu'un dieu la surface mortelle du monde.

Elle s'arrêta près de la fenêtre de la salle de tri. C'était la marée basse et les bateaux prenaient lentement le large. Elle les contempla jusqu'à ce qu'ils aient contourné Land's End pour gagner la haute mer, comme si elle avait pu plonger ainsi au cœur même des événements à venir.

Et pourtant, rien ne se profilait à l'horizon, songea-t-elle avec impatience.

Emma avait les yeux fixés sur la route à la sortie de la ville. Les garçons et leur bavardage l'avaient fatiguée. Avec eux, elle avait l'impression d'être encore plus invisible, une sorte de ballon au bout d'une ficelle de plus en plus longue que nul n'aurait tenue. Un ballon flottant dans les airs. Il n'y avait personne. Pas de souffle à son oreille la nuit, pas de jambe contre la sienne sous les couvertures, pas de corps. Il lui semblait avoir commencé à disparaître. Avoir renoué avec un temps gris et monotone où les jours s'enchaînaient sans distinction, comme avant sa rencontre avec Will, à l'époque où elle était seule au monde.

Regarde-toi, pensa-t-elle en invoquant la voix de Will. Avant de se coucher, après avoir fait l'amour, dans la rue, à table. *Regarde-toi. Tu es là*. Et en effet, avait-elle constaté, elle était là. Pour la première fois de sa vie, avec Will, elle avait fini par se découvrir. Tout ça parce qu'elle avait baissé les yeux et qu'elle *s'était vue* – sa taille, ses bras, l'os de son poignet – dans ses mains. Parce qu'il l'avait observée. Telle une fée à qui un baiser aurait donné chair, ou une sirène qui aurait brusquement marché, ou n'importe quelle stupide héroïne invisible qui soudain, par miracle, aurait cessé de l'être.

Quelqu'un apparut suspendu en l'air au-dessus d'elle lorsqu'elle gravit la dernière partie de la colline. Éclairée à contre-jour, la silhouette évoquait une lettre toute noire. C'était Otto, s'aperçut-elle. Otto Schelling, dont le corps dessinait un *i* incliné. Le ventre collé à l'échelle qu'il avait appuyée contre la fenêtre du premier étage, maigre comme un roseau, le tissu lâche de son pantalon soufflé en arrière par la brise, il travaillait avec minutie, sa main tenant la brosse à la manière d'un crayon qu'il promenait sur le rebord. Il appliqua quelques petites touches, puis s'écarta. Un roseau peut-être, mais solide. Ses jambes étaient fermement plantées sur l'échelle. Il ne tomberait pas.

Sa décision de repeindre la maison, lorsqu'elle l'avait enfin prise, lui avait fait l'effet d'une réponse jaillie du brouillard. La clarté d'esprit, la certitude avec laquelle elle avait compris un jour que c'était ça, l'attitude à afficher l'avaient stoppée net là où elle se trouvait, près de la fenêtre de la cuisine. Elle ne s'enfuirait pas. Au lieu de se détourner de l'océan qui les séparait, Will et elle, elle peindrait la maison d'un blanc éclatant, elle en ferait un sortilège pour le ramener chez lui. Vers elle. Peut-être d'ailleurs était-il sur un bateau à cet instant précis avec l'intention de lui faire une surprise.

Elle alla s'asseoir sur les marches du perron, le dos contre l'un des piliers de la galerie, les jambes tendues devant elle. Le soleil avait rampé jusqu'à son zénith et pesait lourdement sur la ville. Otto était la lettre *i*. Les bateaux dans la baie bougeaient à peine, si bien que le triangle de leurs voiles paraissait plaqué sur le ciel brûlant. Tout à sa besogne, Otto laissa échapper un son à mi-chemin entre un sifflement et un soupir. Il s'arrêta en atteignant le bord de la fenêtre et jeta un coup d'œil à Emma.

— Non, lança-t-elle. Ne vous souciez pas de moi.

Il acquiesça.

Pour avoir patienté derrière lui à la poste, Emma savait qu'Otto avait une femme en Europe et qu'il lui envoyait de l'argent. Elle savait aussi qu'il ne possédait qu'une chemise et un pantalon parce qu'il portait la même tenue depuis cinq jours.

— Otto, d'où venez-vous ?

— D'ici.

L'air sceptique d'Emma sembla l'amuser.

— Même vous, commenta-t-il.

— Que voulez-vous dire ? demanda-t-elle en rougissant.

— Les gens espèrent tous se faire un Boche, dit-il en s'attardant légèrement sur le dernier mot.

— De quoi parlez-vous ?

Il secoua la tête et tapota l'angle de l'encadrement avec son pinceau.

— Ils me suivent, dit-il.

— Qui ça ?

— Les hommes au café. Les garçons.

— Je ne comprends pas.

La main d'Otto longea sans à-coups un fin croisillon en bois, puis un autre horizontal. Il resta muet.

— D'après M. Vale, les Allemands sont là, insista-t-elle en montrant l'océan devant eux.

— Et d'après vous ?

— C'est rien que des bêtises, affirma-t-elle d'un ton résolu.

Il rit en lui dévoilant ses dents et la pointe recourbée de sa langue. La perplexité se lut sur le visage d'Emma, ce qui égaya encore plus Otto.

— Qu'y a-t-il ? s'enquit-elle sans pouvoir s'empêcher de sourire elle aussi.

— *So reizend und doch so naiv.*

Elle plissa les yeux, mais il affichait toujours une mine joyeuse.

— Parfois, dit-elle d'un ton léger pour ne pas donner d'importance à son propos, je crois que c'est vous qui me suivez.

— En effet.

— Pourquoi ?

Il pointa son pinceau vers son ventre.

Elle rougit. La vérité, c'était qu'elle ne pensait pas au bébé. Elle l'oubliait durant une bonne partie de la journée, oubliait tout jusqu'à ce que, allongée dans son lit, le soir, elle sente son ventre s'affaler comme un chien à côté d'elle.

Otto descendit deux barreaux et attaqua les planches sous le rebord de la fenêtre. L'échelle zébrait le ciel au-dessus de lui. Cet homme – cette longue ligne toute fine, ce corps qui peignait – apparaissait à Emma profondément seul.

— Où est votre femme, Otto ? demanda-t-elle avec douceur.

Il trempa son pinceau dans le pot et étira la peinture blanche qui forma un grand trait brillant sur le bois. Il se pencha aussi loin qu'il put, puis revint vers le pot.

— Ma mère peindre sa maison en vert, dit-il. Cela agace ses voisins.

— En Allemagne ?

— En Autriche. À Salzburg.

— Oh…

Il pivota vers elle et s'immobilisa un instant, sa main tenant lâchement l'échelle.

— Je ne sais pas où Anna est, dit-il, avant de se corriger. Je ne sais pas où est Anna.

— Peut-être à Londres.

C'était impossible, bien sûr, mais Emma voulait que ces mots sortent.

— Peut-être qu'elle est avec mon mari.

Il ne répondit pas. Pas plus qu'il ne reprit son pinceau. Aucun d'eux ne bougea. Au bout d'un moment, Emma se releva sans un mot, s'avança vers le portail et sortit. Elle ne supportait plus la vue de ce corps raide et triste qui se détachait sur le ciel – pas plus qu'elle ne supportait le sien. Et elle marcha tout droit vers les dunes jusqu'à l'apparition d'un point de côté. Debout entre la mer et sa maison, une main sur la hanche, elle sentit son cœur cogner, cogner, cogner. Lorsqu'elle se retourna, Otto était toujours sur l'échelle, sa silhouette formant un arc, un ange protecteur.

19

Assis derrière une fenêtre de l'hôtel de ville, ses jumelles braquées sur la grande étendue marine qu'il avait divisée en quadrants, Harry scrutait ces derniers à tour de rôle, puis de manière aléatoire afin de ne pas relâcher sa vigilance. Durant une bonne heure, il resta concentré, son sandwich encore emballé et posé sur ses genoux. Puis, sans penser à rien, il mangea, les yeux rivés sur l'océan vide devant lui.

Il fixait l'eau depuis si longtemps que la scène sous ses yeux ne signifiait plus rien pour lui. Il faisait ça de la même façon qu'un homme traverse la rue ou se penche pour ouvrir le capot de sa voiture – machinalement. L'eau et la lumière et les bateaux dansaient de nouveau. Certains jours, il était convaincu que la mer allait s'ouvrir et qu'un sous-marin allemand en sortirait. D'autres jours, il se faisait l'effet d'un imbécile. Mais venir là était à présent une habitude.

Harry abaissa ses jumelles et les bateaux redevinrent des formes floues, avec des coques semblables à des taches barbouillées par un enfant sous le trapèze massif des timoneries, et des proues étincelantes de verre. Derrière, les bâtiments de la marine se devinaient au loin sur l'immensité bleue. Pas plus tard que la veille, une brigade avait accosté en Islande pour établir une garnison et commencer à protéger les voies maritimes. Les navires de transport de la TF-19 de l'amiral Breton comprenaient deux cuirassés, deux croiseurs et douze destroyers. Le bruit se répandait désormais que la marine américaine allait escorter les navires à destination et en provenance de l'Islande quelle que soit leur nationalité. Il était clair qu'on se dirigeait vers la guerre.

Comment savez-vous où la balle a été envoyée ? avait demandé un reporter admiratif à Red Barber, le grand commentateur de matches de base-ball. *Comment arrivez-vous à le déterminer ?*

Je ne regarde pas la balle, avait répondu Barber, *je regarde les joueurs, la manière dont ils se déplacent. Si le joueur de champ droit se met à courir, ça veut dire que la balle va de son côté.*

Harry reprit ses jumelles. Il ne s'attendait pas à repérer quoi que ce soit, mais une chose était sûre : il voulait avoir une longueur d'avance.

Sur la pelouse au milieu de la grande place de Franklin, à l'endroit le plus proche du bureau de poste, Florence Cripps se démenait autour d'un grand amas métallique brillant, rejetant au sommet de la pile les ustensiles qui avaient glissé et élaguant les bords de façon à dessiner un cercle net. Le tas, qui mesurait près de un mètre de haut, se dressait comme une statue en aluminium au centre de la ville. Bassines, cafetières, gaufriers, bouilloires, plats à rôtir, casseroles à double fond grimpaient fermement les uns par-dessus les autres pour être transformés à terme en bombardier. Les cheveux de Florence tenaient debout sur son crâne du fait de la chaleur, et elle avait les joues rouges à force de se baisser.

Installée en face chez le droguiste, Emma l'observa ramasser une théière du bout des doigts comme s'il s'agissait d'une souris. La boutique était vide à cette heure-là, et elle était venue y prendre un café et écrire à Will. Le souffle du ventilateur au plafond rouvrit négligemment le magazine devant elle. *La grossesse n'est pas une maladie*, était-il écrit en gras. *Une femme doit faire de l'exercice et se muscler pour préparer son corps à l'enfant à naître… et à l'homme à venir*, plaisantait le sous-titre. Emma referma l'exemplaire du *Ladies' Home Journal* et le rangea à côté du distributeur de boissons.

La feuille sous sa main devenait moite ; elle retira sa paume. *M. Schelling est d'avis que nous devrions repeindre toute la maison, pas seulement l'encadrement des fenêtres, sinon la rouille va s'étendre.* Cela faisait trente-huit jours qu'elle n'avait pas reçu de courrier. Plus d'un mois de silence, durant lequel elle avait écrit à Will jour après jour.

Les garçons de Maggie défilèrent dans la rue, l'aîné portant sa petite sœur en écharpe. Tous les après-midi, ils descendaient sur la digue pour accueillir leur père à son retour au port. Emma les avait déjà observés là-bas, le bébé couché sur la caisse à appâts, les garçons aidant à laver le bateau et à nettoyer le poisson. Il lui était moins douloureux qu'au début de les croiser sans leur mère, mais elle n'arrivait toujours pas à parler à Jim Tom. Quand elle l'apercevait, elle le saluait d'un signe et agitait la main avec l'air d'être débordée.

Il fallait qu'elle termine sa lettre, mais il faisait tout simplement trop chaud, pensa-t-elle, apathique. Elle fixa la page. *Will ? Où es-tu ?* Elle appuya ses lèvres à la fin de la phrase, laissant une légère empreinte rouge sur le papier. Là. Elle plia la feuille, l'inséra dans l'enveloppe et descendit de son tabouret. Une fois dehors, elle rejoignit en silence les deux personnes plantées devant le bric-à-brac au milieu de la place.

— Bonjour, dit-elle.

Mme Cripps se retourna. Sans se concerter, tout le monde en ville avait commencé à traiter Emma, à présent enceinte de six mois, avec beaucoup d'égards. Les conversations s'interrompaient à son approche et reprenaient dès qu'elle était partie. La femme du docteur n'aurait pas dû sortir par cette chaleur, songea-t-elle. La pauvre était pâle et essoufflée.

— Bonjour, dit-elle.

— Combien en avez-vous ?

Mme Cripps contempla la pile. Les trois quarts des ménages de Franklin ou presque avaient participé à la grande collecte d'aluminium.

— Cinq mille bassines, dix mille percolateurs, deux mille plats à rôtir et deux mille cinq cents casseroles à double fond permettraient de fabriquer un avion. Si tous les habitants fournissent ne serait-ce qu'un seul de ces objets, nous pourrons nous vanter d'avoir produit… – par jeu, elle marqua une pause en effectuant un rapide calcul – une aile ?

— Le bout d'une aile, oui ! déclara Harry derrière elles.

— Ou peut-être guère plus qu'un casque, reconnut-elle piteusement.

Ils restèrent silencieux un moment.

— Vous imaginez, partir au combat avec la casserole à double fond de Mme Gilson, ajouta Florence, avant de regretter ses paroles.

Harry avait été au front. Il en était revenu et ne s'était jamais marié, ce qui en disait long sur la guerre. Elle lui coula un regard en biais, mais il étudiait quelque chose avec attention. Jetant sa cigarette sur le côté, il poussa du pied un plat à tarte qui masquait en partie des enjoliveurs.

— Ils ne sont pas en aluminium, Florence.

Elle examina les pièces offertes avec tant de fierté par les fils Taraval.

— Et ils ont été volés, continua-t-il doucement.

— Volés !

— Ils viennent de mon garage.

Emma réprima un sourire.

— Ils ont pourtant l'air en aluminium, protesta Mme Cripps.

Harry reconnut que certes, ils en avaient l'air.

Mme Cripps ramassa trois petites cuillères en Inox qui étaient tombées sur l'herbe à ses pieds et se demanda ce qu'il y avait d'autre à retirer de la pile, combien d'objets paraissaient en aluminium, mais ne l'étaient pas. Des morceaux de ferraille qui ne résisteraient peut-être même pas au feu. Elle lança avec rage les cuillères en haut du tas.

— J'ai vu que l'Allemand venait chez vous, Emma, dit-elle en se redressant. Vous devriez vous méfier.

Emma s'empourpra.

— Otto ?

— Oui.

— C'est un Autrichien, madame Cripps. Pas un Allemand.

— Peu importe, il n'est pas américain et il est bien trop réservé.

— Beaucoup de gens le sont, objecta Emma. Moi, par exemple.

— Vous êtes seule chez vous. C'est tout ce que je voulais dire.

— Ça, je le sais, merci.

Rouge de colère cette fois, Emma s'éloigna sans la saluer.

— Il va chez elle presque tous les après-midi, insista Mme Cripps autant à l'intention d'Emma que de Harry.

— Comment le savez-vous ?

— Vous n'êtes pas le seul à ouvrir l'œil.

— Je crois qu'il pratique son anglais, répliqua-t-il.

Otto n'était pas un espion, songeait Emma en se dirigeant vers les maisons de pêcheurs. C'était évident. Il était peintre. Ne l'avait-il pas prouvé durant ces deux dernières semaines en grimpant tous les matins sur son échelle ? Mais où était Will ? Tout ce qu'elle voulait, c'était le voir s'approcher d'elle. Tout ce qu'elle voulait, c'était lui.

Si Manny et Jo Alvarez étaient encore en mer, le cousin du premier avait terminé tôt, semblait-il. Emma s'avança vers sa maison ; la plus proche du port. Elle ignorait son nom, mais lorsqu'elle toqua à la porte, il lui fit signe d'entrer. Un garçon se tenait près de lui, vêtu d'une salopette rouge – une taille trop petite, estima-t-elle avant d'examiner les morues aux yeux métalliques étalées sur un banc de glace.

— Combien en voulez-vous ?

— Une.

Puis elle songea qu'il lui en faudrait une de plus pour préparer une soupe de poisson.

— Non, mettez-en deux, en fait.

Le pêcheur prit deux corps inertes sur la glace et les posa sur le plateau en porcelaine de sa balance, qui se mit à monter et descendre. Il se tourna ensuite vers l'étagère derrière lui et les jeta sur une feuille de papier.

— Des bonbons ? demanda le petit garçon en anglais, mais en butant sur la fin du mot.

Il avait le teint mat et de grosses mains qui pendaient maladroitement au bout des manches étroites de sa chemise.

— Non, merci, répondit-elle, tout en s'intéressant un peu plus à lui.

Il était grand pour son âge, et peut-être un peu attardé. Elle remarqua aussi les deux bateaux à vapeur brodés sur la poche en haut de sa salopette, dont le velours rouge s'effilochait sur le devant. À cette vue, elle éprouva un soudain malaise.

— Où as-tu trouvé ça ? demanda-t-elle.

Le garçon ne parut pas comprendre.

— Cette salopette, dit-elle avec impatience. D'où vient-elle ?

Son insistance le pétrifia. Occupé à emballer les morues, son père s'interrompit dans son travail et pivota en affichant une mine prudente et impassible. Emma l'ignora. Un sourire forcé aux lèvres, elle fit un pas en avant pour se pencher par-dessus l'étal. Elle voyait Will d'autant plus nettement que cette salopette n'allait pas du tout à l'enfant, cet enfant qui n'en était plus un, en réalité, et qui faisait surgir son mari si nettement devant elle. Elle revoyait l'une des photos exposées sur le manteau de la cheminée. Will, âgé de cinq ans, plissait les yeux face à l'objectif et au soleil. Sa mère avait dû remettre le vêtement à une organisation caritative et sans doute avait-il servi à plusieurs personnes au fil des ans.

— Vous voulez votre poisson ou pas ? demanda le pêcheur en posant une main sur l'épaule de son fils.

Elle prit le paquet, qu'elle rangea dans son panier, puis compta ses pièces à mesure qu'elle les lui donnait. Il fallait qu'elle parle.

— Écoute, commença-t-elle doucement, et quelque chose dans sa voix capta l'attention du petit. Cette salopette a appartenu autrefois à mon mari. Dis-le à ta mère.

Les yeux du garçon s'assombrirent et il recula.

— *Muerta*.

Emma entendit le mot, mais ne comprit qu'après coup ce qu'il signifiait.

— Dis-le à ta mère, répéta-t-elle.

— Allez-vous-en, intervint l'homme en agitant la main devant elle pour la chasser (et protéger son fils, aurait-on pu croire aussi).

— *Mama é muerta*, dit celui-ci.

Choquée, Emma ressortit et longea la digue au milieu des cageots de poissons, consciente du regard de l'homme et de l'enfant sur elle. Surgie sur les épaules d'un jeune Portugais, la salopette avait eu la force d'un message. Elle marcha sans réfléchir jusqu'au bout de la digue, bifurqua sur Front Street et traversa la rue pour entrer au bureau de poste.

Les volets en bois avaient été fermés face aux rayons du soleil, comme ils l'auraient été dans la chambre d'un enfant couché pour la sieste, la lumière s'insinuant autour du store, la pièce totalement figée à l'exception de la petite poitrine qui se soulevait et s'abaissait, tandis que la barre en bois en bas du rideau tapotait le rebord de la fenêtre sous l'effet de la brise. *Tap, tap*. Emma se souvint brutalement du visage de l'infirmière courbée sur elle pour vérifier si elle respirait toujours, ce visage blanc à la bouche recouverte de gaze. La douceur de l'ordre qui régnait au bureau de poste, ce calme fiable, lui donnèrent envie de pleurer. Ici, quelqu'un prenait soin des choses. La fraîcheur et la tranquillité des lieux déferlèrent sur elle. Elle s'attarderait peut-être un peu, puis repartirait. Le frôlement des enveloppes glissées dans une fente et le *poc* des lettres lorsqu'elles touchaient le fond des boîtes résonnaient, réguliers et apaisants. *Poc, swish. Poc. Poc.* Emma ferma les yeux. *Poc.* Quelqu'un veillait. Quelqu'un s'occupait de tout. *Poc. Poc.* Peut-être n'avait-elle besoin que de cet endroit.

— Emma ?

Elle se ressaisit.

— Tout va bien ?

Elle hocha la tête. Mlle James se tenait à son guichet.

— Voulez-vous un verre d'eau ?

— Oui, s'il vous plaît.

La receveuse retourna dans la salle du fond. Emma entendit l'eau jaillir du robinet. Elle se sentait lourde et plate, comme si elle avait heurté un mur et était restée collée contre. Lorsque Mlle James revint avec un verre, elle le but avec gratitude.

— Il est arrivé quelque chose à Will, déclara-t-elle après avoir fini.

— Pas du tout.

Emma étudia son expression.

— Vous en êtes certaine.

— Il n'y a pas de lettre aujourd'hui, avoua Iris, embarrassée.

— Au diable les lettres.

Elle fit demi-tour et sortit, laissant la porte battre derrière elle. Immobile, Iris écouta les talons de la jeune femme claquer sur les marches du perron, puis le portillon gémir. Une minute entière s'écoula avant qu'elle ne prenne ses cigarettes et son briquet dans sa poche. La flamme s'enroula autour du bout de sa Lucky Strike, et elle inhala à fond. Ensuite seulement, elle regagna l'ordre réconfortant de la salle de tri.

20

À 17 h 30, la porte du bureau de poste s'ouvrit à la volée et M. Flores fit son apparition avec, sur ses épaules, le dernier sac de courrier du jour.

— Rien d'intéressant là-dedans, annonça-t-il.

Iris haussa les sourcils.

— Qu'est-ce que vous avez pour moi ? ajouta-t-il en grognant.

Elle lui montra deux sacs dans la salle du fond et attendit qu'il se fût délesté de son fardeau sur la table pour l'aider à les hisser sur son dos. Elle lui tint ensuite la porte lorsqu'il repartit.

— Midge Jacobs, au bureau de Nauset, dit qu'il y a quelque chose d'important pour vous au-dessus du paquet, l'informa-t-il au passage.

Elle prit un air pincé. Le comportement de Midge Jacobs méritait d'être signalé à l'inspection. M. Flores n'avait pas à savoir ce qu'elle devait faire ou non.

— Merci, dit-elle.

Elle referma la porte de la cloison et la verrouilla. Appuyée contre le battant, elle écouta les pas du chauffeur s'estomper à l'extérieur. Puis elle baissa la vitre du guichet d'un geste brusque, inséra la clé qu'elle gardait autour du cou dans la serrure du sac postal et sortit le courrier.

Tout en haut se trouvait le pli spécial utilisé par les receveurs pour transmettre des messages, des notifications officielles et les lettres d'information du chef des services postaux. Iris en souleva le rabat. En dehors des documents habituels, il y avait une enveloppe insérée dans une lettre de Midge Jacobs. Elle parcourut celle-ci et considéra le courrier dans sa main. *Mark Boggs, Fort Benning...*

Elle relut le mot de Midge. *Veuillez annuler l'envoi ci-joint car je ne peux pas l'expédier avec aucune date.*

Sans date, corrigea d'instinct Iris. Le cachet d'oblitération était trop pâle pour être accepté. Elle avait été fatiguée la veille, se rappela-t-elle, voilà pourquoi elle n'avait pas dû le remarquer. Désormais repérée, cette erreur lui faisait face. Le système n'avait pas lâché, le système tenait bon. Une erreur avait été commise. Une erreur serait réparée.

Elle vida le reste du sac sur la table et la première lettre glissa sur la surface usée. *John Frothingham*. Elle la plaça devant elle en sixième position, conformément à l'alphabet. À en juger par le cachet de la poste, ce devait être sa sœur. *Beth Alden*. Celle-là, elle la mit en première position. *Jane Dugan*. Une autre lettre pour Beth Alden. Iris retourna l'enveloppe. Comme la première, elle émanait du soldat Mark Boggs, ce qui la fit sourire. Beth Alden, la fille de l'épicier, était robuste et pas particulièrement jolie. C'était bien qu'elle ait trouvé ce garçon.

Elle passa à la lettre suivante. *Mme Fitch, poste restante, Franklin, Massachusetts.*

L'écriture n'était pas celle de Will, constata-t-elle tandis qu'une brise salée pénétrait dans le bureau de poste et agitait paresseusement ses cheveux.

— Non…

Le courrier venait d'Angleterre.

— Ohé ! Il y a quelqu'un ?

Elle fourra l'enveloppe dans la poche de sa jupe et fit volte-face, hagarde.

— Oui, oui, j'arrive !

Un homme avait besoin de timbres. Elle ouvrit le tiroir, sa main déjà au-dessus de la planche imprimée bleue. Combien ? Elle compta dix vignettes sans cesser de penser à la lettre pressée contre le tissu de sa jupe. *Huit, neuf, dix*. Elle remit le tout au client et prit la monnaie qu'il lui tendait en même temps qu'elle refermait son tiroir. L'homme la remercia et se dirigea vers la sortie. Déjà, Iris avait la main dans sa poche.

— Dites, fit-il en se retournant. C'est bien 30 cents les dix timbres, n'est-ce pas ?

— Oui.

Il revint vers le guichet.

— Alors vous me devez encore un nickel.

— Oh, je suis désolée !

Elle se hâta de chercher les 5 cents manquants. Le sablier de son attention se vidait de plus en plus vite. Elle rendit sa monnaie à l'homme avec calme, mais les premiers signaux alarmants, le pressentiment d'une nouvelle toute proche, commençaient à la tenailler. Elle avait une lettre dans sa poche. Une lettre pour Emma. Trois autres personnes entrèrent dans le bureau de poste. Que pouvaient-elles bien vouloir ?

Iris ne cacha pas sa contrariété en consultant l'horloge. Plus que quatre minutes avant la fermeture.

— Oui, bon, ça va ! se plaignit une jeune femme aux épaules brûlées par le soleil lorsque Iris la raccompagna jusqu'à la sortie. Il n'y a pas le feu !

Elle lui claqua la porte au nez, tourna la clé dans la serrure, puis regagna le guichet et abaissa le rideau métallique de la fenêtre. La rangée de boîtes aux lettres se trouvait à côté d'elle. Rien ne frémissait, rien ne dépassait.

Elle se décida enfin à examiner l'enveloppe. Durant toutes ses années de travail, elle avait guetté les accidents et les erreurs – une adresse mal rédigée, un courrier insuffisamment affranchi – pour être sûre que chaque pli était bien acheminé, qu'il parvenait sans problème à sa destination. À Boston, elle aimait à croire que personne n'était aussi méticuleux qu'elle. Comme les conduits en verre le long desquels les lettres se déversaient dans les grands bureaux de poste, Iris avait d'elle-même l'image d'un parfait vaisseau grâce auquel les pensées et les sentiments des gens pouvaient voyager sans que rien n'entrave leur cheminement. Mais tout cela reposait sur un principe : ne jamais décacheter la moindre enveloppe. Elle n'en avait même jamais tendu une devant une lampe pour déchiffrer son contenu. Toute la beauté du système, toute sa dimension divine, résidait dans ses efforts pour s'assurer que les trains filent sur les voies, que tous les courriers expédiés arrivent à bon port, sans exception.

Elle aurait dû prendre son vélo et foncer chez Emma pour lui donner la lettre. Elle aurait dû, et pourtant elle se contenta de remplir la bouilloire, de la mettre à chauffer et d'attendre. Quand le sifflement retentit, elle souleva le bec et approcha l'enveloppe du jet de vapeur. Le rabat se décolla facilement. Elle sortit une feuille de papier.

18 juin 1941

Chère Madame Fitch,

Je suis désolée de vous dire que j'ai peut-être une mauvaise nouvelle à vous annoncer. Je n'ai pas vu votre mari depuis le soir du 18 mai, date à laquelle nous avons subi de lourds bombardements. Cela remonte à plus d'un mois, et parce que je ne cesse de recevoir vos lettres, j'ai pensé qu'il fallait vous mettre au courant.

Ma chère, je viens à l'instant d'entrer dans sa chambre et j'ai découvert son portefeuille avec tous ses papiers dans le tiroir supérieur de son bureau. Je ne sais pas pourquoi il ne l'a pas pris avec lui ce soir-là, mais c'est vraiment très malencontreux s'il lui est arrivé quelque chose.

Hélas, chère madame, je crains le pire. Peut-être devriez-vous contacter l'hôpital ?

C'était un homme bien qui parlait souvent de vous.

Je vous prie d'agréer, madame, l'expression de mes sentiments respectueux,

Edwina Phillips

Iris reposa la lettre et rejoignit la salle principale. Elle redressa la table, mit de l'ordre dans les formulaires postaux et bancaires rangés de gauche à droite contre le mur, puis remplit le petit boîtier de l'éponge à humecter les enveloppes, essuya le rebord du pot de mucilage et ramena la corbeille à papier vers les boîtes aux lettres. Elle repassa ensuite derrière la cloison afin d'arracher la page du mardi 8 juillet au calendrier, elle tourna avec précaution la roue de la machine à affranchir afin que la date passe du 8 au 9, tira le tiroir contenant les timbres pour vérifier combien il en restait. Le courrier du médecin, coincé sous le plateau où elle mettait la monnaie, sembla la dévisager. En proie à un sentiment de culpabilité, elle repoussa vivement le tiroir. Pour finir cependant, elle le rouvrit et en sortit la lettre. *Mme William Fitch*, était-il écrit. *PO Box 29, Franklin, Massachusetts.* Le souvenir de l'homme qui se tenait devant elle, cette missive à la main, resurgit avec tant de force qu'elle dut détacher les yeux de l'enveloppe. *Pour Emma. Au cas où je mourrais.* Telles avaient été ses paroles. *C'est vous*, avait-il dit, soulagé. *C'est vous qui lui annoncerez la nouvelle.*

Sauf qu'il n'était pas mort. Il était porté disparu.

Et privé d'identité. C'était bien ce qu'avait laissé entendre sa propriétaire, non ? Will gisait peut-être quelque part sur un lit d'hôpital, blessé, dans un état si grave qu'il ne pouvait pas parler et que rien ne permettait de l'identifier. Était-ce possible ? Était-il parti sans rien dans ses poches, rien du tout ?

Elle pensa aux lettres d'Emma que Mme Phillips avait empilées dans la chambre du médecin, il devait y en avoir quarante échouées contre la porte. Iris avait affranchi, oblitéré et mis chacune d'elles dans un sac postal. Les lettres d'Emma, mais aussi toutes celles adressées aux garçons et aux hommes qui avaient quitté la ville : Mark Boggs, les Winston, Jake Alvarez… Tous recevaient des lettres, tous en envoyaient, et tous étaient conscients aussi, comme les autres habitants de la ville, que plus nous approchions de la guerre, plus les chances étaient grandes que, pour l'un d'eux au moins, un homme arrive un jour en voiture et vienne frapper à la porte de chez lui. Et quiconque passerait dans la rue à cet instant saurait la nouvelle avant le père de famille, avant que la porte ne s'ouvre.

Quand son frère était mort, l'homme en question était apparu au moment où ils allumaient les lampes. Celle sur la table avait flamboyé derrière elle et le reflet de son filament incandescent sur la fenêtre l'avait poussée à redresser la tête. C'est là qu'elle avait vu le marchand de primeurs dans l'entrée, une fraction de seconde avant que sa mère ne l'aperçoive à son tour. À l'époque, tout allait bien s'il restait dans sa boutique, mais quand il se déplaçait quelque part en ville, cela signifiait qu'il était porteur de nouvelles et tout le monde observait où il allait.

— Bonnie.

Il s'était avancé dans le salon, son chapeau à la main.

— Non ! avait jeté sèchement la mère d'Iris.

Non. Iris enfonça la lettre adressée à Emma dans sa poche. Pas encore. Pas des demi-nouvelles, pas des non-nouvelles comme celles-là. Pas alors qu'Emma était enceinte. Si Will était mort, ils finiraient par l'apprendre. D'ici là, quel mal y avait-il à espérer ? Le temps les rattraperait bien assez tôt – enfin, à supposer qu'il soit arrivé malheur au médecin. Mais pas avant la naissance du bébé. Pas avant que la pauvre fille ne soit assez forte, et prête aussi. Iris éteignit les lampes de la salle de tri et sortit dans la chaleur et le désordre d'une bruyante soirée d'été. Harry l'attendait juste au-dehors.

— Bonsoir, dit-elle en vacillant.

— Tu as du nouveau pour moi ?

— Quoi ?

Il appuya une main sur le mât.

— Oh. Non, je n'ai toujours pas de réponse.

— Iris, s'il te plaît. Redemande-leur.

Elle acquiesça en silence. Il aurait fallu qu'elle dise quelque chose, mais la tension montait en elle, même si elle n'en laissait rien paraître. Harry avait déjà commencé à descendre les marches.

— Ça va ? demanda-t-il en constatant qu'elle ne venait pas. Tu as un drôle d'air.

Elle palpa la lettre dans sa poche. Quitter le bâtiment avec, c'était se rendre coupable de vol, non ? Elle était une voleuse.

— Si tu avais la possibilité d'éviter une souffrance à quelqu'un, Harry, est-ce que tu le ferais ?

— Quel genre de souffrance ?

— Le ferais-tu ? répéta-t-elle, nerveuse.

— Peut-on vraiment empêcher quelqu'un de souffrir ?

— Bien sûr.

— Comment ?

— En se taisant. En maintenant la personne dans l'ignorance.

Il ne répondit pas. Perchée au-dessus de lui sur le perron, elle semblait perdue dans quelque réflexion personnelle. Il alluma une cigarette.

— Iris ?

Elle le rejoignit lentement. C'était mal, ce qu'elle faisait là. Jamais dans sa vie elle n'avait commis un tel acte. Harry l'attira plus près de lui et s'engagea avec elle dans la rue bondée en la tenant par la main. Ils marchèrent sans rien dire pendant que le soir irradiait une lumière dorée. Au bout d'un moment, Iris libéra sa main et l'enfonça dans sa poche.

Harry lui jeta un coup d'œil. Les longues jambes de sa compagne foulaient le trottoir à grands pas.

— Le problème, déclara-t-elle d'une traite sans oser le regarder, c'est que toutes sortes de choses peuvent pousser dans le noir. Le calme, par exemple. Et l'espoir.

— Et ?

— Ce calme serait-il répréhensible ?

— Pourquoi le serait-il ?

— Parce qu'il serait factice.

— Factice ?

— Sans fondement.

Harry garda le silence.

— C'est ça, le calme, non ? répondit-il au bout de quelques instants. Un petit répit avant de savoir ce qui va nous tomber dessus.

Iris s'arrêta net.

— Qu'est-ce qui va nous tomber dessus, Harry ?

Elle paraissait si malheureuse qu'il s'en inquiéta. Et voilà, pensa-t-il. Le changement était infime et se produisait sans prévenir, mais une porte s'était soudain ouverte de façon irrévocable en lui. L'amour le surprenait au beau milieu de son existence, à la lisière du monde et sous la forme d'une rousse avec des soucis en tête. Il lui reprit doucement la main.

— Je l'ignore, dit-il d'un ton bourru.

La chaleur de sa main enveloppait celle d'Iris. *C'est vous*, avait dit Will Fitch. Elle revit Emma lorsqu'elle venait au bureau de poste, ses frêles épaules rejetées en arrière, défiant quiconque, défiant le monde entier de lui faire du mal. *C'est vous*. Et le médecin avait été soulagé. Il ne fallait pas chercher plus loin, comprit-elle. Il lui avait confié sa lettre afin qu'Emma ne soit pas seule.

— Peu importe ce dont il s'agit, Iris, ajouta tranquillement Harry. Tu ne peux pas l'empêcher.

Mais en attendant que l'enfant naisse, elle pouvait repousser le temps, le tenir à l'écart d'Emma, et ensuite seulement guider en douceur la jeune femme vers la suite des événements. Telle était sa mission cette fois. Tel était le message du médecin. C'était ça, le but. Que quelqu'un veille sur Emma. Et Iris s'en chargeait.

Elle pressa la main de Harry sur sa joue en souriant. Tout irait bien, en fin de compte. Tout irait bien. Le visage qu'elle tourna vers lui était si empli de reconnaissance et d'amour qu'il se sentit porté vers elle par un nouvel élan encore plus fort.

— D'accord, dit-elle.

— Parfait.

À mesure que les maisons s'espaçaient au bord de la route et qu'ils approchaient des brise-lames à la sortie de la ville, des bandes de mer de plus en plus larges se profilèrent devant eux, jusqu'à ce qu'ils se retrouvent face à l'Atlantique. Le dernier doigt tordu du cap Cod s'incurvait sous leurs yeux et le modeste phare blanc de Land's End clignotait à deux kilomètres de là environ. Prise entre le ciel de cette soirée et la mer étale, la bâtisse ressemblait à une pièce d'un jeu d'échecs ou à un cube de bois abandonné.

— Je veux me marier, annonça soudain Harry.

— Quoi de plus normal, répliqua-t-elle avec affectation.

Il éclata de rire.

— Avec toi.

Elle rougit et rit à son tour. Ils étaient arrivés au bout du chemin et c'était là que tout commençait.

— Eh bien…, dit-elle avec un sourire béat.

— Eh bien ?

— Oui, répondit-elle. Oui.

Lorsqu'ils firent demi-tour, Iris glissa sa main dans la poche de Harry. Il referma ses doigts sur les siens, et tous deux repartirent vers la cohue étouffante de la ville, vers les lumières qui s'allumaient dans les maisons en scintillant comme des étoiles basses. Des vélos filèrent à côté d'eux dans l'obscurité rampante.

Une foule semblait s'être massée devant le bureau de poste. C'était l'un de ces soirs où tout le monde se surprenait à être encore dehors au coucher du soleil et regagnait la ville. En face d'eux, quelqu'un leur fit signe, puis d'autres gens se retournèrent. Iris distingua Frank et Marnie Niles, ainsi que Florence Cripps. Elle imagina ce qu'ils voyaient. La receveuse des postes et le garagiste unis dans une veste. Harry la tenait fermement et elle sourit. C'était ainsi maintenant. Voilà qui ils étaient. Ils allaient se marier. Pour les autres, ils étaient déjà un couple, ils n'auraient pas marché de la sorte sinon, au vu et au su de tous, sans ambiguïté, le long de Front Street. Des années plus tard, elle se rappellerait la chaleur de sa main sur la sienne et les derniers rayons du soleil sur sa joue. Elle repenserait à ce moment, au silence juste avant qu'il ne soit brisé, à cet instant précis, au plus fort de l'été, cet instant si plein qu'il ne laissait place à rien d'autre, et qu'il n'était pas temps encore de vider de sa substance.

21

Au bar de la gare de Grand Central, le chuintement des portes à tambour accompagnait les couples qui entraient un à un dans le brouhaha de la salle bondée et enfumée. Max Prescott, du *New York Tribune*, les observait dans le long miroir qui s'étirait au-dessus du mur devant lui. Les hommes en costume indiquaient le nombre de couverts au maître d'hôtel, pendant que les femmes étudiaient les lieux. Certains, comme lui-même, arrivaient seuls et se dirigeaient tout droit vers le bar, où ils se débarrassaient de leur veste d'un mouvement d'épaule et la pliaient sur leurs genoux. Chaque fois que les portes coulissaient, le martèlement distant des trains dans la gare s'élevait plaintivement. C'était la fin de l'été et il faisait une chaleur insupportable. Les ventilateurs au plafond agitaient les chemises moites.

— Salut, chef.

Surgie sans prévenir, Frankie se laissa choir sur le tabouret à côté de lui et fit signe au barman.

— La même chose que lui, dit-elle, avant de se tourner vers Max Prescott avec une mine conspiratrice. Que prends-tu, au fait ?

— Un bourbon avec de l'eau.

— Il ne faut jamais boire du bourbon avant 18 heures.

— Un scotch, alors ?

— Le scotch, c'est bon pour les domestiques, dit-elle en trinquant avec lui.

Il la dévisagea. Elle avait maigri. Et bien qu'elle s'exprimât d'un ton léger, elle semblait épuisée et méfiante, comme un chat qui aurait échappé de justesse à un bain. Il avait entendu sa dernière radiodiffusion depuis la France, deux mois plus tôt, et sa voix lui avait paru bizarre sur le moment, presque cassée net. Il ne s'était pas attardé sur la question jusqu'à ce que la mère de Frankie l'appelle, désespérée. Elle n'avait pas de nouvelles de sa fille depuis plus de deux semaines. Pouvait-il se renseigner ? Il avait téléphoné à Murrow. Même M. Paley s'inquiétait, mais après Jim Holland à Lyon, personne ne l'avait plus vue, alors même que l'Europe grouillait d'espions. Mince, ils étaient journalistes ! Mais Frankie ne donnait pas signe de vie et ils ne pouvaient que supposer qu'elle avait été piégée dans un endroit désert sur lequel le monde n'avait pas les yeux braqués. Elle s'était trouvée devant la mauvaise personne au mauvais endroit. Max en était si certain que lorsqu'il avait entendu sa voix au téléphone la veille, il avait regardé par la fenêtre pour vérifier qu'il était toujours à New York et qu'il ne rêvait pas. *Je suis rentrée, Max*, avait-elle dit sans même le saluer. *Mais je démissionne.*

Ils burent en silence. Ils savaient se taire quand ils n'avaient rien à se dire. Et souvent, ils n'avaient rien à se dire du tout à part les quatre ou cinq phrases qui les avaient réunis. La plupart des gens qu'il connaissait, y compris sa femme, n'auraient pas supporté de passer une heure dans ces conditions. Mais Frankie Bard était une sorte de chameau. Elle pouvait retenir ses paroles des jours durant, aussi longtemps qu'elle avait la possibilité d'observer les événements autour d'elle.

— J'avais oublié de quoi tout ça avait l'air.

Il leva la tête vers le miroir et vit qu'elle fixait les gens dans le restaurant derrière eux.

— Tout ça, quoi ?

— Ça. Personne ici ne pense courir le moindre risque.

— Ils ont peut-être laissé leurs préoccupations dehors.

— Non, ils ne croient pas que le danger existe.

Derrière eux, un homme se pencha vers sa compagne et lui murmura à l'oreille. Elle tendit la joue vers sa bouche, tout en restant concentrée sur son menu. Le bruit ambiant les protégeait comme une charmille.

— C'est la nature humaine, hasarda-t-il.

— Non, Max, dit-elle en croisant les bras. C'est la nature américaine.

— J'ai l'impression que tu veux leur faire payer quelque chose, plaisanta-t-il, mal à l'aise.

— Exact.

— Quoi ?

— Ça.

Elle montra de nouveau la scène de déjeuner ordinaire derrière eux. Un serveur fendait la fumée en direction des cuisines avec un plateau tenu à bout de bras et les gens se poussaient pour le laisser passer.

Les conversations dans la salle résonnaient tel un murmure bas et insistant, sur fond de verres entrechoqués et de couverts heurtés contre la porcelaine.

— Les gens ne peuvent pas imaginer ce qu'ils n'ont pas vu, dit-il. C'est pour ça qu'ils ont besoin de toi.

— Excuse-moi, Max, mais c'est des conneries.

— Tu as signé pour voir à leur place. Tu ne peux pas leur reprocher d'être aveugles.

— À ton avis, pourquoi est-ce que je démissionne ?

— Tu choisis bien ton année, rétorqua-t-il.

Elle vida son verre. Le barman avança furtivement le long du bar et Prescott lui adressa un signe affirmatif sans le regarder. Il connaissait assez Frankie pour savoir qu'elle ne donnait jamais d'explications. Ce qu'elle avait vécu en Europe resterait en Europe.

C'est alors qu'elle lui décocha l'un de ses bons vieux sourires.

— Fais une pause, proposa-t-il en rapprochant le verre que le barman lui apportait.

— Non, je quitte le navire.

— Il n'y a pas d'autre histoire à couvrir en ce moment, Frankie.

— Et quelle histoire, en effet.

— Je ne pige pas.

Elle haussa les épaules.

— Peut-être que je ne suis pas à la hauteur.

— Foutaises.

Un moment s'écoula avant qu'elle ne réponde.

— Je pensais qu'on écrivait comme on chassait autrefois, déclara-t-elle. Qu'il fallait viser, amener le bras en arrière, jeter la lance et toucher la cible. Un tir direct. Un début, un milieu, une fin.

Il la dévisagea.

— Plus un sujet était difficile à traiter là-bas, mieux c'était. Peux-tu le faire, Frankie ? Tu parles, évidemment ! C'était facile. Merde, c'était génial, même. On n'avait pas le choix, pas question de reculer ou de détourner la tête, on plongeait dans la mêlée avec les yeux et les oreilles grands ouverts, et on racontait ce qu'on avait vu. C'était ça, le boulot. Voir et raconter. Il y avait un but. Il y avait une intrigue.

— Frankie…

— Et puis un soir, Max, je me suis retrouvée sur la banquette en velours d'un train qui quittait une gare, avec une envie furieuse de corriger un tort causé à quelqu'un, un tort terrible et irrémédiable. Je m'étais mise debout sur ce siège comme si j'étais Dieu et que j'avais eu le pouvoir de sauver les gens en dessous. Comme si j'avais pu changer le cours…

Elle lui fit face en entendant de nouveau le cri de Thomas : *Ils vont tirer, Fräulein ! Taisez-vous ! Taisez-vous !*

— Et un homme a été tué par ma faute.

— Frankie…

— À quoi bon dire les choses, Max ? Ça n'a jamais eu d'importance. Ça n'a jamais été un tir direct. Que je la raconte ou pas, la guerre continue, et maintenant elle continue en moi.

Prescott attendit la suite.

— Tout ce temps que j'ai passé là-bas à prendre des notes, à veiller à ne pas faire d'erreur… Mais c'est impossible. L'histoire chuchote et disparaît dans le noir. Qu'y a-t-il ensuite ? Qu'est-il arrivé ? Je ne peux pas le supporter.

Elle s'arrêta en se rappelant sa réplique cinglante à Will Fitch : *Je n'ai pas à le supporter.*

— Bon sang, Max, tu entends comme je parle ?

Elle sourit, les larmes aux yeux.

— Ignore-moi, ajouta-t-elle.

— D'accord, dit-il en constatant qu'elle pleurait.

— D'accord ?

Elle repoussa le mouchoir qu'il lui offrait et s'essuya les yeux.

— D'accord ? répéta-t-elle, presque en riant.

Puis elle renonça et enfouit le visage dans ses mains.

Au fond de la salle, une plaisanterie fit mouche et de brusques éclats de rire déferlèrent sur l'assistance. Frankie se retourna et avisa une femme entrée dans le bar au plus fort de cette vague d'hilarité. Souple, les bras nus, elle portait une jupe qui frôlait le haut de ses mollets bronzés lorsqu'elle marchait. Max se retourna lui aussi, et tous deux regardèrent la femme s'asseoir. Langoureuse, sexy, elle appuya les coudes sur la table et son menton sur ses mains, ses longs bras nus et repliés formant deux doux crochets.

Tant qu'il y aurait des gens pour voir, ils ne verraient jamais que ça, pensa Frankie. Une belle femme dans un bar. Comme le monde se désintéressait facilement de tout. Elle sortit de son sac un paquet enveloppé dans un torchon et déballa ses disques sur le bar.

— Qu'est-ce que c'est ? demanda Max.

— Mes enregistrements.

— Ceux réalisés en France ?

Elle hocha la tête.

— Murrow sait que tu les as ?

En descendant du train à Londres, elle avait foncé à son appartement pour faire ses valises. Elle avait récupéré les récits de Harriet et les morceaux de papier au-dessus de son bureau, elle les avait fourrés entre les pages de son carnet, puis elle avait refermé son studio et glissé la clé sous la porte de sa propriétaire – le tout si vite que l'on aurait pu croire qu'elle quittait le lieu d'un crime. Sur le trajet la menant au port, elle avait effectué un détour par la Maison de la radio pour laisser le magnétophone à l'accueil, sans dire un mot à quiconque dans les étages. Elle avait fui. Elle s'était rendue tout droit sur les docks, avait acheté un billet et attendu des heures le moment de partir, assise dans un pub, fixant l'eau que de gros tuyaux bombardaient sur les flancs du bateau et qui ruisselait sur la coque.

— Il doit s'en douter, maintenant, lâcha-t-elle d'un air assombri.

— Quels sont tes projets ?

Elle eut un haussement d'épaules indifférent.

— Frankie…

— Rien n'a d'importance à part ça, Max, dit-elle en alignant les bords des disques de manière à former une parfaite tour noire d'acétate.

— Qu'y a-t-il là-dessus ?

— Personne, répondit-elle tristement. Des gens. Des gens vivants.

— C'est quoi, l'histoire ?

Elle dessina un trait sur le verre embué devant elle.

— Il n'y a pas d'histoire, Max.

— Il y en a toujours une.

Le silence s'installa entre eux.

— Eh bien j'en ai perdu le fil, alors, déclara enfin Frankie.

— Tu comptes tout plaquer, comme ça ?

— Aucune idée.

— Tu ne peux pas arrêter. Tu ne t'en remettrais pas.

— Tu sais quoi ? dit-elle sans se soucier de paraître folle tant elle avait besoin de dire les choses, même les plus terribles qui soient. On a beau vouloir croire à l'existence d'un vieillard tout là-haut, la vérité, c'est que personne ne veille sur nous. Le ciel est vide, Max.

— Évidemment.

Elle fixa son profil patricien, cette ligne qui faisait que les filles de son secrétariat le surnommaient le Yankee Clipper[1] dans son dos, et elle essaya de sourire.

— Mais il est bien là, le problème. Ça signifie que personne n'écoute. Personne ne remarque les failles. Ce que j'ai ici, ce ne sont que soixante-dix et quelques voix égarées qui parcourent de longues distances mais qui n'arrivent nulle part, des voix qui tombent du ciel. Et pourtant, il me semble que tout est là.

Elle s'interrompit et se frotta les yeux.

— Oh, Max, soupira-t-elle avec lassitude, que va-t-il se passer maintenant ?

— Nous allons entrer en guerre.

Elle acquiesça en silence.

---

1. Surnom du célèbre joueur de base-ball Joe DiMaggio, dont la vitesse sur le terrain évoquait celle de l'avion du même nom de la Pan American Airways.

— « Recherchez la vérité. Exposez-la. Minimisez les torts. » Ha ! ironisa-t-elle en descendant de son tabouret.

— Fais-moi plaisir, dit-il, pars en vacances, prends ta mère avec toi et va sur la côte, à Jersey Shore ou quelque part dans les parages pour que je puisse te harceler.

Cela la fit sourire.

— Je pars au cap Cod cet après-midi.

— Ce n'est pas la porte à côté.

— Ce n'est que le Massachusetts.

Il grogna.

— J'ai une lettre à remettre, dit-elle avant de se pencher pour l'embrasser sur la joue. Pour la première fois depuis des mois, je vais accomplir une bonne action.

Il la salua de la main sans la regarder, mais à peine fut-elle partie qu'il souhaita qu'elle revienne. Il pivota sur son tabouret pour la rappeler ; trop tard, elle s'était envolée aussi vite qu'un oiseau et se frayait déjà un chemin entre les tables, grande et électrisante. Il la laissa filer. C'était elle qui avait été témoin de la situation en Europe. Elle en avait parlé à la radio pendant qu'eux étaient assis à leur bureau, et elle les avait mis en face de la réalité. À supposer que cela veuille dire quelque chose. Il demanda l'addition au barman. On ne pouvait être mis en face de rien, il le savait. Il jeta un nouveau coup d'œil dans le miroir et les tenues blanches qui parsemaient les tables lui évoquèrent un champ de coton éclairé par cette lumière brute et étrange qui précède un orage.

Frankie s'éloigna aussi vite qu'elle le put de son ancien patron et émergea dans la chaleur de la gare, parmi les voyageurs pressés et angoissés à l'idée de ne pas monter dans le bon train ou de ne pas trouver la bonne voie, au milieu des embrassades et des au revoir. Elle s'immobilisa sous le dôme, les joues ruisselantes de larmes. Les caractères blancs vacillaient sur le tableau d'affichage noir. Les gens se bousculaient autour d'elle, s'arrêtaient, levaient la tête et repartaient. Ce qu'elle voyait ici n'était rien de plus que ce qu'elle voyait. Des boîtes et des lignes obliques. Des lys en pot près du guichet. Rien à regarder, rien à voir. Et rien à raconter. C'était un plaisir presque insupportable. Elle renifla et s'essuya le visage. Au bout d'une minute ou deux, les lettres et les chiffres blancs du tableau se combinèrent de manière à faire sens, et elle se dirigea vers le quai où attendait le train pour Boston.

Un mois plus tôt, à sa descente du *SS Norway*, elle s'était jetée dans les bras de sa mère, avant de se laisser conduire à la maison et mettre au lit. Au rez-de-chaussée, les voix de Mme Bard et de la gouvernante avaient roulé au fil des heures, s'étirant dans la chaleur de l'été à travers les pièces aux volets fermés. Frankie avait fixé le plafond, les bras croisés sur la couverture en coton pendant que New York tonitruait au-dehors. La deuxième semaine, elle avait demandé un gramophone et était restée allongée dans sa chambre d'enfant, son peignoir accroché au montant du lit, ses chaussures bien alignées en dessous, à écouter les gens des trains.

Quand sa mère entrait pour s'asseoir près d'elle, elle fermait les yeux et retournait furtivement là-bas. Elle retrouvait Harriet et leur appartement. La maman de Billy. Le médecin dans l'abri, la dernière nuit du Blitz, et son regard posé sur elle lorsqu'il était mort. Elle retrouvait les trains, et Thomas. Les enfants. Ce dernier garçon qu'elle n'avait pas pu suivre. Il y en avait eu tant. Beaucoup trop.

Elle allait ainsi mentalement d'avant en arrière, jusqu'à ce que, peu à peu, la semaine précédente, elle en vienne à se représenter la femme du médecin derrière une porte, et elle-même de l'autre côté. Elle avait imaginé qu'elle lui remettait enfin la lettre de son mari et que l'autre lui souriait, comme si elle avait quelque chose à lui donner en retour.

À Nauset, Frankie arriva bien en avance au départ du bus à destination de Franklin. Elle s'installa dans le véhicule et, après avoir ouvert la vitre, s'endormit appuyée contre le carreau.

Le grondement du véhicule qui s'arrêtait la réveilla si brutalement qu'elle se cogna la tête. Des gens marchaient dans la rue, juste à côté. Des badauds qui riaient dans l'air du soir. Elle se leva en s'agrippant au siège devant elle. La lumière rougeoyante de la fin du jour illuminait le pare-brise et elle alla se réfugier à l'ombre de l'un des deux arbres qui bordaient le bureau de poste le temps que le chauffeur sorte les bagages.

C'était le deuxième week-end d'août. La ville, comme grisée, n'aspirait qu'à s'amuser : dans leurs tenues en lin et en popeline, les vacanciers tout luisants après une journée à la plage se promenaient en bavardant et examinaient les vitrines des magasins, telles des brindilles qui se poussaient lentement le long d'un ruisseau tranquille, leurs voix s'éparpillant dans les ruelles. Bien qu'il fût tout juste 18 heures, des pancartes barraient déjà les devantures de certains cafés. *Plus de homard. Plus de tarte.* Frankie entendit un cri et un grand fracas métallique, suivis aussitôt après par les notes d'une trompette qui se pâma au moment où les pensions autour du port se réveillèrent bruyamment et où un orchestre de thé dansant se mit à jouer.

Peut-être n'aurait-elle pas dû venir, pensa-t-elle pour la première fois en se penchant pour attraper la poignée de sa valise. Peut-être n'y avait-il pas de paix à espérer. L'Europe s'effondrait, se brisait en éclats, explosait, mais au moins comprenait-elle vers quoi tendaient les événements. Seulement là, tout ça – elle balaya la rue du regard –, ces déplacements sans but, où cela menait-il ? Il y avait un cinéma, une salle de danse ; les cris de joie et les braillements paraissaient émaner de toute la ville. Frankie ramassa sa valise et son gramophone Victrola portatif, balança son sac sur son épaule et avança jusqu'au bout du trottoir en guettant une trouée dans la file des Chevy et des Plymouth.

De l'autre côté de la rue, une grande femme rousse émergea du bureau de poste pour baisser le drapeau qui flottait en haut d'un mât. Sa tenue bleue de receveuse épousait joliment sa silhouette. Une sorte de Dorothea Brooke[1], décida Frankie, quoique plus

1. Héroïne du roman de George Eliot, *Middlemarch* (1874).

tonique. Ses lèvres étaient peintes d'un rouge qui ne la flattait guère, comme si elle avait voulu dire « Aucune importance. Ne faites pas attention à cette bouche ».

La femme desserra la cordelette du mât. Le drapeau descendait le long de ce dernier quand plusieurs jeunes hommes dévalèrent Winthrop Street en direction du port. C'était la marée haute et la chaleur moite du jour se faisait encore sentir. Arrivés sur la plage, ils ôtèrent chapeaux et chemises, et foncèrent dans l'eau, leurs pantalons glissant sur leurs hanches et restant accrochés par la grâce de leurs ceintures. Ils plongèrent dans les vagues en criant et en soufflant, puis se jetèrent les uns sur les autres. D'une pâleur hivernale, leur poitrine et leurs bras s'agitaient sous l'eau comme des poissons dans un tonneau. Le conseil de révision devait avoir leur numéro à tous. Frankie passa près d'eux en suivant Front Street jusqu'à la jonction de Yarrow Road et gravit résolument la colline à la sortie de la ville.

À sa droite, des rosiers du Japon et des pins à aiguilles longues poussaient dans le sable en formant une haie dépenaillée. La fin de l'après-midi chantait, et derrière la haie, en contrebas, les lais frissonnaient à mesure que la mer se retirait. Le sel et les roses se mêlaient dans la brise du large sous les cris d'avertissement des mouettes.

Devant elle se dressaient six petites maisons blanches alignées telles des filles lorgnant un nouveau venu dans un bal. Celle que cherchait Frankie était la quatrième. En longeant les autres, elle entendit l'eau couler dans les douches. Des enfants fatigués se plaignaient. Les voix des mères se déployaient et claquaient comme des serviettes au vent. Une femme fumait, assise sur sa galerie, les pieds appuyés contre la rambarde de sorte que sa robe remontait le long de ses jambes bronzées. Apercevant Frankie, elle lui fit négligemment signe de la main.

Frankie la salua et ouvrit la porte moustiquaire de sa maison. L'intérieur se composait de deux pièces d'un blanc radieux, avec des rideaux vaporeux que la brise soulevait. Tout était frais. Tout était éclatant. Un petit canapé dans le salon. Deux fauteuils encadrant une table basse sur laquelle trônait fièrement un gramophone. De la musique et de la lumière, des boissons le soir. L'été – la suggestion était claire – résidait dans ces trois éléments. L'air et l'eau clapotaient paresseusement derrière les fenêtres pimpantes. Celle au-dessus de l'évier faisait face aux hautes dunes immobiles qui rôtissaient dans le silence du soir et sur lesquelles des herbes vert argenté pointaient hors du sable, semblables à des plumes.

Le ciel bleu se courbait sans effort vers l'horizon. Frankie laissa tomber ses bagages et alla se remplir un verre d'eau au robinet avant de sortir s'asseoir. Elle était assez en hauteur et à l'écart de la ville pour voir celle-ci s'étendre entièrement devant elle. Les pêcheurs jetaient leur matériel sur les ponts des bateaux et perçaient le silence de leurs cris marquant la fin de la journée. Ces bruits de la vie ordinaire lui donnèrent envie de pleurer. Elle avait raconté n'importe quoi à Max cet après-midi-là, et devinait quelle impression elle avait dû produire. Invoquer Dieu était une erreur. Elle n'était même pas sûre de ce qu'elle avait voulu dire.

Elle tourna la tête. À sa gauche, un vieil homme qui faisait la sieste devant chez lui avait gémi. Vêtu avec soin d'un pantalon clair, d'une chemise blanche et d'un pull de couleur sombre, les bras reposant sur les accoudoirs de son fauteuil, il s'était complètement abandonné au sommeil. Elle se leva, écœurée. Tous ces mois à enquêter, toutes ces pages de script rédigées en quatre ans. À quoi cela avait-il servi ? Elle coula un dernier regard vers les deux rangées de maisons, strictement alignées, menant au centre de la ville. Aurait-elle parlé dans le vent que cela n'aurait fait aucune différence.

22

Le lendemain matin, une demi-douzaine de jeunes gens avaient pris place sur des tabourets dans le café de la ville, dont trois qui, en combinaison de pêche imperméable, avaient les mains serrées autour de leur tasse brûlante. Personne ne disait mot lorsque Frankie s'avança vers le comptoir et fit signe à Betty, la femme qui servait le café.

— Merci, dit-elle en acceptant la tasse pleine poussée vers elle.

— Bonjour, lança en souriant son voisin, le chef de la bande de nageurs de la veille.

— Bonjour.

La porte s'ouvrit sur un homme dont la silhouette se dessina à contre-jour sur le seuil. Il salua l'assemblée d'un hochement de tête, puis vint s'installer à côté de Frankie. Petit et massif comme un tonneau, les cheveux blond cendré coupés très court, il appuya un pied sur le barreau du tabouret, se hissa dessus d'un mouvement léger, de la même façon qu'il aurait enfourché une selle, et posa son chapeau sur le comptoir avec autant de soin qu'un juge.

— Salut, Harry, dit le jeune pêcheur près de Frankie.

— Salut, Johnny.

Le carillon marquant l'heure pile retentit à la radio et toute la salle se tut comme devant un feu de cheminée. *Les forces soviétiques et britanniques ont envahi l'Iran*, déclara la voix du présentateur avant que trois tintements n'annoncent les infos. *Alarmées par les témoignages de « touristes » allemands, la Grande-Bretagne et la Russie ont décidé aujourd'hui d'imposer à l'Iran la protection de ses réserves de pétrole. Les forces terrestres britanniques ont progressé dans deux zones : près d'Abadan pour sécuriser les puits situés dans cette région, et aux alentours de Kermanchah, au nord-est de Bagdad, pour s'emparer de sites similaires. Pendant ce temps, les Russes ont marché sur Tabriz. L'Iran n'a opposé qu'une faible résistance.*

— Tant mieux, grommela Johnny.

Les mains autour de sa tasse, Frankie but son café en écoutant elle aussi la guerre qui leur parvenait par les ondes.

Le présentateur continua à énumérer les nouvelles des différents fronts dans le monde entier. En France, vingt mille soldats allemands recherchaient des suspects à Paris après un week-end d'attaques contre les forces d'occupation. Les autorités allemandes menaçaient d'abattre des otages si cela continuait. Les citoyens de Leningrad luttaient encore. Puis la voix mélodieuse de Betty Bonney s'éleva du poste, vive et légère, en chantant « Joltin' Joe DiMaggio » par-dessus le barrissement joyeux d'une trompette. Johnny Cripps se pencha sur le comptoir pour éteindre la radio avec dégoût.

— Quand vont-ils nous appeler ? marmonna-t-il en se rasseyant.

Son voisin secoua la tête.

— Ils ne le feront pas.

— Oh si, on ira, affirma un autre.

— Pas moi.

Au milieu de ces fanfaronnades imbéciles, le dernier arrivé contemplait sa tasse sans rien dire. La guerre ? songea Frankie. La guerre était là, dans le silence de cet homme. Elle sentit que, tout en fumant, le dénommé Harry ne perdait pas une miette de la conversation.

— Et puis, que veux-tu qu'on fasse pour quelques milliers de Juifs raflés en Pologne ? s'énerva un type assis à côté de lui. DeVoris refuse même de les accueillir dans son hôtel à Sudbury.

— DeVoris et Jameson aussi. Ni l'un ni l'autre n'en veulent.

Frankie se concentra sur son café.

— Comment font-ils pour ne pas s'attirer d'ennuis ?

— Ils prétendent qu'ils sont complets, c'est tout. Il n'y a jamais de chambre libre pour ces gens-là.

— De toute façon, c'est leur problème. Et les Boches n'en ont tué que pour l'exemple. Tout ça n'a rien à voir avec les Juifs, c'est une question de territoires. Il y a toujours eu une guerre ou une autre en Europe depuis…

— Voilà pourquoi on a l'avantage, intervint quelqu'un. Ça fait quatre-vingts ans qu'on n'a pas connu de guerre.

— Bien sûr que si. Simplement, on n'appelait pas ça une guerre. Mais on a toujours eu un ennemi quelconque. Les Indiens. Les négros. Les Polacks. Il y a toujours eu des indésirables.

— Tu ne virerais pas communiste, toi ?

— Cette fois, les Boches viendront faire la guerre jusqu'ici, déclara Harry d'un ton très calme.

Il pivota lentement vers un groupe d'hommes qui le dévisageaient. Quelques-uns opinèrent, remarqua Frankie. Les autres fixèrent leur tasse.

— J'en doute, moi, Harry. Que fais-tu des Japonais ?

— Quoi, les Japonais ?

— Tu ne crois pas qu'on devrait se méfier d'eux ?

— Laisse ça au président Roosevelt, rétorqua Harry. Les Jaunes sont à l'autre bout du monde. Ils ne m'inquiètent pas, moi. Les Boches par contre sont déjà dans l'Atlantique et je vous dis qu'on va se retrouver avec leurs fusils sous le nez bien avant que les Japs s'intéressent à la politique de Roosevelt. Le danger crève les yeux.

Frankie surprit le regard échangé par Johnny et l'un des autres jeunes hommes.

— Mais Harry, il ne vaudrait pas mieux attendre de savoir vraiment ce qui se passe ?

— Quand les Allemands débarqueront, ils le feront sans prévenir.

L'avis de ce Harry devait souvent être pris en considération, mais Frankie voyait bien que, sur ce sujet-là, les autres n'avaient pas envie de l'écouter. Son scénario défiait l'entendement. Il défiait même l'imagination.

— Comment peux-tu en être si sûr ?

Il se contenta de hausser les épaules, mais la question arracha un ricanement à l'un des hommes qui avait affiché une mine incrédule à l'énoncé de sa théorie sur les Japonais.

— Il vaudrait surtout mieux qu'on se préoccupe de ce qui a lieu *là-bas*, déclara Frankie le plus posément possible. Les Juifs sont victimes de rafles, chassés de leurs maisons, et pas par milliers, mais par dizaines de milliers. C'est une véritable marée humaine qui se déplace en Europe. Une mer de corps en mouvement, qui patientent dans les files d'attente, qui se pressent contre les portes des consulats et des ambassades, partout. Des masses qui marchent et qui n'ont nulle part où aller.

— Mais il y en a plein qui arrivent à partir. Merde, j'ai lu un article l'autre jour sur un groupe qui avait fait tout le chemin jusqu'à…

— Il est trop tard, le coupa Frankie. Il est trop tard pour la plupart d'entre eux. Et maintenant, ils sont piégés et les choses vont sans cesse empirer. Il y a des bataillons SS qui rassemblent les Juifs dans les villes russes et qui les exécutent tous.

Elle se leva.

— Et pendant ce temps, vous, vous restez assis les bras croisés.

— Foutaises, marmonna Johnny.

Tremblante, Frankie jeta un coup d'œil à Harry. Elle n'avait pas eu l'intention de prendre la parole.

— Vous êtes allée là-bas ? s'enquit-il.

Elle fit signe que oui tout en cherchant de la monnaie pour régler son café.

— Où ?

— Partout. Mais surtout à Londres.

Elle glissa quelques pièces devant sa tasse, consciente que tout le monde l'observait et que la salle était devenue silencieuse.

— Pour faire quoi ?

— Rendre compte de la situation. Je suis Frankie Bard, dit-elle en lui tendant la main.

Il émit un sifflement.

— Harry Vale, se présenta-t-il à son tour.

— C'est vous, la fille de la radio ? demanda Johnny.

Elle acquiesça.

— Vous séjournez ici ?

— Quelques jours.

— Pour nous interviewer ?

— Vous avez quelque chose à raconter ?

Les hommes autour de Johnny éclatèrent de rire. Frankie remonta sur son tabouret pendant que les conversations reprenaient dans le café. Elle ne s'était pas du tout attendue à ça. N'ayant jamais entendu sa propre voix à la radio, elle n'avait aucune idée de ce à quoi elle ressemblait ou de l'impression qu'elle produisait. La semaine précédente, celle de Murrow lui était parvenue par les portes ouvertes d'une boutique new-yorkaise devant laquelle elle passait, et cela l'avait stoppée net dans la rue. Elle connaissait le studio d'où il s'était exprimé à ce moment-là, elle savait la manière dont il enveloppait la base du micro de ses mains, comme un enfant, et celle dont il parlait, les yeux fermés afin de se concentrer sur son débit, et voilà qu'il surgissait soudain, braillant sur les ondes par un après-midi ensoleillé du mois d'août. Mais elle n'était pas préparée à ce que les gens l'écoutent ainsi et soient habitués à sa voix.

— Dites-moi, quelle est la probabilité selon vous pour qu'un sous-marin allemand aborde nos côtes ? l'interrogea Harry.

— Vous êtes sérieux ?

— À vous de juger.

— Je n'y crois pas. Maintenant qu'ils sont en Russie, ils auraient trop de batailles à livrer en même temps.

Si elle l'avait déçu, il n'en montra rien.

— Vous avez des cartes ? demanda une voix masculine à l'accent germanique.

Un homme trop âgé pour servir dans l'armée venait d'entrer dans le café, coiffé d'une casquette sous laquelle s'enroulaient ses épaisses boucles blondes. Il s'avança avec aisance en faisant craquer le plancher sous ses pieds pour s'arrêter devant la caisse. Il posa les mains sur le comptoir en scrutant les rangées de tasses sur l'étagère derrière Betty.

— Quel genre de cartes ?

— À jouer.

Il y avait un pot sous la caisse enregistreuse, rempli de boîtes d'allumettes et de jeux de cartes. Betty Boggs saisit un paquet à l'effigie des bombardiers allemands et le plaça devant lui.

— Ça ? fit-il, désarçonné.

— C'est tout ce que j'ai.

Il retourna le paquet. *Bombardier allemand Messerschmitt Me-110*, était-il écrit sous le ventre noir de l'avion. À côté du sept de carreau s'étirait la silhouette du même avion vu de face, comme s'il volait bas, sur le point de larguer une bombe. L'homme prit son temps pour l'examiner, mais Frankie aurait juré qu'il sentait tous les yeux rivés sur son dos.

— Alors vous les voulez ou pas ?

— Oui. Je les veux.

Il posa vingt-cinq cents sur le comptoir.

— Merci, dit-elle en s'écartant de lui.

Et elle se planta devant sa caisse en attendant qu'il parte. Il ne s'attarda pas. Sous le regard de Frankie, il sortit et traversa la rue devant le café.

— Qui est-ce ?

— Une sorte de Boche, répondit Johnny en lui faisant un clin d'œil. Soyez prudente.

— Que voulez-vous dire ?

Elle trouvait détestables l'excitation et l'air finaud de Johnny Cripps, typiques de la brute épaisse qui aime jouer à monsieur je-sais-tout.

— Il n'est pas de chez nous, expliqua le voisin du jeune homme. Il s'appelle Schelling et il vit à Franklin depuis le printemps.

— Et là, il repeint la maison du docteur Fitch pour qu'elle brille comme un soleil. Ça ne vous inquiète pas, monsieur Vale ? On ne voit plus qu'elle, maintenant.

Si elle avait pu fermer les yeux et s'accrocher à quelque chose, songea Frankie avec effroi, elle aurait réussi à ignorer la nuée d'oiseaux qui s'élevaient dans sa poitrine. Le nom du médecin avait jailli de but en blanc dans la conversation, et elle n'était pas du tout prête à l'entendre.

Harry secoua la tête.

— Pourquoi devriez-vous être inquiet ? demanda-t-elle d'une voix tendue.

— Parce que les Boches auront un point de repère sur le rivage, répliqua Johnny. Une belle marque blanche sur le promontoire qui domine la ville.

— Vous êtes au courant de ce que la femme de Fitch a raconté à Beth au marché l'autre jour ? lança Tom Jakes. Qu'elle voulait être sûre que son mari retrouve le chemin de la maison.

— Quoi ? s'exclama Frankie en se penchant pour voir qui avait parlé.

— Taisez-vous, Tom Jakes ! ordonna Betty Foggs en posant une cafetière sur le comptoir.

— Que voulez-vous dire ? insista Frankie. Où est le docteur Fitch ?

— À Londres, l'informa Johnny.

— Il est parti donner un coup de main au moment du Blitz, expliqua la patronne du café, avant d'ajouter, comme à part soi : Il a très mal encaissé la mort de Maggie.

— Comment va Jim Tom ? demanda un homme derrière Harry.

— Mieux que n'importe lequel d'entre vous si vous étiez à sa place ! Il trimbale sa petite fille partout avec lui. Mais c'est dur de se débrouiller seul avec cinq gamins, même si sa mère habite au bout de la rue.

Frankie descendit brusquement de son tabouret.

— De toute façon, reprit Betty, le docteur devrait bientôt revenir.

— Bien. Bien, merci.

— Au revoir, dit Betty en glissant dans son tablier les pièces que Frankie lui avait laissées.

Déjà, elle souriait à Harry qui refermait le cercle sur eux.

Frankie poussa la porte moustiquaire et émergea sur Front Street, où la foule des vacanciers allait et venait d'un pas tranquille dans les magasins. Le sang cognait à ses tempes. Le médecin était mort. Le Blitz était terminé depuis des semaines. Un homme de l'autre côté de la rue croisa son regard et souleva son chapeau. Elle se força à lui sourire. On était en août et le médecin avait été tué en mai. Il était mort. Elle l'avait vu mourir. Détachant les yeux de la bande de soleil sur le trottoir, elle aperçut l'Allemand du café qui se dirigeait lentement vers le bureau de poste. Elle le suivit machinalement et s'arrêta au pied des marches du bâtiment bien après que l'homme eut disparu dans une station-service, plus loin dans la rue. Jamais elle n'aurait imaginé que ce serait elle qui apporterait en ville la nouvelle de la mort du médecin.

Elle resta un long moment immobile, à fixer le perron ombragé du bureau de poste. Elle était là parce qu'elle détenait une lettre. C'était aussi simple que ça. Elle détenait une lettre et elle était censée la remettre à sa destinataire. Elle l'avait gardée sur elle de Londres à Berlin et sur le chemin du retour aussi. Elle l'avait transférée de la poche d'une jupe à une autre, lui avait fait traverser le continent européen et un océan avant de remonter la côte est pour arriver jusqu'ici, à Franklin. La lettre se trouvait contre ses cigarettes, dans la doublure en satin de sa poche – comme toujours depuis le début. Elle n'avait qu'à la sortir et à la donner. Bien sûr, elle pouvait juste la poster aussi. Elle n'avait pas besoin de dire à Emma Fitch ce qui s'était passé, n'est-ce pas ?

— Oh, bon sang ! jura-t-elle à mi-voix.

Elle monta les marches deux à deux. Une queue s'était formée dans le bureau de poste et elle attendit sur le côté, près des boîtes aux lettres. Il régnait en ce lieu une atmosphère paisible, un sentiment d'ordre et de calme. La receveuse se tenait fièrement à son guichet, telle une figure de proue.

— Bonjour, dit-elle, avant d'abattre un tampon sur trois lettres d'affilée avec un bruit net et clair, puis de jeter celles-ci derrière elle d'un geste impatient du poignet.

Frankie observa les enveloppes voler en silence par-dessus l'épaule de la receveuse et atterrir dans des sacs. Elle aurait voulu que l'ordre des choses perdure.

— Bonjour, répondit-elle.

Iris poursuivit son travail, mais leva les yeux au bout de quelques instants en constatant que Frankie ne s'était pas avancée vers elle et qu'elle ne faisait pas non plus mine de partir.

— Puis-je vous aider ?

— Est-ce que tout le monde en ville en a une ? commença Frankie en désignant les boîtes aux lettres.

— Oui. Pourquoi ?

— Je me demandais si les gens recevaient leur courrier ici.

— Oui.

— Et vous, vous êtes la receveuse ?

— En fait, on devrait dire « receveur », la corrigea Iris. Que le poste soit tenu par un homme ou une femme, le titre officiel est « receveur ».

— En Angleterre, ce serait « receveuse ».

— Vous êtes allée en Angleterre ?

— Oui, dit Frankie en s'approchant lentement du guichet. Je viens de rentrer.

— Vous comptez rester ici un moment ?

— Le temps de me reposer.

Iris hocha la tête avec circonspection. Se reposer ? Cette femme en semblait incapable.

J'ai une lettre, voulait lui confier Frankie. *Prenez-la.*

— J'aimerais être sûre de bien saisir…

Mlle James patienta.

— Le moindre courrier passe entre vos mains ?

— Pourquoi ?

— Toutes les nouvelles, tous les messages de la ville transitent par ici ?

— Quelle est votre question, au juste ? demanda Iris un peu sèchement.

— J'essaie de comprendre quelque chose.

— Tout ce qui a un rapport avec cette ville transite par ici, oui. C'est comme ça que fonctionne le service des postes. C'est comme ça que fonctionne toute la circonscription. Quand une lettre est envoyée, elle parcourt tout le système en étant triée, expédiée, triée de nouveau, puis distribuée à qui de droit.

— Je vois, dit Frankie, épuisée. Donc, si une nouvelle arrivait ici, vous seriez la première informée ?

— Quelle nouvelle ?

— N'importe laquelle. L'annonce d'un décès, par exemple.

— Qui êtes-vous ?

— Personne. Une journaliste.

— Vous écrivez un article ?

Frankie secoua la tête.

— Il n'y a pas eu de décès, décréta la receveuse.

L'horloge émit un bourdonnement en affichant 10 h 30.

— Très bien, dit Frankie. Au revoir.

Elle se figea au pied des marches à l'extérieur et regarda une Plymouth rouler au pas dans la rue écrasée de soleil. Une Plymouth bleue conduite par un homme coiffé d'un chapeau. En face, quelques-uns des jeunes du café avaient pris place sur deux bancs. Comment ceci pouvait-il avoir lieu en même temps que cela ? Sous la chaleur, la ville se compressait et se déliait devant elle. Elle-même se sentait disloquée, comme le matin où Harriet était morte, quand elle avait attendu que Billy, le petit garçon qu'elle avait raccompagné chez lui, se retourne vers elle sur le seuil de sa maison. *Chez lui ?* Elle se rappela avoir effacé ces mots dans sa tête en le voyant prendre conscience que sa mère était morte. Elle n'était pas dans la maison. Elle n'était plus nulle part. Chez lui, c'était une expression qui appartenait à une autre langue, un autre monde où les gens s'éveillaient le matin et s'étiraient en admirant un ciel dégagé et les oiseaux par la fenêtre de leur chambre.

Il était près de 11 heures lorsqu'elle regagna son pavillon. Quelques baigneurs rentrés tôt de la plage attendaient de déjeuner, assis sur les galeries voisines. Elle entra dans la pénombre de son salon, sortit la bouteille de whisky qu'elle avait apportée et but un verre cul sec debout près de l'évier.

L'image du docteur surgit soudain devant elle, puis le petit garçon aspiré par la foule, puis Thomas qui la fixait juste avant d'être abattu. Comme une série de cartes prêtes à tomber, ses souvenirs basculèrent sur une longue passerelle, chacun dégringolant et poussant le suivant sans bruit, inéluctablement – ils trébuchaient et s'effondraient en ligne devant elle qui se tenait là, pétrifiée, les jambes en coton. Elle suivit leur défilé jusqu'au garçon anonyme du dernier train quand il avait pivoté vers elle et ensuite disparu. Elle plaqua les mains sur sa bouche en s'appuyant contre l'évier avec cette ultime vision à l'esprit.

Sur la petite table du salon trônait la masse noire du gramophone. Sa vue l'incita à aller chercher son sac, dans lequel se trouvaient toujours les disques. Elle en posa un sur la platine et mit l'appareil en marche. Le disque marqua un petit à-coup avant d'entamer son lent mouvement de rotation. Plaçant son auriculaire sous le bras articulé, elle le souleva avec précaution et positionna l'aiguille sur la face. *Parlez dans le micro*, dit sa voix. *Présentez-vous.* Frankie s'assit tandis que les roues du train tambourinaient légèrement à côté d'elle, *ratata, ratata, ratata. Parlez*, répéta sa voix avec plus de douceur. *Inga. Inga Borg*, répondit timidement la fille. Et son visage étroit à l'air nerveux lui revint en mémoire. *Je m'appelle Luther*, lança une voix de garçon. Frankie ferma les yeux en écoutant ce schéma familier, la fille, son frère, l'homme, Thomas.

Un chuintement résonna en boucle dans la petite pièce lorsque l'aiguille glissa vers la fin du disque. Frankie écarta le bras du gramophone pour passer à l'autre face et abaissa l'aiguille.

Cette fois, c'était un vieil homme qui s'exprimait dans un anglais hésitant. *J'ai vu ma femme là, dans les escaliers. Elle était si…* Il toussota, et Frankie lui murmura quelque chose… *désirée.* Elle se rappela que l'homme était seul dans la gare. *Ils nous ont réveillés*, expliqua une femme en français. *Je n'ai pas eu le temps de prendre à manger pour mes garçons. Votre nom ? Je m'appelle Hannah Moser…*

Les voix étaient vieilles et jeunes, douces et pleines, et éraillées, fragiles, assoiffées. *Comme ça*, disait la sienne à quelqu'un. Les gens parlaient dans des langues qu'elle ne comprenait pas, qu'elle n'avait même jamais entendues, le hongrois des montagnes, le serbe, le croate, des langues épaisses et des syllabes éclatées qui se détachaient et s'évanouissaient dans le néant à mesure que les disques se succédaient. Trois minutes par face. La plupart des réfugiés donnaient leur nom. Il y avait un enfant qui n'y arrivait pas ; chaque fois qu'elle le lui demandait, il piquait un fou rire, et son rire à elle était sur le disque aussi, elle avait gloussé. *Essaie encore. Pet…* Puis il était parti.

Elle passa au dernier enregistrement, celui qu'elle avait effectué par-dessus un autre, et dès les premières secondes, les sons – *Jaspar, je suis, Greta, suis allé le chercher, vraiment ? La plus petite maison au bout de la rue était marquée, mais moi, Ruth, Sebastian, suis…* – lui sautèrent à la figure comme une créature folle.

Elle resta là à écouter l'étrange chaos de ce disque – *Hannah, je suis, non, non, j'ai dit, C'est quoi, ça ? Ein Kartoffel. Non !* –, ces voix qui en remplaçaient d'autres, aiguës, basses, insistantes, et qui se chevauchaient. Des voix humaines qui se pourchassaient dans les airs, pour n'être suivies à la fin que par le chuchotement de l'appareil tandis que le silence s'abattait sur les hommes et les femmes, et les enfants hilares. Elle avait voyagé avec eux, elle avait patienté dans les files d'attente, elle les avait regardés franchir des portes et monter dans des trains. *Merci, mademoiselle*, avaient-ils dit. *De rien*, avait-elle répondu. Deux mois plus tôt seulement.

23

Là ! Il est là ! Là !

Frankie s'éveilla en sursaut. Quelqu'un avait crié. Elle s'aperçut au bout d'une minute que c'était elle. La gorge sèche et douloureuse, elle remonta les genoux sous les couvertures en fixant le miroir au-dessus de la commode. Son visage livide semblait aveugle. Elle cligna lentement des paupières, et les traits éclatés de la femme dans la glace se remirent peu à peu en place. Elle prit ses cigarettes et son briquet sur la table de nuit et ramena son oreiller plus haut derrière elle, le cœur encore affolé.

Elle avait l'impression de devoir gravir un long raidillon pour regagner le monde. Le store pendait, immobile. La lumière dans la chambre s'était adoucie. Un coup d'œil à l'horloge lui apprit qu'elle avait dormi jusque tard dans l'après-midi. Des voix de femmes lui parvenaient de l'une des maisons voisines et elle resta étendue sur son lit, les yeux fermés, à écouter ce qu'elles disaient sans distinguer leurs paroles. Puis elle rouvrit les yeux. Bon. Elle bascula ses jambes hors du lit et s'étira.

De là où elle était, elle avait vue sur tout le salon jusqu'à la porte qui donnait sur la galerie extérieure.

Quelqu'un était assis sur l'une de ses chaises en bois blanc. Elle s'approcha sans bruit de la fenêtre, mais le haut dossier du siège lui cachait complètement l'individu. Elle sortit.

L'Allemand du café se leva, ôta son chapeau et la salua d'un signe de tête. Il sentait vaguement l'essence de térébenthine.

— Bonjour, dit-elle avec méfiance.

— Tout va bien ?

— Comment ça ?

— Vous avez crié.

Elle ne répondit pas.

— Je vous ai entendue, ajouta-t-il en se concentrant sur un point de la porte derrière elle, comme pour préserver son intimité. Depuis mon échelle.

Il se tourna et lui montra une grande maison derrière la rangée de résidences secondaires.

— Entrez donc, proposa-t-elle.

— Non.

— Très bien.

Elle s'affaissa sur l'une des chaises alors qu'il restait debout près d'elle.

— Vous aviez peur.

C'était une question, comprit-elle. Elle hocha la tête et lui désigna l'autre siège.

— J'ai fais un rêve. Un cauchemar, plutôt.

— Vous avez rêvé de l'Allemagne ?

— Pardon ?

— Vous êtes allée en Europe. C'est ce qu'on raconte en ville.

Elle acquiesça. Brusquement, il s'assit à côté d'elle.

— Vous arrivez tout juste d'Allemagne ? demanda-t-elle.

— D'Autriche. En avril.

Le tissu élimé et lustré de sa veste accrocha le soleil. Les mains dans les poches, le buste en avant, il aurait pu être n'importe quel homme parmi tous ceux qui s'étaient penchés vers son micro pour se présenter. Il lui était si familier, à cet instant. Il paraissait plus réel que toutes les personnes qu'elle avait rencontrées depuis son retour.

Elle effleura la manche de sa veste.

— Venez, je veux vous faire écouter quelque chose.

Sans attendre de voir s'il la suivait, elle se leva et alla remplacer le disque qu'elle avait laissé sur le gramophone par celui de Thomas. Dès qu'il se mit à tourner, elle abaissa l'aiguille au milieu de l'enregistrement.

Ce fut d'abord elle qu'on entendit. *Parlez là*, disait-elle. *Parlez dans le micro.*

Ça commence ?

Il y eut un blanc correspondant au moment où elle avait opiné en silence. La voix de Thomas revint ensuite, un peu plus forte, comme s'il s'était rapproché. *Je m'appelle Thomas Kleinmann. Je viens d'Autriche.* Il s'éclaircit la gorge. *Des montagnes autour de Kitzbühel…*

Otto se tenait sur le pas de la porte. Il ne bougea pas jusqu'à ce que le disque s'achève. Alors seulement, il s'avança dans le salon en lâchant son chapeau sur un fauteuil. Il s'arrêta près de Frankie, les yeux rivés sur le gramophone.

— Il y en a d'autres ?

Elle fit signe que oui. Elle retourna le disque avec précaution pendant qu'il s'asseyait et abaissa de nouveau l'aiguille. Ensuite, elle alla chercher sa bouteille de whisky ainsi que deux verres et s'installa sur le canapé. Ils écoutèrent un deuxième disque, puis un troisième, puis un quatrième. Lorsque celui-ci se termina, Otto se chargea très poliment de le changer lui-même. Et le suivant après ça.

Je n'invente pas ces gens, pensa Frankie alors que les voix s'élevaient dans la pièce les unes après les autres. *Nous sommes là.* Là. *Je m'appelle Marta*, déclarait une femme dans un anglais presque parfait. *Je viens de quitter le camp de Gurs.*

Otto bondit de son fauteuil. Il souleva l'aiguille et la reposa doucement. La voix de la femme devint indistincte, s'interrompit et s'accéléra. *Je m'appelle Marta. Je viens de quitter le camp de Gurs.*

Ils ont ouvert les portes avant-hier sans prévenir. L'une des femmes du bâtiment le plus proche a couru vers notre bloc pour nous dire dépêchez-vous, dépêchez-vous, et nous avons été quatre à la suivre. C'est comme s'ils en avaient eu assez de tout ça, ces femmes et ces enfants qui attendent et qui meurent, comme s'ils en avaient eu assez de nous et qu'ils avaient simplement laissé la porte ouverte. Laissez sortir les Juifs. Cot, cot, cot. Laissez sortir la volaille.

Et on s'est retrouvées de l'autre côté. En France. Avec quelques habits et de vieux papiers. Mais j'avais depuis longtemps arrêté de croire que les papiers signifiaient encore quelque chose : les papiers, les horaires des trains, les promesses d'une autre vie. On ne se souciait que de manger, dormir et s'habiller. On n'avait plus d'autres préoccupations.

Il y a tant de femmes qui ont marché avec moi au milieu des arbres.

Sa voix se tut.

Merci, glissa celle de Frankie.

Otto resta immobile. La tête baissée, les mains pendant mollement, il fixait le disque qui tournait et tournait.

Frankie éteignit l'appareil.

— Ma femme, déclara-t-il. Elle est là. À Gurs.

Deux petites pelouses plus loin, derrière la fenêtre de sa cuisine, Emma laissa retomber sa main. Otto et la femme discutaient face à la mer. Elle les avait observés assez longtemps pour avoir envie de s'immiscer dans leur conversation, mais quand elle avait levé la main, la femme s'était inclinée vers Otto, qui paraissait à présent prêt à s'effondrer. L'inconnue lui touchait le bras et ne le lâchait pas. Emma sentit un coup en elle, si fort et si soudain que ce fut comme une annonciation, comme un ange venu lui dire : *Maintenant*. Sous le choc, elle retint son souffle. Cette femme l'emplissait d'une peur indéfinissable, installée là avec ses longues jambes, son foulard et ses lunettes de soleil. La tête penchée l'un vers l'autre, Otto et elle avaient cessé de parler, et tous deux lui renvoyaient l'image d'anges éplorés, l'un vêtu d'un pardessus, l'autre d'un chemisier, dominant, comprenant ce qui allait arriver. Ce qui allait lui arriver.

Sur le rebord de la fenêtre se trouvait une photo encadrée de ses parents et elle. Sa mère la portait, assise sur une chaise, tandis que son père se tenait debout derrière elles. Emma saisit le cliché. Il y avait bien eu quelqu'un qui l'avait serrée dans ses bras, quelqu'un qui avait veillé sur elle, elle en avait la preuve. Elle examina le visage de ses parents, qui détournaient le regard de l'objectif – et donc d'elle-même – pour contempler leur bébé à la place. Inspirant profondément, elle reposa la photo à côté de celle de Will, prise lors de la remise de son diplôme de médecin, et fit pivoter légèrement les cadres l'un vers l'autre, pour faire les présentations, aurait-on dit. Puis elle reporta son attention vers la fenêtre. Les deux anges avaient quitté leur siège.

Durant une heure, Emma garda les yeux rivés sur la petite maison dans laquelle Otto avait disparu, comme si ce qu'il faisait à l'intérieur avec l'inconnue la concernait. Comme si, lorsqu'ils sortiraient enfin, tous deux allaient venir lui apporter quelque chose.

Pourtant, lorsqu'ils émergèrent sur le perron et qu'Otto montra sa maison à la femme, Emma paniqua. Elle s'écarta de sa fenêtre et se hâta le long du couloir avec l'intention de fermer la porte de chez elle, de la verrouiller, puis de monter à l'étage s'asseoir sur le lit et attendre qu'ils passent leur chemin.

Mais ils franchissaient déjà le portillon au bout du jardin. Otto l'aperçut, plantée derrière la porte moustiquaire, et agita la main.

— Emma ! cria-t-il.

Allez-vous-en ! aurait-elle voulu répliquer. *Allez-vous-en.* Au lieu de quoi, elle poussa la porte et les regarda venir vers elle.

— Emma !

Jamais elle n'avait vu Otto si enthousiaste.

— Emma, voici quelqu'un qui arrive de là-bas. Quelqu'un qui est allé en France.

— En France ?

Elle le dévisagea sans comprendre, avant de se tourner vers la femme, qui semblait mal en point et incapable de faire un pas.

— Elle est allée là-bas, répéta Otto. Elle a les enregistrements.

— Euh… oui, confirma Frankie, la bouche sèche.

— Racontez à Emma ce que vous m'avez dit, lui enjoignit l'Autrichien.

Emma baissa vivement les yeux sur lui.

— À quel sujet ?

— Des réfugiées ont été libérées de Gurs, déclara Frankie en articulant chaque mot avec peine. Il y a un peu plus de deux mois.

— Vous entendez ça ? lança Otto à Emma d'un ton pressant.

— Je ne vois pas…

— Mon Anna n'est pas à Gurs, peut-être, expliqua-t-il avec une joie qui mit Frankie au supplice. C'est pour ça qu'elle n'écrit pas. Elle n'est pas là. Et Mlle Bard dit qu'elle a enregistré quelques-unes de ces femmes. Il y a peut-être Anna dans sa machine.

— *Mlle Bard ?*

— Bonjour.

La femme au pied du perron s'approcha un peu. Elle avait le teint blafard.

— Je suis Frankie Bard.

Sur le point de s'avancer, Emma se figea. Frankie Bard, c'était une voix à la radio. Pas un corps en chair et en os, vêtu d'un chemisier blanc et d'une jupe étroite, qui surgissait devant vous à l'improviste. Elle frissonna.

— Comment est-ce possible ?

— C'est-à-dire ?

— Vous êtes là-bas.

— Je suis ici maintenant.

Durant tous ces mois, chaque fois qu'elle avait pensé à la femme du médecin, chaque fois qu'elle s'était imaginée lui donner sa lettre, Frankie s'était vue réconforter quelqu'un de terriblement éprouvé. Mais à présent qu'elle se tenait devant elle, elle découvrait une frêle créature dont la grossesse bombait la silhouette menue. Emma Fitch lui évoquait une petite fille aux allumettes avec un ballon en guise de ventre.

— Quand devez-vous accoucher ?

— Le mois prochain, répondit Emma, non sans une certaine méfiance.

— Il vaut mieux que je m'en aille, dit tout à coup Frankie, sans s'adresser à l'un d'eux en particulier. Je vous mets mal à l'aise.

— Non, pas du tout ! C'est juste que, pour nous, vous avez toujours été à la radio. Mon mari et moi, on vous écoutait ensemble et on discutait de vos reportages.

Frankie ne pouvait plus bouger. Tout ce qu'elle avait à faire, c'était ouvrir la bouche, regarder Emma et prononcer ces mots : *Je sais. Je sais que vous m'écoutiez.*

Je l'ai rencontré. Je lui ai parlé. Mais elle en était incapable. Elle arrivait tout juste à respirer.

— Il y a la voix des gens dans la machine, intervint Otto. Emma, elle peut vous raconter comment c'est, là-bas. Elle peut nous…

— Oui, oui, l'interrompit Emma en lui touchant la manche. C'est bon, Otto. Ça suffit.

Elle jeta un œil à la journaliste, qui avait croisé les bras.

— Merci, mademoiselle Bard. Je ne voudrais pas être grossière, mais mettez-vous à ma place. Je n'ai aucune envie qu'on me décrive ce qui se passe là-bas, dit-elle d'une voix rapide, haut perchée et légère. Ça ne m'apporte rien, à moi, d'apprendre quelles attaques et quelles contre-attaques ont été menées, ou quel bombardier Douglas a été perdu. Je ne veux pas savoir ce qu'il est peut-être en train de vivre. Enfin, si, mais je ne veux pas…

Elle se tut.

— Je ne veux plus de nouvelles, mademoiselle Bard, conclut-elle doucement.

— Madame Fitch…

— Non. Mon mari est parti. Et cela fait des semaines que je n'ai pas reçu la moindre lettre. Rien de rien. Alors maintenant, je me concentre pour le garder vivant. Je ferme les yeux, mademoiselle Bard, et j'imagine où il est, et le mal qui va peut-être le frapper, et ensuite je déroule le scénario en sens inverse et j'imagine que le mur sous lequel il est enterré se relève. J'imagine l'éclat de verre qui l'a peut-être touché et je le fais redevenir entier. Et j'imagine mon mari sain et sauf.

Elle appuya une main sur son ventre en grimaçant et descendit lentement les marches du perron. Frankie la suivit sans un mot. Parvenue au bout du jardin, Emma s'arrêta et tint le portillon ouvert – en attendant qu'elle s'en aille, comprit Frankie.

24

S'il y avait une chose dont Frankie était fière, c'était d'avoir toujours été la première à se lever pour dire la vérité. Elle se considérait intrépide, une sorte de Jeanne d'Arc, courageuse, impétueuse et passionnée. Et les autres l'avaient toujours vue ainsi. Toute sa vie, elle s'était jetée la tête la première dans la bataille. Mais elle avait voyagé jusqu'ici, elle avait marché jusqu'à la porte du médecin et ouvert la bouche, tout ça pour ne rien dire. Elle manqua éclater de rire. Elle se leurrait depuis le début. Durant tout le temps qu'elle avait passé à enregistrer des voix, à scruter les visages des gens en craignant de ne jamais savoir quelle serait la fin de leur histoire, *elle* était la fin. Elle était la fin qui arrivait pour ce petit bout de femme rageur à côté de chez elle. Elle était les ciseaux – elle qui s'était prise pour le fil.

Qu'avait-elle cru ? Que si elle remettait la lettre à Emma, si elle lui racontait ce qui s'était produit, les événements ayant conduit à l'instant où le médecin n'avait pas regardé du bon côté (parce que c'était ça, le drame, c'était ça qui lui restait en travers de la gorge), cela soulagerait la jeune femme ? Si… Le cœur du problème était là. Si Will Fitch n'avait pas observé une passante qui traversait la rue, s'il n'avait pas cherché le visage d'Emma sur tous ceux qu'il croisait, il aurait peut-être vu le taxi surgir. *Là ! Il est là ! Là !* Et si Frankie n'avait pas hurlé, Thomas n'aurait peut-être jamais été découvert.

Si.

Elle rejeta la couverture – elle avait trop chaud pour dormir – et alla dans le salon, où elle ouvrit les fenêtres pour laisser entrer la brise nocturne. Il y avait de la lumière dans ce qui devait être la chambre d'Emma, un petit carré jaune en hauteur dans la nuit noire. Frankie s'écarta du carreau et alluma le gramophone. Peu importait quel disque elle écoutait. Elle abaissa le bras et éteignit la lampe.

« Nous appartenons à une fédération de cassandres », lui avait confié Martha Gellhorn avec amertume un soir au *Savoy*. Frankie avait alors dévisagé son aînée en songeant : *pas moi*. L'image de Cassandre, belle et folle, errant dans les rues de Troie et criant « Écoutez-moi, écoutez-moi ! » était un avertissement, pas un signe. Mais à présent sa propre voix s'était enfuie, cette voix qu'elle croyait courageuse et fière. Elle était là, sur un perron tout au bout du pays, incapable de parler, incapable de rien faire d'autre qu'écouter des voix enregistrées sur des disques, encore et encore.

La lumière chez Emma s'était éteinte. Frankie considéra la maison plongée dans le noir. Incapable même d'annoncer la nouvelle.

Les quelques jours suivants, ses habitudes suivirent un schéma de plus en plus dépouillé. Elle se surprit à éprouver cette vieille crainte teintée de nervosité qui l'envahissait autrefois avant de passer à la radio, quand les heures du jour pesaient de plus en plus lourd jusqu'au moment où elle prenait la parole. Elle ne parlait à personne. Elle dormait. Elle se réveillait. Elle allait au café en ville et, au retour, hésitait devant la porte d'Emma. Presque tous les matins, Otto était sur son échelle, occupé à peindre la face nord de la maison. L'après-midi, elle quittait la ville en coupant à gauche de la route pour s'enfoncer dans les tourbillons de sable et les touffes d'herbe. Et elle sombrait dans le profond silence des heures et des dunes, comme un oiseau abandonné aux courants du ciel.

Le temps retenait son souffle désormais. Il avait fait un roulé-boulé lorsque Will était mort, lorsque Thomas avait disparu et que le petit garçon s'était éloigné d'elle en franchissant un portillon, à croire que rien ne pouvait se produire, que rien ne s'était produit même. Le monde était repoussé à l'écart. Et dans le silence, elle ne voyait pas comment revenir en arrière ni comment avancer.

Les portes moustiquaires des autres maisons claquaient, faisant office à la fois d'annonce et de conversation, ce qui permettait à Frankie de savoir quand elle était seule et quand elle avait la compagnie de ces étrangers familiers. La lumière du soir barbouillait les ors du sable et du soleil, si bien que ce crachat de terre, cette oreille qui s'enroulait vers le port, flottait perpétuellement indécis entre le continent et la mer. Les marées allaient et venaient sous le large enchevêtrement de nuages. Le drapeau du bureau de poste s'élevait au-dessus des toits de la ville chaque matin à 7 h 30 précises, puis redescendait chaque soir à 18 heures. Adossée au miroir de sa commode, la lettre du médecin était la première chose que Frankie apercevait le matin et la dernière le soir lorsqu'elle éteignait sa lampe.

Le quatrième jour, elle émergea des dunes au moment où Emma remontait la rue pour rentrer chez elle.

— Bonjour, dit-elle en agitant la main, bien que son sang lui donnât l'impression de s'être changé en sable, dans ses veines.

Emma la salua à contrecœur.

— J'ai décidé de rester en ville, annonça Frankie en traversant la route et en s'arrêtant devant elle, nauséeuse.

— Je vois ça.

— J'espère que vous n'y voyez pas d'inconvénient.

— Pourquoi voulez-vous que j'en voie un ?

Frankie ne répondit pas. Appuyée contre sa barrière, la femme du médecin l'examinait.

— Vous n'êtes pas aussi imposante que je l'avais imaginé.

— Ah oui ?

Frankie prit son paquet de cigarettes et le secoua en direction d'Emma avant de lui tendre son briquet. La flamme grésilla brièvement au contact du tabac, puis Emma tira une bouffée avec reconnaissance.

— À la radio, vous renvoyez l'image de quelqu'un de très grand. Plus grand que vous ne l'êtes en tout cas, et plutôt… impatient.

Sa remarque arracha un sourire à Frankie.

— Vous avez eu peur, là-bas ?

Devant le silence de la journaliste, Emma se ressaisit vivement.

— Je suis désolée, je ne voulais pas être indiscrète.

— Bon sang, jura Frankie d'une voix ténue. Je vous en prie, posez-moi autant de questions que vous voulez.

— Vous n'aviez jamais l'air d'avoir peur.

— De quoi avais-je l'air ?

— Je ne sais pas. Révoltée. Et lucide. Et parfois heureuse, ajouta-t-elle. Comme mon mari.

Frankie en eut le souffle coupé.

— Heureuse, répéta-t-elle avec peine.

— Excusez-moi, bafouilla Emma, rougissante, en poussant son portillon. Pardon de vous avoir retenue. J'en ai trop dit.

— Non. Madame Fitch…

Emma pivota vers elle.

Je ne veux plus de nouvelles, avait-elle déclaré. Une fois de plus, Frankie perdit tout courage.

— Vous ne me retenez pas du tout, dit-elle en réussissant à sourire.

Emma la dévisagea un instant avant de rentrer lentement chez elle.

Frankie regagna sa maison et se dirigea droit vers la chambre, où elle contempla la lettre. Son esprit se cabrait, tournoyait et regimbait. Tous ses membres étaient devenus lourds, elle était incapable de soulever la lettre. Elle ne pouvait pas le tuer. Elle abandonna donc l'enveloppe à sa place et revint dans le salon.

Elle avait misé sa carrière sur un conseil que Max lui avait donné à ses débuts : une histoire se racontait en laissant parler les petits détails. On la regardait bien en face pour la comprendre, puis on continuait à la regarder pour la faire comprendre aux autres. Dès l'instant où on se laissait distraire, en s'engageant dans une description, une métaphore quelconque, tout s'effondrait, sans bruit, totalement. Mais là, elle était perdue. Elle avait cligné des yeux. Elle s'était laissé distraire. Elle ne savait plus du tout comment dire ce qu'elle était venue dire. Si quelque chose de positif avait pu en ressortir, c'était terminé. Peut-être y avait-il eu un moment où elle aurait pu simplement expliquer ce qui s'était passé à Emma, un moment où elle aurait pu lui remettre la lettre et refermer d'un geste sec le fossé temporel. Will est mort, voici comment, et où, et quand. Au lieu de quoi elle se retrouvait là, un archer bandant son arc de plus en plus fort.

Un archer ? Elle ricana. Une menteuse, oui.

Elle s'assit et resta immobile tandis que le jour avançait à petits pas.

Dans la maison d'à côté, quelqu'un alluma la radio et la voix surexcitée d'un présentateur emplit l'air. *… a été capturé. Vous avez bien entendu ! Un U-570 a été intercepté. Le sous-marin allemand a fait surface juste en dessous d'un bombardier Hudson de l'aviation côtière qui effectuait une mission de routine au sud de l'Islande. Nous avons appris que le commandant allemand s'est rendu et que le sous-marin a mis le cap sur l'Islande.*

La voix fut coupée. La porte d'entrée claqua et un homme en maillot de bain dévala les marches jusqu'au sable en portant un parasol. La chaleur bourdonnait. Un rai de lumière se déversait paresseusement par la fenêtre pour s'échouer sur la table. C'était un magnifique après-midi d'été, le 28 août.

Frankie jeta un œil au ciel à travers la fenêtre et imagina tout un paysage. La mer. La proue blanche des bateaux. Depuis le cap Cod, il fallait compter trois à quatre jours de navigation pour rejoindre l'Islande. Pour la première fois, elle se demanda si Harry Vale n'avait pas eu raison. Des sous-marins allemands faisaient-ils route vers eux ? La presse n'était pas sous la coupe de l'État, mais elle n'ignorait pas combien il était facile d'étouffer la vérité. Elle avait eu si longtemps l'habitude d'être au courant de tout qu'elle ne se rappelait plus ce que c'était de ne pas avoir vent des bruits qui couraient, de la rumeur, des potins que les correspondants s'échangeaient. Les ragots, le bavardage incessant des journalistes, les gens qui collectaient des bribes d'informations et qui les transmettaient : d'une certaine manière, au cœur d'un tel système, on pouvait croire que rien ne pouvait arriver par surprise. Sans ces petits on-dit, sans les autres qui veillaient, qui parlaient, qui disséquaient la guerre, on avait le sentiment que tout pouvait se produire. Tout pouvait arriver.

C'était l'heure de la sieste dans la rue. L'heure de la sieste à la fin de l'été. Les corps allongés au soleil étaient visibles sur la plage au loin et la quiétude absolue qui régnait incita Frankie à se dépêcher.

Le temps de parvenir en ville, elle savait qui elle voulait voir. Elle traversa la pelouse de la grande place et quitta l'ombre des arbres pour franchir la partie à découvert au centre, prise d'une brusque envie que Harry Vale soit là-haut, en train de monter la garde.

Elle poussa la lourde porte de l'hôtel de ville et pénétra dans le hall silencieux, foulant à grandes enjambées le linoléum. Sur la droite, le secrétariat était ouvert et un léger bruit s'en échappait, comme si quelqu'un avait gratté ou frotté deux planches ensemble. Frankie s'avança. Une femme qui se limait les ongles leva les yeux vers elle sans s'interrompre, si bien que le petit bruit de scie ne cessa pas un instant.

— Bonjour, dit Frankie. Pourriez-vous m'indiquer le chemin jusqu'aux gardiens ?

La secrétaire avait un visage rond – ce qui n'était pas de chance pour quelqu'un d'aussi petit.

— Quels gardiens ? demanda-t-elle en posant sa lime.

— Les responsables du comité de Défense civile.

— Vous voulez dire Harry ?

— Harry Vale, oui.

La secrétaire lui montra du menton le hall derrière elle.

— En haut de l'escalier.

— Merci. Il est là ?

Un haussement d'épaules théâtral accueillit sa question.

— Si je le savais, il n'y aurait plus de secret.

— Quel secret ?

— Vous pourriez être une Boche, suggéra la femme en reprenant sa lime. Je ne veux divulguer aucune information.

Elle ponctua sa remarque d'un large sourire.

— Si j'étais une Boche, vous seriez morte.

— Hé ! protesta l'employée en virant au cramoisi, pas la peine d'être si désagréable !

Désagréable, pensa Frankie en sortant. *Tu n'as encore rien vu.* Le temps qu'elle atteigne l'escalier, la lime avait repris du service et elle entendit la femme tapoter du pied. Elle monta les marches deux à deux et parvint hors d'haleine au dernier étage.

— Oh ! c'est vous, mademoiselle Bard ! s'exclama Harry Vale en pivotant sur son siège.

Frankie marqua une pause sur le seuil. Harry était assis sur une chaise au dos droit, au milieu d'un alignement de trois fenêtres situé à l'extrémité la plus proche du grenier. Le soleil de l'après-midi entrait à flots, si bien que sa silhouette se dessinait à contre-jour. Tenant à la main la paire de jumelles qu'il avait baissée à l'arrivée de Frankie, il se retourna pour reprendre sa surveillance, le buste légèrement penché en avant, comme s'il répétait une manœuvre. Un bec Bunsen était posé dans un coin près d'un lit de camp fait avec soin. Ils avaient beau être au sommet de l'hôtel de ville, elle avait la nette impression que M. Vale était prêt à vivre là. L'endroit avait des allures de tente spartiate : rien que des objets indispensables et pratiques, alors même que la large pièce s'étendait autour d'eux avec son parquet nu qui sentait la mer.

— Je peux ? fit-elle en désignant une chaise près de lui.

— Je vous en prie.

Elle s'approcha de la fenêtre et découvrit le panorama offert par le dernier étage du bâtiment. Tout le port, pas seulement la partie centrale, s'étendait sous ses yeux, ainsi que la route d'accès à la ville. Elle distinguait même la crête du toit d'Emma. Harry Vale pouvait veiller sur eux tous, tel un dieu dont rien n'arrête le regard.

— Eh bien, commenta-t-elle, jolie vue !

Il acquiesça en silence, fixant toujours l'horizon.

Elle sortit ses cigarettes de sa poche et en alluma une.

— C'est vrai que vous voulez abaisser le mât du bureau de poste ? demanda-t-elle en avisant le drapeau qui flottait au-dessus des toits.

— Où avez-vous entendu ça ?

— Au café.

— Personne ne pense à garder un œil sur l'eau, expliqua-t-il lentement, et c'est par là qu'ils arriveront.

— C'est l'avis de la Défense civile ?

— C'est le mien.

— Mais que dit la Défense ?

— Des conneries, pour ce que j'en pense.

— Que dit-elle ? insista Frankie.

— Elle dit de surveiller le ciel. Elle veut des guetteurs avec des jumelles braquées vers le haut.

— Vous êtes très sûr de vous.

— Pourquoi avons-nous combattu pendant la Première Guerre mondiale, mademoiselle Bard ? demanda-t-il d'une voix si douce qu'elle prit Frankie au dépourvu.

Elle se tourna vers lui, mais il soutint tranquillement son regard.

— Bon, d'accord.

— Et voilà qu'on remet ça, dit-il.

— Ce n'est pas tout à fait pareil, quand même.

— Vous avez déjà songé à venir parler à la Défense civile ?

— À quoi bon ? Les gens préfèrent les mensonges à la vérité. On aurait dû entrer en guerre il y a trois ans, mais tout le monde s'en fichait alors même que les rapports étaient clairs à ce sujet.

Il grommela en signe d'assentiment et se dirigea vers l'autre rangée de fenêtres afin de poursuivre son observation. Il suivait un rituel bien précis, comprit Frankie. Elle en eut les larmes aux yeux. Cette conception acharnée et courageuse de l'ordre. Cet homme qui levait le bras en formant le même angle précis avec la mer chaque fois qu'il s'arrêtait pour la scruter. Cette main et cette tête qui travaillaient seules, sans se laisser distraire, résolues à ne pas relâcher leurs efforts.

— J'aimerais vous poser une question. Qu'est-ce que vous espériez, en allant là-bas ?

— Une fin, avoua Frankie, soulagée de dévier sur un autre sujet.

— À la guerre ?

— Oui, dit-elle en se hérissant. Ou plutôt non. Je voulais qu'elle débute, en fait.

— Et comment comptiez-vous vous y prendre ?

— Je croyais que plus il y aurait de gens au courant, plus ils pourraient voir… ce qu'il fallait faire.

— Foutaises. Personne ici ne regarde en dehors du cadre des photos, ou de l'histoire que vous essayez de raconter, pour voir la guerre cachée derrière. Pour voir ce qu'il y a vraiment.

— Et qu'y a-t-il vraiment ?

— Le hasard.

Elle attendit la suite.

— « L'étrange arithmétique du hasard », récita-t-il. Wilfred Owen.

Puis il reprit ses jumelles.

— Merde, jura-t-elle.

Il haussa les épaules.

— Nous ne pouvons pas modifier le cours des choses. Il y a toujours un événement qui se prépare.

— C'est censé me réconforter ?

— J'ai pas mieux, grogna-t-il en s'asseyant.

Son ventre débordait sur ses cuisses et tendait son pull. Frankie l'observa, puis se concentra elle aussi sur l'eau, qui s'étirait comme une toile loin de la ville. Et, bizarrement, elle se sentit mieux. Cet homme lui rappelait Will Fitch : *Tout ce que je suis, c'est une voix et une paire de mains*. Dans le noir, elle avait voulu endiguer le soulagement débordant du médecin, son soulagement et sa joie. À présent, elle était assise, tranquille, dans la ville qu'il avait quittée. Avait-il eu raison ? Un premier orchestre se fit entendre, annonçant le début de la soirée. Des écoliers se rassemblèrent devant le bureau de poste. L'un d'eux lança un caillou contre la barrière en bois. Il recommença, et recommença encore.

Ses camarades formèrent un vague peloton d'exécution en faisant mine de tirer sur quelque chose que Frankie ne vit d'abord pas, jusqu'à ce qu'elle se penche en avant sur sa chaise. Alors elle se leva d'un bond sans dire un mot et courut vers l'escalier, qu'elle descendit à toute vitesse en laissant sa main glisser sur la rampe pour garder l'équilibre. Elle passa le premier étage, atteignit le rez-de-chaussée, où le cliquètement d'une machine à écrire s'interrompit avant de reprendre au moment où elle se rua vers la lourde porte. Deux garçons suivaient Otto dans la rue. Frankie traversa la pelouse en direction des autres membres de la bande, qui, les bras levés, visaient toujours le dos de l'Autrichien avec leurs doigts.

— Ça ne va pas, non ? leur cria-t-elle. Vous jouez à quoi, là ?

Ils restèrent pétrifiés. Leurs bras retombèrent.

Frankie était si folle de rage qu'elle pouvait à peine parler.

— Petits merdeux ! cracha-t-elle. Vous n'êtes que des foutus petits merdeux !

Otto s'était retourné en l'entendant et venait seulement de découvrir les deux garçons derrière lui.

— Filez, ordonna-t-elle. Et si je vous y reprends, je préviendrai tout de suite la police.

L'un des jeunes sourit en baissant la tête.

— Qu'est-ce qu'il y a de si drôle ? demanda-t-elle tandis qu'Otto revenait vers elle.

— C'est mon père, la police ! se moqua le gamin, avant que tous ne prennent leurs jambes à leur cou en riant et en la plantant là, ivre de colère.

Otto la rejoignit.

— Ça va ? s'enquit-elle.

Il afficha une mine indifférente.

Beth Alden, la fille de l'épicier, se tenait sur le seuil de sa boutique, d'où elle suivait la scène.

— Otto, murmura Frankie, pourquoi ne leur dites-vous pas ?

— Que devrais-je leur dire ?

— Que vous êtes juif, déclara-t-elle d'une voix aussi posée que possible. Que votre femme est retenue là-bas.

Il jeta un œil à l'épicerie derrière lui.

— Otto…

— Je ne veux plus rien dire à personne.

— Mais les gens ne comprennent pas. Ils ne savent pas qui vous êtes.

— Et alors ? répliqua-t-il en élevant à peine la voix, mais avec une fureur perceptible. Le dire ? Et à qui ? Et comment ? Faut-il que je me mette là, au milieu de la place ? Faut-il que je monte sur une estrade pour crier à tout le monde « *Ich bin Jude !* » ?

— D'accord…

Elle tendit la main vers lui pour l'apaiser, mais il s'écarta, fit demi-tour et s'éloigna d'un pas rapide. Frankie le regarda remonter la rue jusqu'à ce qu'il s'arrête pour se retourner vers elle. Il la dévisagea un instant, puis poursuivit son chemin.

Elle cligna des yeux, comme au sortir d'une transe.

— Mademoiselle Bard ! l'appela la receveuse depuis le perron de la poste. Il y a du courrier pour vous.

— Vous avez vu ça ?

— Quoi ?

Toujours énervée, Frankie se dirigea vers elle.

— Ces gosses. Il y avait des gosses qui faisaient semblant de tirer sur M. Schelling dans son dos !

— Non, je n'ai rien vu.

Et la porte massive se referma sur Iris avec un bruit sourd.

— Nom de Dieu.

Frankie posa une main sur la rampe et s'y accrocha une minute. Plus loin dans la rue, Otto tourna à un croisement et entra dans le garage où il travaillait.

— Putain de nom de Dieu, souffla-t-elle.

25

Lorsque Frankie entra dans le bureau de poste, il n'y avait personne à part la receveuse. Elle l'observa tamponner quelques enveloppes derrière son guichet. Décontractée, efficace, concentrée sur son travail, Iris James était aux commandes de cet endroit.

— Vous avez déjà raté votre coup ? lui demanda Frankie après qu'elle eut jeté les lettres dans un sac derrière elle.

— Jamais.

— Pas une seule fois ? Ce n'est pas possible.

— Bien sûr que si. Regardez Joe DiMaggio, rétorqua Iris, avant de lever les yeux en souriant.

Frankie s'avança vers le guichet.

— Mais parfois je pense aux courriers qui tombent par terre, reconnut la receveuse. Je me demande s'il faudrait vraiment… si je ne devrais pas les laisser là.

— Vous plaisantez.

— Pas du tout, déclara Iris, très calme, en ouvrant le tiroir où elle rangeait les timbres.

— Et vous l'avez déjà fait ? Laisser une lettre…

— Jamais.

Iris referma sèchement le tiroir, mais Frankie sentit que la tentation l'avait déjà effleurée, fût-ce un bref instant.

— Comment êtes-vous devenue receveuse, si ce n'est pas indiscret ?

— J'ai réussi l'examen.

— En quoi consiste-t-il ?

— L'examen des postes ?

Frankie opina.

— Des additions et des soustractions.

Elle la menait en bateau. Frankie était certaine qu'on ne devenait pas receveur des postes en étant juste bon en arithmétique.

— Vous aimez tout diriger ?

— Êtes-vous en train de m'interviewer ?

— Non, je suis simplement curieuse.

— Oui, dit Iris en la toisant. J'aime que tout reste sur les rails. Que tout soit à sa place.

— Mais il ne s'agit pas que de ça, non ? La ville entière défile dans ce bureau. Vous tenez toutes les ficelles entre vos mains.

— C'est ce qu'on s'imagine.

— Qui ça, « on » ?

Iris pointa le menton vers l'extérieur.

— Les gens veulent croire que je les ai à l'œil. Que, sous prétexte que je vois ce qui leur est envoyé, je suis capable de changer les choses ou de faire en sorte qu'elles adviennent.

— Ils espèrent peut-être que vous êtes attentive, rien de plus.

— À quoi ?

— À eux. À leur vie.

Mlle James haussa un sourcil et passa dans la salle de tri. Frankie attendit qu'elle revienne.

— Est-ce que vous l'êtes, attentive ? demanda-t-elle.

— Pardon ?

Frankie embraya sur un autre sujet, un peu embarrassée par la mélancolie qu'elle avait perçue dans sa propre voix.

— Pensez à tous les secrets que vous détenez.

— Je ne détiens rien à part du courrier, dit Iris en posant une pile épaisse de journaux et une lettre devant Frankie.

— Mais pensez-y. Quelque chose pourrait être détourné, ou stoppé, et vous seriez celle qui réparerait ça, qui remettrait l'histoire en route. Vous jouez le rôle d'un bon narrateur.

Frankie marqua une pause et nota le sang qui affluait aux joues de la receveuse.

— Ou celui de l'auteur, même. Vous pouvez choisir qui reçoit son courrier et qui…

— Même si je le pouvais, je ne me le permettrais pas, mademoiselle Bard, la coupa Iris.

Que voulait cette journaliste ? Que cherchait-elle avec ses questions sans fin ?

— Cela va à l'encontre de toutes les valeurs qui me sont chères, ajouta-t-elle.

— Comme quoi ?

— L'ordre. Le calme. Chaque chose à sa place.

— C'est joliment dit, commenta Frankie en s'appuyant sur le guichet. C'est mignon.

— Il n'y a rien de mignon là-dedans. Et arrêtez de vous donner de grands airs.

La receveuse toisa Frankie, impassible et attentive telle une madone sur un mur. Frankie sentit les larmes lui monter aux yeux sans prévenir.

— Mademoiselle James…

— Quand une personne écrit une lettre, elle prend un stylo et elle rédige ce qu'elle a à dire sur une feuille. Elle glisse ensuite celle-ci dans une enveloppe. Elle colle un timbre dessus. Et elle me l'amène.

Frankie eut l'air sceptique, mais Iris l'ignora.

— Elle me la remet et je la fais suivre. Je la place dans un sac postal. M. Flores l'emmène à Boston. Là, elle est triée et acheminée n'importe où dans le pays ou à l'étranger. Cette lettre. Cette lettre est ce sur quoi tout repose.

— Qu'entendez-vous par « tout » ?

— Tout.

Iris ralentit. Exprimer sa pensée à voix haute exigeait un tel effort qu'elle avait du mal à respirer.

— Il y a un ordre qui sous-tend le monde, un ordre et une raison, et chaque lettre envoyée, chaque fichue lettre envoyée et reçue, nous le prouve. Quelque chose commence, quelque chose se termine. Quelque chose est expédié, quelque chose est réceptionné. Tous les jours. Toutes les heures. Du moment qu'il y a des lettres…

— Foutaises, l'interrompit Frankie. Ça ne tient qu'à vous, mademoiselle James, pas à un ordre délirant. Pas à une raison quelconque. Nous sommes seuls ici-bas à faire notre travail.

— Vous ne croyez pas un mot de ce que vous dites. Vous n'êtes pas sérieuse.

— Vous n'avez pas la moindre idée de ce que je crois.

Iris lui montra le poste de radio noir perché sur l'étagère au-dessus des sacs postaux.

— Je vous ai écoutée le mois dernier quand vous nous avez recommandé d'être vigilants. J'étais ici même et j'ai entendu votre voix dans ce poste. Elle affirmait que notre devoir, face à tout ce qui se passe, c'était d'être vigilant.

— En effet.

— Et quel est l'objet de notre vigilance, à la fin ? Quelle autre raison aurions-nous de faire attention ?

Frankie retint son souffle.

— La situation n'est pas différente ici. On est tout le temps aux aguets, et si nécessaire on sonne l'alarme.

— On guette quoi ?

— Les erreurs, répondit vivement Iris. Les failles dans le système.

— Le système ?

Iris l'examina.

— Vous vous souvenez de l'histoire de Thésée ?

— Thésée ? répéta Frankie, surprise. Le héros grec ?

Iris hocha la tête. Sans qu'elle sache pourquoi, elle voulait réduire au silence la femme devant elle. Elle voulait lui ouvrir les yeux. L'obliger à aller poser ses questions agaçantes et provocantes ailleurs.

— Continuez, dit Frankie.

— Quand Thésée partit à la guerre, il promit à son père que s'il revenait vivant, il hisserait des voiles blanches à son navire. Pendant toute son absence, le roi son père monta chaque jour au sommet d'une falaise avec l'espoir de voir arriver son bateau. Cela dura des années.

Iris s'arrêta, sans regarder Frankie. On lui avait raconté cette histoire il y avait longtemps, à l'école, et c'était la pire qu'elle eût jamais entendue.

— Et puis, un matin, des voiles apparurent à l'horizon. C'était celles qu'il espérait depuis tellement longtemps.

Frankie attendit la suite.

— Mais les voiles étaient noires. Noires comme le deuil. Alors le père de Thésée se jeta du haut de la falaise sur les rochers en contrebas, pendant que son fils voguait victorieux en ayant oublié sa promesse.

Iris rougit.

— Pourquoi personne sur le bateau n'a-t-il remarqué l'erreur ? ajouta-t-elle. Thésée aurait pu la réparer, si seulement il en avait eu conscience.

Frankie fixa la receveuse. Une idée s'insinuait peu à peu en elle.

— Je n'ai jamais accepté ce gâchis, conclut Iris.

— Mais l'histoire savait pourquoi.

— Pardon ?

— L'histoire, reprit Frankie, sans être tout à fait sûre de ce qu'elle avançait. Elle savait, *elle.* Elle n'aurait jamais eu d'importance sans cette erreur. Si Thésée avait pensé à changer les voiles, personne n'aurait jamais parlé de lui. L'histoire se serait terminée banalement par le retour triomphal du héros. Mais elle est devenue unique grâce à cette erreur. Elle réside *tout entière* dans cette erreur, même. C'est pour ça qu'on la raconte.

— Vous n'êtes quand même pas aussi impitoyable ?

— Il s'agit d'un mythe, mademoiselle James, poursuivit Frankie, épuisée. Des bévues, il y en a tout le temps.

— Croyez-vous que je l'ignore ? répliqua Iris d'une voix tremblante, avant de lui montrer la salle de tri. À chaque minute… à chaque seconde qui s'écoule, corrigea-t-elle, il peut s'en produire une dans cette pièce.

— Mais cela n'arrive pas parce que vous êtes là, n'est-ce pas ?

— Si, cela arrive. Il y a en permanence des choses qui vont de travers, mais j'y remédie. Et quand je le fais, poursuivit Iris en se penchant sur le comptoir, quand je le fais, mademoiselle Bard, je me rends compte que l'on m'a *permis* d'y remédier. Chaque bévue, chaque accident, chaque petit hasard malencontreux que je corrige, c'est comme une vision de Dieu. C'est Dieu qui nous regarde.

— Ben voyons, dit Frankie, les joues en feu, en rassemblant les journaux devant elle.

Elle était presque parvenue à la porte lorsqu'une idée floue, qui claquait dans un recoin de son esprit, s'ancra fermement en elle. C'était bien beau de philosopher ainsi, mais leurs propos n'étaient que du vent, hein, là, à des milliers de kilomètres de l'endroit où Will Fitch avait été renversé par un taxi, de celui où Thomas avait été tué, de celui où des gens mouraient tous les jours, des gens réels, dépouillés de leur vie, déchiquetés, abattus et abandonnés en pleurs. Elle se retourna.

— Écoutez-moi, commença-t-elle. Il y a quelques mois, j'étais assise sur un banc avec une mère et son bébé. C'était une belle journée de printemps. Il y avait un chien. « Chien », a dit le petit à sa mère.

— Mademoiselle Bard…

Mais Frankie continua en la défiant de l'interrompre encore.

— « Oui, c'est ça », a répondu la mère. « Chien », a-t-il répété. Elle a hoché la tête. « Si on rentrait, maintenant ? – Rentrer, a dit le petit. – C'est ça. – Rentrer. » L'enfant souriait quand les sirènes se sont déclenchées. Nous avons tous levé la tête. On était en plein jour. Il était midi, et ils nous bombardaient – il devait y avoir une erreur, ai-je pensé.

— Mademoiselle Bard !

C'était insupportable. La journaliste se figurait-elle qu'elle ignorait ce qu'était l'horreur ou l'angoisse ?

— Il y a eu un dernier instant de flottement, et puis je me suis mise à courir droit devant moi. Je ne me rappelle même pas avoir distingué quoi que ce soit… j'aurais tout aussi bien pu courir les yeux fermés. Je me dirigeais comme une taupe vers une ouverture dont j'avais conservé le vague souvenir, une entrée devant laquelle j'étais passée en venant au parc. Était-ce une cave ? Une bouche de métro ? Je me suis jetée dans ce trou pile au moment où le bâtiment à côté du parc, là où nous étions tous assis, a été éventré. La déflagration et le fracas qui ont suivi ont été assourdissants. Le mortier, les briques et le verre projetés en l'air atterrissaient partout sur le sol avec un bruit effroyable. Ensuite, il y a eu les cris. J'ai remonté l'escalier du sous-sol où j'étais et la poussière blanche du bâtiment m'est tombée dessus comme de la neige. Les gens criaient. Quelqu'un a ouvert une porte. Une personne en a appelé une autre. J'ai entendu la poussière qui pleuvait en continu.

« Une femme avançait résolument au milieu de tout ça. Elle avait l'air d'avoir marché depuis l'Écosse, d'avoir traversé le bombardement et de s'apprêter à poursuivre sa route. Je me souviens d'avoir songé qu'elle paraissait immortelle. Puis je me suis rendu compte que c'était la mère du parc et qu'elle tenait son bébé dans ses bras. Elle murmurait quelque chose à son oreille en fendant la foule qui se relevait lentement, et elle n'arrêtait pas de lui parler. Il avait la tête tournée vers elle et son sang coulait sur le chemisier et la jupe de sa mère. « Mon chéri, mon chéri, mon chéri », lui disait-elle.

Iris abattit ses mains si fort sur le comptoir que le bois tressauta.

— Ça suffit ! cria la receveuse. Ça suffit, à la fin ! Taisez-vous !

Frankie cilla. Ses yeux écarquillés se posèrent çà et là, puis semblèrent se fixer sur le calendrier derrière Iris, comme si elle revenait en arrière et franchissait un cours d'eau en étudiant soigneusement son chemin, pierre après pierre.

— Parce que c'est arrivé, répondit-elle, avant de s'éclipser aussi vite qu'elle le pouvait.

La porte se referma sur elle avec un bruit sourd. Iris resta figée où elle était durant plusieurs minutes, les yeux clos. Petit à petit, des sons émergèrent de nouveau et elle respira le sel de la brise marine. Elle attendit que son cœur retrouve un rythme normal, que l'image agitée devant elle par la journaliste s'estompe.

Parce qu'elle l'avait vue. Elle avait vu le visage de la mère, ses yeux qui cherchaient désespérément du secours en même temps qu'elle allait droit devant elle en murmurant à l'oreille de son enfant mourant. « Mon chéri, mon chéri, mon chéri. » Iris plaqua une main sur sa bouche. Elle les avait vus si clairement dans la voix de cette femme. Cette même voix qu'elle avait écoutée à la radio et fait taire quand cela devenait trop dur. L'horloge fit entendre son tic-tac. Des talons claquèrent. Le vent souffla. Iris se tourna vers la salle du fond. Deux sacs postaux gisaient là où Flores les avait laissés. Il y avait la bouilloire sur la plaque chauffante. Le store était tiré devant les rayons de soleil aveuglants de l'après-midi.

Mais il y avait elle, aussi, et sa propre main cachant une lettre dans sa poche. Elle s'était tenue à la table de tri et elle avait berné le temps. *Soyez vigilants*. Elle croyait au plus profond d'elle-même à chacune des paroles qu'elle avait crachées à la figure de la journaliste. Et pourtant, elle avait sorti une lettre du système dont elle entretenait les rouages avec tant de fierté. *L'histoire savait*. Iris baissa les yeux sur le tiroir renfermant les timbres.

« Comment se fait-il qu'aucun des marins de Thésée n'ait remarqué son erreur et ne l'ait signalée au capitaine ? avait-elle demandé autrefois à son professeur, perplexe.

— C'est le drame de cette histoire, avait-il dit gentiment. Personne ne s'en est aperçu. Et le sort a voulu que le père de Thésée le voie.

— Mais qui est le Sort ? » avait-elle insisté.

Son professeur n'avait jamais répondu.

26

Comme un trait au crayon reliant le début et la fin du début, Roosevelt annonça le 11 septembre que la marine américaine allait escorter des convois de navires marchands américains dans l'Atlantique et qu'elle tirerait à vue sur tout bâtiment de guerre allemand. Les sous-marins ennemis, qui se déplaçaient en meute, se retrouveraient nez à nez avec elle désormais. Et l'URSS, Dieu la bénisse, refusait de tomber. *Quand vous apercevez un serpent à sonnette prêt à mordre, vous n'attendez pas qu'il attaque pour l'écraser*, avait dit le président.

Les estivants remontèrent dans leurs voitures et formèrent une longue file jusqu'à Boston et New York. Les enfants enfilèrent leurs chaussettes et reprirent le chemin de l'école pendant que les musiciens, les vendeurs de bibelots et les propriétaires de cafés investissaient la plage en s'endormant sous le soleil des derniers beaux jours. Les vacances étaient terminées, même si le ciel était encore lumineux. Les touristes étaient partis, laissant des poches plus remplies : l'hiver pouvait bien arriver maintenant, l'été avait été l'un des plus fastes depuis la crise de 1929. L'inspecteur des postes avait rejeté la demande de Harry Vale, si bien que le drapeau qui flottait toujours au-dessus de la ville semblait narguer les Allemands en leur faisant signe gaiement. La ville se trouvait ramenée à ce qu'elle était vraiment, comme un os nu échoué sur le sable. La journaliste resta.

— Qu'est-ce qu'elle fabrique là, à ton avis ?

— Qui ça ?

— La fille de la radio, répondit Iris en pointant sa cigarette en direction de la maison de Frankie, contre laquelle celle-ci avait appuyé son vélo.

Harry pivota sur sa chaise.

— Elle se repose. C'est ce qu'elle a dit.

Iris hocha la tête, peu convaincue.

— Ce doit être dur d'être correspondante de guerre quand on n'a pas de guerre à couvrir.

— Je crois qu'elle a démissionné.

— Ça m'étonnerait.

— Comment se fait-il que tu en saches si long sur elle ?

— Je ne sais rien. Je ne sais absolument rien sur elle et c'est ce qui m'inquiète.

— Elle a vécu un traumatisme.

Cette affirmation ne parut pas la convaincre.

— Hé, ajouta-t-il en lui prenant la main, quelle raison pourrait-elle avoir de venir ici à part celle qu'elle nous a donnée ?

Iris se redressa, descendit les marches du perron et s'avança jusqu'au bord de son petit carré de pelouse entouré de rosiers du Japon rabougris. Frankie Bard dissimulait quelque chose, elle en était certaine.

Vu d'en haut, songea Frankie en laissant la porte claquer derrière elle, il serait impossible de dire si cette femme qui sortait tous les jours, qui hésitait devant la maison des Fitch et qui finalement bifurquait vers les dunes, avait un autre but au monde que la poursuite de cette routine : dormir, manger, se réveiller, se promener.

La fin de l'après-midi s'était invitée dans le ciel, l'air était vif et clair, les bleus marin et azur jouaient l'un contre l'autre, se reflétant et s'opposant comme des frères. Frankie avait emprunté un sentier qui menait aux dunes derrière la ville en passant au milieu d'une hêtraie. Le soleil, curieux, perçait son chemisier. Une femme avançait plus loin à l'ombre des arbres penchés. Frankie reconnut Emma, qui marchait sans marquer le moindre intérêt pour le paysage, comme si elle avait juste voulu faire plaisir à quelqu'un qui lui aurait recommandé cette promenade.

Au bout d'un moment, elle se retourna.

— Oh ! dit-elle en mettant une pointe d'enthousiasme dans sa voix. Bonjour.

— Bonjour, répondit Frankie en la rattrapant. Comment allez-vous ?

— Pas trop mal.

— Ça pourrait aller mieux, j'ai l'impression.

Emma garda le silence.

— Je peux vous accompagner un peu ?

Le flanc fauve des collines de sable apparut au bout du tunnel formé par les arbres en dégageant une impression de fournaise. Elles progressèrent lentement durant une vingtaine de minutes, Frankie derrière Emma, et traversèrent les dunes en direction de la mer.

Lorsqu'elles atteignirent la dernière, Emma la dévala lourdement, glissant et sautant jusqu'à la plage, où elle s'étendit sur le sable, les bras écartés. Frankie la suivit et s'arrêta près d'elle.

— Faites comme moi. Allongez-vous.

— Par terre ?

— Oui, dit Emma en souriant pour la première fois. Étirez-vous. On n'entend pas les vagues autrement.

— Je les entends très bien.

— Allongez-vous, la supplia Emma, avant de fermer les yeux.

Frankie resta encore un moment debout, puis se décida à l'imiter et ferma les yeux à son tour. Aussitôt, elle sentit le vent au-dessus d'elle qui coulait sur son corps au lieu de se heurter à lui. D'une certaine manière, cela lui fit l'effet d'être la bienvenue.

Les vagues déferlaient et se brisaient. Le vent balayait sa peau tandis que le sable frais chatouillait l'arrière de ses genoux. La poitrine d'Emma se soulevait et s'abaissait à côté d'elle, les rouleaux de l'océan allaient et venaient paresseusement. La brise tourna.

— Je peux vous poser une question ? dit enfin Emma.

— Allez-y.

— Ce garçon que vous avez ramené chez lui après un bombardement…

— Billy.

— Oui. Celui qui a perdu sa mère. Vous avez dit qu'il était tombé à genoux en comprenant qu'elle était morte.

— En effet.

— Et après ? Que s'est-il passé ?

— Je ne sais pas.

— Vous ne vous êtes pas inquiétée ? Vous n'avez pas voulu vérifier qu'il allait bien ?

— Bien sûr que si, soupira Frankie. Mais je ne l'ai jamais revu.

Emma observa un silence.

— Donc, vous n'aviez qu'une vision fragmentée des événements.

— Par opposition à quelle autre vision ?

— Celle qui montre comment tout s'emboîte.

Emma poursuivit en un étrange monologue, comme si Frankie n'était pas là.

— Il y a tout le temps des signes. Des choses qui se répètent, qui se chevauchent. Des choses qu'on ne peut pas expliquer, mais qui renvoient à d'autres, et vice versa. Prenez la mort de Maggie Winthrop, par exemple, expliqua-t-elle en s'asseyant. Will y a vu une injonction à partir en Angleterre. Pour lui, c'était un signe. Elle était déjà malade pourtant, elle a dû être…

Emma se ressaisit en se rappelant la présence de Frankie près d'elle.

— Désormais, ils sont partis tous les deux et c'est moi qui suis enceinte. Il y a un fil qui les relie, et l'idée m'est venue dernièrement que je devais le comprendre. Vous me suivez ? Ils sont partis tous les deux. L'un a mené à l'autre, et ainsi de suite. Oh ! mon Dieu, je suis si fatiguée !

Elle n'avait pas mentionné le véritable signe, le signe très clair qui lui était apparu le mois précédent sous la forme d'une salopette.

— Écoutez-moi, dit Frankie en se penchant pour lui effleurer la main. Tout arrive si vite là-bas, un instant vous êtes dans un bar, le suivant vous êtes dehors, puis vous êtes de nouveau à l'intérieur d'un bâtiment, vous rencontrez un gamin que vous raccompagnez chez lui, et après vous êtes de retour à la maison… Il n'y a aucun fil qui relie tout ça.

— Si, il y en a forcément un, insista Emma. Que faites-vous de tous ces gens ?

— Quels gens ?

— J'entends parfois leurs voix, le soir, qui s'élèvent de votre maison. D'après Otto, ce sont des gens qui se trouvent en France.

— Oui.

— Vous avez rapporté leurs voix ici et vous les lui avez fait écouter, à Otto.

Frankie la dévisagea, impuissante devant sa logique.

— Qui d'autre que lui dans cette ville en avait davantage besoin ? demanda doucement Emma. Dites-moi.

Frankie secoua la tête.

— Qu'allez-vous faire de tous ces enregistrements ? De tous ces gens ?

— Je ne sais pas.

— Vous devriez les diffuser. Les donner à écouter à tout le monde.

— Ah oui ? Et pourquoi ? Qui s'intéresse à eux ici ?

Emma réfléchit un moment. Frankie attendit, les yeux rivés sur elle.

— Je ne connais rien à votre métier, mademoiselle Bard, mais je sais que vous m'avez raconté l'histoire d'un petit garçon et que je n'ai pas pu me l'ôter de l'esprit.

— Et ?

— Vous avez rendu la guerre vivante. Ce gamin était vivant parce que vous étiez si… brisée. Vous vous exprimiez d'une voix tellement triste.

Toujours allongée sur le sable, Frankie contempla le ciel bleu.

— Ces gens dans les trains, ils vous ont parlé. Ils ont dû vous dire leur nom et répondre à vos questions parce qu'ils voulaient que vous fassiez quelque chose, que vous transmettiez leur parole, d'une manière ou d'une autre.

Frankie se releva sans un mot et marcha droit vers l'eau, en s'arrêtant lorsque le bout de ses chaussures toucha la pointe des vagues qui s'échouaient sur le rivage. Durant un fol instant, Emma crut qu'elle allait se mettre à nager, mais à la place, Frankie laissa échapper un hurlement inarticulé – de douleur ou de rage, on n'aurait su dire.

Emma se rallongea et ferma les yeux, le cri résonnant encore à ses oreilles. Une lamentation funèbre, voilà ce que c'était. *Et le petit garçon est tombé à genoux*. Il y avait quelque part un pays peuplé de gens en deuil, un pays aussi inconcevable que la maladie pour les bien-portants, et Emma avait conscience de se diriger vers lui. Son cœur cognait contre ses côtes, et puis le moment vint où ce ne fut plus lui, mais le bébé qui tapa fort en elle.

Elle roula sur le côté pour amortir les coups. Le sable sur sa joue et le sel lui rappelèrent Will l'avant-dernier matin précédant son départ, quand ils étaient venus là « afin de pouvoir faire un peu de bruit », avait-il murmuré. Ses lèvres étaient chaudes sur les siennes, et en même temps que sa bouche, elle avait senti tout son corps s'ouvrir sous ses caresses. Souriante, protégée du froid par son manteau, elle s'était laissé porter et attirer sur le sable qui bougeait et se moulait sous elle. Le ciel matinal la scrutait de son regard bleu imperturbable, et lorsque Will s'était enfoncé en elle avec un grognement, elle avait imaginé que Dieu s'amusait de leurs cris et des battements frénétiques de leurs cœurs.

Frankie n'était plus en vue quand elle se redressa. Le jour déclinait et les bécasseaux, de nouveau effrontés, voletaient sur la plage juste à côté d'elle. Des rouleaux déferlaient, semblables à la main d'un géant, avec les articulations blanches des vagues qui tambourinaient, et les doigts qui tapotaient puis se rétractaient.

Au-delà des brise-lames, la silhouette grise d'un navire de guerre dominait celle d'un croiseur, plus petite et plus effilée. Elle savait que, loin de ces deux bateaux, ils étaient plusieurs à effectuer des manœuvres. Le croiseur s'écarta de la coque du bâtiment de guerre et la plume blanche de son sillage lui apparut aussi nette qu'une entaille faite au couteau sur la mer bleue. En se retournant, elle aperçut Frankie qui veillait sur elle, assise en haut de la dune, près du sentier qu'elles avaient suivi. Le ciel et la lumière du jour formaient une voûte au-dessus d'elles. Une rainette crucifère passa à proximité. Puis Frankie se mit debout, et le mouvement de son corps fut comme un panneau à un carrefour au milieu du désert. « Ici », disait-il à l'intention du ciel, de la mer, de la femme sur le sable en contrebas. *Ici.*

— Venez ! lui lança la journaliste.

Remonter jusqu'au sommet de la colline s'apparentait à escalader une chute d'eau. Il fallait s'accrocher au sable alors même qu'il se dérobait sous vos pieds. Juste avant d'atteindre le sommet, Emma leva les yeux et eut l'impression de sortir d'un trou pour émerger dans le ciel.

Elles s'éloignèrent de quelques pas et, tout de suite, le bruit des vagues s'estompa, cédant la place au bourdonnement des camions et d'un train qui arrivait. Parvenues au milieu des dunes, elles virent les deux étendues d'eau, devant et derrière elles, la mer s'étalant toute bleue d'un côté par-delà les toits, et de l'autre fonçant sur la plage.

Peut-être Emma eut-elle envie de dire quelque chose à Frankie, quelque chose de beau pour lui montrer qu'elle comprenait son cri. Un commentaire, n'importe lequel. Peut-être aurait-elle aimé la toucher gentiment aussi, même si elle ne le fit pas et qu'elle se contenta de marcher près d'elle en silence.

La soirée commençait lorsqu'elles quittèrent le sentier pour rejoindre la route menant en ville. Les fenêtres et les portes vitrées réfléchissaient la lumière plongeante. Emma repéra la rangée de maisons tout au bout de la route, puis, par déduction, son propre foyer.

— Un instant, dit-elle.

Frankie se raidit. Emma fixait sa maison, où, assis sur le perron, Harry et Iris l'attendaient visiblement.

À condition de ne pas s'approcher davantage, pensa-t-elle, à condition de rebrousser chemin et de retourner dans les dunes, à condition de refaire tout le chemin jusqu'au bord de l'eau et de se mettre à nager, elle pourrait aller jusqu'à lui, et le retrouver, et faire en sorte que ce qu'Iris et Harry avaient à lui annoncer ne soit pas vrai.

— Je ne vous lâche pas, promit Frankie.

Elle prit la main d'Emma dans la sienne.

27

Ils s'étaient tous montrés si gentils avec elle. Frankie, Mlle James et Harry. Quand elle avait trébuché en montant les trois marches du perron, Harry s'était approché. « Venez, avait-il murmuré. Venez, passez vos bras autour de mon cou. » La suite se lisait sur son visage. Emma était épuisée. Harry Vale sentait la graisse à essieux, le déodorant et le cuir. Elle avait tendu les bras vers lui et s'était laissé porter chez elle comme une enfant. Il l'avait déposée sur le canapé en disant « mon petit » et, aussi prévenant qu'une mère, l'avait recouverte d'une couverture.

Un télégramme était arrivé. Un cafouillage avait eu lieu. Le docteur Fitch avait été renversé par un taxi, le 18 mai, et enterré au cimetière de Brompton, le 28. Sincères condoléances. Puis Mlle James lui avait donné la lettre.

— Le docteur Fitch voulait que je vous la remette si… s'il venait à mourir.

Assise sur le canapé entre Harry et elle, Emma avait examiné l'enveloppe. *Emma*, était-il écrit dessus. Comme s'il avait été dans la pièce à côté, en train de l'appeler. *Emma*.

Frankie aurait voulu se lever, mais elle craignit qu'Iris ne fasse alors de même et ne s'en aille. Ce n'est que lorsque Emma ouvrit la lettre que, manquant d'air, elle quitta son siège. Elle longea à l'aveuglette le couloir, guidée par les lumières des brise-lames qu'elle devinait au loin par la fenêtre de la cuisine. Elle alla se planter devant et resta là, l'esprit bloqué en plein chaos. Pour finir, elle se pencha sur le plan de travail afin de tirer le cordon de la lampe, puis remplit la bouilloire et la plaça sur le feu. Il n'y avait plus de cigarettes et Emma n'avait plus beaucoup de thé non plus. Elle vida le reste au fond de la théière, sortit une bouteille de lait du frigidaire, en versa dans un pot, la rangea. Quand la bouilloire siffla, elle transvasa l'eau dans la théière et retourna au salon avec le service à thé. Les trois autres étaient toujours sur le canapé et Emma serrait le mouchoir de Harry dans sa main.

Pendant qu'Iris allumait une lampe à côté d'elle, Frankie se baissa près de la table. Elle mit du lait au fond d'une tasse, et ensuite l'eau, qu'elle filtra avec une petite passoire tout en sentant le regard d'Emma rivé sur elle.

— Lisez-la, déclara celle-ci en lui tendant sa lettre.

— Je ne peux pas !

— S'il vous plaît.

Frankie céda.

Ma douce, commençait-elle, *si tu tiens ce message dans ta main, cela signifie que je ne tiendrai plus jamais ta main dans la mienne*.

Frankie ferma les yeux.

— Vous avez fini ?

— Je ne peux pas.

— S'il vous plaît, mademoiselle Bard. C'est lui, là, sur cette page. Je veux que vous le voyiez.

3 janvier 1941

Ma douce,

Si tu tiens ce message dans ta main, cela signifie que je ne tiendrai plus jamais ta main dans la mienne. Une telle pensée est inimaginable, impossible, parce que tu es si réelle. Et parce que je le suis. J'ai devant moi mes propres mains, celle qui empêche cette feuille de bouger, et l'autre qui écrit.

Je pourrais dire que j'en suis arrivé là en posant un pied devant l'autre, mais ce serait mentir. S'il y a un plan, c'est un plan que nous mettons nous-mêmes en œuvre – nous tendons les bras pour essayer d'attraper quelque chose, et notre geste précipite sans bruit un événement à venir. Mon père a rendu les armes, Emma, il a tout simplement renoncé, et je ne sais pas pourquoi. J'ai repris le flambeau. J'ai quitté Franklin, j'ai fait des études, je suis devenu médecin, et puis un après-midi d'hiver, je suis entré dans une pièce où tu te trouvais. Mon amour, rien n'a été plus doux dans ma vie que de t'aimer, et pourtant je pars. Et je ne sais pas pourquoi.

Dans les contes de fées, ma chérie, les morts veillent sur les vivants. Mais à cet instant, tu es en train de lire ce que j'écris, si bien que nous sommes réunis ici. Ce n'est pas un conte. Je suis là, avec mon stylo sur le papier qui griffonne ton nom, Emma, Emma, Emma. Comme je t'ai aimée, Emma. Tu étais mon foyer.

Voilà ce que je veux te dire : lève les yeux, maintenant. Cesse de fixer cette page et lève les yeux. Je pense que Mlle James est près de toi. Elle t'a donné cette lettre et, telle que je la connais, elle attendra que tu la lises. Elle attendra. Elle veillera sur toi. Et d'autres aussi le feront. Tu n'es pas seule. Nous sommes tous autour de toi, les morts comme les vivants.

Lève les yeux

Will.

Frankie frissonna.

Je ne rentrerai pas, avait-il déclaré, juste après lui avoir affirmé : *Tout prend un sens ici.*

Puis Emma lui sourit, et Frankie comprit avec une bouffée de soulagement qu'elle ne lui révélerait jamais rien. Elle conserverait la lettre qu'elle était venue lui remettre. Elle l'avait acheminée jusque-là, mais elle repartirait avec. La nouvelle était tombée. Will Fitch était mort. Iris avait transmis ce dernier message à Emma, ce message qu'il avait voulu qu'elle lise quand il mourrait. Frankie n'avait rien à ajouter à part que Will avait été heureux ce soir-là, près d'elle dans le noir, et elle ne le dirait pas. Elle traversa la pièce, se baissa près de la frêle jeune femme et enroula un bras autour de ses épaules.

Et la graine qui avait reposé au creux de son cœur durant tout ce temps germa soudain. Des pétales blancs s'ouvrirent en elle et s'épanouirent. Il y a des histoires que l'on ne raconte pas. Des histoires auxquelles on s'accroche. Rester debout, simple témoin, en les gardant pour soi, ce n'était pas de la lâcheté. Fixer le monstre en face et sentir son souffle sans faire demi-tour – on pouvait porter le monde ainsi.

Ils restèrent assis ensemble encore un moment, jusqu'à ce que Harry se lève lentement. On était jeudi.

C'était la fin de l'après-midi. Il était temps de retourner au travail et d'entamer la deuxième partie de la journée.

Même si elle savait que Harry partait monter la garde et qu'elle le reverrait plus tard, Iris n'avait pas envie qu'il s'en aille. Elle voulait qu'il s'attarde encore un peu, puis qu'il vienne s'asseoir dans l'arrière-salle du bureau de poste, et, lorsque l'heure serait venue de fermer, qu'il baisse le drapeau et qu'il la raccompagne chez elle. Elle le voulait près d'elle.

Elle sortit avec lui et sourit en lui faisant un petit signe de tête quand il pivota vers elle au bas des marches. La présence des deux femmes dans la pièce silencieuse derrière elle la rendait timide.

Tout ce qu'il aimait au monde se tenait devant lui. Alors qu'il la contemplait, le mot « toujours » lui vint à l'esprit et s'y enracina.

— À ce soir, lui dit-il en ouvrant la portière de sa camionnette.

Il était 17 h 30, le jeudi après-midi. De l'autre côté de la place, les lumières de l'épicerie étaient allumées et des bandes jaunes luisaient le long de la rue entre les lamelles des volets clos. Harry gravit vivement les marches de l'hôtel de ville, sans réfléchir, en poussant son corps à avancer comme s'il allait retrouver quelqu'un. Il s'arrêta essoufflé au dernier étage à l'instant où les cloches au-dessus de lui sonnaient la demi-heure. Les yeux fermés, il attendit que le carillon s'estompe.

Il pensa à Will Fitch, désormais mort. Il pensa à Emma. Puis il observa la fille de l'épicier descendre les marches du bureau de poste, l'air contrarié qu'il soit fermé, et remettre son foulard sur ses cheveux avant de s'éloigner d'un pas pressé le long de Front Street. Il la suivit jusqu'à une trouée entre les maisons de pêcheurs qui laissait voir le port derrière. Les vagues qui se reflétaient sur le vieux verre de la fenêtre troublaient sa silhouette, si bien que l'on aurait dit de l'eau marchant sur l'eau. Son foulard rouge surgissait par moments entre le vert sombre des hêtres. Tel le gardien d'un phare, Harry continua à l'épier jusqu'au bout de Front Street, jusqu'à ce qu'elle ait disparu de sa vue.

Il balaya ensuite du regard les toits de la ville et l'horizon au-delà du port. Après quoi, il se dirigea vers la fenêtre donnant sur l'Atlantique.

Accoudé au rebord, il scruta avec ses jumelles le soleil qui ricochait sur la mer houleuse et la crête des vagues semblables à des mouchoirs blancs agités vers lui. Les pêches records de chinchards se succédaient et les bateaux revenaient au port avec des poissons si gros que les queues devaient être coupées et fourrées à l'intérieur des corps vidés pour tenir dans les caisses expédiées dans tout le cap. Harry pivota de dix degrés vers l'est. Rien. Il se pencha en avant.

Au loin, par-delà les bateaux de pêche, quelque chose ressemblant à l'ombre grise d'une baleine brisa la surface de l'eau. La forme aux flancs ruisselants s'avança lentement et la haute tourelle d'un sous-marin allemand apparut. Longue et affleurant à peine à l'air libre, la menace grise ne dévoilait que sa partie supérieure.

— Seigneur Dieu, souffla Harry.

Le sous-marin s'arrêta et tangua en dressant son kiosque métallique à quatre mètres cinquante au-dessus des vagues. Les Allemands à l'intérieur ne devaient pas imaginer à quel point ils étaient proches des côtes. Encore un peu et ils s'échoueraient. Harry baissa ses jumelles en retenant sa respiration.

Lorsqu'il les reprit, il vit un homme grimper sur la plateforme d'observation située au sommet du kiosque, suivi par ce qui devait être un officier.

Approchez un peu. Ses battements de cœur s'accélérèrent et il faillit éclater de rire – ils étaient venus et lui, il était là. À distance et en hauteur derrière sa fenêtre. *Approchez un peu, salopards*, songea-t-il sans quitter des yeux l'Allemand qui avait enjambé le rebord de la plateforme et se tenait debout en contrebalançant le mouvement du sous-marin en dessous de lui. L'officier examina le rivage avec des jumelles.

— Approchez un peu plus, murmura Harry. Approchez, bande de salopards. La mer ne sera bientôt plus assez profonde.

Un coup massif dans sa poitrine lui fit lâcher ses jumelles et il s'accrocha au rebord de la fenêtre pour reprendre son souffle.

Un autre choc. Cette fois, il tomba à genoux. Il ouvrit la bouche pour crier – *ça y est, ils arrivent!* Un son qu'il n'avait jamais entendu monta en lui, à mi-chemin entre un grognement et un éclat de rire. La douleur se diffusait. Il ferma les yeux pour la refouler, se hissa debout et traversa le grenier d'un pas mal assuré jusqu'à la corde fixée à la cloche de l'hôtel de ville. Grognant de nouveau et peinant à respirer tant il avait mal, il tira dessus. Un faible son métallique retentit, juste avant qu'un autre coup ne frappe son cœur, coupant la lumière dans la pièce. Il tira. Tira en y mettant toutes les forces qui lui restaient. Au loin, il y eut un grand fracas. Encore, une dernière fois. Un second fracas. Il l'avait toujours su. Ils étaient arrivés.

28

L'église ne put accueillir tout le monde lors des funérailles, certains étaient même venus de Bourne. Harry avait été un homme réservé et il n'avait pas de famille, mais les fidèles assis sur les bancs éprouvèrent sa perte d'autant plus durement que l'élégie du révérend Vine fut brève. Il montait la garde depuis si longtemps dans sa tour que l'on ne pouvait se faire à l'idée qu'il ne guettait plus l'arrivée des Allemands.

Ni qu'il avait eu raison depuis le début. Lorsqu'il avait sonné la cloche avant de s'effondrer, plusieurs habitants avaient jeté un coup d'œil à l'hôtel de ville, avant d'attribuer le bruit aux oiseaux ou au vent. Mais quand Tom et Will Jakes, qui lofaient le long de la côte, avaient vu le sous-marin faire surface, ils avaient rangé leur matériel et étaient vite rentrés au port. C'était eux qui avaient découvert le corps de Harry. Ils l'avaient contemplé, puis avaient attrapé la corde de la cloche et tiré, tiré, tiré encore. Harry, Harry, Harry. Le tocsin n'avait cessé de retentir. Quand les vents avaient tourné en début de soirée, le son des cloches avait continué en provenance du Cap, en face du port.

Le révérend termina l'office funèbre. Jigg Boggs, Johnny Cripps, Frank Niles, Lars Black et les Jakes hissèrent le cercueil sur leurs épaules et précédèrent l'assemblée hors de l'église. Frankie suivit Emma dehors pendant qu'ils le glissaient dans le corbillard. Elles se figèrent un instant en haut des marches puis, entraînées par la procession silencieuse, emboîtèrent le pas au véhicule. Le brouillard s'était levé, posant un rideau brumeux et luisant sur leurs épaules et leurs cheveux. À mi-parcours, Frankie fit demi-tour.

Iris se tenait seule sur la place, au centre de la ville reléguée à l'arrière-plan, la tête inclinée afin de laisser la bruine mouiller son visage. Si Harry les regardait, songea Frankie, il devait voir cette silhouette noire au milieu d'un tourbillon humide, et l'air agité et silencieux qui résonnait de la douleur de cette femme. À travers la toile des arbres nus, aucune lumière ne brillait à la fenêtre en haut de l'hôtel de ville. L'œil s'était fermé.

La manière désinvolte dont une chose avait mené à une autre, comme une corde qui se déroulait et tombait sans bruit dans la mer, prouvait clairement que la Mort – si vous pouviez la saisir – était souriante. Après tout, la question n'était pas « pourquoi ? » mais « c'est tout ? ».

C'est tout ? C'était ainsi que Harry Vale était mort ? C'était ça, la fin ?

Un drôle de bruit régulier parvint à Frankie en provenance du bureau de poste juste avant qu'elle ne remarque qu'Iris avait disparu. Au début, elle crut qu'il s'agissait d'une balle de tennis envoyée de manière répétée contre un mur. *Poc. Poc.* Elle resta immobile, l'oreille tendue. *Poc.* Une pause. *Poc. Poc.* Puis elle repéra la receveuse, qui s'attaquait à coups de hache au mât du bureau de poste.

— Qu'est-ce que vous faites ? s'écria-t-elle.

Si Iris l'entendit, elle ne lui prêta aucune attention.

— Arrêtez !

Frankie s'élança vers elle, mais Iris visa le poteau blanchi à la chaux et lui porta un nouveau coup. Lorsqu'elle atteignit le milieu, le bois commença à se fendre et à craquer dangereusement.

— Arrêtez ! répéta Frankie.

Mais la receveuse leva la hache et l'abattit encore. La partie intacte derrière l'entaille s'affinait de plus en plus. Bientôt, le mât basculerait. Le travail était presque terminé, et Iris tira violemment sur le manche pour le ramener à elle. Le bois gémit, le sommet du mât vacilla un instant et céda enfin. Iris remarqua alors que le drapeau claquait toujours au vent – elle n'avait pas pensé à le descendre. La large bande de tissu s'étira dans le sillage du poteau qui s'effondrait, faisant l'effet à Frankie d'une jeune fille aux cheveux flottant derrière elle.

Le poteau craqua comme un os. Son sommet se coinça dans la rampe en fer pendant que le drapeau s'affaissait sur les marches du bureau de poste. Appuyée sur sa hache, Iris reprenait son souffle lorsqu'elle aperçut Frankie. Sans un mot, elle s'approcha des drisses et entreprit de démêler les cordons. Frankie poussa le portillon et s'approcha pour l'aider, mais la receveuse la repoussa rudement. Elle n'eut pas le courage de partir et resta là pendant qu'Iris décrochait le drapeau, le roulait en boule et le portait dans le bureau de poste. La porte se referma derrière elle.

Sans son drapeau, le mât brisé qui gisait devant le bâtiment semblait d'une nudité obscène.

Iris réapparut sur le pas de la porte.

— Iris ?

Elle enjamba le mât pour aller récupérer sa hache. Puis, sans prévenir, elle brandit celle-ci et l'abattit de nouveau.

Frankie sursauta, mais Iris recommençait déjà en visant le même point. Ses bras puissants se levaient et s'abaissaient avec la régularité d'un piston. Des larmes ruisselaient sur ses joues, sans pourtant qu'elle trahisse le moindre désir de s'arrêter. Au cinquième coup, le mât se retrouva fendu en deux. Du pied, Iris envoya la partie supérieure rejoindre l'autre moitié au bas des marches, puis elle se mit à débiter la plus proche. Elle la coupa en deux elle aussi, et encore en deux, et ainsi de suite jusqu'à en faire du petit bois. La hache allait et venait de haut en bas, en signe d'expiation.

La mort dans l'âme, Frankie sortit de la ville et s'engagea sur Yarrow Road. Les perrons allumés des maisons l'accompagnèrent jusqu'à ce qu'elle n'en ait plus que trois devant elle – celui d'Emma, le sien et celui de la receveuse, tout au bout. Elle se figea et se retourna.

Ces carrés et ces poches de lumière brillaient dans l'obscurité grandissante. Elle resserra son pull sur elle en même temps que s'élevait le grondement d'un camion qui gravissait la colline. Elle s'écarta sur le bas-côté. Le véhicule la doubla lentement et continua son ascension. Il passa devant la maison des Fitch, où il vibra et devint silencieux, puis repartit de plus belle. Le conducteur changea de vitesse, accéléra et s'éloigna dans un bruit de moteur de plus en plus aigu et distant, jusqu'à ce qu'il eût disparu.

Là, dans le noir et le silence, Frankie marqua une pause.

Derrière elle, en ville, la receveuse ouvrit la porte du bureau de poste et éteignit les lampes. Devant elle, les toits des trois dernières maisons de la rue formaient comme des virgules le long d'une ligne menant hors de la ville.

Ssss. Ssss, parlez dans le micro, s'entendit-elle déclarer dans la nuit par les fenêtres ouvertes de sa maison. *Je m'appelle Thomas. Je viens d'Autriche, des montagnes autour de Kitzbühel…*

— Otto, murmura-t-elle.

Posté sur le perron, il resta là, les bras croisés sur sa poitrine, pendant que la voix de Thomas était emportée par le vent et remplacée par celle du petit garçon. *Franz. Franz Hofmann*, chuchota sa mère. *Vas-y*, l'encouragea Frankie. *Parle dans le micro. Dis-moi ton nom. Inga*, répondit la sœur, timidement. *Inga Borg.* Son frère éclata de rire et prit la parole à son tour. *Je m'appelle Luther. Nous avons des papiers.* Les voix se craquelaient dans le ciel et les vagues. *Dites-leur*, lui avait demandé un homme dans un café à Mulhouse en pointant son doigt vers elle. *Leur dire quoi ? Que dois-je dire à l'Amérique ? Parlez-leur de moi*, avait-il lâché d'un ton rageur. *Parlez-leur de moi.* Frankie écouta tous ces gens, ainsi qu'elle l'avait fait durant des mois. *Que veut-elle, la dame ? Elle écoute, papa. Je m'appelle*

Susanna, et voici mon père. Lui, c'est Lucien. Lucien Bergolas. Suivait un échange étouffé entre le père et sa fille. *Oui, oui, papa. Il tient à préciser qu'il s'appelle Lucien Alexandre Bergolas de Maille.* Leurs voix se prenaient dans le vent, et sa maison était comme une bouche, sa maison parlait. Planté devant, Otto défiait quiconque de les interrompre.

Voilà – elle se tourna vers la maison d'Emma. *On est là. On est tous là.*

Qu'y a-t-il à la périphérie d'une histoire ? avait demandé Will. *Qu'y a-t-il après la partie que vous nous avez racontée ?* S'il se pouvait que des questions tombent à nos pieds, des questions sans réponse qu'on ramasse sans s'en douter et qu'on porte avec soi au fil des ans, telles étaient les siennes. Une histoire est saisie sur le vif, comme un cliché, elle est tenue un instant, puis transmise. Mais les gens qui figurent dessus continuent à vivre. Et que se passe-t-il ensuite ? Que se passe-t-il ?

L'histoire savait. Ne l'ai-je pas dit, il y a longtemps ? N'ai-je pas lancé ces mots à la receveuse pour lui prouver que sa foi dans l'ordre était déplacée ? Une paupière s'ouvre et se ferme, séparant un instant du suivant, l'intérieur de l'extérieur. Les choses qu'on se rappelle de celles que l'on voit. Et parfois, il nous est donné de tout voir d'un coup. Nos vies qui reculent et avancent, ce qui fait de nous des gouttes d'eau dans l'océan, cette expression qui annihile ou transcende tout, c'est selon.

Will aimait-il Emma ? J'en suis certaine. Le souvenir de sa main agrippant mon bras, et ces mots murmurés, *chez elle, cette partie du corps vous donne envie d'enrouler vos doigts autour*, me font encore frissonner quelquefois quand d'autres me touchent au même endroit, parce que je me rappelle combien il était évident à sa voix qu'il aspirait à tenir le bras de sa femme à la place du mien. Il l'aimait de tout son cœur, mais il ne pouvait pas rester. Son combat contre le monde lui imposait de quitter son foyer et son amour pour se jeter dans la bataille. Pourquoi ? C'est le grand mystère, celui qui m'a poussée à arpenter des rues, à entrer dans la vie des gens pour leur poser des questions, puis à en sortir. Tout autour de moi, durant toute ma vie, j'ai assisté au spectacle glorieux d'êtres humains en train d'exister.

Ce grand spectacle contradictoire dont j'ai rendu compte, je vais bientôt l'abandonner.

Mais pas avant de vous avoir dit la fin. J'ai porté la lettre du médecin de Londres jusqu'en Europe, je suis rentrée dans mon pays et je suis allée chez la femme à qui elle était adressée. J'ai frappé à la porte, elle a ouvert, je l'ai regardée et me suis tue. J'ai porté cette lettre, mais je ne l'ai jamais lâchée. Elle repose toujours dans mon bureau et je ne l'ai jamais lue. C'est tout ce que j'ai écrit, c'est tout ce que j'ai à dire. C'est tout ce que savait l'histoire.

NOTE DE L'AUTEUR

Rien ne prouve qu'un sous-marin allemand se soit jamais échoué au cap Cod, mais il s'en fallut de peu à de nombreuses reprises. Dès février 1941, l'amiral allemand Dönitz ordonna qu'une étude soit réalisée sur la faisabilité d'une attaque surprise de la côte est par des submersibles, et en janvier 1942, le premier U-boot réussit à atteindre l'embouchure du port de New York sans être repéré. Durant une grande partie de l'année 1942, les bâtiments allemands s'approchèrent si près de la côte atlantique qu'ils pouvaient observer les silhouettes des gens qui se détachaient sur les promenades du bord de mer devant les lumières des hôtels, des voitures et des maisons. Les hautes coques des bateaux-citernes naviguant vers l'Europe avec de la nourriture et du matériel étaient éclairées elles aussi, ce qui faisait de ces navires des proies très faciles. Sur les 397 bateaux coulés par les sous-marins nazis au cours des six premiers mois de 1942, 171 le furent au large de la côte est, entre le Maine et la Floride, dont certains sous les yeux des personnes présentes sur le rivage.

Bien que Frankie n'ait pas pu avoir de magnétophone portatif en 1941, l'appareil qu'elle utilise est un prototype dont l'usage se répandit en 1943 et qui permit à terme aux reporters de faire des enregistrements en direct sur le champ de bataille. J'ai pris cette liberté avec la chronologie parce que la Seconde Guerre mondiale fut la première guerre à entrer dans le salon des gens par le biais de la radio, et je voulais souligner ce pouvoir qu'ont les voix d'exprimer l'indicible en faisant parler des réfugiés juste avant leur disparition.

Les émissions d'Edward R. Murrow dans le chapitre premier, celles du chapitre 2 ainsi que les commentaires de Sevareid et les émissions attribuées à Ernie Pyle dans le chapitre 8 sont tirés de *World War II on the Air : Edward R. Murrow and the Broadcasts That Riveted a Nation*, de Mark Bernstein et Alex Lubertozzi (Sourcebooks, 2003).

La remarque de Martha Gellhorn à Frankie dans le chapitre 24 est une adaptation de ce passage extrait de son introduction à *The Face of War* (Simon and Schuster, 1959) : « J'appartenais à une fédération de cassandres composée de mes collègues, les correspondants étrangers, que je rencontrais à chaque désastre. »

Les remarques de Walter Lippmann sur la guerre dans le chapitre 11 sont tirées de « The Atlantic and America : The Why and When of Intervention », *Life*, 7 avril 1941.

REMERCIEMENTS

De nombreuses personnes m'ont guidée tout au long de mes recherches : Bob Smith, receveur des postes retraité de North Haven, dans le Maine ; Bill Matzelevich, commandant de sous-marin à la retraite ; Justin Webb, de la BBC ; Whitney Pinger, sage-femme ; Kevin Klose, de la National Public Radio ; et Bill Godwin et Brian Belanger, du musée de la Radio, à Bowie, dans le Maryland. Je les remercie tous très sincèrement de leurs réponses détaillées à mes questions.

Maud Casey, Linda Kulman, Howard Norman, Linda Parshall, Claudia Rankine et Josh Weiner ont lu et relu, et re-relu ce livre au cours de sa rédaction et n'ont cessé de le questionner – lui, ainsi que moi. Rebecca Nicolson m'a montré de façon répétée la voie à suivre. Les mots ne peuvent exprimer à eux seuls tout ce que ces personnes m'ont apporté.

Enfin, sans la ténacité et la bonne humeur de Stephanie Cabot et sans la clairvoyance extraordinaire d'Amy Einhorn, ce livre n'aurait tout simplement jamais vu le jour.

J'ai une dette envers les œuvres suivantes : *World War II on the Air*, de Mark Bernstein et Alex Lubertozzi (Chicago, Sourcebooks, 2003) ; *Where the Action Was : Women War Correspondents in World War II* (New York, Crown, 2002) ; *The Murrow Boys : Pioneers on the Front Lines of*

Broadcast Journalism, de Stanley Cloud et Lynne Olson (Boston, Houghton Mifflin, 1996) ; *Operation Drumbeat : The Dramatic True Story of Germany's First U-Boat Attacks Along the American Coast in World War II*, de Michael Gannon (New York, HarperCollins, 1990) ; The Face of War, de Martha Gellhorn (Londres, Granta Books, 1993) ; *No Ordinary Time : Franklin and Eleanor Roosevelt, The Home Front in World War II*, de Doris Kearns Goodwin (New York, Simon & Schuster, 1994) ; *The Longest Night : The Bombing of London on May 10, 1941*, de Gavin Mortimer (New York, Berkley Books, 2005) ; *Relégué en page 7*, de Laurel Leff (New York, Cambridge University Press, 2005 ; Paris, Calmann-Lévy, 2007) ; *Reporting World War II, Part One : American Journalism 1938-1944* (New York, Library of America, 1995) ; *The Women Who Wrote the War*, de Nancy Caldwell Sorel (New York, Arcade Publishing, 1999) ; *Time and the Town : A Provincetown Chronicle*, de Mary Heaton Vorse (Provincetown, Mass. Cape Cod Pilgrim Memorial Association, 1990).

PAPIER À BASE DE FIBRES CERTIFIÉES

Le Livre de Poche s'engage pour l'environnement en réduisant l'empreinte carbone de ses livres. Celle de cet exemplaire est de :
400 g éq. CO_2
Rendez-vous sur www.livredepoche-durable.fr

Composition réalisée par Belle Page

Achevé d'imprimer en novembre 2014 en France par
CPI BRODARD ET TAUPIN
La Flèche (Sarthe)
N° d'impression : 3007899
Dépôt légal 1re publication : décembre 2014
LIBRAIRIE GÉNÉRALE FRANÇAISE
31, rue de Fleurus – 75278 Paris Cedex 06

31/7925/6